Daniela Schenk

BRENNNESSELJAHRE

Daniela Schenk

Brennnesseljahre

Roman

ULRIKE **HELMER** VERLAG

Besuchen Sie uns im Internet:
www.ulrike-helmer-verlag.de

Printausgabe gedruckt auf
säurefreiem, alterungsbeständigem Werkdruckpapier
ISBN 978-3-89741-360-3

Originalausgabe

Covergestaltung: Atelier KatarinaS unter Verwendung des Fotos
»Beautyful young girl with a camera on the background wall«
© aleshin – Fotolia.com
Gesetzt aus der Sabon

E-Mail: info@ulrike-helmer-verlag.de

Früher meinte ich, dass im Katzenfutter Katzen sind,
dass man bei Bärenhunger Hunger auf Bären hat
und es gefährlich wird, wenn jemand sagt:
Ich habe dich zum Fressen gern.

Heute weiß ich, dass wie immer alles anders ist.

1977

Sometimes I feel a little mad
But don't you know
that no one alive can always be an angel
When things go wrong, I seem to be bad

I'm just a soul whose intentions are good
Oh Lord, please don't let me be misunderstood !

Santa Esmeralda: *Don't Let Me Be Misunderstood*

Vielleicht bin ich geboren worden

Am dreizehnten April dreizehn zu werden ist nichts für abergläubische Weicheier: Die würden vor Schreck gleich ins Gras beißen.

Glücklicherweise aber bin ich hartgesotten und tief ungläubig. Meine Eltern behaupten, dass die Unglückszahl wie eine Faust aufs Auge zu mir passe. Ihnen zu glauben ist jedoch so schlau, wie es schlau ist, einen Schwimmring mit Blei zu füllen.

Nachdem sie mir tausend Geschichten über meine Geburt erzählt haben (und die Verwandtschaft fünfhundert dazu), bin ich zu dem Schluss gekommen: Mama und Papa waren bei meiner Geburt nicht dabei.

Vermutlich bin ich eine Außerirdische.

Mama beginnt ihre Geschichten so: »Es war wie im Märchen. Ein Schneesturm tobte – stell dir das vor: mitten im April! –, als ein silbernes Reh im Garten durch den Schnee stakste. Es war wirklich silbern! Da wusste ich: Ich würde noch an diesem Tag eine Tochter gebären.«

Papa: »Tochter? Du hast während der Schwangerschaft behauptet, dass es bestimmt ein Junge wird! Und von wegen ein Reh kündigte die Geburt an – dein Fruchtwasser tat das, indem es unser Sofa ruinierte.«

»Das Sofa war schon vorher hin, weil du unfähig bist, ein Bier ruhig zu halten. Du bist doch nur neidisch, dass du das Reh nicht gesehen hast!«

»Natürlich, wer möchte nicht ein *sil-ber-nes* Reh gesehen haben!«

»Wenn ich's dir sage!«

»Das war Nachbars Hund.«

»Als hättest du es gesehen!« Zu mir gewandt: »Dieser Dummkopf setzte sich doch tatsächlich ins Fruchtwasser und wurde vor Schreck ohnmächtig.«

»Ich bin nicht ohnmächtig geworden, ich habe mich bloß gesetzt.«

Sie streiten eine Weile darüber, ob Papa ohnmächtig geworden ist oder nicht. Mama sagt ja, Papa nein.

Papa fährt fort: »Und wie bitte hätte ich dich ohnmächtig ins Auto tragen sollen?!«

»Ja, aber als die Karre nicht ansprang, da hast du deinen Vater angerufen. Was für eine Schnapsidee!«

»Er hat uns immerhin zum Krankenhaus gefahren!«

»Wir wären zu Fuß schneller gewesen als mit diesem erbärmlichen Cinquecento.«

Sie streiten eine Weile darüber, ob ein Cinquecento erbärmlich ist oder nicht. Papa sagt nein, Mama ja.

Was weiter am dreizehnten April 1964 passiert ist, variiert je nach Tagesverfassung der Erzähler: In einer Version blieb Opa mit seinem Cinquecento im Schnee stecken und während er und Papa das Auto anzuschieben versuchten, gebar mich Mama mit Hilfe von Engeln auf dem Rücksitz. Papa rutschte beim Anschieben aus und brach sich das Handgelenk.

Opa behauptet etwas anderes: »Niemals hätte ich Alice in meinem Cinquecento gebären lassen – das hätte ja das Polster ruiniert!«

Mein anderer Opa: »Ich war bei deiner Geburt zwar im Schützenverein, aber ich versichere dir, dass du nicht in dem elenden Cinquecento geboren wurdest – Mama wäre mit ihrem Bauch gar nicht erst in dieses lächerliche Spielzeugauto gekommen.«

In einer anderen Version verlor Mama die Geduld, weil Opa so langsam fuhr, sprang während der Fahrt aus dem Auto, stoppte das nächste und gebar mich dort auf dem Rücksitz. Papa rannte Mama hinterher, rutschte aus und brach sich das Handgelenk.

In manchen Versionen gingen meine Eltern zu Fuß ins Spital, weil der Verkehr lahmgelegt war (der Schnee!). Als die Wehen unerträglich wurden, stürzte Mama in einen Laden für Unterwäsche und gebar mich inmitten von BHs. Papa verhedderte sich in Reizwäsche, dabei fiel er und brach sein Handgelenk. Von dieser Geschichte gibt es weitere Varianten: In einer stürzte Mama in einen Jeansladen, wo sich Papa in den Hosen verhedderte und das Handgelenk brach. In einer anderen flüchtete sie in einen Buchladen, wo Papa in ein Regal fiel, von Büchern begraben wurde und sich das Handgelenk brach. In einer weiteren rannte Mama in eine Metzgerei und gebar mich neben einer Schweinehälfte. Papa rutsche auf dem Blut aus und fiel – das Handgelenk gebrochen.

Oma: »Am dreizehnten April konnte ich auf dem Balkon sonnenbaden – ich habe einen fürchterlichen Sonnenbrand gekriegt. Und übrigens bist du erst eine Woche später geboren worden.«

Tante Henriette: »Deine Mama hat doch tatsächlich nicht gemerkt, dass die Fruchtblase geplatzt war! Stattdessen warf sie deinem Vater vor, er hätte sein Bier auf dem Sofa verschüttet. Als sie einsah, dass sie nicht von Darmkrämpfen, sondern von Wehen geplagt wurde, musste es schnell gehen – sie riefen die Ambulanz. Dein Vater hätte nicht fahren können, er war zu betrunken. Auf dem Weg zur Ambulanz rutschte er aus und brach sich das Handgelenk.«

Meine Patentante Sophia: »Am Tag deiner Geburt schneite es am Morgen ein paar Flocken, den restlichen Tag regnete es. Deine Mutter lag seit einem Tag im Spital und versuchte dich zu gebären. Dein Vater verpasste die Geburt, weil er während des Wartens ein Bier nach dem anderen trank, im Klo stürzte und sich das Handgelenk brach. Als man dich deiner Mama in den Arm legte, behauptete sie, dass die Säuglinge verwechselt worden seien, sie wisse, dass sie einen Jungen unter dem Herz getragen habe.«

Meine Schwester Lydia, acht Jahre jünger als ich, beharrt auf ihrer Version: »Natürlich hat dich der Klapperstorch gebracht. Er hätte dich bei einer lieben Familie abladen sollen, aber er bekam den Schluckauf, und da fielst du ihm aus dem Tuch, direkt auf Papa. Der fasste dich, brach sich dabei das Handgelenk. Aber Nicola, sag mir, wo war eigentlich ich damals?!«

Wenigstens sind sich die Geschichten in zwei Dingen einig: Papa brach sich sein Handgelenk und ich wurde geboren.

Ich habe heute also vielleicht Geburtstag und vielleicht werde ich dreizehn, aber vermutlich bin ich älter und vermutlich bin ich adoptiert worden. Das hoffe ich sehr – meine richtigen Eltern sind bestimmt ganz anders.

Ich will Königin der Schweiz werden, auch wenn das angeblich nicht möglich ist. Aber man hat schon oft behauptet, dass etwas unmöglich ist, und dann wurde es doch möglich. Zum Beispiel das Fliegen, elektrisches Licht, Besuche auf dem Mond und dass in der Schweiz Frauen abstimmen können.

Wenn ich mein Amt als Königin antrete, werde ich als Erstes ein paar Dinge verbieten:

- Meinen Nachnamen. Ich heiße Dummermuth, das sagt schon alles!
- Stufenbarren
- Quietschende Kreide auf der Wandtafel
- Karies
- Eltern, die keinen TV besitzen
- Tierversuche
- Kinderarbeit
- Eltern auf FKK-Stränden
- Marschmusik
- Eltern, die zu wenig Geld haben.

Das mit den Geschenken war wie immer eine Enttäuschung. Ich hatte mir eine Salami gewünscht, die ich wie eine Bratwurst essen würde, und ein farbiges Mikrophon mit Verstärker. Ich hatte so eines in einem Katalog gesehen und mir ausgemalt, wie ich auf dem Bett stehen und Lydia etwas vorsingen würde. Es hätte laut und schön über das Quartier erschallt. – Ich will später Sängerin werden, das kann man auch als Königin.

Aber was kriegte ich von meinen Eltern? Keine Salami und ein Mikroskop! Wohl weil ich vor Urzeiten Chemikerin habe werden wollen und das auch nur, weil unserem Chemielehrer etwas in die Hose, sprich in die Luft gegangen war und das Spaß gemacht hatte!

Ich musste so tun, als hätte ich Freude an dem Mikroskop. Wir untersuchten eine Scheibe Banane, ein paar meiner Haare (die mir Mama ungefragt ausriss!), Lydias Daumennagel und den Staub in meinem Zimmer. Die Idee mit dem Staub hatte Mama; damit ich erkennen würde, in was für einem Dreckloch ich lebte. Ha!, wer ist für den Haushalt zuständig, aber vergisst das laufend?!

Leider hatte Mama wieder die halbe Verwandtschaft zu meinem Geburtstag eingeladen. Sie tat das nun schon zum dritten Mal. Als ich mich darüber beschwerte, sagte sie, das sei eine Investition in die Zukunft. Verwandte könnten sterben und dann könnten wir erben. – Als hätte ich etwas davon: Das Erbe würden meine Eltern sofort verprassen!

Ich würde viel lieber mit meinen Freundinnen feiern als mit diesen Halbtoten, mit denen ich das gleiche Blut teile. Was heißt eigentlich *das gleiche Blut teilen*? Haben bei meiner Geburt alle Verwandten Blut gespendet? Oder wie sonst könnten wir das gleiche Blut haben? Kann man Blut wie Motorenöl wechseln?

Opa hatte mich gefragt, was ich mir zum Geburtstag wünsche. Ich schrie ihm ins Ohr: »Eine gute Gesundheit!« Alte Leute hören das gerne: Für sie ist Gesundheit ja etwas geworden, was sie nie mehr geschenkt kriegen. Opa nickte zufrieden, und heute bekam ich von ihm einen Lebkuchen mit einem Nikolaus und zehn Fünffrankenstücken drauf. Früher machte Oma die Geschenke, aber jetzt ist sie nicht mehr richtig im Kopf. Ich fragte mich, wo Opa den Lebkuchen aufgetrieben hatte – im April! Man sah nicht viel von ihm, weil er von den Fünffrankenstücken zugedeckt war. Ich pflückte das Geld ab und gab den Lebkuchen Lydia, die ihn freudig quietschend an sich riss.

Oma schenkte mir eine Zeichnung. Das zeigt, dass sie wieder zu einem Kind geworden ist: Als Kind verschenkt man ja Zeichnungen, die dann an den Kühlschrank gehängt werden. Auf Omas Zeichnung war eine offene Kutsche mit sechs Pferden zu sehen. Drinnen saßen vier nackte Menschen. Auch die Pferde waren nackt, was grauselig aussah. Die Männer hatten große Pimmel, die Frauen riesige Brüste und die Pferde eine Art Euter.

Mutter riss mir die Zeichnung aus der Hand. Ich bedankte mich trotzdem bei Oma.

Patentante Sophia schenkte mir ein blaues Notizbuch. Ein mittelgroßes, das gut in der Hand liegt und dick ist. Das sei ein Tagebuch, erklärte Sophia, ich befände mich nun in einem Alter, wo es wohl viel aufzuschreiben gäbe.

Papas Eltern trafen spät ein und man war froh, dass sie heil eingetroffen waren. Die beiden sind so alt, dass man nie weiß, ob sie nicht schon aus dem Jenseits zu einem sprechen. Wie gesagt, fährt Großvater einen Fiat Cinquecento, ein poliertes Juwel aus der Zeit des Elvis, als er noch biegsame Beine hatte (ich meine Elvis, nicht Opa). Da er kaum mehr etwas sieht (diesmal meine ich Opa, nicht Elvis), sagt ihm Großmutter, wo es lang geht. Sie hat auf dem linken Auge den grauen Star, ist also eine zweifelhafte Hilfe. Da Großvater jedoch im Schritttempo fährt, treffen sie zwar spät, aber wohlbehalten ein.

Lydia erbrach Opas Lebkuchen auf Sophias Schuhe. Mama befahl mir, eine liebe Schwester zu sein, auch wenn ich Geburtstag habe – als wäre es meine Schuld, dass es Lydia schlecht geworden ist! Eine dieser typischen Ungerechtigkeiten in unserer Familie.

Ich fragte mich, ob Jan an mich dachte. Jan hat abstehende Ohren, aber er war der süßeste Junge der Klasse. Wir würden bald ein Paar, nur wusste er das noch nicht. Jungs sind ja etwas zurückgeblieben.

Wie immer kriegten sich meine Großväter in die Haare. Dazu muss man wissen, dass Cinquecento-Opa während des Zweiten Weltkriegs im Tessin an der Grenze gestanden und die Schweiz vor Mussolini geschützt hat. Bei jedem Familientreffen gab er damit an. Mein anderer Opa hat ein Bein, das kürzer ist als das andere, oder das andere ist länger, ich weiß es nicht. Deshalb wurde er ausgemustert. Das fuchst ihn noch heute. Cinquecento-Opa erzählte also wieder mal Anekdoten aus dieser Zeit, wo alles noch besser war. Mir ist es ein Rätsel, was an einem Weltkrieg besser sein soll als heute, wo niemand mehr an die Front muss. Er schwadronierte in Richtung von Kurzbein-Opa, aber da der fast blind ist, merkte er nicht, dass er den

Lampenständer volllaberte. Vater schämte sich für seinen Cinquecento-Vater und Mutter ging in die Küche, Kaffee kochen, obschon sie schon vor einer Viertelstunde frischen gemacht hatte.

Auch wenn Cinquecento-Opa mit der Lampe gesprochen hatte, fühlte sich Kurz-Bein-Opa angegriffen. Er sagte: »Wer hat den Frauen beim Heuen, Säen, Milchkanne tragen, Traktorfahren etc. geholfen?« Des Langen und Breiten erläuterte er, wie wichtig Männer wie er gewesen seien, die Seite an Seite mit den schutzlosen Frauen gearbeitet hätten. Mama hatte mir erzählt, dass Opa in seinem Büro bei den schweizerischen Bundesbahnen gemütlich auf das Ende des Krieges gewartet habe, statt den Frauen zu helfen.

Cinquecento-Opa kam in Fahrt: »Von wegen gearbeitet – im Heu die Frauen flachgelegt, das haben die Krüppel! Die Frauen waren ausgehungert, da haben sie sogar Lädierte genommen.«

Das verstand ich nicht so ganz. Da sagte Oma, die nicht mehr richtig im Kopf ist, dass sie auch oft im Heu gelegen habe.

Das Ganze lief aus dem Ruder. Die Köpfe der Opas wurden rot und Papas Nase ebenfalls; er war so weit gesunken, dass er den alten Frauen den Eierlikör wegtrank. Das sei ja kein Alkohol, nur Ei, behauptete er. Mama blieb gleich in der Küche, was bemerkenswert war: Normalerweise hielt sie sich dort so wenig als möglich auf.

Die Oma mit dem grauen Star sagte: »Nein aber auch!«

Alle hatten vergessen, dass es mein Geburtstagsfest war. Erwachsene sind eben Egodingsbums, die denken immer nur an sich.

Am Abend kam Trice vorbei, um mir zu gratulieren. Trice heißt eigentlich Beatrice, aber niemand außer den Lehrern nannte sie je so. Sie ist meine beste Freundin, wir haben sogar Blutsschwesternschaft geschlossen. Wir wollten es so wie Winnetou und Old Shatterhand machen: Mit dem Messer das Handgelenk aufritzen und dann die Wunden aufeinanderlegen. Das sah im Film toll aus! Da wir keine Indianer sind, einigten wir uns darauf, uns mit einer Nadel in den Finger zu stechen und die Finger aufeinander zu halten. Aber wir waren nicht mal für das hart genug. Da war es ein Glück, dass Trice Nasenbluten produzieren konnte, indem sie sich die Nase zuhielt und zugleich Luft hindurchpustete. Ich hatte am Arm eine frische Schürfwunde, die ich mit etwas Knibbeln wieder zum Fließen brachte. Dann hielt ich den Arm an Trices Nase, was zwar nicht lässig aussah, aber unser Blut mischte sich. Nun fließt italienisches Temperament durch meine Adern! Das brauche ich unbedingt bei dem schwachen Blut, das ich von meinen Verwandten bekommen habe.

Trice schenkte mir eine *Bravo* – sie kannte meinen Geschmack! Wir sprachen über meinen Jan und ihren Giovanni und versprachen einander, dass wir in baldiger Zukunft eine Doppelhochzeit feiern würden.

Später am Abend kam Mama ins Zimmer und befahl mir, mit dem Gekritzel in meinem Tagebuch aufzuhören und endlich zu schlafen. So sind die Erwachsenen: Die einen schenken Tagebücher und die anderen verbieten, etwas hineinzuschreiben! Mutter sagte: »Du darfst nichts Negatives über mich schreiben. Als Tochter kannst du mich nicht objektiv beurteilen.«

»Ich habe es nicht so mit dem Objektiven, ich bin mehr für das Subversive oder so«, entgegnete ich.

Da wurde Mama sauer: »Irgendetwas mit dir ist nicht im Gleichgewicht. Höchste Zeit, dass du zu einem Homöopathen gehst!«

»Werde ich von den Tropfen nicht alkoholsüchtig?«

Mama schmetterte unharmonisch die Türe zu. Lydia erwachte und begann zu heulen.

Ich beschloss, in zwei Jahren auszuziehen.

Meine Familie

Wir wohnten im dritten Stock eines alten Mehrfamilienhauses aus Backstein mit knarrenden Böden und einem geräumigen Balkon, der von dem darüberliegenden regengeschützt ist. Ich konnte Lydia neben mir im Zimmer atmen hören, aber glücklicherweise hörte ich meine Eltern nicht, ihr Zimmer lag auf der anderen Seite der Stube. Die Haustüre hatte schon bessere Zeiten gesehen, heute war sie Wind, Schnee und Blättern gegenüber offenherzig: Man sah schon, wie das Wetter war, bevor man überhaupt die Türe geöffnet hatte.

Das Quartier, in dem wir lebten, lag an einem Hang: Unten standen Lotterhäuser, die das Wetter durch alle Löcher hereinließen, in der Mitte (wo wir wohnten), war nur die Haustüre lottrig und oben am Hang lebten die, die sich ein eigenes Häuschen leisten konnten.

Im Sommer konnte man meinen, dass wir im Süden lebten: In den lottrigen Holzhäusern wohnten Saisonniers aus Italien. Manche lebten das ganze Jahr hier wie Trices Familie, bei anderen war nur der Vater da und der hauste zusammen mit anderen Italienern in kahlen Wohnungen. Frühmorgens kam der Wagen ihres Bauunternehmens und sammelte sie ein, am Abend wurden sie wieder ausgeladen. Dann gingen sie in den Lebensmittelladen und kauften riesige Brote, Spaghetti, Würste und Tomaten aus der Dose und trugen pralle Plastiktüten nach Hause. An Sommerabenden waren alle draußen und parlierten, da hörte man mehr Italienisch als Schweizerdeutsch und wenn ich an einer sonnenbeschienenen Mauer stand und die Augen schloss, kam es mir vor, als sei ich im Süden.

Meine Familie besteht aus Papa, Mama, Lydia und Trinità – für mich jedenfalls gehört Trinità auch dazu. Papa hingegen hätte sie am liebsten zum Teufel gejagt. Mama sagte, dass Katzen hochentwickelte Seelen seien und man sich ein schweres Schicksal auflade, wenn man sie töte.

Trinità gehört mir, sie ist so etwas wie eine Kampfkatze, vor der sich alle fürchten. Ihre Krallen sind legendär. Regelmäßig attackierte sie den Briefträger – der war mittlerweile zum schnellsten Sprinter der Welt geworden.

Ich hatte Trinità vor fünf Jahren in einer Mülltonne gefunden. Ein kleines, nacktes, hässliches Ding mit geschlossenen Augen – eindeutig ein Alien-Baby! Ich sah mich schon auf der Frontseite der Zeitungen (*mutiges Mädchen rettet ET!*), als ein

Passant neugierig über meine Schulter schaute und behauptete, dass dieses seltsame Wesen ein Kätzchen sei.

Hoffnungslos, es würde bald sterben, sagte Tierarzt Etter, der Vater von Kiki. Er gab mir trotzdem Milchpulver und Schoppen, erklärte mir, dass ich es unter eine Wärmelampe legen und hinten mit einem nassen Lappen putzen müsse, damit es Pipi und Dickes herauslassen könne. Er wünschte mir viel Glück, auch wenn es hoffnungslos sei.

Ich war ja nicht so blöd, meinen Eltern von der hässlichen Trinità zu erzählen. Die merkten nicht, dass ich oft verschwand, um Trinità den Schoppen zu geben und zu machen, dass sie das Zeug hinten wieder rausließ. Ich trug sie die ganze Zeit mit mir, unter dem Pullover. Als sie passabler aussah und die Augen öffnete, weihte ich Trice in mein Geheimnis ein. Sie gab ihr den Namen *Trinità*, das heiße Dreieinigkeit, wir seien ja nun drei Schwestern in dieser Familie. Und weil Trice ein Leck hat, wenn sie etwas für sich behalten soll, erfuhren bald alle davon, auch meine Eltern. Sie riefen mich in die Küche, was ein schlechtes Zeichen ist, und blickten mich vorwurfsvoll an. Ich sagte, wenn Trinità gehen müsse, ginge ich auch. Sie wollten wissen, wohin ich gehen würde. Ich erwiderte, das sei nebensächlich. Dann wuschen sie mir den Kopf und sagten, sie würden noch mal ein Auge zudrücken.

Das sagten sie jedes Mal.

Aber jetzt bin ich abgeschweift. Ich wollte von meiner Familie erzählen. Mama ist gelernte Arztgehilfin; heute weiß sie alles über Dinge, die nichts mit Schulmedizin und nichts mit Wissenschaft zu tun haben: Karma, Engel, Wiedergeburt, Aura, unsichtbare Energien (ausgenommen Elektrizität), einfach alles, was man weder messen, sehen, spüren, nachvollziehen noch ernst nehmen kann. Des Weiteren ist sie für den Haushalt zuständig und hofft wohl, dass ihre Geisthelfer die Arbeit erledigen würden, was sie nie taten: Bei uns ist es immer unaufgeräumt – nett ausgedrückt!

Papa hat es mehr mit dem Geistigen aus der Flasche; ansonsten ist er Aufsichtspersonal im Kunstmuseum. Er verehrt Gemälde, auf denen Marien mit prallen Brüsten zu sehen sind – am liebsten *nackten* prallen Brüsten. Er hält diese Marienbrüste für den Höhepunkt der Kunst, seither sei es nur noch bergab gegangen. Einmal in der Woche spielt er Fußball und fürs Handwerkliche taugt er so viel wie ein Sieb zum Wasserschöpfen: Er brachte es zustande und wollte mit einem Nagel den Hammer einschlagen!

Dann gibt es zum Glück noch Lydia, meine Schwester. Weil sie acht Jahre jünger ist als ich, kommt es mir manchmal so vor, als wäre ich ihre Mutter, nicht Mama – jedenfalls schaute ich besser nach Lydia, als Mama es tat. Ich weckte Lydia jeden Morgen, gab ihr Frühstück und am Dienstag und Donnerstag brachte ich sie in die Kinderkrippe. Mutter sagte, am Morgen sei ihr Blutdruck im Keller, deshalb komme sie nur schwer aus dem Bett – und außerdem hätte ich mir ja ein Schwesterchen gewünscht. Wie immer wollte sie die Schuld auf mich abwälzen!

Als Mama damals endlich checkte, dass sie schwanger war und nicht an einer vorzeitigen Mensapause litt, sagte sie: »Oh nein! Jetzt, da Nicola aus dem Gröbsten raus ist – endlich hätte ich Karriere machen können!« Papa behauptete, dass ich erst ins Grobe käme, und es gebe eine Lösung. Er dachte wohl an Abtreibung. Mama sagte, sie werde das Kind austragen, denn eine Seele wolle sich in ihr inkarnisieren. Gegen dieses ätherische Argument hatte mein Vater keinen Stich, er brummte etwas von *Scheiß-Karma*, aber so leise, dass es Mama nicht hörte. Mein Vater ist nur mutig, wenn er weiß, dass ihn niemand hört, sieht oder wittert.

Mama beschloss, all die Fehler, die sie bei mir gemacht hatte, bei Lydia nicht zu wiederholen. Damit wollte sie wohl andeuten, dass ich schlecht herausgekommen bin! Sie ging in einen Kurs, wo man mit anderen Kursteilnehmern die eigene Familie aufstellt. Es tue der Seele gut, wenn man in eine aufgeräumte Familie geboren werde, sagte Mama. Also stellte sie die Familie auf, dann zeigte der Leiter, dass es so nicht richtig war, sondern so, wie er das sah, und brachte Ordnung in das Ganze.

Als Mama nach Hause kam, räumte sie auf: Papa musste nun immer rechts von ihr sitzen, weil er ja derjenige sei, der uns vor der Welt verteidige. Ha! Papa und stark – das ist lachhaft: Einmal hüsteln und er befürchtet eine Lungenentzündung. An den Fußballspielen seines Klubs (sie spielen in der hinterletzten Liga) sitzt er meist auf der Ersatzbank. Er behauptet, dass er der beste Stürmer sei, den dieser Club jemals gesehen habe. Da kann es wohl nicht anders sein, als dass der Club ständig die Augen zudrückt.

Mama schlang sich orangefarbene Tücher um den Bauch, wegen der Energie. Ich fragte, ob sie den Bauarbeitern beitreten wolle. Das löste bei ihr einen Wutanfall aus, was für das Ungeborene bestimmt nicht gut war. Von ihrer besten Freundin Claire bekam sie eine Klangkugel, deren Kette so lang war, dass die Kugel auf Mamas Kugel (dem Bauch!) zu liegen kam. Der Klang beruhige das Kind im Bauch ... also, mich regte er auf! Wir hatten nun eine Ziege in der Wohnung und wussten immer, wo sie steckte. Das war praktisch, vor allem wenn man gerade Mist gebaut hatte und dabei nicht entdeckt werden wollte.

Aber zurück zu Lydia: Bei ihrem Anblick brechen die Erwachsenen regelmäßig in *Ahs!* und *Ohs!* aus – daran schuld sind ihre blonden Löckchen und die großen blauen Augen samt einem Aufschlag, der dich flachlegt. Seit sie dies begriffen hat, nützt sie ihre Vorteile auch schamlos aus. Sie ist eben nicht auf den Kopf gefallen, schließlich ist sie meine Schwester. Für sie würde ich alles tun – und genau besehen, tat ich das auch, da Mama und Papa von Fürsorge so viel Ahnung haben wie eine Schnecke vom Seilspringen.

Es gibt in unserer Familie viele Ungerechtigkeiten und immer treffen sie mich. Ein Beispiel: Wir gingen samstags zusammen einkaufen – um den Familiensinn zu stärken, wie es Mama bezeichnete. Das sah so aus: Sie jagten mich wie eine Sklavin durch den Laden, während sie flanierten und mit Lydia Späße trieben. Als ich endgültig genug von dieser Sklaventreiberei hatte, dachte ich: Jetzt erlebt ihr was, jetzt gibt es *Liberté, égalité, revolutioné!* Anstatt *Lavazza* Kaffee nahm ich *Medaille d'Or*, anstatt Minzentee Magentee, anstatt *Gurten Bier* das alkoholfreie *Clausthaler*, anstatt Papas Lieblingsschokolade (die weiße *Toblerone*) schwarze, anstatt Äpfel Zitronen und so weiter. Als es zur Kasse ging, sagte ich, dass ich das erledigen wolle. Papa streckte mir seine Brieftasche entgegen und sagte: »So gefällst du mir, Nicola, aus dir wird noch was.«

Zu Hause bot ich mich an, das Eingekaufte auch einzuräumen. Mama nickte beifällig und ging auf den Balkon rauchen. Früher rauchte sie drin, aber seit ich als Kleinkind ihre Glimmstengel angeknabbert oder zerbrochen habe, zog sie damit auf den Balkon. Sie hatte Angst um ihre Zigarette – und ignorierte die Tatsache, dass die Zigaretten weitaus gefährlicher für mich waren als ich für sie!

Nach einer Weile kam Papa in mein Zimmer und fragte, warum seine weiße Toblerone schwarz sei? Ich schaute ihn erschrocken an. Dann wollte er wissen, was er mit *Clausthaler* anfangen solle? Ich schaute ihn erschrocken an. Mama erschien mit einer Zitrone und fragte mich sauer, seit wann Äpfel so aussähen? Ich schaute sie erschrocken an. Dann motzte sie, dass sie *Medaille d'Or* nicht ausstehen könne, ob ich nicht eine Packung von der anderen unterscheiden könne?! Ich schaute sie erschrocken an. Dann kamen beide zusammen herein und schrien: »Wenn du noch mal erschrocken dreinschaust, enterben wir dich!«

Meine Frage, was es denn zu erben gäbe, stimmte sie nicht friedlicher. Ich musste in die Küche, was wie gesagt ein schlechtes Zeichen war und außerdem eng, man stand sich fast auf den Füßen.

Als meine Oma noch richtig im Kopf war, sagte sie zu mir: »Du musst biegsam und nachgiebig wie Gras sein. Bläst ein steifer Wind über dich, drückt er dich zu Boden, aber kaum hat er aufgehört, stehst du von alleine wieder auf.«

Oma war Spezialistin darin, Ja und Amen zu sagen und dann ihr Ding durchzuziehen. Das würde ich auch.

Ich dachte also an das Gras und machte mich ganz biegsam, als der stocksteife Wind über mich brauste. Meine Eltern begannen mit grundsätzlichen Überlegungen: Was nur mit mir los sei? Ob es mir hier nicht gefalle, ob ich lieber ins Heim wolle? Ob sie mir nicht alles geben würden? Warum ich sie für blöd verkaufe? Ob wir nicht eine tolle Familie seien?

Mutter sagte, sie spüre, dass ich unter schlechten Energien stehe, vielleicht müsse man mein Zimmer entstören. Oder es liege daran, dass ich Sonne und Mars im Widder mit Aszendenten Löwe habe. So etwas sei eine Feuerüberlastung und könne nicht gut gehen. Mein Feuer müsse in harmonische Bahnen gelenkt werden.

Vater schaute währenddessen zum Fenster hinaus. Wenn Mama ätherisch wurde, schaltete er ab. Als Mama damit fertig war, zu erörtern, wie ich meine Energien in feingeistige Bahnen lenken könnte, sagte Papa: »Wie wär's mit Fußballspielen?«

Mama warf ihm einen tödlichen Blick zu, was er nicht merkte, weil er auf die Tasse mit Magentee starrte, die ihm Mama anstelle von Bier aufgetischt hatte. Sie sagte: »Es ist höchste Zeit, dass wir etwas unternehmen, es kann nicht sein, dass Nicola die Harmonie in unserer Familie zerstört.«

Ich fragte verwundert: »Welche Harmonie?«

Da wurde Mutter richtig sauer und sagte, mein Verhalten werde Konsequenzen haben. Das sagte sie oft und dann passierte – nichts! Sie frage sich, was sie durch ein solches Kind lernen müsse! Sie habe sich in ihrem letzten Leben wohl ein schlechtes Karma aufgebürdet.

Sie schickte mich aufs Zimmer, das ich bis am Abend nur für Klobesuche verlassen durfte. Ich solle in mich gehen und mich fragen, ob Eltern so etwas wie mich verdient hätten. Innerlich nickte ich, äußerlich bog ich mich wie Gras und stellte fasziniert fest, dass sich meine Eltern von meiner Show täuschen ließen.

Mama fand die Schule schädlich – das sei ein Staatsapparat, der mich zu einem gehorsamen Teil der Gesellschaft mache. Mir würden dort Lügen aufgetischt und die Kreativität zerstört. Ich solle nur ja nichts glauben, was die da erzählen.

Da könnte man denken, dass es Mama egal wäre, ob ich gute oder schlechte Noten nach Hause brachte. Weit gefehlt! Alles, was unter einer Fünf war (in der Schweiz ist Sechs die beste Note!), stieß Mama in eine existenzielle Krise. Deshalb war es unangenehm, als ich kürzlich in der Deutsch-Grammatikprobe eine Eins kriegte. Die Sätze waren, abgesehen von zwei Fehlern, einwandfrei, aber ich hatte am Schluss der Sätze den Punkt vergessen, das gab jedes Mal einen Punkt Abzug. Ich verhandelte mit Lehrer Künzi, nur verhandelte er nicht mit mir.

Zu allem Übel musste ich die Probe von Mutter oder Vater unterschreiben lassen. Und weil ich Mama nicht in eine existenzielle Krise stoßen wollte, übten Trice und ich am Nachmittag die Unterschrift meines Vaters – Mutter hatte eine solch komplizierte, da war Hopfen und Schmalz verloren. Im Endeffekt war Trices Version glaubhafter als meine. Mutter kam herein und fragte, was wir machen würden. Ich sagte, dass wir unser Autogramm übten, weil wir bald eine berühmte Band haben würden. Mama blickte uns prüfend an und sagte: »Solltet ihr nicht erst ein Instrument lernen und Gesangsunterricht nehmen?«

Wenn ich einmal weltberühmt bin, werde ich mich garantiert nicht bei meiner Mutter für ihre Unterstützung bedanken!

Kürzlich hatte sich Mama wieder mal von ihrer besten (ha ha!) Seite gezeigt: Lydia beförderte die *Sugar Smacks*, die sie eben fröhlich reingeschaufelt hatte, in hohem Bogen wieder raus, alles auf den Tisch. Ich rief nach Mutter. Als sie nach Ewigkeiten hereinschlurfte, erklärte ich ihr die Situation. Da sagte sie: »Ach, wie dumm! Putz es einfach auf und zieh ihr den neuen Pullover an, der passt sowieso besser zur Hose.« Dann verschwand sie wieder im Schlafzimmer! Lydia erbrach sich ein zweites Mal, was sie so erschreckte, dass sie losheulte. Mama erschien wieder: »Hat man denn nie seine Ruhe?! Nicola, was hast du wieder gemacht?«

Das war zu viel für mich, ich packte Jacke und Schultasche, stürmte aus der Wohnung und schmetterte die Tür zu. Ich würde *nie* mehr in diese Familie zurückkehren!

Am Mittag hatte ich solch großen Hunger, dass ich doch nach Hause ging – es ist ja besser, mit vollem Magen das Heim zu verlassen. Dort erwartete mich anstatt Mittagessen eine Lydia, die schreiend auf dem Esstisch lag. Mama summte eine schwachsinnige Melodie und bewegte die Hände über Lydias Körper. Als Lydia mich sah, streckte sie die Arme hilfesuchend nach mir aus. Ich ging zu ihr und hob sie hoch.

»Jetzt hast du alles zunichte gemacht«, jammerte Mutter.

»Wir müssen mit ihr zum Arzt.«

»Bloß nicht, diese schulmedizinischen Quacksalber pumpen sie bloß mit Chemie voll!«

»Mama! Lydia braucht Hilfe!«

»Ich habe ihr die Meridiane und die Chakras ausgeglichen und die Fußreflexzonen gedrückt, ich hab's im Griff.«

Nicht dass Mama in diesem Gebiet ausgebildet wäre. Sie liest die Hälfte eines Buches über solche Dinge und tut dann, als wäre sie eine Spezialistin.

Lydia umklammerte meinen Hals und wimmerte: »Nicola, ich will zu Kacksalber!« Ich stürmte mit Lydia aus dem Haus und störte unsere Kinderärztin Frau Leuenberger beim Mittagessen. Es stellte sich heraus, dass meine Schwester eine schlimme Magen-Darm-Grippe hatte.

Der Rest der Woche war die Hölle: Mama sprach nicht mit mir, weil ich ihre Heilung kaputt gemacht hätte; Papa sprach nicht mit Mama, weil sie das Leben ihrer zweiten Tochter gefährdet hätte; Lydia begann jedes Mal zu schreien, wenn Mama sich ihr näherte, und ich war wütend auf Papa, weil er ausgerechnet mit Mama verheiratet war.

Samstag verlief ruhig, weil wir uns mehrheitlich anschwiegen. In der Nacht auf Sonntag musste ich aufs Klo und hörte aus dem Schlafzimmer der Eltern Töne, die man als Tochter nicht hören will. Ich beschloss, ein Leben lang Jungfrau zu bleiben. Am Sonntag waren die Eltern ausgelassen, Papa zwinkerte Mama zu, dieser Verräter. Auch Lydia hatte vergessen, dass sie wütend auf Mama war. Kein Wunder, Mama hatte ihr mehrere Spielzeuge gekauft. Wir leben in einer korrumptionierten Gesellschaft: Mit Sex und Spielen kann man jeden weichklopfen!

Außer mich.

Wir sprachen also wieder miteinander. Mama sagte, sie habe für uns meditiert, deshalb würden wir uns wieder verstehen. Sie habe uns in ein heilsames Licht gehüllt. Ich sagte, etwas mehr Taschengeld wäre heilsamer.

Darauf Mama: »Wie materialistisch du bist! Ich glaube, sie haben dich im Spital wirklich mit einem Jungen verwechselt.«

Ich erwiderte: »Ja, leider.«

Ich muss wohl nicht erwähnen, dass Mama keine Freude an meiner Erwiderung hatte.

Jan bei der Waschmittelaktion

Das Wichtigste in meinem Leben ist zurzeit meine Liebe zu Jan: Ich bin unsterblich in ihn verliebt. Er ist auch unsterblich in mich verliebt, aber weiß das noch nicht. Heute hat er in der großen Pause drei Mal zu mir geschaut! Trice behauptete, es wären vier Mal gewesen, aber das sagte sie in ihrem italienischen Überschwang. Kiki, die unser Gespräch mitgehört hatte, gab auch ihren Senf dazu: Jan habe fünf Mal zu *ihr* geblickt. Das war lachhaft: Kiki hat eine Riesenzahnlücke, ist klein und dünn wie ein chinesisches Essstäbchen und irgendwas stimmt in ihrem Gesicht nicht. Also, nicht dass ich etwas gegen Kiki hätte! Sie ist lustig, ihr Vater ist jener Tierarzt, der Trinità gerettet hatte, sie raucht schon, strickt im Handarbeiten für mich die Socken und beim Korbball ist sie Spitzenklasse – jedenfalls im Dribbeln.

Da Kiki nicht leise reden kann (was für ihren kleinlichen Körperbau erstaunlich ist!), bekamen andere Mädchen unser Gespräch mit. Claudia, zwei Klassen über uns, wollte wissen, wer Jan sei. Trice zeigte ihn ihr. Da lachte sie und sagte, »Ach, ihr sprecht vom Ohren-Peter!«. Ihn so zu nennen fand ich nicht nett, das mit den Ohren war schließlich gottgegeben. Ich verteidigte ihn. Da sagte Barbara aus unserer Klasse, die immer ihr Maul reinhängen muss, Liebe mache halt blind, und grinste doof.

Ich lächelte gelassen, wobei ich nicht weiß, ob es auch so rüber kam. Tante Henriette sagte einmal zu mir: »Mach nicht so ein grimmiges Gesicht«, als ich verträumt lächelte. Das Innen und das Außen passen bei mir nicht zusammen. Mama hatte kürzlich einen Artikel gelesen, in dem es darum ging, dass Gott in jedem sei. Sie sagte: »Ja, genau so ist es, Gott ist in uns, wir müssen das nur erkennen!« Sie war den ganzen Tag über euphorisch, was ich nicht mag, weil sie dann keinen Haushalt macht.

Gott soll in mir sein? Das ist etwa gleich schlimm, wie vom Teufel besessen zu sein – Fremdkörper ist Fremdkörper! Wenn Gott in mir wäre, wäre ich mitverantwortlich für all das, was er geschehen lässt: Hungernde Kinder in Afrika, Autos, die alles verpesten, dass es immer weniger Tierarten gibt und so weiter. Ich finde, Gott kann ruhig im Himmel bleiben und von da aus sein Chaos veranstalten. Ich habe lieber Nicola in mir, die nicht die gleiche ist wie die Nicola gegen außen, aber immerhin Nicola und nicht ein bekloppter Gott, der einfach alt und nicht mehr richtig im Kopf ist.

Mochten die anderen Mädchen sagen, was sie wollten: Jan hatte zu mir geguckt. Es bahnte sich etwas an. Und wirklich – eine Woche später traf ich Jan im Einkaufszentrum Coop. Wahnsinn! Ich musste Katzenfutter für Trinità kaufen, wir hatten seit zwei Tagen keines mehr und gekochten Reis verabscheute sie. Sie hatte aus Trotz Mäuse nach Hause gebracht und in meinem Zimmer gefressen. Wenn sie die Mäuse frisst, klingt es, als würde sie Chips essen. Einmal hatte ich sie beim Fressen beobachtet, ich wollte endlich herausfinden, wie sie es schafft, eine Maus ohne die bittere Galle zu vertilgen. Hier lüfte ich nun ihr Geheimnis: Sie frisst erst den Kopf, wird dann langsamer, schleckt mehr, als dass sie frisst. Sie schleckt und knabbert, und plötzlich springt die Galle von alleine heraus! Dann frisst sie zügig weiter. Am Schluss saugt sie den Schwanz ins Maul, so wie Kinder das mit Spaghetti tun.

Ich war also im Coop, auf dem Weg zum Katzenfutter. Und da passierte das Wunder: Ich bog um die Waschmittelaktionen, als Jan mir entgegenkam! Wie groß ist die Chance, dass so etwas passiert?! Ein paar Sekunden früher oder später und wir hätten einander verpasst! Hätte Trinità nicht alles Futter aufgegessen, hätte ich zu Hause nicht meine Augen im Spiegel betrachtet und darüber gerätselt, ob sie grau oder grün sind, hätte ich mir am Kiosk kein *Milky Way* gekauft und hätte ich mir vor dem Coop nicht die Schuhe neu gebunden – dann wären wir uns nicht begegnet!

Aber was sollte ich nun tun? Davonrennen? Mich hinter einer Whiskas-Tüte verstecken? Um Hilfe schreien? Ohnmächtig werden und er würde zu mir stürzen, mit weit geöffneten Augen, und er würde unter Schluchzen sagen: »Stirb nicht, ich will mit dir zusammen sein, verlass mich nicht, du bist die Liebe meines Lebens, das wollte ich dir schon lange sagen!« Ich hätte die Augen langsam geöffnet, nach seinen abstehenden Ohren gegriffen und ihn zu meinem Mund gezogen. Ganz nah bei seinem Mund hätte ich geflüstert: »Für immer bin ich die deine …« und dann hätten wir uns leidenschaftlich geküsst. Die Passanten wären stehen geblieben und hätten applaudiert. Ja, so hätte es sein sollen.

Warum ist das Leben nicht so, wie es sein sollte?

Jan grinste nämlich nur kurz und ging weiter. Zugegeben, ich hatte ihm nicht die Möglichkeit geboten, mich zu küssen, ich war ja nicht in Ohnmacht gefallen! Verwirrt nahm ich ein paar Dosen vom billigsten Katzenfutter. Papa sagte, er schufte sich nicht zu Tode, damit eine Katze im Luxus leben könne. Als Museumsaufsicht sich zu Tode schuften – das ist lachhaft! Draußen rekapitulierte ich die Begegnung mit Jan. Auf dem Nachhauseweg wurde mir klar, was Jan mit seinem Verhalten ausdrücken wollte: Es war das untrügliche Zeichen dafür, dass er auch in mich verliebt war, er zeigte das deutlich mit seinem Grinsen und dem schnellen Weitergehen. Die Verliebtheit hatte ihn weitergetrieben und bestimmt saß er jetzt zu Hause und raufte sich die Haare, weil er diese große Chance verpasst hatte.

Ich ging zu Trice. Den restlichen Nachmittag besprachen wir das große Ereignis. Trice machte mir bewusst, wie cool ich gehandelt habe, und das stimmt: Ich hatte weder gelächelt noch gegrüßt. Alles in allem ein Erfolg. Als ich am Abend Trinità zu essen gab, stellte ich fest, dass ich Hundefutter gekauft hatte. Das sagte ich ihr aber nicht – sie aß es problemlos.

Oberschenkelhalsbrüche

Obgleich Cinquecento-Opa schon halbtot ist, baute er einen Unfall: Er fuhr los, ohne zu merken, dass Oma noch nicht eingestiegen war. Dann fragte er Oma: »Wo muss ich durch? Sag's mir endlich! Links oder rechts?«, streifte eine Mülltonne, geriet auf die andere Straßenseite und fuhr in eine Straßenlampe. Das allein wäre nicht so tragisch gewesen, denn er fuhr ja im Schritttempo. Dumm war nur, dass er das Auto an den Rand der Straße manövriert hatte. Als er ausstieg, stolperte er die Böschung hinunter und brach sich an einem großen Stein den Oberschenkelhals. Mama sagte, dass sich alte Leute gern den Oberschenkelhals brechen würden und dass das fatal sei, weil es ewig nicht verheile, denn die Knochen von alten Menschen seien wie dürre Äste. Warum wohl sagte Mama, dass sich die Alten *gerne* den Oberschenkelhals brachen? – Ich konnte mir nicht vorstellen, dass Opa sich *gerne* die Knochen brach. Als ich das Mama fragte, sagte sie, das sage man so, ich solle nicht immer so spitzfindig tun.

Opas hatte nur eine Sorge: Wie ging es wohl seinem Cinquecento? Er beruhigte sich erst, als Papa ihm versicherte, dass nur die Stoßstange etwas verbogen sei. Er könne die zurückbiegen, fügte Papa großzügig hinzu, doch Opa sagte nur: »Wage ja nicht, das Auto anzufassen!«

Opa wusste, dass sein Sohn eine handwerkliche Behinderung hat ... uh, ich glaube, da kommt Mama – schnell Licht löschen und Buch unter die Decke!

... ja, es war Mama. Zielstrebig ging sie zur Lampe und berührte die Birne, um zu kontrollieren, ob sie heiß sei. Sie ist trotz allem nicht auf den Kopf gefallen (ich meine Mama, nicht die Birne)! Sie setzte sich zu mir (ich meine immer noch nicht die Birne!) und fragte nett, was ich dem Tagebuch mitteilen würde, das ich nicht auch ihr sagen könne.

Ich antwortete: »Alles.«

Manchmal rede ich, bevor ich denke – so wie Lucky Luke schneller schießt als sein Schatten –, und das ist nicht klug. Mama wurde stinksauer und sagte unheilschwanger: »Du lädst dir schlimmes Karma auf!«

Ich hatte auf der Zunge: Kein Wunder bei der Mutter, aber ich konnte mich beherrschen. Mama gab mir trotzdem einen Gute-Nacht-Kuss und ich roch ihr Parfum, von dem ich nie weiß, ob ich es mag oder nicht.

Sporttag, nein danke!

Alle Jahre wieder, bald nach meinem Geburtstag, droht die gleiche Katastrophe: der Sporttag! Und wie alle Jahre türmte er sich wie ein Unwetter vor mir auf. Sporttag bedeutet Tortur pur. All dieser Leichtathletikquatsch, in dem ich eine Niete bin, mal abgesehen von Langstreckenlauf und Weitwurf. Ich bat Trice, mir meinen linken kleinen Finger zu brechen. Sie war sofort einverstanden, was ich etwas befremdlich fand. Wir gingen in den Schrebergarten ihres Vaters, dort gab es allerhand Werkzeuge. Ich hatte den Eierlikör von Opa mitgenommen, um damit die Schmerzen zu betäuben, und trank ein Glas, Trice ebenfalls, was ich keine gute Idee fand, sie musste ja den Finger treffen! Trice ergriff den Vorschlaghammer. Ich legte meinen kleinen Finger auf den Tisch (samt restlicher Hand, anders ging es leider nicht).

Ich verfluchte die Schule, die mich zu solch drastischen Maßnahmen greifen ließ. Trice hob den Vorschlaghammer, auf halber Höhe ließ sie ihn aber mit einem verblüfften Schrei fallen! Ich schaute zu, wie der blöde Hammer nicht auf meinen Finger, sondern auf Trices Fuß fiel, und hörte, wie es knackte, als würde ein Stock brechen. Es war kein Stock, sondern Trices kleiner Zeh am rechten Fuß. Nun war sie vom Sporttag befreit, ein Schicksal, das sie breit grinsend entgegennahm. Ich hätte ihr vor Zorn am liebsten den Hammer auch auf den anderen Fuß fallen lassen!

Ich musste also in den mehligen Apfel beißen und die Sportfolter über mich ergehen lassen: Am Vormittag sprang ich beim Hochsprung drei Mal in die Stange, den Weitsprung hätte sogar Lydia besser hingekriegt und beim Diskuswerfen ging mir das

Ding in die falsche Richtung ab, haarscharf an meiner geliebten Turnlehrerin vorbei. Daraufhin verbot mir Fräulein Franzen, mit dieser Disziplin fortzufahren. So setzte ich mich dorthin, wo schon andere saßen. Kaum saß ich, kamen zwei Lehrer und sagten, der Sitzstreik sei jetzt vorbei, wir bekämen Strafaufgaben und wer nicht spure, kriege eine Drei im Turnen. Ich hatte mich unwissend einem Sitzstreik angeschlossen! Sie kämpften bzw. saßen für das Recht der Mädchen, Fußball zu spielen. Nun musste ich am draufkommenden Samstag die Turnhalle putzen helfen! Ich verhandelte mit den zwei Lehrern, aber wie immer verhandelten die Lehrer nicht mit mir. Man könne noch viel sagen, wenn der Tag lang sei, sagten sie, ich solle wenigstens zu der Aktion stehen.

Am Nachmittag war Langstreckenlauf – ich erreichte als Erste das Ziel! Das war der Höhepunkt dieses Tages und ich ging mit grinsendem Gesicht herum, bis ich einen Krampf in den Mundwinkeln kriegte.

Die Eltern fanden es übrigens vorbildlich, dass ich an einem Sitzstreik teilgenommen hatte. Mein Sieg im Langstreckenlauf interessierte sie weniger.

Endstation Südfrankreich

Meine Mutter wollte unbedingt aussteigen. Lange verstand ich nicht, was sie damit meinte – wenn sie es sagte, befand sie sich in der Regel nicht in einem Auto. Aus was und wohin wollte sie also aussteigen? Bis ich begriff, dass sie aus der *Gesellschaft* aussteigen wollte, aus der biederen Schweiz, um endlich ein echtes Leben zu führen. Sie wollte barfuß herumgehen, tanzen, gärtnern, meditieren, feiern, Brote backen, Steuerformulare verbrennen und wir Kinder müssten nicht mehr zur Schule gehen – *sie* würde uns unterrichten. Sie hatte mir einmal voller Begeisterung den Film *Woodstock* gezeigt und erklärt, dass dies das wahre Leben sei: Menschen, zum Teil nur halb bekleidet und im Delirium, tanzten zu irrer Musik. Ich fragte mich, wo die alle schliefen, aßen und aufs Klo gingen, und ich dachte: Nie steige ich aus. Zu viele Leute, zu wenig Klos.

Beim letzten großen Streit hatte Mama Papa vorgeworfen, dass er ihren Traum vom Aussteigen nicht unterstütze. Ich sei nun schon seit Jahren in der Staatsmühle, sprich Schule, und vielleicht könne man mich nicht mehr retten. Wenn das so weitergehe, würde sie ihn verlassen.

Nun hatte sich Papa das zu Herzen genommen. Jedenfalls verkündete er kurz nach Opas Unfall: »Wir steigen aus. Ich habe einen wundervollen Platz in Südfrankreich gefunden und dort beginnen wir ein neues Leben. In den Sommerferien gehen wir runter und sehen uns das an.«

Mamas Augen glänzten – sie hatte offenbar vergessen, dass Papa zum »Aufbauen« so geeignet ist wie eine Schlange zum Stepptanz. Ich starrte meine Eltern entsetzt an. Fieberhaft überlegte ich, bei wem ich unterkommen könnte: bei den Kurz-Bein-Großeltern, bei Patentante Sophia, bei Tante Henriette oder – das wäre mir am liebsten – bei Trices Familie?

»Freust du dich?«, fragte mich Mama.

Sie behauptet immer, mittels Telepathie über weite Distanzen zu spüren, wie es ihren Töchtern geht – aber wenn ich vor ihr stehe und vor Entsetzen kalkweiß bin, begreift sie rein gar nichts.

Ich sagte: »Ich gehe zu Trice, wir haben morgen eine Geschichtsprobe.«

»Damit ist es bald vorbei«, rief mir Mama fröhlich hinterher.

Ich hätte nie gedacht, dass die Aussicht auf ein schulfreies Leben eine Horrorvision sein könnte!

Als ich in der Schule erzählte, dass wir nach Frankreich gehen würden, riefen die Freundinnen neidisch »ah!« und »oh!«, als wäre es grundsätzlich etwas Tolles, wenn man in den Süden fährt. Ich fand, dass Sonne und Sandstände total überbewertet seien! Und sowieso könnte es ja sein, dass meine große Liebe im Norden auf mich wartet.

Papa sagte, das Gebäude sei eine Ruine, aber die Grundmauern seien solid. Ich wagte zu bemerken, dass Ruinen nicht ohne Grund als Ruinen bezeichnet würden.

Papa: »Das wird Fräulein Besserwisserin wohl wieder wissen! Wenn du weiter so zickig tust, darfst du nicht mitkommen!«

Es bestand also noch Hoffnung für mich.

Mama kaufte Esswaren für eine ganze Kompanie, als gäbe es in Frankreich keine Läden. Sie erstand Schlafsäcke, die gerade Aktion waren – *drei für zwei*. Sie fragte eine Verkäuferin, was sei, wenn sie vier Schlafsäcke kaufen wolle. Die Verkäuferin sagte, es gebe einfach einen gratis. Das fand Mama nicht logisch: Es müsse doch eine Preisreduktion auf dem vierten geben, weil mit dem Vierten eine zweite Runde *drei für zwei* anfange. Die Verkäuferin sagte, dass sie nur einen gratis bekäme, was ja sehr großzügig sei, und wenn sie sie entschuldigen möge, sie müsse bei den Wanderschuhen einen Kunden bedienen.

Auf einmal vergaß Mama allen Frieden und alle Nächstenliebe: Sie fauchte die arme Verkäuferin an, was ihr einfalle? Ihre Aufgabe sei es, freundlich und entgegenkommend zu den Kunden zu sein. Bei dieser Bedienung käme sie nie mehr hierher! Das war eine pure Lüge, Mama würde nie den langen Weg zum anderen Coop auf sich nehmen! Sie verlangte den Chef, ich verzog mich zu der Unterwäsche.

Mama verhandelte und verhandelte. Ich ging hinaus und wartete dort. Als sie endlich mit den vier Schlafsäcken dahergerauscht kam, hatte sie ein triumphierendes Lächeln auf dem Gesicht. »Ich wusste, die würden klein beigeben. Hier: Zwar nur einen Schlafsack gratis, aber zwei Getränkegutscheine für ihr Restaurant. Ha!«

So gingen wir etwas trinken – einfach das Teuerste, sagte Mama. Manchmal zweifle ich an ihrem Charakter.

Mama brachte Französisch-Lernkassetten mit nach Hause, die sie auf einem Trödlermarkt gefunden hatte. Zwar würden die Lektionen acht bis elf fehlen, aber da verpasse man bestimmt nichts Wichtiges. Sie steckte die erste Kassette in den Kassettenrecorder. Eine tiefe Stimme eierte etwas Unverständliches auf Französisch. Alle waren erstaunt, außer mir: Seit Monaten schon sagte ich, dass das Gerät eiere.

Papa – wohl angespornt durch den Gedanken, dass er bald ein Handwerker sein würde – holte ein Messer, und hebelte los mit dem Resultat, dass man die Kassette nicht mehr rausbrachte und das Radio sich auf DRS zwei, dem Kultursender, festhakte. Ab heute also nur noch klassische Musik und hochgestochene Gespräche. Mama ignorierte Papa den restlichen Abend, was einfach war, weil Papa nach seiner Tat die Wohnung verließ, um etwas mit Kollegen zu besprechen, sprich: einen zu heben.

Im Bett dachte ich über meine Herzensangelegenheit nach. Jan war so schüchtern, wir hatten uns noch nicht mal geküsst! Trice behauptete, dass das an seinen großen Ohren liege, der komme schon noch. Ich musste ihn aber unbedingt küssen, bevor ich in die Ferien ging, das würde ihn an mich binden – das jedenfalls behauptete Trice.

Kürzlich sah ich den Film *Casablanca* und wurde euphorisch: Ich stellte mir vor, dass Jan der Barbesitzer wäre und ich die Bergman. Ich fand Ingrid Bergmans Augen schön, fast so schön wie Jans Ohren. Wobei die Ohren nicht wirklich schön sind; man nahm sie in Kauf, weil sie zum ganzen Paket gehörten. So gesehen waren Ingrids Augen viel schöner und ihre Hände sahen irgendwie feinfühlig aus, wie von einer Prinzessin. Keine Prinzessin auf der Erbse, sondern Dornröschen, nur dass es nicht schlief.

Noch zwei Tage bis zu den Ferien. Mama war entweder am Packen, wobei sie das wieder auspackte, was sie eben eingepackt hatte, oder sie saß auf dem Balkon und paffte. Das Geschirr stapelte sich in der Küche, aber dafür hatte sie ja mich, die Sklavin.

Papa lieh sich Werkzeuge aus und ließ sie sich von seinem besten Freund diejenigen Werkzeuge erklären, die er nicht kannte. Das waren die meisten.

In der Franzstunde mussten wir zwei Gruppen bilden und einen kleinen Sketch einüben. Jan hätte in meiner Gruppe sein können, aber er tat sich mit seinem besten Freund, dem Sebastian, zusammen. Ich fragte mich, ob das mit uns gut werden würde? Oder wollte er seine Gefühle für mich vor seinen Kollegen verbergen? Das konnte ich verstehen. Doch manchmal war mir unsere Beziehung zu geheim; eigentlich merkte ich nichts davon.

Meine Sehnsucht nach ihm wurde immer größer, die Verzweiflung und der Schmerz auch. Und jetzt noch die Ferien im französischen Dschungel – das war zu viel für mich! Die Zukunft schien unendlich düster, wie ein Loch. Würde ich jemals geliebt werden, würde ich jemals Glück erfahren?

Wohl kaum.

Die Reise kann beginnen

Es war drei Uhr morgens: Der alte Volvo war bis zur Decke gefüllt, sogar neben Lydia hatten sie Taschen gestopft. Wir fuhren früh am Morgen, weil es zu dieser Zeit noch keinen Verkehr habe und es nicht heiß sei, erklärte Papa. Mir sollte es recht sein, ich konnte wegen meines Herzschmerzes sowieso nicht schlafen – kein Kuss von Jan, nicht mal ein Abschied!

Lydia schlief bald tief und fest. Mama hatte die Idee, am offenen Fenster zu rauchen. Es wehte den Rauch zu uns und erst als ich sagte, dass ich ihr demnächst in den Nacken reihern würde, drückte sie die Zigarette aus. Von da an drängte sie darauf, Pausen zu machen, angeblich damit wir Mädels uns die Füße vertreten könnten. Ha, was für eine Lüge: Sie sprang bei der Raststätte immer als Erste aus dem Auto, die Zigarette und das Feuerzeug im Anschlag.

Wir erreichten Genf. Vor dem Zoll machten wir einen Zwischenstopp. Die Eltern kämmten sich, Mutter zog das Jäckchen an, das sie Oma abgeluchst hatte, Papa stopfte das Hemd in die Hose und zog sich die Jacke über, die er von seiner Konfirmation her besaß. Dass sie einen solchen Aufwand betrieben, hatte seinen Grund: Jedes Mal, wenn sie über die Landesgrenze gingen, wurden sie rauszitiert und von Kopf bis Fuß durchsucht. Bei dem ganzen Kostümieren hatten sie bloß eines vergessen: Dass der Volvo total verrostet ist und auf der Kühlerhaube ein *Peace*-Zeichen prangt. Mutter wollte das Frauenzeichen, Papa das YB-Logo (*Young Boys* ist der Berner Fußballklub), da war das *Peace*-Zeichen der Kompromiss.

Diesmal kamen wir ohne Probleme über die Grenze, doch das lag nicht am gekämmten Haar – es waren keine Zöllner da. In Lyon verfuhr sich Papa gründlich. Er fluchte in einem fort, Mama sagte, er solle still sein, sie konzentriere sich auf ihren Geistführer, der würde uns schon den Weg weisen. Als sie uns zum dritten Mal über dieselbe Kreuzung lotste, sagte Papa, sie könne sich ihren Geistführer irgendwohin stecken, er verlasse sich lieber auf die männliche Vernunft. Lydia, die erwacht war, fragte, was die männliche Vernunft sei.

»Viel Gebläse und kein Wind«, erklärte Mama.

Papa polterte: »Das sagst gerade du!« Und so ging das in einem fort. Ich hielt Lydia die Ohren zu.

Langsam zeigte sich am Himmel ein roter Streifen, es sah gespenstig und geheimnisvoll aus. Ich wäre am liebsten auf den Streifen zugefahren, immer weiter, bis ich ganz in das Rot getaucht wäre. Mama war eingenickt, Lydia auch – Vater hoffentlich nicht! Das Rot am Himmel verwandelte sich in Orange, Gelb, dann tauchte ein kleines Bisschen von der Sonne auf. Ich hatte majestätische Gefühle und wusste, dass ich etwas werden wollte, das die Erde in ihrer Schönheit erhalten würde. Etwas mit Umweltschutz.

Als wir im Ort ankamen, wo Papas Ruine stand, dachte ich, na toll! Das Kaff war ausgestorben, ein paar zerfallene Häuser. Weder Laden noch Kneipe. Papa versuchte anhand der Skizze des Kollegen, der ihm die Ruine verkauft hatte, den Weg zu finden. Wir fuhren mehrere Male am Ziel vorbei, bis Mama zum Schluss kam, dass es zwar nicht wahr sein könne, aber der Steinhaufen dort müsse es wohl sein. Wir stiegen aus und umkreisten das Anwesen (ha ha!). Es musste ein Stall gewesen sein, jetzt waren nur noch die Grundmauern vorhanden. Ein Baum wuchs im »Haus« und jede Menge Sträucher drum herum, auf dem Boden lag Ziegenkot, den Lydia begeistert einsammelte.

Mama zerrte Papa hinter eine Mauer und sagte ihm, was sie von ihm hielt: nichts. Papa sagte, er habe das alles für sie getan. Sie wurden lauter und lauter, bis ich schrie, dass sie nicht hinter einer Schallmauer stünden. Da schrie Papa zurück, dass er und Mama sowieso nur geheiratet hätten, weil ich unterwegs gewesen war. Ich begann zu heulen. Lydia, die neben mir stand, nahm meine Hand und sagte laut: »Komm, wir gehen unsere richtigen Eltern suchen.«

Da gaben die falschen Eltern Ruhe und kamen zaghaft hinter der Mauer hervor. Papa erklärte reumütig, er habe das natürlich nicht so gemeint. Das ist bei den Erwachsenen eine Krankheit: Sie sagen Dinge und dann beteuern sie, dass sie sie nicht so gemeint haben. So wie eben gerade und schon tausend Mal davor. Man weiß nie genau, ob Erwachsene das meinen, was sie sagen, oder das Gegenteil oder vielleicht sogar etwas Drittes. Mama sagt manchmal zu Papa, dass sie ihn hasse – aber das hält sie nicht davon ab, ihm eine Stunde später einen Kuss zu geben. Oder das mit dem Bezahlen: Wenn wir mit Bekannten etwas trinken gehen, streiten sich die Erwachsenen am Schluss darüber, wer bezahlen darf, als wären sie ganz versessen darauf. Meine Eltern sind es garantiert nicht und trotzdem behaupten sie, dass sie es seien. Das ist einfach nur bescheuert! Oder Mama trifft auf der Straße eine Frau, die sie eine dumme Kuh findet. Sie plaudert trotzdem mit ihr und sagt am Schluss: »Gehen wir doch mal einen Kaffee trinken.«

Ist man dann erwachsen, wenn man lügen kann, ohne mit der Wimper zu zucken?

An diesem ersten Abend passierte nichts Besonderes mehr: Wir aßen langweiligen Fraß von zu Hause, dann packte Papa seine Gitarre aus – er war beim Packen auf sie gestoßen und hatte sich daran erinnert, dass an ihm ein genialer Gitarrist verloren gegangen war. Er hängte sich das Ding um und kratzte sein Wissen zusammen: Von jedem Lied wusste er den Anfang, den Rest dann nicht mehr, und das mit den Griffen war reine Glückssache. Mama war begeistert, wir Kinder weniger. Zwischendurch drehte Papa zu einem Gitarrensolo auf, das war eine einzige Tortur.

Meine Eltern schliefen im Volvo, Lydia und ich in einem kleinen Zelt. Gott sei Dank waren die Nächte warm, denn die Reißverschlüsse der neuen Schlafsäcke erwiesen sich als Schrott. Jetzt verstand ich, warum wir einen gratis gekriegt hatten. Morgens krochen die Eltern ächzend von den pflaumigen Volvo-Sitzen und mussten erst wieder gehen lernen.

Am zweiten Tag gingen wir ans Meer, damit sich unsere Laune etwas hob, wie Mama es ausdrückte. Erst aber frühstückten wir im nahegelegenen Städtchen. Während Mama erörterte, dass die Energien hier sehr gut und dieses Städtchen bestimmt ein Kraftort sei, aß ich Baguette. Es war lecker, aber irgendwie wurde ich nicht satt davon. Touristen flanierten und drehten an Kartenständern. Ihre Köpfe, Schultern, Arme und Beine waren rot. Zu meiner Enttäuschung war ungefähr jeder dritte Tourist ein Berner, der Rest kam aus Deutschland. Ich tat so, als würde ich nicht zu meiner Familie gehören und auch nicht aus der Schweiz stammen.

Dann fuhren wir ans Meer. Wie schön war es, hier zu sein! Diese Weite! Dieser Zauber! Diese Mystik! Dieses Blau! Diese salzige Luft! Dieser Sand! Und diese viel zu vielen Touristen! Papa fuhr in den Bezirk, wo man nackt baden durfte. Wollte eine Tochter ihre Eltern mit allen widerlichen Details zu sehen bekommen? Nein!! Wollte ich meine Hüllen fallen lassen? Dreimal nein!!! Aber mich fragte ja keiner. Lydia war nullkommaplötzlich splitternackt und fuhrwerkte mit Schaufel und Eimer. Ich stieg die Düne hoch und schaute aufs Meer hinaus. Geschickt wählte ich einen Ausschnitt, bei dem ich weder meine Eltern noch andere nackten Zumutungen im Visier hatte. Ich fühlte mich mit diesen enormen Wassermassen verbunden. Wie klein war ich dagegen, wie bedeutungslos! Das schien mir die Botschaft des Meeres: Alles war bedeutungslos – auch dass mir meine Mutter fröhlich schreiend zuwinkte. Warum war ich nicht wie das Meer und konnte die Unruhen des Lebens plätschernd hinnehmen, Welle um Welle, Ebbe um Flut, wissend um die wunderschöne Fischwelt in mir?

Ich war wieder einmal an dem Punkt, an dem ich oft stand: So viele Fragen und keine Antworten. Das Leben blieb ein großes Geheimnis, und ich verstand nicht, warum ich rein gar nichts verstand. Ich hasse es, wenn ich nicht weiß, was Sache ist – aber genau in 99,9 Prozent der Fälle ist das so. Ich ging zu meinem Badetuch hinter der Düne und vertiefte mich in mein Buch. Meine Cousine Melissa hatte mir einige *Romantic Thrillers* ausgeliehen. Es waren dumme Bücher – total unter meiner intellektuellen

Würde. Aber manchmal ist es wichtig, auf der Oberfläche des Lebens zu surfen. In dem Band *Das Flüstern in der Nacht* nimmt Gloria, eine Gouvernante, die Stelle beim Earl Jeremy Hucknaby an. Das Ganze spielt in England, dort haben sie noch Grafen. Ihre Aufgabe ist es, nach den zwei Kindern des Grafen zu schauen. Die Mutter der Kinder ist auf mysteriöse Weise umgekommen. Man munkelt, dass der Graf etwas damit zu tun habe, aber man kann ihm nichts nachweisen. Er lässt sich fast nie blicken und wenn, ist er griesgrämig und abweisend. Die Gouvernante hat ein sonniges Gemüt, die Kinder und die Dienstboten lieben sie. Sie ist vom Grafen auf magische Weise angezogen, obwohl sie ihn für einen Rüpel hält. Vorsichtig macht sie sich daran, das Rätsel um die verstorbene Gräfin zu lösen …

So weit war ich gekommen. Ich musste immer weiterlesen, mein Herz pochte und meinen Wangen pulsierten. Der Schund wühlte mich auf, ich musste an Jan denken, der auch herablassend oder zumindest gleichgültig mir gegenüber war. Vielleicht sollte ich das Ganze mit einem sonnigen Gemüt angehen, dann könnte ich ihn knacken. Ja, wer weiß, vielleicht verhalf mir *Das Flüstern in der Nacht* zu Erfüllung in der Liebe!

Papa versuchte den Baum in der Ruine zu fällten. Mama sammelte währenddessen Pflanzen und machte mit dem Campingkocher auf Selbstversorger. Die Suppe schmeckte nach Gras, die Omeletten nach einer anderen Sorte Gras – und ich fühlte mich wie eine Kuh.

Am nächsten Tag lag die Familie mit höllischen Bauchschmerzen darnieder. Vater verbot Mama, Kräuter zu sammeln. Mama behauptete, dass es am Wasser liege, das habe schlechte Energien.

»Alice, das Wasser haben wir im Supermarkt gekauft!«

»Eben, zu Hause kaufen wir nie Wasser.«

»Wir haben hier keine andere Möglichkeit. Dass wir Bauchschmerzen haben, liegt an deinen Kräutern.«

»Die Natur will uns nichts Böses.«

»Na, dann iss mal einen Fliegenpilz!«

»Homöopathisch aufgeschüttelt, ist das kein Problem.«

»Dann schüttle in Zukunft deine Kräuter, anstatt uns zu vergiften!«

Und so weiter. Ich vertiefte mich in *Das Flüstern der Nacht*. Gloria kommt dem Tod der Gräfin langsam auf die Spur!

Etienne

Einheimische kamen und guckten. Die Eltern legten ihr Französisch zusammen, die Franzosen lachten. Ich weiß nicht, ob sie wegen der Ruine lachten oder wegen des Französisch. Wahrscheinlich wegen beidem.

Ich hatte den Auftrag, nach Lydia zu schauen, während die Eltern ein Zuhause aufbauten. Mit meiner Schwester an der Hand ging ich durchs Dorf, auf der Suche nach Leben – eine Eisdiele hätte auch schon gereicht. Die meisten Fensterläden waren geschlossen, wie gespenstig! Ein Traktor fuhr vorbei. Der Bauer grüßte uns, als wären wir zwei Außerirdische. Ich grüßte zurück, als wäre er ein als Bauer verkleideter Außerirdischer. Wir verließen das Kaff und folgten einem Feldweg, der uns durch Reben führte. Wir gingen alle Zählreime und Kinderlieder durch, dann sahen wir von weitem Häuser. Mehr noch: Das erste schien ein Restaurant zu sein! Vor dem inneren Auge sah ich schon die Limonade, die wir trinken würden. Zwei ältere Männer standen an der Bar, vor sich ein Glas Wein. Eine dicke Frau saß an einem der Tische und fächelte sich Luft zu. Der Wirt kam hinter der Theke hervor und begrüßte uns. Ich sagte: »*Bonjour*« und »*Comment allez-vous?*«, dann: »*Je voudrais une limonade et un sirop.*«

Die dicke Frau klatschte anerkennend in die Hände. Sie wollte wissen, woher wir kämen. Ich sagte es ihr.

Und wo unsere Eltern seien?

»*Travailler, faire une maison.*«

»*Où ça?*«

»*Là bas.*«

Offenbar hatten sie von uns gehört, jedenfalls lachten sie.

Wir setzten uns auf der Veranda an ein Tischchen. Der Monsieur brachte uns die Limonade und den Sirup, er hatte uns eine Menge Eiswürfel in die Gläser gegeben, toll! Lydia entdeckte den Flipperkasten. Bald stand sie auf einem Stuhl und betätigte den rechten Knopf, ich den linken, und obschon Lydia auf ihren Knopf drückte, ohne genau zu kapieren, was das bewirkte, hielt sie sehr oft die Kugel.

Wie wir so spielten, kamen ein paar Jungs in die Kneipe. Der eine Junge mit so blauen Augen, dass sie verboten werden sollten, trat zu mir und schenkte mir einen Franc mit der Aufforderung, weiterzuspielen. Erst spielten wir, dann die Jungs, dann alle zusammen. Blauauge stellte sich als Etienne vor, die anderen drei hießen Gustave, Jean und Alain. Der Wirt klärte sie offenbar über unsere Ruine auf, jedenfalls begannen zu lachen. Als wir gingen, holte uns Etienne Blauauge ein und anerbot, uns nach Hause zu fahren. Er deutete auf drei Mofas. Sie hatten an ihren Mofas herumgebastelt, wir fuhren in einem Wahnsinnstempo! Der Fahrtwind zerzauste mein Haar, ich hielt Etiennes muskulösen Bauch umschlungen. Ich dachte kurz an Jan Flatterohr, aber nur kurz.

Papa war fuchsteufelswild, Mama schluchzte und jammerte, sie habe die Hölle durchgemacht, sie habe gedacht, dass wir entführt worden seien oder dass wir uns im Busch verirrt hätten, wir hätten – nein, sie wolle gar nicht daran denken. Sie hätte uns die ganze Zeit in ein helles Licht gehüllt. Papa wagte zu erwähnen, dass sie doch eine Stunde geschlafen und davor in einem Buch gelesen habe. »Was verstehst du schon von spirituellen Kräften?«, schnappte sie, »ich kann mehrere Dinge gleichzeitig tun!«

Sie begannen zu streiten und vergaßen ihre Töchter, die sie doch so ersehnt hatten. Papa sah abgekämpft aus. Als ich zur Ruine schaute, wusste ich warum: Er hatte das Bäumchen gefällt. Sonst war nichts verändert. Zur Feier des Tages (der Baum und unsere Rückkehr) und weil niemand wieder eine Kräutervergiftung wollte, gingen wir ins Städtchen essen.

Für einmal war es friedlich und schön.

Vater baut – ha ha!

Papa begann, mit den herumliegenden Steinbrocken eine Mauer aufzubauen.

Am nächsten Tag ging Mama ins Städtchen, Heftpflaster, Schmerzmittel und lindernde Salbe kaufen. Papa konnte sich nicht mehr bewegen – der Rücken! Und sein armes Handgelenk, das er bei meiner Geburt gebrochen hatte! Egal wo sich Papa verletzte, sein Handgelenk schmerzte mit, und zwar gewaltig. Außerdem schmerzte es, wenn Vollmond war, die Bise oder der Föhn wehte, es zu schneien begann oder er im Suff darauf fiel. (Ich meine nicht auf den Schnee, sondern auf sein Handgelenk.)

Am übernächsten Tag lag Papa immer noch darnieder und zupfte ab und zu an der Gitarre (trotz Handgelenk!). Wir Frauen rodeten das Innere der Ruine. Etienne und seine Jungs kamen vorbei. Sie wollten mich mitnehmen, aber Mutter sagte »*non*«. Eltern kennen das Wort *Nein* in jeder Sprache dieser Welt. Ein *Ja* bringen sie meistens kaum in der eigenen Sprache und nur unter Folter heraus.

Am überübernächsten Tag humpelte Papa mit schmerzverzerrtem Gesicht herum, die Hand auf dem gekrümmten Rücken. Er könne unmöglich arbeiten, sagte er, deshalb ging es ans Meer. Dort lag Papa wie eine tote Fliege am Strand, am Abend war er von Kopf bis Fuß versengt. Wie wir anderen auch: Mama hatte anstatt *Nivea Sonnencreme* fälschlicherweise *Nivea Körperlotion* mitgenommen!

Am Abend kam Etienne vorbei und strahlte mich mit seinen überblauen Augen an, so dass ein Blitz durch mich fuhr! Ich durfte mit ihm auf eine Spritztour! Etienne fuhr, bis er bei einem schäbigen Schuppen stoppte. Er sagte: »*Viens*«, nahm mich an der Hand und führte mich in die Lotterbude.

Er nahm mich an der Hand!

Was hatte ich nur an Jan finden können?, fragte ich mich. Jans Löffel nahmen in meiner Vorstellung die Größe von Elefantenohren an.

Etienne führte mich zu einem alten amerikanischen Schlitten mit Pneus ohne Luft und einer Menge Rostflecken. Früher war es wohl ein beeindruckender Wagen gewesen, aber heute? Mein Begleiter hielt mir elegant die Türe zum Fahrersitz auf. Ich stieg ein. Machte Brumm-Geräusche und tat so, als würde ich fahren, eine enge Kurve jagte die andere. Etienne rückte näher und legte den Arm um mich.

Er legte den Arm um mich!

Ich brummte und brummte, bis Etienne mir tief in die Augen schaute. Oma hatte mir gesagt (als sie noch klar im Kopf war), dass man als Frau nicht zu passiv sein dürfe. Man müsse zwar passiv *tun*, aber die Fäden in der Hand halten – das sei die große Kunst. Bei ihr sah das so aus: Wenn Opa sagte: Wir gehen dorthin, sagte Oma: Gute Idee, lass uns doch hierhin gehen – und Opa ging mit. Wenn Opa sagte: Ich will eine Bratwurst, sagte Oma: gute Idee! Und briet ihm Koteletts.

Ich tat also passiv und brachte unauffällig meinen Körper in eine Position, dass wir nicht anders konnten, als zu küssen. Ich dachte: Der erste Kuss, nun ist es so weit. Es war dann nicht so weit, sondern so nah: Seine Nase war riesengroß, die Augen noch blauer. Er gab mir einen Kuss auf die Lippen und bevor er es sich versah, steckte ich kurz meine Zungenspitze in seinen Mund. Ich wusste, wie das geht: Trices Bruder hatte uns einmal das Küssen erklärt. Danach übten Trice und ich in ihrem Zimmer. Es ist immer gut, vorbereitet zu sein. Und obschon Trice ein Mädchen war, war es aufregend, mit ihr zu küssen. Bis es uns peinlich wurde. Wir haben es nie wiederholt.

In diesem Rostschlitten zu küssen war nicht angenehm – man musste sich ziemlich verrenken. Dann wollte Etienne meinen BH öffnen, er suchte jedenfalls hinter meinem Rücken nach etwas, und meine Brüste konnten es nicht sein. Als Tochter einer Feministin (wie sich Mama bezeichnet) durfte ich keinen BH tragen, weil das patriarchal sei, wir aber befreite Frauen. Ich beneidete die Mädchen in meiner Klasse, die einen BH tragen durften! Nachdem Etienne nicht fündig wurde, rutschten seine Hände in Richtung meiner Brüste. Ich schlug darauf (auf seine Hände, nicht meine Brüste!) und schob sie weg. »*Non*« sagte ich und war für einmal froh, dass es dieses Wort gab. »*Je ne suis pas une mercerie*«, erklärte ich. Das Wort *mercerie* war falsch, ich wusste das, aber es klang gut. Etienne wollte schon ein beleidigtes Gesicht machen, als er aber das *mercerie* hörte, begann er zu lachen. Er gab mir nochmals einen Kuss, der ging ewig lange, zwischendurch öffnete ich meine Augen um zu schauen, ob er seine geschlossen hielt. Da öffnete er seine im gleichen Moment, wir starrten uns aus nächster Nähe an, alles war verzerrt und übergroß. Ich schloss schnell die Augen und hielt sie bis zum Schluss zu. Irgendwann verhedderte ich mich in etwas, das sich als bestens funktionierende Hupe entpuppte. Das Hupen wollte nicht mehr aufhören, mit der romantischen Stimmung war es vorbei. Etienne schob mich vom Fahrersitz und befasste sich mit der Hupe. Am Anfang versuchte er es mit Fingerspitzengefühl, dann mit Gewalt. Es dauerte eine Weile.

Es dunkelte ein, als wir zurückfuhren. Der Fahrtwind wehte Etiennes Körpergeruch zu mir: Er roch wie ein Raum, den man lüften sollte, die Gerüche hockten aufeinander. Es roch nicht total schlecht, aber Frischluft hätte nicht geschadet.

Papas Kreuz erholte sich nicht, das behauptete er jedenfalls. Ich kam nicht von dem Gefühl los, dass er mogelte. Mama war enttäuscht: »Heini, du bist nicht zu gebrauchen, das hätte ich wissen sollen! Was machen wir jetzt mit der Ruine, was ist mit dem Aussteigen?! Ach, ich bin schon seit Jahren in einem falschen Film!«

Lydia hatte Mutters Ausführungen mitgehört. »In einem falschen Film? Wir sitzen doch gar nicht im Kino.«

Mama taxierte Lydia böse, nur merkte die Kleine das nicht, weil sie mit einem komplizierten Hüpfspiel beschäftigt war.

Papa humpelte schweigend davon.

Humpelt man, wenn man es im Kreuz hat?

Etienne kam jeden Tag allein oder mit seinen Jungs vorbei. Papa sagte: »Sieh an, sieh an!« Mama bot ihnen selbstgemachten Eistee an (aus ihren Kräutern). Die Jungs lehnten dankend ab. Meistens gingen wir in unsere Kneipe, wo wir Flipper oder Ping Pong spielten. Oder wir gingen ins Städtchen, wo wir rumhingen, in einer Bar was tranken und Flipper oder Ping Pong spielten. Manchmal gingen wir an den Fluss, wo wir kurz ins Wasser gingen, in der Strandbar etwas tranken und am Flipperkasten oder Ping Pong spielten. Etienne zog mich in eine dunkle Ecke und wir küssten uns, was anstrengend war, weil ich ihn daran hindern musste, meinen nicht vorhandenen BH zu öffnen. Er schaute mich fragend oder verärgert an und sprach auf mich ein, dass mir fast schwindlig wurde. Es war gut, dass ich ihn kaum verstand.

In der letzten Ferienwoche waren wir einmal zu zweit unterwegs. Etienne fuhr durch einen Buschwald auf eine Lichtung, dort hielt er. Er zog mich zu einem Kastanienbaum und fing wieder mit dem Küssen an. Immer diese Küsserei, es ging mir langsam auf die Nerven! Seine Hände glitten unter mein T-Shirt, ich sagte »*non*«, aber er hörte das nicht oder wollte es nicht hören und machte weiter. Ich versuchte mich aus seinen Armen zu winden – vergeblich! Schlimmer noch: Er packte mich an den Handgelenken und drückte mich an die Kastanie. Etwas in mir sagte mir, dass das nicht eine Szene aus einem *Romantic Thriller* war, sondern dass ich mich in einer sehr, sehr dummen Situation befand! Ich musste einen Ausweg finden! Oma hatte mir eingeschärft: Je heikler die Situation, desto langsamer müsse ich atmen und gründlich denken. Das tat ich. Da kam mir Omas zweiter Grundsatz in den Sinn: *Fall tot um, das wirkt Wunder!* Ich hatte das oft in Omas Stube geübt.

Ich starb also, rutschte aus seinen Händen und glitt zu Boden. Und tatsächlich: Etienne sagte »*merde!*« und »Nicola!« und tätschelte meine Wangen. Ich blieb einen Augenblick tot, dann öffnete ich langsam die Augen, sah ihn verwundert an. Er half mir hoch – die Erleichterung stand ihm ins Gesicht geschrieben – und fuhr mich heim. Er tätschelte nochmals besorgt meine Wange, dann machte er sich aus dem Staub. Das war das letzte Mal, dass ich ihn sah. Mir war es recht – sein Mofa war unbequem und in dunklen Ecken herumsitzen und knutschen war auf die Dauer lästig.

Die letzten Ferientage waren so, wie Ferien sein sollten: Weil Papa nicht mehr arbeiten konnte (ha ha!), gingen wir jeden Tag baden. Ich kriegte zwei Mal einen Sonnenbrand, dann fuhren wir in die Schweiz zurück, wo man nur braun wird, wenn man sich auf einen Grill, ins Solarium oder in den Schlamm legt. Das jedenfalls behauptete Mama.

Guillotine und Elvis

Zurück in der Schweiz – wie froh war ich, dass wir nicht aussteigen würden! Endlich keine Ruinen und Etiennes mehr, die unter mein T-Shirt griffen (ich meine die Etiennes, nicht die Ruinen). Ich freute mich, Trice zu sehen. Sie war wie immer in Italien gewesen. Hatte am Strand gesessen oder bei Verwandten gegessen. Man sah es ihr an. Einmal hatten ihre Brüder sie im Sand eingebuddelt und gingen danach an der Strandbar eine Limo trinken. Sie trafen Kollegen und vergaßen Trice. Trice versuchte gute Miene zum bösen Spiel zu machen, aber dann wurde ihr kalt, sie bekam Angst und einen Sonnenstich und heulte los. Ein Mann war so nett und buddelte sie aus. Sie war voller Sandflohstiche.

Jan Elefantenohr zu sehen kratzte mich nicht weiter, die Sache mit ihm war Schnee von vorgestern. Ich konnte mich nicht mehr erinnern, was ich an ihm toll gefunden hatte. Im Zeichnen kam er zu meinem Pult und fragte mich, ob ich für ihn eine rote Kreide hätte! Er lächelte mich nett an. Was ist das für ein Leben, in dem man für einen Jungen schwärmt, der einen nicht beachtet, und wenn es vorbei ist, kommt er und fragt nach Kreide?! Warum ist das Leben sadistisch? Mama würde jetzt sagen: Alles hat einen tieferen Sinn. Wahrscheinlich besteht der darin, dass sich Monsieur Gott köstlich amüsieren kann.

Ich ging mit Trice, Barbara, Kiki und Leonie in die große Pause. Kiki erzählte eine ellenlange Feriengeschichte, in der Flossen, Seeigel und ein süßer Junge aus Deutschland vorkamen. Ich schaute über den Pausenplatz und begutachtete die Jungs. In wen ich mich wohl als Nächstes verlieben würde? Und würde es diesmal ein glückliches Verlieben? Jetzt wusste ich ja, wie das mit dem Küssen und Grabschen geht, das machte mich um einiges attraktiver. Jetzt mussten die Jungs nur noch erfahren, dass ich erfahren war.

Geschichtslehrer Moser erzählte, dass in Frankreich zum letzten Mal ein Mensch mit der Guillotine hingerichtet worden sei. Die Guillotine wurde während der Französischen Revolution eingeführt: Weil man damals so viele Menschen köpfen musste, hatten die Henker wahnsinnig viel zu tun und manchmal trafen sie nicht auf Anhieb den Hals. Das war für sie eine Schande und für die Verurteilten auch nicht gerade das Gelbe vom Ei. Da veranlasste der französische Arzt Joseph-Ignace Guillotine, dass eine Köpfmaschine eingesetzt wurde. Dieses nach ihm benannte Gerät war ein Fallbeil, das zog man hoch, legte den Kopf des Verurteilten hin und ließ los. Schon war es nicht mehr so anstrengend zu töten.

Das verstand ich nun überhaupt nicht: Warum hatte sich ein Arzt für dieses Tötungsdings eingesetzt? Ein Arzt sollte doch Menschenleben retten! Der Moser sagte, die Guillotine sei eine sehr humane Erfindung. Da fragte ich, ob das Wort *human* gleichbedeutend mit *mörderisch* sei? Der Moser schaute mich blöd an. Er sagte: »Nicola, *human* heißt *menschlich*, nicht mörderisch. Es ist menschlich, wenn man den Verurteilten einen schmerzlosen Tod bereitet.«

»Wäre es nicht humaner, wenn man sie gar nicht erst töten würde?«, fragte ich.

Moser nickte. »Ja, das wäre humaner, deshalb haben wir ja die Todesstrafe abgeschafft.«

»Frankreich scheinbar nicht und die USA auch nicht. Wenn ich gewusst hätte, dass ich in Frankreich von der Guillotine hätte geköpft werden können, hätte ich ziemlich Schiss gehabt.«

Ich sah dem Moser an, dass ihm die Sache zu brenzlig wurde. Und er machte das, was Lehrer immer machen, wenn sie sich in die Enge gedrängt fühlen: Er lenkte ab. Behauptete, dass er gerne noch länger über das Thema geredet hätte, aber die Zeit dränge, wir würden das ein anderes Mal tun.

Dieses andere Mal wird es nicht geben! Auch wenn eine unangenehme Frage genau zum Thema passt, sie passt zufällig nie dazu, sondern würde zu weit führen, gehört in eine andere Stunde oder in ein anderes Fach oder was auch immer. Dabei könnten die Lehrer einfach sagen: »Ui, ich habe keine Ahnung, was ich dazu sagen soll, ich bin schachmatt gesetzt.« Aber so etwas würden Lehrer nie sagen, denn sie wollen ihr Gesicht nicht verlieren. Die Japaner sind auch so: Wenn man durch Tokyo flaniert und einen Japaner nach dem Weg fragt, lächelt er und schickt einen irgendwohin. Denn er würde nie sagen: Ich weiß nicht, wo Sie langgehen müssen. Dann wäre er sein Gesicht los. In Tokyo ist es deshalb sehr gefährlich: Man kann sich buchstäblich zu Tode flanieren. Das ist bedenklich.

Weil also Moser sein bärtiges Gesicht wahren wollte, sprachen wir nicht mehr über die Guillotine. Ärzte führen Mordmaschinen ein und wer weiß, vielleicht erfindet ein Feuermann einen Flammenwerfer, ein Bauer züchtet eine gefräßige Wühlmausart, ein Musiker setzt sich für schalldichte Ohrenstöpsel ein. Wenn ich eine berühmte Schriftstellerin werde, werde ich ein Papier erfinden, das sich selber auflöst. Alle würden mich für die größte Idiotin halten. Da frage ich mich, was der Herr Guillotine war.

Übrigens hat es unsere Familie mit den Henkern: Cinquecento-Opa hatte eine Abschrift von seinem Ur-ur-ur-Opa gefunden und herausgefunden, dass die Dummermuths im 18. Jahrhundert einer Henkersdynastie angehörten. Da stand, dass diesem Ur-ur-ur-Opa einmal das Köpfen misslungen war, und damals war es Sitte, den Verurteilten in einem solchen Fall freizulassen: Man dachte sich, wenn der Sünder nicht auf Anhieb stirbt, will Gott ihn offenbar noch erhalten – deshalb ließen sie ihn laufen.

Also, wenn der Herr Guillotine die Guillotine nicht eingeführt hätte, hätte in der Französischen Revolution immer mal wieder ein Henker danebengetroffen und ein Verurteilter wäre freigekommen. Jetzt soll mir jemand sagen, dass die Guillotine human ist!

Ich musste heute mit Mama zur Oma, die nicht mehr ganz richtig im Kopf ist. Lydia war mit dabei. Opa hatte seinen Abend im Schützenverein und Papa im Kneipenverein. Da wir keinen

Fernseher haben, Oma jedoch schon, ging ich gern mit. Dort angekommen, stürzte ich mich auf die Fernbedienung und zappte durch die Sender. Mama sagte, das sei nicht nett, ich solle mich mit Oma abgeben. Die durchsuchte die Wohnung nach etwas, sie konnte nur nicht sagen, wonach, aber es lag ihr auf der Zunge. Je weniger sie im Kopf hatte, desto mehr lag ihr auf der Zunge. Vielleicht wurden die Wörter durch ihr blendendes Gebiss blockiert: Sie hatte ein ganz weißes gewollt, obschon der Zahnarzt davon abriet. Vermutlich war sie schon damals nicht mehr richtig im Kopf – ums Verrecken wollte sie schöne weiße Zähne. Wenn sie nun lacht, muss man die Sonnenbrille aufsetzen, sonst wird man schneeblind.

Nun, jedenfalls suchte Oma etwas, riss Schubladen und Schränke auf, wühlte darin, hielt plötzlich inne und sagte: »Was mache ich eigentlich?« Während sie sich das überlegte, verschob sie ihr Gebiss im Mund und kaute darauf. Dann sagte sie: »Ach, jetzt weiß ich's wieder. Ich suche – eh – mir liegt es auf der Zunge. Ich weiß genau, was ich suche.«

Mama war in die Küche verschwunden, um einen Beruhigungstee zu machen, dem sie einen guten Schuss Baldriantropfen beimischte. Ich behielt Oma im Auge und auch Lydia, die begann nämlich auch, in Schubladen herumzuwühlen. Als Mama Oma den Tee in die Hand drückte, roch Oma daran und sagte: »Aber ich wollte was anderes. Ich wollte ein Gläschen, ach, wie heißt das noch …?«

»Eierlikör«, sagte ich vom Sofa aus. Mama blitzte mich böse an.

»Genau Eierdings, das möchte ich.«

Mama ging widerwillig zum Buffet und nahm den Eierlikör heraus. Sie schüttete etwas ins Glas und fügte einen guten Schuss Baldriantropfen bei.

Und Oma, die ein Leben lang immer nur genippt hatte, packte das Glas und stürzte es in einem Zug runter.

Mama sagte: »So, es ist Zeit, der Film beginnt.« Oma klatschte begeistert in die Hände und setzte sich auf ihren Sessel, Lydia kroch auf Omas Schoß. Mit Baldriantropfen, Eierlikör und Fernseher waren die Abende bei Oma toll.

Wir guckten den Film *Immer dieser Ärger mit Harry* von Alfred Hitchcock. Da geht es um eine Leiche, die niemand haben will und die deshalb hin- und hergeschoben wird. Zum Schreien komisch, mit rabenschwarzem Humor und so. Mama und ich lachten uns schier zu Tode. Da Oma jedes Mal, wenn wir lachten, krähte, hatten wir Partystimmung. Mag Mama abgehoben und eine Nervensäge sein – mit ihr zusammen lustige Filme zu schauen ist cool. Bei Oma kippt die Stimmung meistens, auch an diesem Abend: Sie begann zu wimmern und klagte über den Verlust von Ach-wie-hieß-er-nur? Mama gab ihr nochmals einen Baldrian-Eierlikör. Während wir weiterlachten, schlief Oma in ihrem Sessel ein und bald auch Lydia.

Nur eine Woche später passierte das Unfassbare: Es war der 16. August 1977 und Elvis tot! Mama bekam feuchte Augen und sagte, damit sterbe ein Teil ihrer Jugend. Wir gingen zu Opa, weil das Fernsehen etwas über Elvis brachte. Sie zeigten sein Leben und Ausschnitte aus dem letzten Konzert. Da war er dicklich und schwitzte grauenhaft. Er trocknete sich mit einem Schal den Schweiß von der Stirn oder vom Nacken und warf ihn ins Publikum (ich meine den Schal, nicht den Schweiß – na ja, den auch). Und kaum hatte er ihn geworfen, legte ihm der Assistent einen neuen Schal um den Hals, den warf er auch wieder in die Leute (ich meine den Schal nicht den Assistenten) und so fort. Mama weinte gerührt. Mir war auch zum Heulen, so erbärmlich fand ich das.

Mama sagte: »Elvis' Leben liefert den Beweis: Erfolg macht unglücklich.«

Ich: »Aha, und Misserfolg macht glücklich?«

Mama ignorierte meine Frage.

Raja Yoga, Oben-ohne-Feminismus und gesunde Pfeifen

Ein paar Tage später sank ich so tief (Mama würde sagen: Ich stieg so hoch), dass ich es mit dem Spirituellen probierte. Daran waren die Eltern schuld: Sie gingen aus, ich musste zu Hause bleiben und nach Lydia schauen. Ich sagte: »Für zehn Franken mach ich es.« Da zog mich Papa am Ohr und zischte mir in dieses arme Ohr, dass er seit meiner Geburt Millionen für mich ausgegeben habe (er meinte wohl Millionen Lire!), da sei es das Mindeste, wenn ich nach meiner Schwester schauen würde. Ich machte den Mund auf, doch Papa fiel mir ins Wort: Ich solle nicht die Kinderarbeitsmasche bringen, sonst stecke er mich in ein Heim.

So viel zur Vaterliebe!

Ich blieb gelangweilt zurück. Wenn wir einen Fernseher hätten, könnte ich *Denver-Clan* schauen. Aber ich hatte ja so genannt fort-schritt-li-che Eltern, die allen Ernstes glauben, ohne Fernseher sei man glücklicher!

Sind meine Eltern glücklich? Bin ich in dieser Familie glücklich?

Dazu sagt man glaub ich notorische Fragen.

Als Lydia im Bett war, streifte ich durch die Wohnung. Neben Mamas Bett stapelten sich Bücher, eines abgehobener als das andere. Ich ging sie gelangweilt durch. Bei einem Buch mit dem Titel *Raja Yoga* blieb ich hängen, warum, weiß ich nicht. Da ging es darum, wie man sich auf Gegenstände konzentriert, um sie zu bewegen.

Klang interessant.

Wenn man supergut darin ist, könne man Menschen oder Möbelstücke bewegen. Läge ich zum Beispiel auf dem Bett und hätte meine Limonade auf dem Pult vergessen, müsste ich nicht wieder aufstehen, sondern könnte die Limonade mit meiner Gedankenkraft zu mir ziehen. Klasse!

Ich verbrachte den restlichen Abend damit, meinen Wecker anzustarren und ihn mit dem Geist zu bewegen. Am Schluss hatte ich höllische Kopfschmerzen und der gemeine Wecker stand immer noch an derselben Stelle.

Am nächsten Abend übte ich vor dem Schlafengehen. Der Wecker bewegte sich keinen Millimeter, dafür war ich knallwach und konnte die halbe Nacht nicht schlafen.

Am übernächsten Abend stellte ich beim Zubettgehen fest, dass der Wecker um zwei Fingerbreiten verschoben war! Ich war ein Raja Yogi! Dann kam Mama, um gute Nacht zu sagen und fragte mich, ob mir aufgefallen sei, dass sie das Nachttischchen abgestaubt habe.

Ich war doch kein Raja Yogi. Betäubt lag ich im Bett und fragte mich, warum Eltern einem immer alles kaputtmachen.

Ich war nun seit drei Wochen wieder zurück aus den Ferien, der August neigte sich dem Ende entgegen. Wir hatten immer noch sommerliche Temperaturen. Das war keine Selbstverständlichkeit: Der Sommer in der Schweiz ist manchmal ein Witz, über den niemand lachen mag. Heute musste ich mit Mama und Lydia ins Lorrainebad. Ich wäre lieber mit Trice ins Wylerbad gegangen, wir hätten unsere Runden im Becken gezogen (sprich Unsinn im Wasser gemacht) und Süßigkeiten am Kiosk gekauft. Mama jedoch ging ins Lorrainebad. Das lag direkt an der Aare, im Areal befand sich so etwas wie ein kleiner See, mit Bachzulauf und Ablauf und ohne Chlor. Karpfen schwammen zwischen ekligen Pflanzen herum. Man musste also in diesem Tümpel schwimmen oder man ging in die Aare.

Aber was das Schlimmste war: Mama entkleidete sich, ohne sich mit dem Badetuch zu bedecken! Sie zog ihre Badehose an und oben nichts! Im Lorrainebad waren fast nur Frauen, die furchtbar emanzipiert und alternativ waren, oben ohne herumlagen, gingen, rannten, Ping Pong spielten, Pommes aßen und neben der Aare hochstiegen! Es war grässlich! Mama hatte nicht mehr den schönsten Busen, die meisten Frauen haben keinen Wahnsinnsbusen – warum musste ich das vor Augen haben?! Mama forderte mich auf, mein Oberteil auszuziehen, ich solle nicht so altmodisch tun, für die nackten Brüste habe sie gekämpft (als hätte sie sich jemals politisch engagiert!). Ich weigerte mich. Freundinnen meiner Mutter kamen zu uns und ihnen erzählt Mama, dass ich Hemmungen hätte und dass sie nicht verstehe, woher ich das habe. Ich verstehe nicht, warum Mütter es darauf anlegen, ihre Töchter zu beschämen! Genervt ging ich mit Lydia in den Algenteich und übte mit ihr Schwimmen und Tauchen.

Nach dem Nachtessen las ich *Ich sehe deinen Schatten*, wieder einen *Romantic Thriller*. Da kam Mama rein und sagte, sie brauche mich, eine Glühbirne sei kaputt gegangen. Da gab sie die ganze Zeit damit an, wie emanzipiert, feministisiert und selbständig sie war, aber eine simple Birne wechseln, das konnte sie nicht!

Ich sagte: »Eine Feministin, die ihre Brüste in der Öffentlichkeit zeigt, sollte das können.«

Sie erwiderte: »Wer sagt das?«

»Du. Eine Feministin muss alles können, was auch ein Mann kann. Hast du gesagt.«

»Na also, dein Vater kann auch nicht Glühbirnen wechseln.«

»Eine Feministin, die den Haushalt nicht führen und keine Glühbirne wechseln kann, ist eine Narzisstin oder so.«

Mama machte Chinesenaugen. »Ich soll den Haushalt nicht führen können?«

Ich nickte bloß.

»Ab in die Küche!«, zischte sie.

Also in die Küche, Papa wurde auch herbeizitiert, Lydia kam ungebeten, als meine Asstenzin, wie sie erklärte. Die Eltern setzten sich an den kleinen Küchentisch, ich musste stehen bleiben, Lydia krabbelte auf den Tisch. Es hieß wieder mal, sich wie Gras zu biegen. Als sie damit fertig waren, warme Luft zu blasen, richtete ich mich wieder auf.

In der Nacht musste ich aufs Klo und hörte, wie meine Eltern miteinander diskutierten.

Mama: »Ich habe die 68er Bewegung total verpasst! Die sexuelle Befreiung, was hatte ich davon? Nichts, nur dich und dann war auch schon Nicola unterwegs.«

Papa räusperte sich, das tat er immer, wenn er sich in einer dummen Situation befand. »Also, wenn jemand eine sexuelle

Befreiung nachholen sollte, dann wohl ich. Wir sind die Triebgesteuerten!«

»Ach ja, das wäre mir noch nicht aufgefallen. Wir Frauen wollen auch Sex, und wie! Aber was kann ich vorweisen? Ich kenne keinen anderen Willi als den deinen.«

»Dann geh mal in ein Pissoir, da gibt's eine ganze Menge.«

Obschon ich nicht wusste, wer dieser Willi war, hielt ich mir die Ohren zu und bekräftigte mein Vorhaben, Jungfrau zu bleiben. Ich ging ins Bett zurück und da überflutete mich plötzlich eine wahnsinnige Welle, wie ich es noch nie erlebt hatte. Vielleicht war die durch das viele Tagebuchschreiben ausgelöst worden, jedenfalls spürte ich, dass poetische Worte aus mir fließen wollten. Also packte ich das Tagebuch und legte los.

Des Menschen Geheimnis
Ach, wie gut,
dass niemand weiß
dass ich Hosenscheißer
heiß'.

Das war schlicht genial! Ich glaube, ich bin die geborene Dichterin!

Aber leider war ich nicht nur die geborene Dichterin, sondern auch armes Mitglied einer irren Familie: Als ich nämlich am nächsten Tag nach Hause kam, waberte Rauch durch die Wohnung. Es roch nach einem Misthaufen, der schwelte. Mama saß auf dem Sofa und zog an einer Pfeife.

Ich: »Was soll das?!«

Sie: »Mit Hilfe dieser Pfeife höre ich auf zu rauchen.«

Ich: »Hä?!«

Sie: »Ich rauche indianische Kräuter, die helfen mir, mit dem Rauchen aufzuhören.«

Ich: »Aha, so. Das ist etwa das Gleiche, wie wenn man mit Feuer Feuer löscht und mit Wasser Wasser trocknet.«

Sie: »Tu nur so spitzfindig. Du wirst schon sehen, dass es funktioniert.«

Aus Lydias Zimmer waren seltsame Geräusche zu hören. Ich ging hin – Lydia atmete, als müsste sie es neu lernen! Mama kam mit der Pfeife in der Hand hinzu und erklärte, dass Lydias Lungen auf die heilende Wirkung der Kräuter reagierten. Ich hob Lydia hoch und ging mit ihr auf den Balkon. Dort erholte sie sich.

Am Abend erzählte ich das Papa und Papa wurde laut. Von da an rauchte Mama die heilenden Kräuter draußen.

Ein paar Wochen später las Mama, dass die Kräuter als Nebeneffekt impotent machten. Sie warf die Pfeife weg und begann wieder normale Zigaretten zu rauchen.

Mein Liebesleben – eine Tragödie

Ich schaue in meinem kurzen Liebesleben auf eine lange Reihe von Niederlagen zurück. Ich liebte leidenschaftlich und verzweifelt, aber diese Liebe fiel immer auf asphaltierten Boden.

In der vierten Klasse verliebte ich mich das erste Mal: Zum Abschluss des Jahres führten wir *Schneewittchen und die sieben Zwerge* auf. Ich durfte das Schneewittchen spielen, was den Hass meiner Schulkolleginnen auf mich zog. Urs spielte den Prinzen. Ich hatte ihn vorher nicht beachtet, doch jetzt als Prinz, der mich vom Tod erlöste, wirkte er ganz anders auf mich. Je länger wir probten, desto klarer wurde mir: Urs und ich gehörten zusammen. Mich hatte vorher noch nie ein Junge an der Hand genommen! Seine war zwar etwas verkrümmt und rau, aber es war *seine* Hand und deshalb die tollste Hand.

Das erste, was Mama nach der Aufführung sagte, war: »Warum hast du die rote Strumpfhose angezogen und nicht die weiße – das hätte viel schneewittchenhafter ausgesehen!« Anstatt meine hohe schauspielerische Leistung zu loben, zog sie mich runter! Oma, die damals noch klarer im Kopf war, sagte: »Du hast dieses Aschenbrödel hinreißend gespielt, so richtig mit Schirm, Charme und Melone!«

Opa hatte die Vorstellung mit seiner Super-8-Kamera aufgenommen und deshalb nichts mitbekommen. Vater fand, dass ich eine zweite Greta Garbo sei, was mich sehr freute, auch wenn ich nicht wusste, wer Greta Garbo war.

Auch nachdem der Vorhang gefallen war, liebte ich Urs inbrünstig. Aber er nahm mich nicht mehr bei der Hand und als ich ihn bat, mich zu küssen, fragte er mich, ob ich sie noch alle hätte. Ich litt ewig, erst nach vier Wochen begann sich mein gebrochenes Herz zu erholen.

Die zweite große Liebe hieß Tobias. Er war ins Nachbarhaus gezogen. Tobias hatte nur eines im Kopf: Fußball. Da ich nicht wie die anderen Mädchen hirnlos in der Gegend herumkickte, durfte ich in seinem Team spielen. Mit jedem Rempeln, Schubsen und Fußtreten verliebte ich mich ein bisschen mehr in ihn. Als er mich zu einem Fußballmatch mitnahm, hörte ich die Hochzeitsglocken läuten. Er trug einen schwarz-gelb gestreiften Schal in den Farben des Berner Fußballklubs *Young Boys*. Ich fragte Oma, die damals noch besser im Kopf war, aber nicht mehr ganz, ob sie mir einen Schal stricken könne. Sie war die schnellste Strickerin der Welt: Ich konnte meinen Schal schon zum nächsten Spiel mitnehmen. Der Schal war doppelt so lang, als er hätte sein sollen, daran konnte man erkennen, dass es in Omas Kopf nicht mehr zum Besten stand. Als ich zum Fußballstadion radelte, geriet der Schal zwischen die Speichen. Glücklicherweise fuhr ich in diesem Moment bergauf, sonst wäre ich jetzt Geschichte.

YB gewann 1:0 gegen die *Grasshoppers*. Als das Tor fiel, wehte der Wind mir den Schal ins Gesicht – ich konnte nichts sehen. Aber auch wenn ich etwas gesehen hätte, hätte ich nicht viel gesehen, ich war zu klein, sah mehrheitlich Rücken.

Die Wochen vergingen und Tobias foulte mich wieder und wieder. Mit der Zeit ging mir das auf den Geist. So sagte ich ihm, dass es mit uns vorbei sei. Der Trottel fragte doch tatsächlich: womit?

Wegen Angelo lernte ich Schlittschuh laufen. Angelo ist aus meiner Parallelklasse. Er ist etwas zu kurz geraten, sieht aber toll aus und lief im Winter jeden freien Nachmittag Schlittschuh. Fast alle Mädchen standen auf ihn. Aber nicht alle lernten extra für ihn Schlittschuhlaufen und drehten Mittwochnachmittag für Mittwochnachmittag Runden auf dem Eis. Cool nahm ich die vielen Stürze hin, cool drehte ich auch dann noch, als mir schon lange die Füße und Hände abgefroren waren. Angelo blickte selten zu mir, aber wenn, dann war sein Blick so feurig, dass das Eis unter meinen Füßen wegschmolz. Es war nur eine Frage der Zeit, bis mit uns was würde. Es stellte sich jedoch heraus, dass Angelo an einer totalen Geschmacksverstauchung litt: Er wählte eine Liese aus der Klasse unter uns! Eine Minderjährige war ihm also lieber als eine reife Gleichaltrige. Da war ich von der Liebe zu Angelo und diesem blöden Hamsterraddrehen auf dem Eis befreit.

Zwei Wochen lang litt ich mir fast das Herz aus dem Leib, dann kam Sergeant. Ich weiß nicht, wie er richtig heißt. Beat aus unserer Klasse hatte eine Geburtstagsparty organisiert, zu der Sergeant auch kam. Er trug ein gewagtes rosa Hemd und sah extrem cool aus. Ich wusste sofort, dass mit dem was werden könnte, und schubste Trice. Die verschluckte sich, hustete und prustete, so dass sie die Cola verspritzte. Alle schauten zu uns, auch Sergeant, und ich legte mich mächtig ins Zeug, um einen bleibenden Eindruck zu machen: Ich lachte wie eine Diva – feurig, unterkühlt, spöttisch und gelassen. Trice schaute mich an, als hätte ich nicht alle Tassen im Schrank. Keine Ahnung, warum.

In Vaters Garage gab es dann eine Disco. Es roch wunderbar nach Abgas, was unsere Laune beflügelte. Beat stellte seine Nachttischlampe auf den Tisch und bedeckte sie mit einem roten Tuch, wegen der Atmosphäre. Dann ließ er Musik von *Uriah Heep* und *Pink Floyd* laufen. Die Garage war klein und wir waren viele, wir konnten uns also nur auf engstem Raum bewegen. Da Beat mehrheitlich langsame Stücke spielte, ging es einigermaßen. Dauernd war Herrenwahl, aber Sergeant war zu schüchtern, um mich aufzufordern. Er tanzte meistens mit Cécile, was nur ein Ablenkungsmanöver war. Niemand konnte ernsthaft an Cécile interessiert sein: Sie war zwar hübsch, aber eine dumme Kuh! Als wieder ein Lied fertig war und Beat eine andere Schallplatte suchte, schubste ich Trice: »Sag, dass jetzt Damenwahl ist.« Sie schaute mich erstaunt an, aber weil sie meine beste Freundin war, schrie sie: »Damenwahl!«. Dann musste ich erst erklären, was *Damenwahl* bedeutete, und los ging es. Ich pirschte mich an Sergeant heran und fragte ihn beiläufig, ob er mit mir tanzt. Er blickte mich an, als hätte er mich noch nie gesehen. Wie geschickt er sich verstellen konnte!

Sergeant bewegte sich wie ein Stock, aber sein rosa Hemd roch wunderbar nach Weichspülmittel. Außerdem würde ich ihm das Tanzen beibringen.

Dann war wieder Herrenwahl. Sergeant angelte sich Cécile, damit niemand etwas von unserer aufkeimenden Liebe bemerkte. Wie clever von ihm! Aber es wäre nicht nötig gewesen, dass er den ganzen restlichen Abend mit ihr tanzte.

In den nächsten Wochen war bei mir Sergeant Thema Nummer eins. Trice hörte geduldig zu, Lydia spielte mit ihren Puppen, während sie geduldig zuhörte und nichts begriff. Mama und Papa erzählte ich nichts. In solchen Fällen neigten sie dazu, mich zu demoralisieren, indem sie behaupteten, dass mein Herzensbube kein Interesse an mir hat. Ich fragte mich, woher die das so genau wissen wollten. Und ich fragte mich, wie es kam, dass Eltern nicht an den Liebreiz ihrer eigenen Tochter glaubten.

Nachdem ich jede einzelne Geste, jeden Blick und jedes Wort x-mal durchgesprochen hatte, war es an der Zeit, eine zweite Begegnung einzufädeln. Wir ermunterten Beat, nochmals eine solch tolle Disco zu organisieren. Er ließ sich überreden. Am Discoabend lag ich mit vierzig Grad im Bett, so konnte ich nicht verhindern, das Sergeant wieder den ganzen Abend mit Cécile tanzte und sie ein Paar wurden. Ich weiß aber, dass er sich manchmal nach mir sehnte und das Gefühl hatte, einen schlechten Ersatz für mich geangelt zu haben.

kein Ort auf dieser Welt
ich lieber verweilen möchte
als bei dir – und kein Geld
das mich vertreiben könnte

Würde ich das jemals zu jemandem sagen können?!

Als ich heute in der Deutschstunde Jans Kohlohren betrachtete und ihnen so gar nichts mehr abgewinnen konnte, sinnierte ich über die Liebe, die zuschlug und verschwand, wie es ihr gerade passte. Plötzlich stand Lehrer Gerber vor mir und fragte, ob Madame Dummermuth auch gedenke, am Unterricht teilzunehmen. Die Klasse gackerte. Mich muss man nur mit dem Familiennamen ansprechen und ich stehe blöd da.

Mama lässt entstören

Nach Mamas Auffassung besteht die Welt aus lauter Störquellen: unterirdische Wasseradern, Hochspannungsleitungen, Halogenlampen, Öltanks, Fernseher, Schwingungen negativer Menschen, nervende Töchter undundund.

Diese Störungen galt es zu beseitigen, wobei dies bei den Töchtern nicht so einfach war. Mama war überzeugt, dass in meinem Zimmer besonders negative Energien vorherrschten, deshalb sei ich so negativ. Sie ließ einen Rutengänger kommen, der testete die Wohnung aus und sagte, dass sich Wasser- und sonstige Adern unter meinem Bett bündeln würden, was für Mama alles erklärte. Normalerweise würde man das Bett von der Störung wegschieben, aber da in meinem Zimmer überall schlimme Knotenpunkte seien, gehe das nicht. Pendelmann stellte in allen Zimmern kleine grün-weiße Ufos auf, in denen sich ein Kristall befand, das die Störungen neutralisierte. Pendelmann sagte, man werde die neue Energieverteilung der Katze anmerken: Katzen liebten negative Energien und wüssten nach der Entstörung nicht mehr, wo sie sich hinlegen sollten.

Trinità pennte dort, wo sie immer pennte, aber vielleicht war sie ja keine Katze. Papa nannte sie Mistviech.

Glücklich geleitete Mama Pendelmann zur Tür, wo sie sich dem widmeten, was Pendelmann wohl am Wichtigsten war: dem Geschäftlichen. Mama kam strahlend zurück und sagte: »So Kinder, jetzt beginnt ein neues Leben.«

Ich setzte mich auf mein Bett und versuchte zu spüren, wie alles anders war. Ich spürte nichts. Als ich das Mama sagte, meinte sie, ich sei halt nicht so feinfühlig, aber ich bekäme es schon noch mit. Alle würden zum Beispiel ab jetzt super schlafen.

Ich dachte: Wollen wir doch mal schauen! und nahm, als die Eltern ins Bett gegangen waren, die Ufos weg. Am nächsten Morgen stand Mama vor allen anderen auf, was sonst nie vorkommt. Sie fühle sich voller Energie, erklärte sie, der Unterschied zu vorher sei frappant. Da musste ich kichern. Als sie wissen wollte, warum ich kichere, sagte ich, mich hätte bloß ein pubertäres Lachen überfallen.

Dummerweise wusste ich nicht mehr, wo die Ufos ursprünglich positioniert waren, daher verließ mich auf mein Gefühl. Lydia spielte mit ihnen *Ufos oder die Kühe sind los*. Jeden Monat hätte man sie wässern sollen, um die Kristalle reinzuhalten. Ich sah Mama das einmal machen, dann legten sich Staubschichten darüber.

Mama stand übrigens am dritten Morgen so spät wie immer auf und dabei blieb es.

Heute erklärte der Geografielehrer, dass Theorie und Praxis selten zusammenpassten. Oh ja! Theoretisch sammelte unsere Familie Alu, aber praktisch warfen wir es in den Abfall. Meine Eltern waren theoretisch kinderfreundlich, praktisch kommandierten sie uns herum. Theoretisch waren sie für das Motto *make love not war*, in Tat und Wahrheit stritten sie sich die ganze Zeit – außer sie saßen wie ein Herz und eine Seele bei den Großeltern vor dem Kasten und guckten mit uns die Jugendserie *Der Junge mit den Goldhosen*. Ich hatte hoch und heilig versprochen, niemandem zu sagen, dass Papa diese Serie schaute. Nur Trice hatte ich es gesagt, die mir hoch und heilig versprochen hatte, ihren Mund zu versiegeln. Das Versprechen hielt sie ein – beinahe jedenfalls: Es gab im Quartier viel Gelächter und ich kriegte Ausgehverbot. Papa sprach drei Wochen nicht mehr mit mir. Aber schließlich besann er sich auf sein eigen Fleisch und Blut – obschon er keinen Beweis habe, dass ich das wirklich sei. Was er natürlich nicht in Mamas Anwesenheit äußerte.

Hier mein neuester dichterischer Geniestreich:

Formiert

ob informiert
ob reformiert
oder uniformiert

wir sind allemal
deformiert

Vielleicht würde ich Dichterin werden. Man würde mich für meine genialen Erkenntnisse und Bilder schätzen. Damit ich von meinem Werk nicht abgelenkt werden könnte, würde ich abgelegen wohnen. Ich hätte kein Telefon und keinen Briefkasten und wer mich besuchen wollte, müsste ein halbes Jahr warten. Ich würde Nacht für Nacht aufbleiben und mich mit vielen Tassen Schwarztee wachhalten, vom Dichten besessen. Ich wäre sehr erfolgreich, aber niemand wüsste, wer ich bin und wie ich aussehe. Erst wenn ich den Noblen Preis für Literatur gewinne, würde ich mich zu erkennen geben. Alle wären erstaunt, wie jung ich bin und wie attraktiv.

Ich zeigte Trice das Gedicht. Sie sagte: »Hä?!«

Unsere Freundschaft würde eines Tages an dem riesigen Intelligenzgefälle zwischen uns zugrunde gehen.

Steine sammeln

Obwohl ich ahnte, dass aus mir eine weltberühmte Dichterin würde, fiel ich allmählich in ein Loch. Ich war nicht mehr in Schlappohr verliebt und die Sache mit Etienne – nun ja, solche Erfahrungen muss man machen, wenn man mitreden will. Nur verliebe ich mich nicht. Was jedoch ist ein Leben ohne Liebe? Es ist öde, ein Abklatsch, zwar sehr beruhigend fürs Herz, aber wer will mit über dreizehn schon beruhigt sein?

Mama war schlechter Laune, weil das Aussteigen nicht geklappt hatte, Papa wich Mama aus, weil er nicht jedes Mal die gleichen Vorwürfe hören wollte. Abends saß er auf dem Balkon und zupfte an seiner Gitarre. Mittlerweile wusste er die Liedertexte wieder, seine Soli hingegen waren nach wie vor eine Qual.

Lydia sammelte wie vergiftet Steine. Sie hatte in Frankreich damit begonnen, vermutlich, um den ständigen Anblick der Ruine zu verarbeiten. Handvoll für Handvoll brachte sie Steine nach Hause. Ihre Vorstellung von Steinen weitete sich allmählich aus: Sie hortete in ihrem Zimmer Obststeine, harte Kaugummis, rostige Nägel, Zigarettenkippen, Schneckenhäuser, die Plastikschaufel vom Nachbarsmädchen, Spielzeugautos und vieles mehr.

Als sie eines Tages mit einem Kinderportemonnaie erschien, wusste ich: Es war höchste Zeit, dass jemand mit ihr sprach! Ich hatte in ihrem Alter einmal im Spalt des Sofas ein paar Münzen gefunden und diese in ein Eis investiert. Mama fand das heraus und hielt mir einen moralischen Vortrag: Wenn ich so weitermache, würde ich im nächsten Leben als Schnecke wiedergeboren werden, die der Gärtner mit Schneckentod beseitigt.

Wie sollte ich wissen, dass es Diebstahl ist, wenn ich Münzen aus einem mit Brosamen gefüllten Spalt fischte?! Ich musste zwanzig Mal *Ich darf nicht stehlen* aufschreiben. Am Schluss nahm mich Mama in den Arm und küsste mich. Ich hätte ihr am liebsten in den Hals gebissen – aber bestimmt nicht aus Leidenschaft!

Meine Schwester sollte vor einer solch entwürdigenden Prozedur verschont bleiben.

Ich fragte Lydia, ob sie wirklich diesen Unsinn von *Blättersteinen* etc. glaube. Sie fragte zurück, welchen Unsinn?

Ich: »Woher hast du den Schokostängel-*Stein*?«

»Von der Kindertagesstätte.«

»Hast du den geschenkt gekriegt?«

»Nein, auf dem Boden gefunden. Er ist Julian aus der Tasche gefallen, er hat es aber nicht gemerkt.«

»Du hättest ihn Julian zurückgeben sollen.«

»Der Stein hat sich nicht gewehrt, als ich ihn nahm. Wenn er gesagt hätte: Ich will zu Julian, hätte ich ihm die Schokolade sofort zurückgegeben.«

War es ein Wunder, dass das Kind phantasierte, wenn seine Mutter dauernd von Geistern, Elfen und Karma sprach? Ich sagte Lydia, dass sie den Schokoladestängel zurückgeben müsse. Wenn sie es nicht tue, würde ich es Mama sagen. Sie schaute mich mit ihren blauen Augen treuherzig an und sagte, sie würde es machen.

Ich befand mich in einer sehr poetischen Phase. Es sollte kein Problem sein, nicht nur Sängerin, sondern auch Schriftstellerin und Poetin zu werden. Hier mein letztes Gedicht:

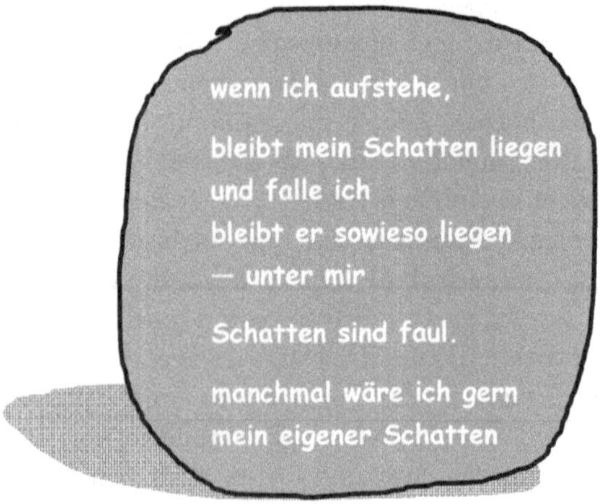

Das ist mein bisher tiefsinnigstes Gedicht. Man könnte zehn Jahre lang davor sitzen und fände immer wieder neue Verbindungen und Bedeutungen. Ich werde mich mal nach einer Lehrstelle als Dichterin umsehen.

Papa wird verwarnt

Eines Tages kam Papa vorzeitig nach Hause. Er hatte sich mit einem Museumsbesucher gestritten: Der Besucher (Papa nannte ihn Banause) stand vor einem Rothko und schwärmte, wie toll und zukunftsweisend das Bild sei. Papa hatte es ja nicht so mit der Kunst, er bevorzugte alte Gemälde, auf denen erschossene

Hasen, Schweinskeulen und Fische auf einem Küchentisch lagen oder Männer in Schlachten kämpften. Und wie gesagt, hatte er ein besonderes Faible für Bilder von Marien, bei denen eine oder beide Brüste entblößt sind. Er behauptet, diese Bilder bewiesen, dass man schon im Mittelalter und in der Renaissance Silikonbrüste kannte. Einmal vertraute er mir an, dass er Marias Leben verfilmen wolle – natürlich mit einer Schauspielerin, die Silikonbrüste habe, die könnte Maria bis in die Brustspitzen authentisch darstellen.

Wenn er auf Mama wütend war, sagte er, wenn er nur nicht eine esoterische Feministin geheiratet hätte – die seien gegen Implantate und BHs, nie gingen die für Männer unters Messer. Er hingegen ginge sofort unters Messer, um seinen Willi zu verlängern.

Ich fragte ihn, wie er mit einem Messer seinen Willi verlängern wolle und was ein Willi überhaupt sei? Er deutete an sich hinunter. Der Willi war ein Riemen? Ich verstand nicht.

Wie dem auch sei, Papa bekam mit dem begeisterten Rothko-Anhänger Zoff, dem er versicherte, dass er innerhalb weniger Minuten einen Rothko hinschmieren könne – wenn die Farbwalze groß genug sei, sogar noch schneller. Der Besucher fand es eine Unverschämtheit, dass jemand im Kunstmuseum arbeitete, der von Kunst keinen blassen Schimmer hatte.

Darauf erwiderte Papa, dass es eher unverschämt sei, einen solchen Schinken im Museum auszustellen. Er solle mal zu den alten Meistern runtergehen, die genial plastisch die Brüste der Marien gemalt hätten – so was würde einen erheben, nicht diese Farbkarrees.

Da wollte der Besucher mit dem Direktor reden und der schickte Papa mit einer Verwarnung nach Hause.

Nun saß Papa auf dem Balkon mit den Füßen auf dem Geländer und einem Bier in der Hand und erklärt stolz, dass er heute für die wahren Werte eingestanden sei und sich das gut anfühle. Er lallte schon ziemlich.

Am nächsten Tag kriegte Papa eine schriftliche Verwarnung. Noch einmal ein solcher Zwischenfall und man würde ihn feuern. Am Abend kippte er ein Bier nach dem anderen. Nach jeder

Flasche wurde er lauter und prahlte mehr: Er werde diesem Hornochsen von Direktor schon zeigen, wo Gott hocke, der habe doch keine Ahnung. Dem könnte man einen Bilderrahmen vor die Nase stellen und er gerate in orgiastische Verzückung und stellte das Ganze als Jahrhundertkunstwerk aus. Er, Heinrich Dummermuth, habe mehr Ahnung von Kunst, als man ihm zutraue. Zum Beispiel von Marien verstehe er etwas, bei denen Brüste noch Brüste und Brüste Brüste seien, nicht wie bei Picasso, der die Augen irgendwo auf dem Körper verteilt und wahrscheinlich immer total besoffen gewesen sei, als er malte.

Er erläuterte, dass van Gogh manisch, Signac ein Tüpfchenscheißer war und Meret Oppenheimer einen Knall hatte, da ging Mama mit Lydia und mir aus der Wohnung, Richtung Großeltern. Die wohnten ein paar Straßen weiter. Mama versprach uns, dass wir nötigenfalls zu ihnen ziehen würden, wenn der Scheißkerl nicht zur Vernunft käme. Lydia klatschte freudig in die Hände und rief: »Au ja, dann haben wir einen Fernseher!«

Ich hörte gar nicht richtig hin, denn wir waren schon oft zu den Großeltern gegangen mit der Androhung oder dem Versprechen (ich weiß nicht so recht), dass wir bei ihnen wohnen würden. Und dann war doch nichts geworden.

Oma stand in Unterwäsche und mit der Schürze am Rücken im Korridor und staubte das Wandtelefon ab. Ich hatte sie noch nie nackt gesehen: Der Bauch sah wie ein aufgegangener Teig aus und die Brüste wie überdimensionierte Puddingköpfe. Als sie uns sah, strahlte sie: »Liebe Nicola, hast du Gäste mitgebracht? Der Ofen ist im Braten, wir können gleich essen.« Oma neigte in der letzten Zeit dazu, nur mich beim Namen zu nennen und die anderen wie Fremde zu behandeln. Mama schaute mich böse an – als ob ich etwas dafür konnte!

Opa schlief vor dem Fernseher, Mama rüttelte ihn unsanft und fragte, ob er noch bei Verstand sei. Oma hätte in diesem Aufzug abhauen können, er solle sich das mal vorstellen! Beim Schlafen war Opas Gebiss verrutscht – als er den Mund öffnete, sah er wie ein Pferd aus. Lydia und ich wieherten los, da kam Oma hinzu, die gerne und laut mitlachte. Opa erklärte, dass er am Ende sei, Oma führe sich auf wie ein Sack voller Flöhe (wohl eher ein Sack voller Puddingköpfe!), immerzu suche sie etwas und ziehe sich aus. Aber fürs Duschen ziehe sie sich an. Und ständig wolle sie Sex (ich hielt Lydia die Ohren zu). Wenn die früher so gewesen wäre, sagte er sehnsüchtig, aber heute bräuchte er Potenzmittel gleich infusionsmäßig, wenn er da mithalten wolle. Mama unterbrach ihn und befahl ihm, solche Details für sich zu behalten, wenn ihre Töchter anwesend seien.

Opa schnappte: »Hab ich euch eingeladen?«

»Ich dachte, das hier sei mein Elternhaus, nicht ein Bordell oder eine Klapse!«

»Dann gewöhn dich daran, dass das hier ein Sündenpfuhl ist«, erwiderte Opa trotzig.

Lydia wollte wissen, was ein *Sündenpfahl* sei. Ich packte sie an der Hand und zog sie aus der Wohnung. Opa und Mama stritten weiter, dazwischen war Omas Kichern zu hören.

Es ist schon erstaunlich, wie normal Lydia und ich sind – bei diesen Irren! Wir gingen zu Trice und spielten den ganzen Abend *Uno*. Dann kam Mama uns abholen und sagte, was wir erlebt hätten, habe nicht stattgefunden.

Wie das wohl gehen solle, wollte ich wissen. Da stellte sie sich bedrohlich vor mich hin, schaute mir tief in die Augen und sagte, ich solle nicht von morgens bis abends solch dumme Fragen stellen. »Du könntest ein einziges Mal einfach gehorchen, kapiert?«

Nein, ich kapierte nicht, aber ich nickte trotzdem. Sich biegen wie das Gras im Wind.

Des Lebens Sinn ist nicht der Tod
Doch auch nicht das Leben
Des Lebens Sinn gibt es nicht
Und trotzdem lebt man weiter
Aber auch nur, weil der Tod
noch weniger einladend ist.

Mama behauptete, dass die Kinder ihre Eltern aussuchen würden, deshalb dürften die Kinder nicht wütend auf sie werden, sie seien ja selber schuld, dass sie so gewählt hätten.

Ich stellte mir vor, wie ich als Nichts auf einer Wolke gesessen war und hinunterschaute. Ich wusste, dass ich in der Schweiz leben wollte, weil hier das Geld nur so herumlag, wegen der Schokolade und der *Rivella* (die Limonade, die man nirgends sonst kriegt). Ich hatte zwei Möglichkeiten: Entweder ein sympathisches, reiches, herzensgutes und gebildetes Ehepaar um die Dreißig – oder zwei verwirrte junge Menschen ohne richtigen Job und mit wirren Gedanken. Die Wahl war denkbar einfach: Ich entschied mich für das wirre Paar, weil – ja, weil ..., weil ich, ehm ...

... na ja, weil ich wohl total bekloppt bin.

Nils und die Krankenschwester

Ich entkam heute dem Tod nur haarscharf! Ich saß im Korridor neben Ursula auf dem Radiator und unterhielt mich mit ihr über die Geoprobe. Ursula klagte, dass sie ihr misslungen sei und sie wahrscheinlich eine ungenügende Note kriege. Sie sagt jedes Mal, dass ihr die Probe in die Hose gegangen sei, und dann kriegt sie ein 5.5 oder eine 6, diese Heuchlerin! Wenn ich sage, dass mir ein Test misslungen sei, ist das leider auch so.

Aber ich wollte von meinem Nahtoderlebnis erzählen: In der Nähe des Radiators flegelten ein paar Jungs. Auf einmal kam Nils auf mich zu, packte mich an den Beinen und zog! Ich hatte keine Chance, mich irgendwo festzuhalten, und Ursula hatte null Reaktion, sie gaffte zu, wie ich volle Kanne auf Rücken und Hinterkopf fiel. Ich lag auf dem kalten Plattenboden und dachte: Jetzt bin ich für den Rest meines Lebens gelähmt! Ich würde einen Rollstuhl mit Motor bekommen und könnte mich mit meinen nutzlosen Händen nicht mal mehr im Gesicht kratzen. Meine Eltern würden mich ins Heim stecken, weil sie überfordert wären, und dort würde ich die Geschichte meines Lebens einer guten Seele von Krankenschwester diktieren. Die Memoiren würden verlegt und am Erscheinungstag führe ich mit vollem Karacho über eine Klippe, um Selbstmord zu begehen – als würdiger Abschluss eines großen Werkes. Ich würde aber unglücklicherweise auf einem Baum landen und überleben, nur wären meine beiden Arme so schlimm verletzt, dass man sie amputieren müsste. Ich käme ins Heim zurück, wo mich die gute Seele von einer Krankenschwester weiter hingebungsvoll pflegte. Die Krankenschwester – sie hieß Gabriela – verließe Mann und Kind, um sich mir ganz hinzugeben. Ich ginge an die Universität, Jura studieren, wo Gabriela während der Vorlesung alles für mich aufschriebe. Ich würde mit Glanznoten abschließen und Rechtsanwältin für Unfallopfer werden. Vom ganzen Land kämen sie zu mir und Gabriela und ich residierten in einer luxuriösen Wohnung, wo alles vollautomatisiert wäre.

Ich stellte mir eben vor, wie Gabriela und ich friedlich und erfüllt alt würden, da packte der Affe Nils meine Hand und zog mich hoch. Ich stand wieder auf meinen Füßen, auf denen ich gar nicht mehr stehen können sollte!

Nils entschuldigte sich. Da passierte es – ich spürte, dass der Unfall uns für immer aneinander gebunden hatte. Nils' Augen waren eigentlich ganz schön, das war mir noch nie aufgefallen.

Ich durfte nach Hause gehen, weil sich mein Kopf etwas seltsam anfühlte. Auf dem Heimweg stellte ich mir vor, wie ich an inneren Verletzungen stürbe und so viele an meine Beerdigung kämen, dass nicht alle in der Kirche Platz hätten. Trice und Lydia würden ununterbrochen weinen, meine Eltern wären über Nacht ergraut, Oma gebrochen und Nils untröstlich. Meinen Sarg könnte man unter den vielen, vielen Blumenkränzen nicht sehen.

Zu Hause stürmte ich mit Tränen in den Augen (meine Beerdigung!) in die Wohnung. Ich fand Mama im Bett mit einem esoterischen Buch – bestimmt über Physiognomie bzw. die Kunst, wie man aus dem Gesicht den Charakter lesen kann. Das war nämlich ihr letzter Schrei – und sie las allen aus dem Gesicht: Niedrige Stirn war schlecht, wenig Oberlippe auch; ein zu großer Abstand zwischen Nase und Oberlippe deutete auf

Machthunger hin und Egoisten hatten ein spitzes Kinn. Wenn sie mich oder Lydia analysierte, hielt ich entweder meine oder Lydias Ohren zu. Ich musste oft Ohren zuhalten.

Als Mama mich sah, setzte sie sich überrascht auf und sagte: »Ist schon Mittag?« Einmal mehr hatten ihre telepathischen Fähigkeiten versagt, sie hatte nichts davon gespürt, dass mein Leben an einem seidenen Faden hing. Sie schickte mich ins Bett und legte mir ihre Hände auf. Sie hatte kalte Hände, die irgendwie noch kälter wurden. Ich stellte mir vor, wie ich mit Nils in Alaska auf Schlitten herumzog. Mein Herz begann schneller zu schlagen.

Am nächsten Tag waren Kopf und Rücken wieder einwandfrei. Dass mir auch nie etwas passierte, was wirklich dramatisch war! Mutter prahlte mit ihren heilenden Fähigkeiten, ich hingegen glaube, dass mein Körper über außergewöhnliche Regeneratorfähigkeiten verfügt.

Ich fragte mich, warum mir Nils nicht schon früher aufgefallen war. Nun gut, er wirkte etwas unauffällig mit seinen dunkelblonden, glatten Haaren, dem gewöhnlichen Gesicht, den ewig gleichen Turnschuhen und den einfarbigen T-Shirts. Aber da loderte etwas in seinen Augen. Und mit welcher Entschlossenheit er mich vom Radiator gerissen hatte …

Als ich in der Schule ankam, spielte er mit den anderen Jungs im Korridor Fußball. Kurz schaute er mich entschuldigend an. Als er realisierte, dass alles okay mit mir war, spielte er weiter. Wie aufmerksam! Etienne hätte nur unter mein T-Shirt gegrabscht und Elefantenbaby Jan mit seinen Ohren gewackelt.

Trice kam angerauscht, ich zog sie mit mir und brachte sie auf den neuesten Stand meiner Herzensangelegenheiten. Sie nickte bloß. Wenn ich es mir genau überlege, nickt sie immer bloß, wenn ich ihr von einer neuen Liebe erzähle. Müsste sie mal fragen, was sie damit meint. Trice selbst war von ihrem Familienleben geschafft: Ihre Mama war für eine Woche zu ihrer Mutter nach Italien, nun musste ihr Vater auf alles schauen. Jeden Abend gingen sie Pizza oder Spagetti essen und Trice musste für den Haushalt sorgen, aber sie weigerte sich, die Zimmer ihrer Brüder zu putzen und in Küche und Wohnzimmer hinter ihnen herzuräumen. Sie sei eine Feministin (das hat sie von mir!) und kein Blödkopf. Worauf die Männer auf sie losgingen. Schlimme Wörter seien gefallen, erklärte Trice mit Wasser in den Augen. Sie habe sich in ihr Zimmer verzogen und die Tür abgeschlossen. Piedro, der ältere Bruder, sagte, er mache aus ihr Feministinnenmus, wenn sie rauskomme. So blieb sie in ihrem Zimmer, bis am Morgen Vater und Brüder aus dem Haus waren. Gott sei Dank hatte sie eine Avocado in ihrem Zimmer, da konnte sie reinpinkeln. Auf dem Frühstückstisch lag von Vater ein Zettel, auf dem stand, dass Trice sein *tesoro* (Schatz) sei und nicht alles ernst nehmen müsse, was er und ihre Brüder sagten. Und sie solle bitte die Küche aufräumen.

»Hast du's gemacht?«, fragte ich sie.

»Meine Tasse, mein Teller und Besteck habe ich gewaschen und den Rest liegen gelassen. Ich kann erst wieder nach Hause, wenn Mama zurück ist! Ich will kein Feministinnenmus werden!«

Sie nahm dankend mein Angebot an, bei mir zu übernachten.

Meine Eltern zeigten Größe und gewährten Trice Asyl. Manchmal waren sie sogar zu gebrauchen. Trices Vater rief an, er war sehr laut. Mama sagte, sie würden Trice erst zurückgeben, wenn deren Mutter wieder daheim sei. Als er ausfällig wurde, erklärte sie, dass sie nur mit den Fingern schnippen müsse und er käme wegen häuslicher Gewalt in den Knast. Da gab er sich geschlagen.

Manchmal wuchs Mama über sich hinaus.

Trice und ich bliesen die Luftmatratze auf und legten sie neben mein Bett. Wir flüsterten und kicherten, bis die Matratze keine Luft mehr hatte und ich sie in mein Bett einlud. (Ich meine Trice, nicht die Matratze.) Wir kuschelten uns aneinander und sprachen über unsere Herzensangelegenheiten, bis wir einschliefen. Es gab nichts, was ich in diesem Moment vermisste.

Wie toll, zusammen zur Schule zu gehen, als würden wir zusammengehören, und niemand könnte uns etwas anhaben! Das war natürlich nur ein Traum, in der zweiten Stunde kriegten wir die Geografieprobe zurück: Ich hatte eine Dreieinhalb. Drüben juchzte Ursula auf, die Kuh hatte eine Sechs. Zum Glück war ich in Geschichte, Mathe und Physik eine Kanone. In Deutsch kriegte ich für Aufsätze in der Regel eine Vier: Inhalt Sechs, Rechtschreibung Zwei. Ich würde nach der Schule nach England auswandern, im Englischen kannten sie keine blöden Fälle, die mir regelmäßig eine Dusche verpassten.

Nils hatte mich heute schon drei Mal entschuldigend angelächelt. Er hatte zur Hälfte den gleichen Schulweg wie ich. Heute überholte er mich mit dem Fahrrad und schaute weiter vorn zurück!

Am nächsten Tag: Er schaute wieder zurück!!

Am übernächsten Tag: Er schaute nicht zurück!!!

Am überübernächsten Tag: Er schaute wieder nicht zurück! Der Arme litt wohl unter Nackenstarre.

Trices Mutter kam heim. Die Männer in der Familie waren begossene Pudel – sie wusch ihnen gehörig den Kopf.

Papa und Oma bereiten Sorgen

Papa kriegte eine zweite Verwarnung! Er hatte bei seinen geliebten Meistern im Untergeschoss Aufsicht und motzte Museumsbesucher an, wenn sie nach nur wenigen Minuten die Sammlung der großartigen Bilder wieder verlassen wollten. Er sagte ihnen, wenn sie immer nur oben bei den schwachsinnigen Farbkleckсern herumlungerten, würden sie nie etwas über Kunst lernen. Er nötigte sie (Papa behauptete, er habe sie dazu eingeladen), ein Marienbild richtig anzuschauen. Wenn Papa wütend wird, sieht er furchterregend aus, auch wenn er ein Weichei ist.

Als er sie wieder freiließ, gingen die Besucher zur Aufsichtsleiterin und beschwerten sich. Da Annabelle, die Aufsichtsleiterin, schon länger ein Auge auf Papa geworfen hatte, gab sie ihm nur eine interne Verwarnung und sagte nichts gegen oben. Beim Abendessen behauptete er, dass es sich eben bezahlt mache, Sexappeal zu haben. Mama und ich bekamen einen Lachanfall, Lydia kicherte auch mit. Später fragte sie mich, was ein *Sechsapril* sei.

Und dann geschah, was zu befürchten war: Oma ging nackt – nur mit Schürze – beim Schuhmacher Milch einkaufen. Der Schuhmacher war so nett, sie in eine Decke zu wickeln und meinen Opa anzurufen. Die beiden Männer kannten sich vom Schützenverein. Opa war außer sich, Mama noch äußerer. Wieder so ein Widerspruch bei ihr: Dass Leute am Woodstock-Festival nackt herumtanzten, fand sie toll. Bei ihrer eigenen Mutter jedoch drehte sie durch, dabei trug Oma doch noch eine Schürze! Na gut, ich hasste es ja auch, wenn Mama nackt am Strand herumhüpfte.

Der Familienrat wurde einberufen. Die Familie meiner Tante Henriette kam ohne Melissa, aber mit den eineiigen Zwillingen (vier Jahre jünger als ich), sogar Onkel Bert erschien, der sonst immer mit Abwesenheit glänzte.

Ich bin eine der wenigen, die die Zwillinge – Lola und Lula heißen sie – auseinanderhalten können. Lula hat im Gegensatz zu Lola einen leicht schrägen Stockzahn. Die Zwillinge hassten mich, weil sie mich nicht in die Irre führen konnten.

Der Familienrat überlegte, was mit Oma zu tun sei. Opa sagte, dass er seine Lucie nun schon so lange kenne und sie sei noch nie nackt einkaufen gegangen. Ein Fehler könne ja mal passieren.

»Was ist denn mit den Kristallgläsern, die Oma aus dem Fenster geworfen hat, als die Steiners unten vorbeigingen?«, fragte Mama. »Und vor fünf Wochen, als sie den jungen Nachbarn verführen wollte?«

»Ja und?«, entgegnet Opa, »sie ist halt eine Temperamentvolle, man kann sie doch nicht ins Heim schicken, nur weil sie Feuer im Hintern hat.«

Die Zwillinge machten mit Lydia Verwirrspiele, Lydia stand kurz vor dem Weinen. Oma suchte im Nebenzimmer nach etwas, das ihr auf der Zunge lag, Mama paffte eine Zigarette nach der anderen, Bert und Papa wollten Fußball schauen und waren deshalb nervös. Ich ging zu Oma. Während sie das Wieheißt-es-noch suchte, erzählte sie mir von früher, als sie die Männer wie Margeriten pflückte. Sie ist eben wirklich nicht mehr ganz im Kopf, wie konnte sie ernsthaft Männer mit Margeriten vergleichen?

Nebenan kriegten sie sich in die Haare, weil Bert gegen ein Heim war und Mama ihm vorwarf, dass es ihm sowieso nur ums Erbe ginge. Da herrschte Henriette Mama an, sie solle ihrem Mann nicht so kommen, und Papa beschied Henriette, sie solle Mama nicht herumkommandieren, nur weil sie drei Jahre älter sei, und Bert fuhr meinen Vater an, er solle gefälligst höflicher zu seiner Frau sein und übrigens würde FCB gewinnen und nicht seine dämlichen *Young Boys*. Mittlerweile weinte Lydia, weil die Zwillinge sie total konfus gemacht hatten, Oma weinte, weil sie Wie-heißt-es-noch vermisste, Vater wurde wegen der *Young Boys* laut, Mama sagte Bert, er solle seine negativen Energien im Zaum halten, und Henriette behauptete, Mama sei doch nur eifersüchtig, weil sie den reicheren Mann habe. Da schlug Papa mit der Faust auf den Tisch und jaulte auf, als hätte er sich sein Handgelenk wieder verletzt. Nun hätte er wohl gern die Hand einbandagiert bekommen.

Ich packte die schluchzende Lydia und die weinende Oma und ging mit ihnen spazieren. Nach hundert Metern wollte Oma auf den Gehsteig pinkeln, ich brachte sie mit Müh und Not hinter den nächsten Busch. Danach musste ich ihr die nasse Unterhose ausziehen – und vergrub sie an Ort und Stelle.

Wir zogen um den Häuserblock. Als wir zurückkamen, hörte man noch immer laute Stimmen aus Opas Wohnung; da ging ich mit den beiden nach Hause. Dort tranken wir Sirup und Eierlikör und spielten *Mensch ärgere dich nicht*. Oma und Lydia änderten dauernd die Regeln, ich hielt mit, so gut es ging. Nachdem Oma einige Gläschen gekippt und abwechselnd mit Lydia das Spiel gewonnen hatte, verkündete sie, dass sie müde sei, legte sich aufs Bett der Eltern und schlief ein. Ich rief Opa an, um Bericht zu erstatten, wir verstanden uns kaum, weil die im Hintergrund so laut waren. Dann brachte ich Lydia ins Bett, aber sie wollte nicht allein schlafen. Schließlich schliefen wir alle drei im Bett der Eltern.

Am nächsten Tag erfuhr ich, dass sie zu keiner Entscheidung gekommen waren – außer, dass Papa und Bert nicht mehr über Fußball diskutieren durften.

Das Fest der Liebe – oder heißt es Hiebe?

In unserer Familie beginnt die Adventszeit immer erst um den 7. Dezember, wenn es auf die Adventskalender eine Preisreduktion gibt und meine Mutter deshalb findet, dass jetzt der ideale Zeitpunkt gekommen sei, einen zu kaufen. Sie behauptet, es sei toll, gleich sieben Türchen auf einmal öffnen zu können. Nun, Lydia kannte es nicht anders und meinte, das sei normal so, und ich war langsam aus dem Adventskalender-Alter. Der Kalender war eher zu einem Warnschild geworden: *Es geht noch zehn Tage, noch acht, noch sieben* ... und dann kommt das Fest der Liebe, an dem alle vom Weihnachtsstress erschöpft sind, die Nerven blank liegen und sich das Liebesfest als Pulverfass entpuppt.

Dieses Jahr kam es aber noch schlimmer: Im Verlauf des Abends fragte mich Lydia: »Ist Onkel Thierry ein Dromedar?« Onkel Thierry war Papas jüngster Bruder. Er spielte gern mit uns Kinder, er war lustig. Manchmal war er mir zu lustig, ich mochte ihn nicht.

»Wie meinst du das?«, fragte ich zurück.

»Wenn wir *Reite, reite, Rösslein* machen, sitze ich plötzlich auf einem Buckel. Ich habe es Mama gesagt, aber sie sagte, ich solle keinen Unsinn erzählen.«

Ich erstarrte. Bei Etienne hatte ich das *Dromedarphänomen* kennen gelernt. Ich dachte fieberhaft nach, was zu tun war – denn es war etwas zu tun! Ich hirnte während des Essens und beim Geschenke auspacken, ich hirnte beim Abwasch, ich hirnte beim Dessert, bis sich in mir endlich ein genialer Plan verdichtete. »Komm«, sagte ich zu Lydia und hob sie hoch. In der Küche kochte ich Wasser und bereitete einen Krug Tee vor. »Wir erteilen ihm eine Lektion«, erklärte ich. »Kannst du nochmals auf seinen Schoß sitzen? Wenn er ein Dromedar wird, springst du runter. Den Rest erledige ich.«

Lydia nickte. Mit dem Teekrug in der Hand kehrte ich in die Stube zurück.

Thierry, dieser Dreckshund, nahm Lydia natürlich gern wieder auf den Schoß. Ich rückte in seine Nähe und beobachtete meine Schwester aus dem Blickwinkel. Thierry machte *Reite, reite, Rösslein,* dann sprang Lydia ab. Ich war schon da und verschüttete den Tee über sein Dromedar. Thierry heulte auf wie ein getroffener Wolf, sprang von seinem Stuhl und bedeckte mit seinen Händen sein Scheiß-Dingsda.

Ich tat verdattert, sagte sorry, es tue mir leid, ich sei gestolpert, es tue mir total leid! Tumult in der Stube. Mit Freude stellte ich fest, dass ich ihn voll erwischt hatte. Thierry raste ins Badezimmer, Mama schrie verärgert, was das solle. Ich tat noch zerknirschter und verzog mich schuldbewusst in die Küche. Als ich hörte, dass Thierry aus dem Badezimmer kam, trat ich ihm entgegen. Ich starrte ihm in die Augen, kleine Pfeile schossen von meinen Augen in seine. Ich sagte: »Noch einmal ein Beule, wenn ein Kind auf dir sitzt, und ich säble dein Scheißding mit meinem Pfadfindermesser in Tranchen.«

Er wusste glücklicherweise nicht, dass ich kein Pfadfindermesser besaß. Ihm fiel der Kinnladen runter, das rote Gesicht, schmerzverzerrt, wandte er sich wortlos ab. Er brach früh auf, angeblich wegen der Verbrennung. Ha, ich wusste es besser!

Als die Verwandten gegangen waren, zitierten mich die Eltern in die Küche. Sie wollten wissen, was mir einfalle, was dieser Tee sollte, sonst würde ich ja auch keinen machen. Bestimmt hätte ich es mit Absicht getan!

Ich nickte.

»Wusste ich es doch!«, klagte Mama. »Warum nur bist du so aggressiv?«

»Onkel Thierry hatte eine Beule, als Lydia auf seinem Schoß saß!«

»Diesen Unsinn hat sie mir auch erzählt«, sagte Mama mit einer wegwerfenden Bewegung, »sie erfindet dauernd Phantasiegeschichten.«

»Woher weißt du das so genau?!«

»Lydia ist ein Kind. Kinder phantasieren. Es hat irgendwas mit dem Ödipus-Komplex zu tun.«

Papa: »Auch wenn er eine Beule gehabt hätte, wäre das reiner Zufall gewesen. Das kann vorkommen. Und übrigens ist er mein Bruder.«

Ich starrte sie an. (Oma hatte mir das beigebracht: *Starre und schweige, und du gewinnst.*)

Mama: »Was glotzt du so? Denkst du, dass wir nicht gut auf Lydia achten?«

Meine Reflexe waren schneller als die Vernunft: Ich nickte.

Mama: »Warum machst du uns Weihnachten kaputt? Reicht es nicht, dass du schon im restlichen Jahr Disharmonie in die Familie bringst?«

Mir schossen Tränen in die Augen, Papa hüllte sich wie üblich in Schweigen.

Mama: »Ich frage mich, was wir mit dir machen sollen.«

»Onkel Thierry hatte eine Beule, als er mit Lydia *Reite, reite, Rösslein* spielte! Er ist auch sonst ein blöder Schleimsack, der sich bei Kindern anbiedert. Und ihr schaut weg!«

»Weil da nichts ist. Ich würde es spüren, wenn energetisch etwas nicht stimmen sollte. Außerdem hat er Lydia ein schönes Geschenk gegeben. So jemand kann nicht schlecht sein, und übrigens: Er ist ein Verwandter von dir.«

Ich war im falschen Film. Ich war ein Alien, das aus unerfindlichen Gründen in diese schreckliche Familie ausgesetzt worden ist – einsam, unendlich einsam, maßlos enttäuscht und bodenlos wütend. Ich soll meine Eltern ausgewählt haben? Nie und nimmer! Sie blickten mich an, als stünde ich vor Gericht. Ich schützte meine Schwester und stand nun am Pranger! Mama laberte weiter, ich drehte mich um und verließ die Küche. Sie riefen mich zurück, sie befahlen es, aber ich ging wie gelähmt in mein Zimmer und verriegelte die Tür. Das soll mein Zuhause sein? Hier muss ich weitere Jahre verbringen? Das kann einfach nicht wahr sein!

Ich legte mich aufs Bett und in meiner Verzweiflung dichtete ich:

Legosteine

Ich bin ein Legostein
allein in der Wüste.
Keine anderen Legosteine,
nur Sand und Leere.

Meine Farbe ist rot, aber unter
der stechenden Sonne verblasst sie.
Langsam verbiege ich mich
in der Hitze

Sollten mich eines Tages
andere Legosteine finden,
kann ich mich nicht mehr mit ihnen verbinden.
Ich bin zu verbogen.

Dieses Gedicht floss nur so aus mir heraus! Es war mein bisher stärkstes, ich würde damit die Herzen der Menschen berühren.

Am Morgen klopfte es sachte an der Türe. Mit Engelszungen flüsterte Mama meinen Namen und bat mich aufzustehen, ein schöner Frühstückstisch warte auf mich. Ich reagierte nicht. Als Nächster klopfte Vater und versuchte mich herauszulocken, indem er drohte, mein Ei zu essen.

Das Ei war mir so was von scheißegal.

Sie schickten Lydia. Ich schloss die Tür auf, zog sie herein und verriegelte die Tür gleich wieder. Wir legten uns ins Bett und kuschelten uns aneinander.

»Nicola?«

»Mhmm?«

»Ich habe nicht gelogen. Ehrenwort.«

»Ich weiß.«

»Ja, aber Mami und Papi nicht. Ich phantasiere, sagen sie.«

»Die haben keine Ahnung!«

»Eltern sollten aber eine Ahnung haben!«

»Ja, aber sie tun es nicht.«

»Vielleicht wandere ich aus.«

»Wohin willst du gehen?«

»Ins Lassieland, dann wäre Lassie bei mir und mir würde nichts passieren.«

»Als ich so alt wie du war, wollte ich nach Timbuktu.«

»Wo ist das?«

»Irgendwo in Afrika. Ich wollte dort Löcher graben, um Wasser zu finden – und die Menschen hätten sich gefreut.«

»Nicola, manchmal bist du zu nichtrealistisch.«

»Ja, ich weiß. Heute will ich einfach nur weg und das so bald als möglich.«

»Du kannst mich doch nicht alleine lassen!«

»Ich nehme dich mit, im Koffer.«

Wir kicherten.

Scheiße, wie sollte ich gehen und Lydia bei diesen Krücken von Eltern zurücklassen, die den Kotzbrocken Thierry weiterhin *Reite, reite, Rösslein* spielen ließen?!

Warum hat das Leben solch widerliche Widerhaken (tolles Wortspiel!)? Sind wir nichts anderes als Fische an Gottes Angel? In der Bibel steht zwar, dass wir Schafe seien und er der Hirt. Also sind wir halt Schafe, auf dem Hirtenstab aufgespießt, irgendwie. Und so was will eine Religion sein?!

Kaffee fertig und kurvige Geraden

Wie jedes Jahr gingen wir nach Weihnachten in die Skiferien. Wir wohnten in einem alten Holzhaus, das weit hinten im Tal lag, so dass man nicht schnell zum Kiosk rennen und Süßigkeiten kaufen konnte, das war ein großer Nachteil. Das Haus wurde mit Holz geheizt, und wer musste am Morgen in bitterer Kälte aufstehen und einfeuern? Ich natürlich. Papa sagte, ich verdiene mir damit meinen Skipass.

»Womit verdient ihn sich Mama?«, wollte ich einmal wissen.

»Sie macht es mir im Bett warm«, erwiderte Papa.

»Das könnte ich auch.«

»Aber nicht so wie Mama«, sagte er und grinste dämlich.

Wie schon gesagt: Manche Dinge will eine Tochter nicht hören! Ich brach das Gespräch ab und verzog mich in mein (kaltes) Zimmer im oberen Stock.

Glücklicherweise verbrachten wir die Ferien zusammen mit Mamas bester Freundin Claire und deren Familie.

Mama und Claire kannten sich vom Seminar *Verbindung mit dem Schutzengel aufnehmen.* Seit diesem Seminar sorgt Mamas Schutzengel dafür, dass sie einen freien Parkplatz findet und dass ihr nichts geschieht. Die Tatsache, dass sie immer noch lebt, sei der Beweis dafür, dass der Schutzengel seine Arbeit gut mache, behauptete sie.

Ich erwiderte: »In dem Fall machen alle Schutzengel ihre Arbeit gut, einfach bis zum Zeitpunkt, da ihr Schützling stirbt. Da hat er dann versagt, aber das stört den Schützling nicht, weil er ja jetzt tot ist.«

Mutter funkelte mich böse an. »Du bist vom Teufel besessen, anders kann ich mir deine Kommentare nicht erklären!«

Ich entgegnete: »Ja, der Teufel Vernunft reitet mich!«

Mama sprach zwei Wochen lang nur noch auf dem Umweg über Lydia oder Papa mit mir.

Claire und Mama fanden in dem Seminar heraus, dass ihre Schutzengel die gleiche Frisur hatten, was sie als Zeichen deuteten. Und da beide Wickeljupes trugen, Räucherstäbchen mochten und von ihren Ehemännern enttäuscht waren, wurden sie beste Freundinnen. Claire und ihre Familie leben in Biel und sind zweisprachig – Deutsch und Französisch. Untereinander sprechen sie ein verwirrendes Gemisch beider Sprachen. Claires Mann Claude stammt aus Genf; er ist so schweigsam, wie Claire redselig ist. Der älteste Sohn heißt Caspar. Während der Geburt des zweiten Kindes wurde Claire ohnmächtig. Sie segelte zur Decke und traf dort auf Maria, die sie gütig anlächelte. Da wusste sie, dass der zweite Sohn Mélchior heißen sollte. Papa fragte Claire, ob die Maria entblößte Brüste gehabt habe und ob die schön prall gewesen seien. Daran erkenne man, ob es sich wirklich um Maria handele. Claire sagte, sie verstehe nicht ganz, und Mama verpasste Papa einen Seitenhieb.

Claire wollte ein drittes Kind – einen Balthasar –, dann hätte sie ihre drei Heiligen beisammen. Lange passierte nichts, daher taufte sie das Meerschweinchen Balthasar. Damit sei der Kreis geschlossen, erklärte sie meiner Mutter. Bald darauf wurde sie schwanger! Das habe sie dem Meerschweinchen zu verdanken, sagte Claire. Ich hätte eher auf Claude getippt. Der dritte Junge war ein Mädchen und wurde – obschon Claude dagegen war – auf den Namen Balthasara getauft. Doch alle außer Claire waren barmherzig: Wir nennen das Mädchen einfach Sara.

Caspar ist vier Jahre älter als ich, Mélchior zwei Jahre. Caspar ist ruhig wie sein Vater, cool und schon sehr erwachsen. Ich war eine Zeit lang in ihn verliebt, aber das wäre nicht gegangen, wir gehören sozusagen zur gleichen Familie. Mélchior ist Mutters Sohn, er redet gern und viel und phantasiert eine Menge, wobei er an seine Phantasien glaubt. Und ich mit ihm. Er ist lustig, hat runde Backen, ein offenes Gesicht und ist dauernd zu Späßen aufgelegt. Ich mag ihn sehr, aber gerade weil ich ihn so mag, könnte ich mich nie in ihn verlieben.

Das ist irgendwie seltsam.

Einmal behauptete Mélchior, dass Erde und Sand im Prinzip dasselbe seien. Und da im Sandkasten nicht mehr viel Sand war, machten wir seinem Vater die Freude und füllten ihn mit Erde auf. (Ich meine nicht Claude, sondern den Sandkasten.) Claude holte den Sand am Bielersee, das ersparten wir ihm nun. Mit Erde Burgen zu bauen ging gut, es schaute sogar ein Wurm aus der Burgmauer heraus. Mélchior taufte ihn Fräulein Kunigunde. Ich fragte ihn, wie er wissen könne, dass der Wurm ein Fräulein sei und kein Ritter. Er habe kein Schwert, erwiderte Mélchior. Da musste ich ihm Recht geben.

Wie üblich freuten sich die Eltern nicht über uns. Vater herrschte Mélchior an, ob er den Unterschied zwischen Sand und Erde nicht kenne. Mélchior zuckte mit den Schultern und sagte: »Sand hat weniger Würmer, was schade ist, denn Burgbewohner sind immer willkommen.«

Wir mussten die Erde aus dem Sandkasten schaufeln und alles in allem war das wieder einer dieser schönen Nachmittage, die ein Erwachsener am Ende kaputt machte.

Zurück zu unseren Skiferien: Mama fuhr in einem langen Mantel Ski, den sie vorzugsweise offen trug und der im Wind flatterte. Sie fuhr geradeaus, diagonal von einer Seite zur anderen. Nach eineinhalb Stunden verschwand sie mit Claire ins Bergrestaurant und trank *Kaffee fertig* – das *fertig* bedeutet, dass

Schnaps drin ist. Am Nachmittag waren ihre Geraden eindeutig gekrümmt. Ich glaube, sie mochte Skifahren vor allem wegen der *Kaffee fertig*.

Einmal fuhr sie schräg über die Piste, wurde dabei immer schneller, bis sie über den Pistenrand hinausraste, in ein Tännlein hinein, und in einer Schneewolke verschwand. Wir schrien auf – ich hatte schon lange nicht mehr so gelacht! Als Strafe kriegten wir keinen Nachtisch. Schadenfreude sei eine der sieben Todsünden, erklärte Mama, die müsse man aushungern. Sie hatte von den *Kaffees fertig* glasige Augen und verbrachte den anschließenden Abend untätig auf dem Sofa. Als ich sie darauf hinwies, dass Faulheit auch eine Todsünde sei, schickte sie mich umgehend ins Bett.

Dort las ich in *Feurige Blicke*. Josephine ist Vollwaise geworden und wird nach Schottland zu Verwandten geschickt. Sie wohnt in einem riesigen Schloss, das mehrheitlich nicht mehr benützt wird. Der Bruder des Schlossbesitzers macht Annäherungsversuche bei ihr, weil er Wind davon bekommen hat, dass sie mit einundzwanzig steinreich sein wird, und weil sie umwerfend gut aussieht. Der Schlossbesitzer, Ian McDarkheart, ist zurückhaltend und geheimnisvoll. Niemand weiß, was er tut, denn er sperrt sich immer in sein Büro ein. Er hat auf seiner rechten Wange eine riesige Narbe. Joséphine ist verschüchtert, doch dank Ians Schwester Rose blüht sie auf. Rose ist voller Leben und Unternehmensgeist. Die beiden treiben mit dem Dienstpersonal Schabernack, machen Ausflüge, spielen Kricket und Karten. Sie gehen dazu über, gemeinsam in Roses Bett zu schlafen, damit sie miteinander schwatzen und einander warm halten können. In schottischen Schlössern ist es sogar im Sommer kalt und feucht.

Eines Tages ruft Ian Josephine zum Diktat. Das findet sie nicht lustig, lieber ist sie mit Rose zusammen als mit diesem schweigsamen Langeweiler.

Ich fand, dass Josephine und Rose einander finden sollten – irgendwie. Ian war ein doofer Sauertopf.

Gegen Ende unserer Ferien schlug das Wetter um, es begann zu schneien. Am Mittag saßen wir deshalb nicht auf der Terrasse, sondern im Bergrestaurant. Dort stank es nach Fritten-Öl, dampfenden Menschen, gebratener Wurst und Sonnencreme. Jedes Paar Skischuhe brachte Schnee herein, so dass der Boden rutschiger und rutschiger wurde. Alt und Jung schlidderte herum. Mama und Claire hatten von den *Kaffee fertig* rote Köpfe. Mélchior und ich fuhren zwischen den Tischen Schlittschuh, bis Claude Mélchior am Ohr und mich an der Hand zum Tisch dirigierte. Da Mama und Claire doof kicherten, setzte ich mich an einen anderen Tisch. Ich behielt die Mütze auf, damit mich niemand mit diesen Kaffee-fertig-Liesen in Verbindung brachte.

Die Familie an meinem Tisch ließ ihr Baby antiautoritär schreien, bis alle Mordgelüste bekamen. Dann sahen die Eltern gelassen zu, wie der ältere Sohn meine Ovo umkippte. Weder der Balg noch die Eltern entschuldigten sich und organisierten einen Putzlappen. Da besann ich mich auf Omas Grundsatz *Wenn dir jemand ans Bein pinkelt, scheiße ihm auf den Kopf*: Ich packte den Jungen am Ohr und zog ihn zur Theke, wo ich ihn zwang, nach einem Putzlappen zu fragen. Er wollte ein Theater veranstalten, da sagte ich ihm, dass ich ihm das Ohr abreißen würde, wenn er nicht sofort die Klappe halte.

Der Junge putzte wohl das erste Mal in seinem Leben einen Tisch.

Die Eltern brüllten ununautoritär und drohten mir mit allem Möglichen. Papa bekam Wind von der Sache und begann zurückzudrohen, wobei er an seinem sicheren Platz auf der anderen Raumseite blieb. Mutter hingegen stand auf. Der Boden war wie gesagt glitschig und ihr Gleichgewichtssinn wegen der *Kaffee fertig* ein Witz: Nach zwei Schritten glitt sie in einen Spagat und polterte an einen Tisch. Ihr Geheul war beachtlich. Während eine Sanitätsperson erschien und Mamas rechten Arm begutachtete, jammerte sie etwas von *Karma*, *Nicola* und *Hölle*. So genau wollte ich es nicht wissen.

Mama hatte den Arm gebrochen! Sie thronte auf dem Diwan und befahl wie eine Königin. Es gefiel ihr ganz gut, gehandicapt zu sein. Sie würde wochenlang keinen Haushalt machen können. Und wer würde das ausbügeln müssen? Bestimmt nicht ihre Geisthelfer!

Warum können Menschen nicht wie Blumen im Garten wachsen? Keine unfähigen Eltern, die von Hegen und Gießen keine Ahnung haben. Ich bekräftigte meinen Entschluss, bald von daheim abzuhauen.

Am nächsten Tag durften Caspar, Mélchior und ich alleine Ski fahren. Niemand sonst hatte Lust, bei diesem schlechten Wetter rauszugehen. Wir rasten wie die Idioten die Hänge runter. Kurven machten wie so wenige als möglich, das Tempo war so schön. Mélchior schlief schon beim Abendessen ein, ich erst beim Nachtisch. Papa schleifte mich ins Bett. Ich träumte von ewiglangen Abfahrten, die voll von kleinen Tannen waren, denen ich ausweichen musste. Als ich mitten in einen Felsen raste, erwachte ich sitzend im Bett, die Stirn an der Wand. Ich war knallwach, also las ich *Feurige Blicke* fertig.

Wie zu befürchten war, besitzt Ian gute Eigenschaften, die während der Diktate zutage kommen. Josephine findet Ians Narbe auf einmal anziehend und die Lausbubenideen von Rose langweilig. Sie schläft wieder allein und braucht drei Decken, um nicht zu erfrieren. Rose ist schwer getroffen und verlässt eines Nachts das Schloss, ohne Abschiedsbrief.

Ian trägt Josephine mehr und mehr Aufgaben auf, die sie zu ihrem wachsenden Erstaunen immer lieber macht (ja, auch zu meinem wachsenden Erstaunen!). Ian ist immer noch in sich gekehrt, aber Josephine sieht, dass er sich für viele gute Projekte einsetzt (zum Beispiel dass auf allen schottischen Schlössern eine Heizung in die Gemäuer eingebaut wird). Josephine wartet nun jeden Morgen sehnsüchtig darauf, ihn wiederzusehen. Er versucht von ihr fernzubleiben, kann aber der Anziehung nicht widerstehen. Es kommt heraus, dass er einst eine Frau tief geliebt hat, die aber wegen der feuchten Gemäuer an Rheuma gestorben ist (deshalb sein Einsatz für Mauerheizungen). Das hat ihn fürs Leben gezeichnet. Die Narbe holte er sich, als er sich im Hochmoor hat umbringen wollen: Dummerweise stolperte er und fiel mit dem Gesicht in ein kantiges Felsenstück. Das nahm er als Zeichen Gottes, wofür, weiß ich nicht genau – vielleicht dafür, dass er besseres Schuhwerk kauft?

Ian gesteht Josephine seine Liebe und Josephine kann ihr

Glück kaum fassen (ja, ich fasse es auch kaum!). Rose kommt nicht an die Hochzeit, man munkelt, dass sie in Edinburgh ein *Bed & Breakfast* zusammen mit einer Frau führt. Mit dieser Frau lebe sie in verwerflicher Weise zusammen. Was heißt verwerflich? Ich bin verärgert über das Buch, ohne genau sagen zu können, warum. Die Geschichte ist nur spannend, bis Rose das Schloss verlässt.

1978

Did you think I'd lay down and die
Oh no not I, I will survive
Oh, as long as I know how to love,
I know I'll stay alive
I've got all my life to live
I've got all my love to give
And I'll survive
I will survive
I will survive

Gloria Gaynor: *I will survive*

Zwei schlechte Neuigkeiten

Die Winterferien gingen zu Ende, unsere Vorsätze hatten wir schon am zweiten Januar wieder über Bord geworfen: Mama rauchte wie üblich, Papa soff wie üblich, ich las anstatt Heinrich Böll schon wieder einen *Romantic Thriller* und Lydia hatte schon mehrmals geflucht.

In der Schule erwartete mich eine fürchterliche Nachricht: Wir hatten eine Neue in der Klasse! Das allein wäre nicht schlimm gewesen, aber sie saß neben mir! Unsere Pulte waren in Hufeisenform angeordnet, ich saß am einen Ende, links neben mir war ein freier Platz, rechts saß Trice. Ich hatte diese Sitzordnung immer sehr geschätzt und ertrug es nicht, dass nun jemand dort saß!

Die Neue hieß Alexandra. In der ersten Pause erklärte sie mir, dass man sie Xandra nenne.

Ich erwiderte: »Ich sage Alex zu dir, Xandra kann man ja nicht aussprechen.«

»Da höre ich einfach nicht hin.«

»Tja, ich habe dir ja auch nichts zu sagen.«

Alex kam aus Basel und bildete sich etwas darauf ein. »Bern ist ein Provinzkaff, nicht so international und spannend wie Basel.«

»Dann zieh doch wieder in deine Weltstadt zurück, wir halten es hier ganz gut ohne dich aus.«

Unsere Feindschaft war besiegelt.

Alex hatte mittellanges, dunkles Haar und mandelförmige Augen, mit denen sie alles genau zu beobachten schien. Etwas an ihrer Art brachte mich die Wände hoch – eine eingebildete Liese eben.

Ich fragte Trice, ob sie den Platz mit mir tauschen würde, aber sie winkte nur ab.

Das Leben verschont mich aber auch vor gar nichts!

Mit Oma ging es im Kopf stetig bergab, aber das konnte ihrer guten Laune nichts anhaben. Sie trällerte, pfiff und sang den ganzen Tag. Das war praktisch: So wusste man immer, wo sie war, nur der schwerhörige Opa nicht. Omas Tick, nach Dingen zu suchen, brachte den Haushalt durcheinander, welchen Opa mit viel gutem Willen und wenig Erfahrung führte. Zu allem Übel war Oma ruhelos wie eine Tanzmaus, Opa musste aufpassen, dass sie nicht abhaute und draußen wer weiß was anstellte.

Da folgte die zweite schlechte Nachricht: Oma hatte sich in der Käserei zu einem Striptease entschlossen, was die Ladenbesitzerin Frau Zehnder zu verhindern wusste. Sie zog ihre Handschuhe über, die sie für den Käse brauchte, packte Oma an deren halbnackter Schulter und steuerte sie in den Kühlraum. Opa holte sie ab und das Quartier hatte was zu reden. Kurz darauf wurde alles zuviel: Opa brach weinend zusammen. Ich entdeckte ihn, als ich zum Fernsehschauen vorbeiging. Er lag in der Stube auf dem Teppich und hatte sich in die Hose gepinkelt. Oma stand in der Küche und kochte ein Ei ohne Wasser, oder sie hatte es schon so lange gekocht, dass alles Wasser verdunstet war.

»Gut, dass du kommst, Nicola. Opa macht ein Nickerchen und ich backe ihm einen Kuchen, den wir zum Vieruhrtee essen.«

Ich sagte, dass das eine tolle Idee sei, und schaltete insgeheim den Herd aus. Dann ging ich zu Opa und berührte ihn an der Schulter. Er begann sofort zu jammern, dass er nicht mehr weiterkönne, seine Frau bringe ihn noch zum Wahnsinn. Nachts könne er nicht schlafen, weil sie ständig aufstehe, und tagsüber sei es auch nicht besser. Bei aller Liebe, was zu viel sei, sei zu viel, er halte das nicht mehr aus.

Ich half ihm auf die Beine und empfahl ihm, eine Dusche zu nehmen und neue Kleider anzuziehen. Dann rief ich Mama an und erstattete Bericht. Oma hatte in der Zwischenzeit die Herdplatte wieder angestellt. Sie stand im Badezimmer vor dem Spiegel und schminkte sich. Sie wolle ausgehen, erklärte sie.

»Als Indianer?«, fragte ich.

»Nein, als Marilyn, ehm, Wie-hieß-sie-noch?«

Heute war nichts mit Fernsehen.

Am Abend gab es eine neuerliche Krisensitzung bei uns zu Hause: Tante Henriettes Familie, Opa, Mama und Papa waren dabei. Lydia und ich spielten mit Oma und den blöden Zwillingen in meinem Zimmer *Mensch ärgere dich nicht*. Die Zwillinge konnten sich wie erwartet nicht flexibel an die sich dauernd verändernden Regeln von Oma und Lydia anpassen. Sie beharrten auf ihren Regeln, was Oma überging. Lydia begann zu weinen. Sie verlor nicht gern, darum änderte sie ja die Regeln. Als Lydia weinte, gab Oma den Zwillingen einen Klaps und sagte, dass sie zur Strafe für sie einen Eierdingsda holen müssten. Am besten die ganze Flasche. Die Zwillinge weigerten sich, da packte Oma die Spielfiguren und warf sie zum Fenster hinaus. Die Zwillinge begannen zu schreien, als hätte man ihnen die Leber ohne Narkose aus dem Leib gerissen. Die Erwachsenen platzten herein und wollten wissen, warum wir lauter seien als sie. Ich wurde dazu auserkoren, die Spielfiguren vor dem Haus zusammenzusammeln – wer sonst?

Die Zwillinge guckten aus meinem Fenster und dirigierten mich herum. Sie spuckten und warfen zwei Schulhefte runter. Nun weinte auch ich, aber mit zusammengebissenen Zähnen, damit sie nicht triumphieren konnten.

Als ich zurückkam, schaute ich in der Stube vorbei: Opa saß tränenüberströmt auf dem Sofa. Eltern, Tante und Onkel Bert sahen betreten aus. Offensichtlich waren sie zu einer Einigung gekommen. Ich musste gar nicht erst fragen, zu welcher: Oma würde ins Heim gehen.

Mama legte mir den Arm über die Schultern, sagte aber nichts. Ich habe kaum jemals in dieser Familie eine solche Einigkeit erlebt. Oma, die noch immer in meinem Zimmer war, begann zu singen, vermutlich hatte sie mein selbstgebasteltes Mikrophon entdeckt.

Opa seufzte: »Die werden alle Hände voll zu tun haben mit meiner Lucie.«

Außer Oma waren alle traurig oder bedrückt.

Im Bett musste ich ein wenig weinen: Oma ging also fort und alles würde anders sein. Trinità, die einen siebten Sinn für Menschen in Not hat, sprang auf mein Bett und rammte schnurrend ihre Krallen in meine Brust. Warum konnte das Gute nicht bleiben? Obschon Oma nicht mehr richtig im Kopf war, hatte sie was auf dem Kasten. Sie versicherte mir immer wieder: »Du bist eine Perle, auch wenn das außer mir niemand sehen will. Dazu sagt man, Perle vor die Wildschweine werfen. Aber da Obelix alle gegessen hat, wirst du nicht gefressen. Man muss dich nur aus dem Dreck fischen.«

Sie fischte mich immer, meine liebe Oma.

Es war ein Kreuz mit meinem Gesicht: Wenn ich heulte, wurde es zu einer Baustelle – am nächsten Tag sah ich wie ein Wrack aus. Mama sagte, ich solle mein Gesicht besser pflegen, ich würde sonst vorzeitig altern. Trice holte mich ab. Als sie mich sah, machte sie eine bestürzte Miene. Als Italienerin kann sie das in beeindruckender Weise. Ich schaltete auf Eisklotz, damit ich ihr das mit Oma erzählen konnte, ohne gleich wieder loszuheulen. Trice sagte, sie habe gemeint, dass mir Oma viel bedeute, und jetzt tue ich so cool. Ich zuckte stumm mit den Schultern, mehr konnte ich nicht erwidern, sonst hätte ich mein Gesicht restlos ruiniert.

In der Schule gafften sie mich an, als wäre ich eine Aussätzige. Und dann diese blöde Alex, die sich neben mir breitmachte! Sie hängte überall ihren Mund rein, beteiligte sich aktiv am Unterricht – sie war ein furchtbarer Streber. Allerdings stellte sie den Lehrern auch unangenehme Fragen. Hatte die ein Selbstbewusstsein! Sie war eine Größenwahnsinnige und saß neben mir! In der großen Pause schlenderte sie über den Hof und beobachtete alles eingehend. Aus jeder Pore stank die nach Selbstvertrauen. Hilfe, meine Luft wurde verpestet!

Während der Pause kam Nils zu mir und fragte, ob es mir nicht gut gehe. Da war ich nicht mehr in ihn verliebt. War das ein einfühlsames Weichei!

Übrigens hatten sich Jan Elefantenohr und Kiki Zahnlücke gefunden. An einem Ausflug mit dem Zeichenlehrer kamen sie sich bei einem Bild von Paul Klee näher und jetzt taten sie, als wären sie ein Herz und eine Seele. Standen herum und kicherten.

Kaum sind Menschen in einer Beziehung, werden sie Doofköpfe.

Im Weltkrieg war alles besser

Es stand wieder einmal ein Besuch bei den Cinquecento-Großeltern an. Opa lebte nach seinem Oberschenkelhalsbruch wieder zu Hause, konnte sich aber nicht gut bewegen. Das gefiel ihm, da durfte er Großmutter herumdirigieren und sich bedienen lassen. Obschon er gebrechlich war, fuhr er wieder Auto. Vermutlich wurden die beiden auf ihren Fahrten von einer Armee von Schutzengeln begleitet. Großmutters grauer Star war in der Zwischenzeit auch nicht besser geworden: Wenn sie Tee einschenkte, musste man beten, dass sie die Tasse traf. Ich schob sie so unbemerkt als möglich an die richtige Stelle. (Ich meine die Tasse, nicht Großmutter.)

Als Großvater Lydia begrüßte, sagte er: »Nicola, schrumpfst du oder was?« Zu Papa sagte er: »Wann produzierst du endlich einen Stammhalter? So schwierig wird das doch wohl nicht sein. Ich habe gleich drei hingekriegt!«

Papa brummte etwas Unverständliches in seinen nicht vorhandenen Bart.

»Hast du endlich einen anständigen Job gefunden? Du kannst doch nicht ewig zwischen Bildern herumschlendern.«

»Heinrich ist jetzt für die alten Meister zuständig«, warf Mama ein. Papa brummte wieder etwas Unverständliches.

»Lass ihn doch, Leonard«, warf Großmutter ein. »Heinrich war immer schon ein zarter, feinfühliger Bub und ein Spätzünder, er hat auch mit fünf manchmal noch ins Bett gemacht.«

Papa lief rot an, Lydia und ich kicherten hinter vorgehaltener

Hand. Mama versuchte nicht zu lachen, aber ihre Augen blitzten vor Vergnügen.

Dann begann Großvater Geschichten aus dem Krieg zu erzählen, die wir in- und auswendig kannten. Wir nahmen in der Schule gerade den Zweiten Weltkrieg durch, ich konnte also aus dem Vollen schöpfen: »Großvater, du warst doch gar nicht im Krieg, die Schweiz hat sich ja nicht daran beteiligt.«

Opa richtete sich in seinem Stuhl kerzengerade auf. »Und warum waren wir nicht im Krieg? Weil wir an der Grenze standen und für den Frieden kämpften! Hitler und Mussolini hätten in unser Land einfallen wollen, aber wir haben das verhindert.«

»Wenn Hitler Polen, Frankreich und England überfallen konnte, dann hätte er uns spielend einfach erobern können. Die Schweiz hat mit Deutschland gekolabiert, deshalb sind wir verschont geblieben!«

Großvater stand auf, hielt sich zitternd an der Tischplatte fest, das Gesicht dunkelrot. »Wie kannst du so etwas zu behaupten?!! Wie kannst du das Andenken an die Leistungen unseres Landes in den Dreck ziehen!«

Er fiel erschöpft in seinen Stuhl zurück, alles an ihm zitterte. Meine Eltern sahen mich vorwurfsvoll an. Sie versuchten erfolglos, Opa zu beruhigen, also brachen sie den Besuch vorzeitig ab.

Kaum saßen wir im Auto, sagte Vater: »So, Fräulein Klugscheißerin konnte wieder mal nicht die Klappe halten.«

Mama: »Welches Unheil du angerichtet hast!«

Ich: »Es ist aber die Wahrheit!«

Mama: »Wen interessiert schon die Wahrheit? Die Wahrheit muss verhüllt werden, man darf den Menschen damit nicht wehtun.«

Ich: »Die Wahrheit ist das Wichtigste überhaupt. Und die Schweiz war nun mal nicht im Krieg.«

Papa: »Und wen interessiert das?! Vielleicht enterbt mich Vater! Das geht aber nicht, wir rechnen mit dem Erbe. In Zukunft nehme ich dich nicht mehr zu meinen Eltern mit!«

Ich: »Cool!«

Lydia: »Ich will auch nicht mehr mit. Es ist immer furchtbar langweilig. Nicola und ich bleiben lieber zu Hause und spielen Halma.«

Mama: »Schweigt, alle beide! Ihr geht heute sofort ins Bett. Kein Nachtisch, nichts, auch nicht Tagebücher schreiben oder lesen, basta. Ich habe genug von euch undankbaren Hühnern, wir haben das weiß Gott nicht verdient!«

Lydia lehnte sich stumm an mich, und ich lehnte mich an sie.

Oma lebte seit ein paar Tagen im Heim. Der Umzug war nicht ganz einfach gewesen, weil Oma dauernd das auspackte, was Opa, Mama und Henriette eben eingepackt hatten. Mit der Aussicht auf einen Eierlikör lockte Mama sie in ein Restaurant und Opa und Henriette verstauten ihre Sachen zügig in die Koffer. Nun besuchte ich sie zum ersten Mal: Nach einigem Suchen entdeckte ich sie beim Teich neben dem Ziegenstall. Sie freute sich, mich zu sehen, zeigte mir die Ziegen, danach gingen wir in ihr Zimmer. Dort führte sie mir ihr Bett vor, das man rauf- und runterlassen konnte. Als sie den höchsten Punkt erreicht hatte, blockierte das Bett. Ich befahl ihr, oben zu bleiben, ich würde Hilfe holen. Oma jammerte, dass sie unter Höhenangst leide, ihr sei ganz schwindlig. Da sagte ich mit fester Stimme, dass sie unmöglich auf zwei Metern Höhenangst haben könne und dass ich nie mehr zu Besuch käme, wenn sie nicht ruhig da oben bleibe. Oma warf sich heulend aufs Kissen.

Ich raste hinaus und schnappte mir eine Pflegeperson. Als wir zurückkamen, war Oma daran, vom Bett zu klettern. Allgemeines Zeter und Mordio, Oma ließ los und landete weich auf uns. Der Techniker kam und brachte das Bett in Ordnung. Anschließend blockierte er die Mechanik, damit Oma nicht noch einmal in eine missliche Höhenlage kam. Die Pflegerin erzählte mir, dass Omas Zimmer in der Nacht abgeschlossen werde, weil sie sonst bei den anderen Schabernack treibe und die Nachtwache auf die Palme bringe. Ich glaubte ihr aufs Wort!

Schnürsenkel, Reiszwecken und Opa im Korb

Wie meine Unliebe für den Sporttag andeutet, habe ich es nicht besonders mit dem Turnen – die Verrenkungen, die man da machen muss, sind mir suspekt und den Schweiß finde ich auch nicht gerade Ekstase pur. Außerdem ist es anstrengend. Aber ich bin gut im Langstreckenlauf und super darin, meiner Mannschaft im Volley-, Basket- oder Fußball einzuheizen. Als unsere Turnlehrerin Fräulein Franzen ankündigte, dass es einen Langstreckenlauf gäbe, freute ich mich – bis Alex behauptete, dass sie im Langstreckenlauf immer die Beste sei.

Ich sagte cool: »Tja, das gehört nun der Vergangenheit an.«

Sie trug enganliegende Hosen, wegen des Luftwiderstands, wie sie erklärte – als würde mich das interessieren! Ich trug meine bequeme Hose, bei Rückenwind seien die wie ein Segel, konterte ich. Die Kuh tat unbeeindruckt. Nach dem Startschuss drängten wir an die Spitze, mal war sie vorne, mal ich, wobei sie blöd lächelte, wenn sie mich überholte. Gegen Schluss spürte ich noch Kraft in mir und setzte zu einem Endspurt an. Da stellte sie mir von hinten ein Bein. Ich stürzte, sie über mich. Die anderen Mädchen rannten grinsend an uns vorbei. Wortlos stand ich auf und humpelte zum Ziel. Fräulein Franzen, unsere Turnlehrerin, fragte mich, ob ich okay sei. Fräulein Franzen ist so toll und fürsorglich! Ob sie mal etwas mit mir etwas trinken gehen würde?

Alex behauptete stur und fest, dass ich gestürzt sei, weil sich mein Schnürsenkel geöffnet habe. Sie war also nicht nur gemein, sondern auch eine rhetorische Lügnerin!

Nach dem Turnen fragte ich unseren Klassenlehrer, ob man die Klasse um eins nach links verschieben könne, dann säße ich am Schluss des Hufeisens und Alex am Anfang des anderen Endes. Hurni laberte etwas von Kameradschaft und Feindschaft überwinden. Ich sagte, das Verschieben wäre für die Kameradschaft sehr förderlich. Da sah er mir tief in die Augen und sagte: »Nicola, solange ich hier Klassenlehrer bin, wird rein gar nichts verschoben.«

So musste ich nach anderen Wegen suchen, denn es war höchste Zeit, dieser Kuh einen Denkzettel zu verpassen. Mama riet mir, Alex und mich vor dem Schlafen in helles Licht zu hüllen und mein Herz für sie zu öffnen, dann würden wir Freundinnen.

Ich wollte keine Freundinnen werden.

Papa fand, ich solle ihr eine Reißzwecke auf den Stuhl legen. Dieser Vorschlag war mehr nach meinem Geschmack.

Lydia schlug vor, ihr ein nettes Geschenk zu machen, das würde sie völlig aus dem Konzert bringen. Sie meinte wohl Konzept.

Trice schwor auf die italienische Vorgehensweise: Ich solle ihr eine kleben. Auch nicht schlecht. Ich musste darüber schlafen.

Am nächsten Morgen war die Reißzwecke nach wie vor Favorit Nummer eins. In der ersten Pause legte ich Alex eine auf den Stuhl. Als sie zu ihrem Platz zurückkehrte, zog die Kuh den Stuhl so schwungvoll zurück, dass die Zwecke zu Boden fiel. Scheibenkleister!

In der großen Pause unternahm ich den zweiten Versuch: Ich stellte den Stuhl so hin, dass sie ihn nicht herumzerren musste. Aufgeregt wartete ich ab. Alex kam daherstolziert, setzte sich, aber nur vorne an den Rand. Die Zwecke grinste mich hämisch an. Missmutig nahm ich das Geschichtsbuch aus dem Pult und knallte es vor mich auf den Tisch.

Geschichtslehrer Moser rief mich auf, ich solle doch mal erzählen, wie der Zweite Weltkrieg ausbrach. Ich konnte geradezu fühlen, wie Alex neben mir schon grinste, aber da hatte sie sich geschnitten. Ich war in Geschichte ein Ass, mich fasziniert das idiotische Verhalten der Menschen. Es läuft ja immer gleich ab: Ein Größenwahnsinniger verblendet das Volk und reißt die Macht an sich; das dumme Volk lässt sich zum Krieg verleiten, und alles endet in einer Katastrophe. Ich gab eine gekonnte Einführung in den Konflikt, der in Deutschland schwelte, und wie Hitler eine begeisterte Armee nach Polen führte. Dabei warf ich einen kurzen Seitenblick auf Alex und freute mich über ihr überraschtes Gesicht.

Eigentlich war ihr verdutztes Gesicht besser als jede Reißzwecke!

Am Abend ging ich zu Opa, weil er einsam war und weil im Fernsehen der Film *Manche mögen's heiß* mit der Monroe lief. Opa saß am Stubentisch und schlürfte Suppe, danach gab es Speck mit Bohnen und Kartoffeln aus dem Ofen. Er hatte im Kochen Riesenfortschritte gemacht! (Oma konnte ja schon länger nichts Anständiges mehr kochen.) Jeden Tag machte er sich was Feines. Wusste er nicht weiter, rief er seine Töchter an. Wobei er von meiner Mutter wohl nicht viel profitieren konnte.

Während er sich über seine Hauptspeise hermachte, jammerte er, wie einsam er sei, wie er Oma vermisse, sein Leben sinnentleert fände. Wenn Oma nicht sei, gäbe er sich die Kugel.

»Hast du eine Pistole?«, fragte ich verwundert und interessiert. (Ich möchte mal eine Pistole in der Hand halten.)

»Nein, ich mache es mit dem Militärgewehr deines Vaters. Du würdest es mir bringen, oder?«

»Weißt du denn, wie man sich mit einem Gewehr erschießt?«, fragte ich ihn. »Du müsstest den Gewehrlauf in den Mund nehmen und dann mit den Zehen abdrücken, wie mir Papa mal gezeigt hat. Das ist nicht einfach.«

»Verdirb mir dieses Hintertürchen nicht!«, wetterte Opa.

Opa konnte es aber nicht so schlecht gehen, wie er es behauptete: Dienstags ging er in den Schützenverein, mittwochs in den Turnverein für Tattergreise und donnerstagnachmittags besuchte er neuerdings das Kaffeekränzchen von Oma. Oma hatte das Kaffeekränzchen mittlerweile vergessen, worüber die anderen Damen nicht unglücklich waren: In der letzten Zeit hatte Oma immer nur Eierlikör gewollt und behauptet, mit den Ehemännern der Damen fremdgegangen zu sein. Die Damen fanden es bestimmt angenehmer, dass nun Opa kam, denn Männer in seinem Alter sind rar. Mama sagte mal, dass Frauen ab siebzig am besten lesbisch würden, dann hätten sie noch was vom Leben – die Männer seien dann ja schon unter der Erde.

Warum werden Männer weniger alt als Frauen? Papa sagte, dass Männer früher verschlissen seien, weil sie so hart arbeiten. Die Frauen hingegen seien nur zu Hause und würden auf der faulen Haut liegen. Das stimmte bei meiner Mutter, sie würde garantiert uralt. Aber Papa mit seinem Job im Museum würde auch mindestens hundertfünfzig. Die Eltern hatten danach einen Riesenstreit, weil Mama nach ihrer Ansicht alles andere als faul auf der Haut lag und Papa nach seiner Ansicht hart arbeitete. Ich versuchte zu vermitteln, indem ich sagte, dass beide nicht wahnsinnig viel machten und deshalb ein schönes Alter miteinander verbringen könnten. Da gingen sie gemeinsam auf mich los.

Opas Wochenenden waren übrigens auch verplant: Er machte Ausflüge mit seiner Rover-Gruppe und natürlich besuchte er Oma, aber da sie ihn nicht mehr erkannte, fühlte er sich nicht verpflichtet, jeden Tag vorbeizugehen. Ich glaube, Oma störte sich nicht daran. Aber wenn *ich* nicht kam, kriegte sie Wutanfälle – ich war mittlerweile die einzige, die sie noch erkannte und von der sie den Namen wusste. Mama ärgerte sich zuerst darüber, bis sie begriff, dass sie mir dadurch die Verantwortung für Oma in die Schuhe schieben konnte: »Du bist das Tor zu Omas Welt. Du bist die einzige, die sie noch kennt, das verpflichtet. Vielleicht wart ihr im letzten Leben ein Liebespaar und habt das noch nicht ganz überwunden.«

»*Du* musst nach Oma schauen, schließlich bist du in *diesem* Leben Omas Tochter. Und im letzten Leben warst du wohl eine Großgrundbesitzerin und ich eine deiner armen Sklavinnen. So ist das.«

Mama regte sich fürchterlich auf. »Red nicht so altklug daher! Etwas mehr Glaube würde dir nicht schaden, auch mehr Demut, Hilfsbereitschaft und Opferfähigkeit.«

Da wurde ich wütend und zählte ihr auf, was alles ich täglich tat: Lydia am Morgen betreuen, zu Oma gehen, den Müll rausstellen, die Flaschen ins Glasdepot bringen, Betten machen, staubsaugen, wenn ich den Dreck in der Wohnung nicht mehr aushalte, und das sei nur der Anfang meiner Liste. Ich stand aufgebracht auf und schmetterte die Wohnungstür zu, dass die eingelegten Scheiben klirrten.

Aber zurück zu Opa und *Manche mögen's heiß*. Der Film war zum Totlachen und Marilyn Monroes Brüste riesig. Ich sah es Opa an, dass ihm das gefiel. Als ich nach Hause kam, waren die Eltern plus Besuch wie erwartet betrunken und befanden sich auf dem Niveau unter jeder Gürtellinie. Mama rief mich zu sich und zwang mich, den Gästen brav die Hand zu geben. Ich musste mir anhören, dass ich gewachsen und schon eine richtige Dame sei, dann wollten sie wissen, wie's in der Schule gehe. Papa tätschelte mir den Rücken und gab damit an, dass ich in Geschichte und Mathematik eine Kanone sei und dass aus mir mal was werde.

Schade, dass ihm das nur einfiel, wenn er lallend mit lallenden Gästen zusammensaß.

Ich frage mich, warum es keine Auskunft gibt, bei der man nachfragen kann, worum es im Leben geht. Die Menschen sind irr und wirr, die Natur versaut und das Taschengeld zu wenig – soll das wirklich alles gewesen sein?

Paffereien

Trice und Kiki und ich gingen in den Wald, Zigaretten rauchen. Da Trices Mutter wie ein Kamin rauchte und meine auch, und Zahnlücken-Kikis Vater noch schlimmer war (er rauchte Zigarren), hatten wir die besten Voraussetzungen. Kiki sagte einmal, dass man dank Vaters Zigarren auf ihrer Lunge Rollschuh fahren könne. Sie brachte drei dicke Zigarren mit, das würde unser Dessert sein. Trice und ich hatten den Müttern über Wochen hinweg regelmäßig Zigaretten stibitzt, so waren wir im Besitz von siebenundzwanzig Zigaretten plus drei Zigarren zum Dessert. Wir hatten uns in den Teil des Waldes zurückgezogen, wo kleinere Tannen beieinander standen. Es war etwas eng, aber vor Blicken gut geschützt. Wir begannen zu paffen. Ich jedenfalls. Trice inhalierte wie eine Große, Kiki zog das Zeugs runter, als wäre es Alpenluft. Ich sagte ihr das, da begann sie zu lachen und erwiderte, dass es ihr einfacher falle, Rauch einzuatmen als frische Luft. Das stimmte: Wenn wir auf der Schulreise ein Feuer machten und der Rauch in ihre Richtung wehte, blieb sie unbeweglich darin stehen und briet ihre Wurst.

Wir tauschten Klatsch aus: Kiki musste erklären, warum sie

Schlappohr-Jan den Laufpass gegeben hatte. Erst gerade waren sie noch ein kicherndes Herz und eine Seele gewesen! Die Zigarette lässig im Mundwinkel, erklärte Kiki, dass Jan ein großes Aquarium habe und dass das die Hölle sei: Stundenlang erörtere er, welcher Fisch von welcher Sorte sei und was sie fressen, und wer mit wem liiert oder verfeindet sei, und dass ihr Gedächtnis nur von einer Aquariumsseite bis zur anderen reiche, schon hätten sie alles vergessen, weshalb sie meinen, ihr Zuhause sei unendlich groß.

Da dachte ich, dass Oma mittlerweile auch so etwas wie ein Fisch ist.

Kiki fuhr fort: Wenn Jan mit diesem Gelaber fertig gewesen sei, habe er sie in den Tierpark Dählhölzli gezogen, in die Fischabteilung. So was halte man nur als Meerjungfrau aus.

Ich sagte, Gott sei Dank sei dieses Glas mit Jan an mir vorbeigegangen. Trice, die sehr katholisch ist, korrigierte mich: Das heiße Kelch, Gott sei Dank sei dieser Kelch an mir vorbeigegangen. Sie sei jedes Mal froh, wenn er beim Abendmahl an ihr vorbeigehe. Abgesehen davon sei es kein Wein, sondern Traubensaft der billigsten Sorte.

»Wie auch immer«, sagte Kiki, während sie ihre siebte Zigarette anzündete, »den Jan bin ich los. Nicola, was ist eigentlich mit dir und Nils?«

Ich winkte lässig ab. »Das ist Schnee von vorgestern, er ist ein Weichei. Ich habe es nicht so mit Weicheiern.«

»Und wer ist dein neuer Prinz?«

»Das frage ich mich auch. Seit über einem Monat bin ich unbesetzt, das ist wahnwitzig, so etwas habe ich seit Schneewittchen nicht mehr erlebt. Offensichtlich fühle ich mich etwas abgenützt, besser gesagt, zu alt für diese lächerlichen Kinderspiele.«

Die anderen beiden nickten beifällig. Dann wollte Kiki wissen, ob Trice noch immer ihren Lover aus Italien habe, den Giuseppe? Trice nickte, den hatte sie seit vier Jahren, und scheinbar waren sie einander treu, jedenfalls Trice – was der Giuseppe in Italien so machte, wusste ja niemand. Trice reichte es, Giuseppe zwei bis drei Mal pro Jahr zu sehen und ab und zu einen Brief von ihm zu bekommen. Vorbildlich war das, aber auch etwas langweilig. Sie behauptete, für sie kämen nur italienische Männer in Frage, Schweizer seien Schlaffis.

Wir rauchten unsere Zigaretten bis zum Filterende, dann entzündeten wir die nächste an der alten. Ich lenkte das Gespräch auf mein Lieblingsfeindbild Alex – oder wie die anderen sie nannten: Xandra. Kiki fand sie zu meinem Ärger sympathisch, da erhitzte ich mich und erklärte ihr anhand von tausend Beispielen, warum Alex eine dumme Kuh ist. Trices stand unentschlossen dazwischen – als meine beste Freundin sollte sie Partei für mich ergreifen, gleichgültig ob sie gleicher Meinung ist oder nicht!

Bei der achten Zigarette fragte mich Kiki, ob ich gewusst habe, dass Xandra gut Klavier spiele, oder gespielt habe, denn jetzt seien ihre Eltern getrennt. Es habe eine Kampfscheidung gegeben, der Vater habe das Klavier erhalten, die Mutter das Fürsorgerecht.

Ich tat so, als würde ich das alles schon wissen. Zu meinem Erstaunen und Ärger merkte ich, dass Trice bestens informiert war!

Die letzte Zigarette. Während die anderen zwei über Mathe herzogen, was mich nicht interessierte, beobachtete ich, wie sich der Rauch meines Glimmstengels kringelte. Alex spielte also Klavier. Sie wollte wohl eine zweite Stradivari werden. Ha, fertig mit dem Traum! Ich tauchte meine Hand in die Tannnadeln am Boden und ließ sie durch die Finger rieseln.

Bevor wir die Zigarren in Angriff nahmen, gab es als Zwischenverpflegung *Milky Way* und Cola. Etwas süß, das Ganze. Dann brauchten wir lange, bis wir die dicken Zigarren angezündet hatten. Mir war es, als würde der Rauch meinen Mund, den Hals und die Lungen verätzen. Kiki sah locker aus, Trice zog eine Grimasse.

Kiki sagte fröhlich: »Da müssen wir durch!« und paffte.

Die Zigarre war verdammt lang! Der Saft blubberte heraus, er war bitter und scharf, einfach widerlich. Wie konnte ich das Ding wegwerfen, ohne mein Gesicht zu verlieren? Fünf Minuten später fand ich es nicht mehr schlimm, das Gesicht zu verlieren.

Noch ein paar quälende Minuten später war ich versessen darauf, das Gesicht zu verlieren – ich rief: »Scheiß drauf!« und spuckte die Zigarre aus. Sie machte einen Salto, fiel auf mein Knie, wo sie ein Brandloch hinterließ, und dann zu Boden. Ich stampfte sie in Grund und Boden. Trice machte es mir nach, das Brandloch ließ sie aus.

Kiki grinste und stippte ihre Zigarre lässig an einen Ast.

Obschon wir Pfefferminzbonbons lutschten und uns mit Kölnisch Wasser (von Opa) einsprühten, merkte Trices Mama sofort, was Sache war. Trice bekam eine Woche Hausverbot, nicht mal mich durfte sie besuchen. Während Trices Mama ihr die Strafe auferlegte, rauchte sie. – Na, bei einem solchen Vorbild wird Trice bestimmt *nie* mehr eine Zigarette in die Finger nehmen!

Warnung!!!

die vergitterten Hühner
schreien es aus den Batterien
die vers(e)uchten Ratten
leiden es stumm aus den Hochschulen der Folter
die Ölsardinen klagen es
aus den abgetöteten Meeren
die vergifteten Vögel
pfeifen es von den verdorrten Zweigen:

Ich könnt euer Geld nicht essen
Mit euren Computern nicht Liebe machen
Auf euren Straßen nicht Weizen säen.

Ich muss unbedingt mein poetisches Talent vorantreiben. Es wäre ein Schande, der Menschheit meine Gedichte vorzuenthalten!

Meine geniale Strategie

Mein vierzehnter Geburtstag stand vor der Tür. Wenn ich Lydias junge Haut anschaute, wurde mir bewusst, dass es mit mir langsam bergab ging! In der letzten Zeit fühlte ich mich schlapp, ich hatte Gelenkschmerzen, eben typische Alterserscheinungen. Mama behauptete, dass ich nochmals einen Wachstumsschub habe, und wenn in diesem Haus jemand alt und lädiert sei, dann sie. Wie immer zog sie die Aufmerksamkeit auf sich. Hoffentlich würde ich mit zwanzig wie ein Greis aussehen, dann könnte sie nicht mehr wegen ihres Alters jammern, weil sie dann jünger als ich aussah.

Die Eltern fragten mich, was ich mir zum Geburtstag wünsche. Mit dem Wünschen war das so eine Sache. Ich wusste ungefähr, wie viel die Eltern für ein Geschenk aufwerfen konnten. Was ich weiter wusste: Ich bekam nie das, was ich auf die Wunschliste klebte, auch wenn es preislich im Rahmen lag. Nur zu gut erinnerte ich mich an die Enttäuschung von letztem Jahr.

Deshalb beschloss ich, das Ganze anders anzugehen: Auf die Wunschliste setzte ich nur Dinge, die ich mir nicht wünschte; die würden mir meine Eltern ja nicht schenken, weil ich sie angeblich wünschte. Dann würde ich von dem, was ich wollte, reden, als wollte ich das bestimmt nicht. Und genau das würden sie mir schenken, weil sie meinten, dass ich es nicht wollte.

Ich frage mich, woher ich wohl meine Intelligenz habe.

Was ich wollte: einen Radio-Kassettenrecorder. Ich begann damit, in Gesprächen mit den Eltern die Bemerkung einzuflechten, dass diese und jene in der Klasse ein solches Gerät bekommen habe, dass das aber doch ein einfallsloses Geschenk sei, jedenfalls nichts für mich. Meine Eltern schauten mich fragend an, aber sagten nichts. Dann begann ich von meinen Wünschen zu schwärmen: ein schöner Füllfederhalter, ein größeres Mikroskop, das Gesamtwerk von Rilke, ein Abo für die Zeitschrift *Geo* und so weiter.

Schließlich verfeinerte ich meine Wunschstrategie: Sprach nochmals abfällig über den Kassettenrecorder und fügte meine Sehnsucht nach einer schönen, eleganten Schulmappe an. Lydia fragte mich, ob ich einen Knall habe. Ich lächelte nur durchtrieben.

Heute ist der dreizehnte April, ich werde vierzehn.

Wenn ich Königin der Schweiz wäre, müssten alle Erwachsenen einen Fähigkeitstest ablegen, bevor sie Kinder haben dürften. Meine Eltern wären garantiert durch den Test gefallen. Dann gäbe es mich nicht, aber das wäre nicht schlimm, denn wenn es mich nicht gibt, kann ich auch nicht traurig darüber sein – wo nichts ist, gibt es keine Tränen.

Vielleicht sollte ich Dichterin *und* Philosophin werden?

Am Morgen kamen die Eltern und Lydia in mein Zimmer und weckten mich mit einem lauten »*Happy Birthday*«, das sie in zehn verschiedenen Tonlagen sangen. Lydia sprang auf mein Bett und kitzelte mich, Mama küsste mich auf die Stirn und Papa versuchte mir die Bettdecke wegzuziehen. – Eine richtige glückliche Familie! Bis sie ihr Geschenk auf meinen Bauch legten: Es hatte weder die Form noch das Gewicht eines Radiorecorders, aber ich konnte mich täuschen, ich war ja noch nicht richtig wach.

»Pack es aus«, sagten meine Eltern erwartungsvoll.

Lydia half mir dabei: Sie zerriss das Papier.

Darunter kam ein Kassettenrecorder in Form einer Schulmappe hervor!

Sie hätten mir eigentlich einen Radiorecorder schenken wollen, erklärte Mutter, aber zu ihrem Erstaunen habe ich keinen gewollt, sondern eine Schultasche. Diese sei zwar nicht aus echtem Leder, aber das würde niemand merken.

Einmal mehr hatte ich meine Eltern überschätzt oder unterschätzt oder danebengeschätzt. In Momenten, da sie *nicht* normale Eltern sein sollten, waren sie es und schenkten ihrem Kind das, was es sich gewünscht hatte. Warum jetzt, da ich mir eine geniale Strategie ausgedacht hatte, um sie auszutricksen?! Ich versuchte rührend zu lächeln und die Tasche fasziniert von allen Seiten zu bestaunen. Lydia fragte mich, ob ich ein saures Gummibärchen im Mund hätte, ich mache so ein Gesicht. Und ob sie auch eines haben dürfe.

Mutter sagte: »Zieh dich an, es gibt heiße Schokolade und leckere Brötchen, ich bin sie extra kaufen gegangen.«

»Ich hasse heiße Schokolade –liebe aber Ovomaltine, wieder mal vergessen?!«

»Ach ja, jetzt wo du's sagst ... Na, dann freut sich wenigstens Lydia.«

Die Familie verließ das Zimmer, ich und diese schreckliche Schultasche blieben zurück. Das mit der Schokolade konnte ich verkraften, ich war schließlich daran gewöhnt, dass sie sich nicht für meine Vorlieben interessierten. Aber ich konnte unmöglich mit dieser Tasche in die Schule gehen! Wenn es wenigstens dunkles Kunstleder gewesen wäre, aber nein, die Mappe sah wie ein blanchiertes Schwein aus – von all den uncoolen Dingen, die zur Zeit uncool waren, war diese künstliche Schweinemappe das Uncoolste überhaupt!

Einmal mehr musste ich überdurchschnittlich clever sein, um in dieser Familie zu überleben. Ich öffnete vorsichtig das Fenster, um unbemerkt mit meiner alten Schultasche hinunterzuklettern, aber zwei Stockwerke und keine Liane an der Fassade brachten mich von dieser Idee ab. Ich warf die Tasche einfach hinunter, sie fiel neben das Rosengebüsch – dorthin, wo man Zigarettenstummel und Schokoladepapier wegwarf, hinspuckte oder -kotzte.

Dann ging ich mit der neuen Schultasche in die Küche, trank anstatt heißer Schokolade einen Pfefferminztee mit fünf Stück Zucker. Ich musste meine Mutter für den Geburtstagstisch loben, der sich vom sonstigen Frühstückstisch dadurch unterschied, dass ein paar Weihnachtsservietten drauflagen. Es waren offenbar die einzigen Servietten, die wir zu Hause hatten.

Vater trank einen Espresso und erklärte mir, dass ich mit vierzehn nun langsam erwachsen würde und bald selber Geld verdienen könne, worüber er nicht unfroh sei. Lydia, die zwar eine gute Schwester war, aber eben noch jung, sagte, ja und bald geht sie sowieso weg. Die Eltern spitzten die Ohren und machten Chinesenaugen. Mutter wollte wissen, was an unserer Familie sei, dass ich so schnell als möglich weg wolle. Lydia machte ein erschrockenes Gesicht. Ich warf ihr einen beruhigenden Blick zu – im Unterschied zu meinen Eltern wusste ich, dass man Kinder nicht überfordern darf. Und ein Geheimnis zu bewahren ist eine Überforderung.

»Ich lebe seit vierzehn Jahren bei euch und ihr wisst immer noch nicht, dass ich heiße Schokolade hasse – also, was kümmert es euch, wann ich diese Wohnung verlasse?«

Mutter bekam ihr Das-Ventil-des-Dampfkochtopfes-schießt-gleich-aus-der-Halterung-Gesicht und sagte: »Das ist doch ...! – Wie kannst du ...? – Ich fass es nicht!!!« Sie rauschte ins Schlafzimmer und schmetterte die Türe hinter sich zu. Papa bewegte sich leicht im Nachbeben. Er öffnete den Mund, doch ich wollte nicht wissen, welche Plattitüten er von sich geben würde (*Plattitüten* ist ein komisches Wort, aber nicht unpassend: Wenn jemand sinnloses Zeug labert, ist das etwa so viel wert wie *platte Tüten*). Rasch packte ich das Schwein (ich meine die Mappe, nicht meinen Vater) und schmetterte auch Türen. Unten verstaute ich die Mappe hinter einem immergrünen Strauch und fischte meine gute alte Schultasche aus den Rosen. Ich fühlte mich wie Dornröschen, das frühzeitig aus dem Schlaf erwacht ist und jetzt in der Hecke ihren Prinzen sucht.

In der Schule drückte mich Trice mit südländischem Eifer an sich, bis ich eine Flunder war, der sie vier nasse Küsse auf die Wangen pflanzte. Dann fragte sie, ob das eingetrocknete Tränen seien, und schrie auf, als sie meine zerkratzten Hände sah. »*Porca miseria*, ist Trinità ausgeflippt?«

Ich behauptete, dass die Tränen vom Radfahren kämen und dass Rosen stechen und so. Kurz vor dem Unterricht gab mir Trice ihr Geschenk, was gemein war, denn jetzt konnte ich es ja nicht öffnen. Ich verstaute es so gut es ging im Pult. Alex schaute doof, sagte aber nichts.

Wir hatten Französisch – mussten *Bonne Chance* hervornehmen, was in meinem Fall – mit Trices Geschenk – nicht ganz einfach war. Noch während ich Geschenk und Buch aneinander vorbeizuzirkeln versuchte, fragte die Lehrerin Gilbert etwas auf Französisch. Alex schubste mich an, ich schubste nicht eben nett zurück. Die blöde Kuh!

Alex flüsterte: »Hej, die Gilbert hat dich was gefragt!«

In der Eile legte ich anstelle des Buches das Geschenk auf das Pult, schloss den Deckel und tat so, als hätte ich ihre Frage verstanden, was eine blöde Strategie ist, denn es ist wichtig, zu wissen, was überhaupt gefragt wird. Ich sagte »*Schö sä pas*«, das konnte nicht schaden. Die Klasse begann zu gackern, weil – wie ich später erfuhr – Frau Gilbert gefragt hatte, ob ich heute Geburtstag habe.

Frau Gilbert schickte mich *au dehors* und sagte, dort könne ich mein *cadeau* in Ruhe auspacken. Begleitet vom Wiehern der Klasse, trug ich mein Geschenk hoch erhobenen Hauptes hinaus. Draußen packte ich es aus: Trice hatte mir eine kitschige Nachttischlampe geschenkt. Italiener haben einen komischen Geschmack: je goldiger, farbiger, glänzender und überladener, desto besser. Die Lampe sah schwer nach Souvenirladen aus. Auf dem Lampenschirm guckte mir eine Madonna mit entblößtem Herzen entgegen, was gruselig war. Der Ständer war schräg wie der Turm von Pisa und sah auch sonst so aus. Die Füße waren kleine Wolfstatzen, wegen Rom, und die Birne war giftgrün.

Ich bin froh, dass ich nicht aus dem Süden stamme und einen solch verkorksten Geschmack habe! Aber gerührt war ich trotzdem. In der Pause entdeckte irgendein Hohlkopf meine Lampe und begann loszugackern. Trice trat hinzu und als sie merkte, dass der Hohlkopf wegen ihres Geschenks wieherte, begann sie zu flennen, ihr Jammern hallte durch den Korridor. Trice ist leider außerstande, ir-gend-et-was leise zu machen. Zuschlimmsterletzt tauchte Alex auf, musterte meine Lampe und sagte: »Cool!«. Obschon ich sie eine Kuh finde, hätte ich ihr nicht einen solch miserablen Geschmack zugetraut. Ich hätte ihr am liebsten zugerufen, dass sie die Lampe haben könne, aber das ging nicht, Trice neben mir hätte Gnocchi aus mir gemacht.

Meine Laune befand sich im dritten Untergeschoss: Ich beschloss, am Nachmittag die Schule zu schwänzen. Ich würde bei Oma vorbeischauen, sie kannte wenigstens meinen Namen und freute sich, wenn ich sie besuchte. Außerdem wusste sie nicht, dass ich Geburtstag hatte. Sollten doch alle heiße Schokolade trinken, ich verabschiedete mich heute von dieser dummen

Welt. Und außerdem verpasste ich zu Hause ja eh nur die Verwandtschaft mit dem potenziellen Erbe.

Vor der nächsten Stunde lehnte sich Alex zu mir und sagte: »Alles Gute zum Geburtstag.« Sie wollte sich also bei mir einschmeicheln. Ich nickte bloß und dachte: Dic Lampe kriegst du nicht! Ich würde sie dir auch dann nicht schenken, wenn Trice nichts davon erfährt!

Am Mittag ging ich zu Oma. Sie saß mit den anderen Alten am Tisch und aß. Das Pflegepersonal brachte einen Stuhl und quetschte mich zwischen Oma und eine Dame, die einen solch gekrümmten Rücken hatte, dass ihr Gesicht fast im Teller lag. So zu essen war bestimmt nicht einfach.

»Wie schön, dass du mich besuchst, Nicola! Wie geht's deinem nutzlosen Mann? Komm, iss mit uns.« Die Leutchen nickten beifällig. Also aß ich mit ihnen. Die Leutchen freuten sich über meinen Besuch: Sie stellten Fragen, gaben Ratschläge und schlürften ihr Essen. Sie nahmen mich in ihrer Runde auf – genau das, was ich an einem Geburtstag brauchte! Ich konnte Oma zwar nicht davon überzeugen, dass ich ledig und ihre Enkelin sei, aber das war ein Detail. Nach dem Essen gingen wir zu den Ziegen. Die eine – Oma nannte sie Rosamunde, manchmal Rosemarie – war hochschwanger, der Bauch reichte fast bis zum Boden.

»Als ich mit dir schwanger war, sah ich exakt so aus«, erklärte sie mir. Ich nickte interessiert.

Nachher gingen wir in ihr Zimmer, dort legte sich Oma aufs Bett und strahlte mich an: »Nicola, du bist meine Lieblingstochter, vergiss das nicht!« Gleich darauf nickte sie ein und schnarchte wie drei Förster zusammen. Ich deckte sie zu und ging. Wohin jetzt? Na, ich würde einfach alles tun, worauf ich Lust hatte. Das Dumme war nur: Ich hatte auf nichts Lust. Es ist schwierig, alles zu machen, wenn dieses Alles eigentlich nichts ist. Ins Schwimmbad konnte ich nicht, es war zu kalt, in den Tierpark mochte ich nicht, in den Wald wagte ich mich nicht, für alles andere bräuchte ich Geld, aber Taschengeld bekam ich nie, außer Vater hatte zu viel getrunken, da wurde er spendierfreudig.

Ich setzte mich vor dem Coop auf eine Bank und wartete, dass der Nachmittag schnell vorbeiging. Er verging aber nicht schnell, die Uhr schien in den Bummelstreik getreten zu sein. Ich beobachtete, wie eine dürre alte Frau zwei große Tüten aus dem Laden schleppte. Da stand ich auf, trat zu ihr und fragte sie wie eine richtige Sumo-Ritterin, ob ich ihr beim Tütentragen helfen könne. Die Frau ließ ihr Gepäck auf den Boden plumpsen und seufzte glücklich: »Bist du ein Engel, dich hat der Himmel geschickt!«

Die Tüten waren verflixt schwer, aber ich biss auf die Zähne und trug. Zu Hause gab mir die Frau einen Sirup und ein paar Plätzchen, dann drückte sie mir ein Zweifrankenstück in die Hand mit dem Rat, mir etwas Schönes zu kaufen.

Nicht nur dass ich eine gute Tat vollbracht hatte, ich hatte auch etwas verdient! Ich setzte mich wieder auf die Bank und wartete auf die nächste gebrechliche Person. An diesem Nachmittag schleppte ich siebenmal Tüten, trank insgesamt einen Liter Sirup, aß einen Haufen Plätzchen und verdiente 11 Franken 50!

Nicht mehr lange, und ich konnte ausziehen.

Wenn man zu spät nach Hause kommt, kriegt man von den Eltern Schelte: Sie sind böse, schreien einen an und schicken einen ohne Nachtessen ins Zimmer. Wenn man aber später als spät nach Hause kommt, wenn man nur lange genug wartet, kriegen die Eltern Schiss und schließen einen glücklich schluchzend in die Arme. Also wartete ich bis später als spät. Mit meinem verdienten Geld kaufte ich mir ein Eis, eine Cola und Chips. Danach war mir übel. Als es dunkel wurde, ging ich zweimal durchs Quartier und dann heim.

Aber da meine Eltern nicht normale Eltern sind, erwarteten mich keine Freudentränen: Lydia weinte in ihrem Zimmer, Vater summte im Wohnzimmer lallend *Happy Birthday* und Mutter saß mit gekreuzten Beinen und geschlossenen Augen auf ihrem Bett und sang »oommm, oommm«. Wieder einmal die totale Enttäuschung! Ich ging zu Lydia, sie weinte und lachte in einem, so froh war sie, mich zu sehen. Als wir ins Wohnzimmer gingen, lag dort ein mittlerweile schnarchender Vater. Mutter kam aus dem Schlafzimmer und sagte: »Ha! Wusste ich doch, dass ich dich mit meiner Gedankenkraft nach Hause ziehen kann! Hast du den Sog gespürt und den Schutzwall, den ich um dich gebildet habe? Sei froh, dass du eine solche Mutter hast – dir kann nichts passieren! Und für mich ist's auch praktisch: Ich muss nicht rumtelefonieren oder durchs Quartier rennen und nach dir rufen. Die Verwandten haben übrigens gar nicht bemerkt, dass du nicht da warst – außer Sophia. Aber jetzt bin ich etwas erschöpft, ich gehe frische Luft tanken.«

Sie ging auf den Balkon und zündete eine Zigarette an.

Ich brachte Lydia ins Bett und erzählte ihr von Oma und dem Tütentragen. Sie war begeistert und wollte auch ins Geschäft einsteigen.

Alles in allem war das der seltsamste Geburtstag seit Menschengedenken, so etwas konnte sich nur ein Gott mit Hirnschwund ausgedacht haben.

Im Bett dichtete ich dann noch ein bisschen:

Das Wagnis

Einmal wagte ich, die Sonne zu küssen

Nichts geschah

Einmal wagte ich, den Mond anzulächeln

Nichts geschah

Einmal wagte ich, die Natur zu liebkosen

Nichts geschah

Einmal wagte ich, einem Menschen

die Hand zu reichen

Und?

Nichts geschah

Eine traurige Bilanz

Es war zwei Monate her, seit ich die letzte Andeutung einer Verliebtheit gespürt hatte. War ich noch normal?

Von wegen normal: Am Abend vor meinem Geburtstag ging ich bei Opa vorbei.

Als ich dort eintraf, hatte im Fernsehen die Diskussionsrunde *Telearena* gerade begonnen – das Thema lautete diesmal: Homosexualität. Die Diskussion war von Anfang an heftig. Ein Herr in Anzug sagte, dass die Homosexualität unnatürlich und krank sei – er habe jedenfalls noch nie erlebt, dass ein Schwuler dem Bundesrat einen Soldat gestellt hätte. Opa nickte zufrieden, da sagte ich, dass er mit seinen zwei Töchtern dem Bundesrat auch keinen Dienst erwiesen habe. Bevor Opa etwas darauf hätte erwidern können, fragte ein Schwuler den Anzug, ob er mit seiner Frau nur rummache, wenn er einen Soldat produzieren wolle? Gelächter im Studio und hinter meiner vorgehaltenen Hand. Opa wurde puterrot und spuckte das Wort »Saupack« aus.

Manche Teilnehmer trugen eine Maske oder Sonnenbrille, sie wollten nicht, dass man erfuhr, dass sie homosexuell waren: Erst dachte ich, dass das Weicheier waren, aber dann erzählte der eine, dass er wegen seinem Schwulsein aus der Wohnung geschmissen worden war und einer wurde von der Polizei angehalten, weil er Hand in Hand mit seinem Freund unterwegs war. Das ist ja die Höhe – es ist doch etwas Schönes, wenn sich zwei Menschen an der Hand nehmen!

Eine dicke Frau sagte, sie sei gegen die Homosexualität, zückte die Bibel und las daraus vor, dass ein Mann nicht beim Manne liegen dürfe. Ob eine Frau bei Frauen liegen darf oder nicht, darüber sagte sie nichts. Opa nickte zustimmend, was seltsam war: Er benutzte die Bibel höchstens dazu, um das Abspielgerät für seine Filme auf die richtige Höhe zu bringen.

Die Diskussion wurde immer hitziger; sagten die Gegner etwas, buhten die Homosexuellen, besser gesagt, die Schwulen buhten, denn Lesben waren fast keine da und von diesen wenigen sagte kaum eine etwas. Es war also eine Diskussion über

Schwule, und es kamen nur die zu Wort, die am lautesten waren.

Ich wurde es langsam müde, mit der neuen Mappe aus der Wohnung zu gehen, den Inhalt in die alte umzupacken und am Abend das Gleiche in umgekehrter Reihenfolge zu tun. Mutter fragte, ob das Erde an meiner Mappe sei – ich erwiderte, dass sie mal beim Optiker vorbeischauen solle, ihre Pupillen seien wohl verdreckt.

Sonst geschah nichts in meinem Leben – ich war jung, intelligent, eine baldige Nachwuchsdichterin, und was hatte ich zu erzählen? Nichts. Nur das Übliche: Die Eltern stritten sich, Lydia wollte nicht ins Bett, Oma trieb das Altenheim in den Wahnsinn und im Französisch war ich eine Niete.

Der dritte Monat ohne Liebe begann. Ich war eine Pflanze ohne Wasser und Licht. Und wie immer merkte es niemand.

So konzentrierte ich mich auf das Geschäftliche: Ich ging regelmäßig zum Coop und wartete auf gebrechliche Menschen mit schweren Taschen. Die Leutchen waren heilfroh, dass ich ihnen half. Einmal flötete eine Dame vor ihrer Wohnung ein »Dankeschön« und entließ mich ohne irgendwas. Sie trug eine Perlenkette und funkelnde Ringe. Da beschloss ich, in Zukunft keinen reichen Damen mehr zu helfen. Sollten sie sich doch einen Sklaven leisten! Die anderen Alten waren aber spendierfreudig. Das meiste Geld legte ich auf die hohe Kante, außer *ABBA* gab einen neuen Hit heraus, wie im Moment *Money, Money, Money* (passendes Thema!), den ich sofort kaufen musste und mit dem ich die Familie verrückt machte.

Als ich genug von Lydias Drängen hatte, ging ich mit ihr zusammen Taschen tragen. Die alten Leutchen waren entzückt! Ich trug die Taschen und Lydia den Regenschirm. Da Lydia süß aussieht, bekamen wir mehr Geld, als wenn ich alleine gewesen wäre. Das Geschäft lief gut, wir halfen drei Männern und fünf Frauen. Wir teilten uns das Geld auf: Ich bekam zwei Drittel und Lydia ein Drittel, denn es war ja meine Idee und ich trug das meiste. Lydia bezeichnete mich als eine »geritzte Geschäftsgaunerin«. Sie kaufte sich einen Lollipop, das restliche Geld warf sie in ihr Sparschwein. »Falls Papa plötzlich kein Geld mehr heimbringt«, erklärte sie.

Den Scharfsinn hatte sie von mir.

Unlautere Medaillen

Der Sporttag hing wie ein Samurai-Schwert über uns. Seit Tagen überlegten Trice und ich, wie wir es anstellen sollten, dass wir nicht hingehen müssten. Sicherheitshalber übten wir schon mal die Unterschrift unserer Eltern. Wir studierten ein Buch über den menschlichen Körper auf der Suche nach einer Stelle, die wir beschädigen könnten, ohne dass es ernsthafte Probleme nach sich zog. Die Hammermethode wollten wir nicht mehr anwenden: Trices kleiner Zehe war krumm geblieben. Trice sprach davon, eine Tube Zahnpaste zu essen, das würde sie sicher aus dem Gefecht setzen. Ich tendierte zur Vortäuschung von Fieber. Zu Hause hielt ich probeweise ein Streichholz unter das Thermometer – es zerbrach sofort in tausend Stücke. (Ich meine den Fiebermesser, nicht das Streichholz.) Die Quecksilberkügelchen sahen toll aus, ich pustete sie in alle Richtungen.

Zwei Tage vor dem Sporttag wusste ich immer noch nicht, wie ich mich krank machen konnte! Ich rannte mehrmals eine steile Treppe hoch, zerrte mir aber keinen Muskel. Ich versuchte mir eine Wunde zuzufügen, doch das tat so verdammt weh.

Am Tag vor dem Sporttag entschloss ich mich, ein Koma vorzutäuschen.

Am Morgen des üblen Tages kam Mutter in mein Zimmer und weckte mich. Warum sie schon auf war, war mir ein Rätsel. Vielleicht hatte sie ein Buch gelesen, in dem stand, dass erleuchtete Menschen immer in aller Frühe aufstehen. Jedenfalls flötete sie einen *Guten Morgen*. Ich blieb liegen und täuschte das Koma vor, was sie aber nicht merkte, da sie gleich wieder hinausging und kurz darauf mit Papa zu streiten begann; Lydia spielte in ihrem Zimmer und merkte auch nichts von meinem Zustand. Als meine Blase zu platzen drohte, erwachte ich wohl oder übel.

Nach dem Frühstück holte ich Trice ab – ich war gespannt, wie sie sich sportuntauglich gemacht hatte. Trice öffnete die Tür, ihre Laune war unter dem Gefrierpunkt. Sie hatte sich für die Zahnpasta-Methode entschieden, nur, dass die Tube fast leer war und kein Ersatz weit und breit. Sie saugte aus Protest den Rest aus der Tube. Es sei gar nicht so schlecht gewesen, meinte sie. Ihr Atem roch fantastisch.

Wir schlurften zum Sportplatz – Fräulein Franzen hüpfte uns gutgelaunt entgegen, ich hätte ihr am liebsten einen Basketball an den Kopf geworfen. Sie drückte uns fröhlich ein Blatt in die Hand, auf das wir unseren Namen schreiben und das wir mit uns tragen mussten. Darauf standen alle Stationen, die wir durchleiden würden. Ich schaute Trice zu, wie sie mit schwungvollen Bewegungen ihren Namen schrieb. Schräg hinter ihr tauchte Alex auf. Sie stolzierte umher, als wäre sie das Sport-Ass des Tages. Sie war aber kein Ass, sondern ein Aas. Ich fand den Witz so gut, dass ich ihn Trice erzählte. Die runzelte die Stirn und fragte mich, was ich eigentlich gegen Xandra habe, die sei doch in Ordnung.

»Bist du meine beste Freundin oder nicht?«, murrte ich.

»Aber sicher, was soll die blöde Frage?«

»Warum stellst du dich dann auf Alex' Seite?«

»Dir ist echt nicht zu helfen! Sie hat dir doch gar nichts getan!«

»Sie ist eine eingebildete Kuh.«

»Hast du überhaupt schon mal mit ihr gesprochen?«

»Ich muss nicht mit jemandem reden, um zu merken, dass er bescheuert ist.«

»*Sei una rompiballe*, komm jetzt, bringen wir das hinter uns.«

In diesem Augenblick kam mir eine geniale Idee: Ich schrieb auf das Blatt *Alexandra Blau*, so heißt Alex nämlich mit vollem Namen.

Und in Alex' Namen schloss ich jede Sparte mit katastrophalen Resultaten ab, sogar beim Langstreckenlauf erreichte ich als eine der Letzten das Ziel. Alex schaute mich verwundert an, aber ich grinste bloß dämlich. Ich gab mein Blatt als eine der

Ersten ab. Dann behielt ich Alex im Auge. Kaum war sie fertig, ging ich auf sie zu und sagte: »Du kannst mir dein Blatt geben, ich soll sie einsammeln.« Die umstehenden Schüler gaben mir das Blatt auch ab. In einem unbemerkten Moment riss ich von Alex' Blatt den obersten Teil ab – dort wo ihr Name stand – und ging mit verstörtem Gesicht zu Fräulein Franzen. Ich händigte ihr die Blätter aus und erzählte mit zitternder Stimme, dass ein Junge aus der neunten Klasse mein eigenes Blatt zerrissen habe. Ich zeigte ihr das von Alex. Fräulein Franzen meinte, dass ich halt noch mal meinen Namen hinschreiben solle, die Resultate seien ja leserlich. Mit einem dämlich-dümmlichen Lächeln schrieb ich meinen Namen über Alex' Resultate.

Eine Stunde später war die Preisverleihung. Ich bekam in Hochsprung eine Medaille (ha ha!) und wurde Erste meiner Stufe. Trice machte Augen so groß wie Suppenteller, Alex schaute irritiert, aber weder sagte noch tat sie etwas. Memme. Sie musste doch gemerkt haben, dass sie eigentlich gut abgeschlossen hatte!

Gutgelaunt ging ich nach Hause.

In der Nacht träumte ich, dass Fräulein Franzen die Schule zusammentrommelte, um mitzuteilen, dass ich am Sporttag betrogen hatte. Alle buhten mich aus und Trice kündigte mir ihre Freundschaft. Ich erwachte mit riesigen Gewissensbissen und Angst. Was, wenn Alex meinen Betrug entdeckt hatte? Würde ich von der Schule fliegen? Würde ich ins Strafregister eingetragen? Würde Trice nicht mehr mit mir reden? Würde ich in ein Heim gesteckt? Ich war starr vor Schrecken und starrte vor Schrecken starr zur Decke. Vater begrüßte mich mit einem »Ah, da ist ja unsere Sportskanone« und tätschelte anerkennend meine Schulter. Lydia schenkte mir eine Zeichnung: Ich stand auf dem Siegespodest mit tellergroßen Medaillen um den Hals. Ich hätte vor Scham versinken wollen!

Auf dem Weg in die Schule waren meine Beine bleiern. Und als wäre das nicht schon genug, hatte ich vergessen, mein Schulzeug von der neuen in die alte Schulmappe umzupacken! Wenigstens sah das Schwein nicht mehr so hell aus: Im Busch zu liegen und Regen plus Vogelscheiße abzubekommen, hatte es in eine Tarnmappe verwandelt. Ich schleppte mich durch den Schulkorridor, die Treppen hoch und dachte wehmütig: Das ist das letzte Mal, dass ich in dieser Schule bin. Auf einmal schien mir alles wunderschön, wie mit Gold überzogen.

Trice attackierte mich von hinten, quetschte mich an sich und sang laut *Queen's* neuesten Hit *We are the Champions*. Ich Sportsniete hatte nicht mal die Kraft, sie abzuschütteln. Trice hörte auf zu trällern und guckte mich neugierig an. »Was ist denn mit dir los? Du siehst aus, als würdest du gleich aus den Schuhen kippen.« Sie musterte mich von oben bis unten. »Und was ist das?«, sie zeigte auf meine Mappe. Ich überlegte mir, wie ich meinen Kopf mit einer Ausrede aus der Schlinge ziehen könnte, als Trices Augen zu funkeln begannen. »Toll sieht die aus, wo hast du die her, ich will auch so eine!«

Ursula und Kiki tauchten auf. Sie blieben stehen und betrachten meine Mappe. Auch sie waren begeistert und fragten, woher ich die habe. Für Momente konnte das meine Laune etwas anheben, aber dann sah ich im Augenwinkel Alex. Jetzt schlug meine letzte Schulstunde! Ich wäre am liebsten im Boden versunken, aber das hätte bedeutet, dass ich im unteren Stock vor das Zimmer der Erstklässler gefallen wäre und mir meine Beine gebrochen hätte. Alex schlenderte an uns vorbei, warf einen Blick auf meine Mappe und sagte: »Nicht übel.«

Sie stach mir nicht die Augen aus!

Sie würgte mich nicht!

Sie zerrte mich nicht zu Fräulein Franzen!

Ich wuchs um vier Zentimeter. Ich war vier Tonnen leichter.

Als ich mich neben Alex setzte, sprach ich wie üblich nicht mit ihr. Aber ich schwieg sie diesmal freundlich an.

Doppelstunde Biologie: Lehrer Frutiger erklärte uns, was das Farn bei der Fortpflanzung anders macht als die restlichen Pflanzen. Er erklärte es so unglaublich spannend, dass die abgebildeten Pflanzen im Biologiebuch verwelkten. In der zweiten Stunde legte er jedem einen Farnstängel und ein Blatt Papier aufs Pult. Jetzt auch noch zeichnen! Warum? Es reichte doch, das Grünzeug anzuschauen! Wenn ich es hingegen abzeichnete, erkannte niemand mehr, dass das ein Farn darstellen sollte. Leise fluchend begann ich.

Auf einmal rutschte ein Stück Papier neben meine Zeichnung. Ich blickte verblüfft zu Alex, die zeichnete, den Kopf gesenkt. Ich schob den Zettel über das Pult und ließ ihn unbemerkt in den Schoß fallen. Darauf stand (ich meine auf dem Zettel, nicht auf meinem Schoß):

– Warum warst du beim Rennen so schlecht?

Jetzt kam's, gleich war ich geliefert! Mein Magen benahm sich, als befände er sich in der Waschmaschine im Schleudergang. Was nur sollte ich antworten?

Als Frutiger mir das nächste Mal den Rücken zukehrte, schrieb ich:

– *Ich bin beim Weitsprung dumm auf meinen Knöchel gefallen. Warum fragst du?*

– Ich hätte mich gern mit dir gemessen.

– *Aha. Um mir wieder das Bein zu stellen?*

– Ich habe dir das Bein nicht gestellt, der eine Schuhbändel hat sich gelöst.

Sie konnte also ebenso gut lügen wie ich!

– *Aha, wenn du es sagst.*

– Ja, ich sage es.

Lehrer Frutiger kam zu uns herüber. Er schaute auf mein Blatt und fragte, was das sein solle. Ein Farn, erwiderte ich entrüstet. Da lachte er dämlich und sagte, wenn das so sei, sei wohl etwas an seiner Brille fehlerhaft – er habe gedacht, ein Bild von Paul Klee.

Ich bedankte mich und sagte, es sei eine Ehre, mit Klee verglichen zu werden, schließlich sei der weltberühmt. Man könne es im Leben also auch zu etwas bringen, wenn man Farn nicht abzeichnen könne. Frutiger blieb die Spucke weg.

Zufrieden ging ich am Mittag nach Hause. Manchmal kann man betrügen, und es fliegt nicht auf. Ich sagte Mama, dass sie gut gekocht habe, obschon das Essen durchschnittlich war – eben so wie immer. Sie freute sich.

Lügen haben auch ihr Gutes.

Im Bett schrieb ich ins Tagebuch und dachte, wie wichtig es ist, dass der Name gut sichtbar im Tagebuch steht: Für den Fall, dass in ein paar Tausend Jahren Marsmenschen es aus den Trümmern unserer Zivilisation fischen. Vielleicht wäre es das letzte Zeugnis der Menschheit. Die Marsmenschen würden ein ziemlich eingeschränktes Bild der Menschheit bekommen, sie würden denken, dass es nur junge, sympathische und intelligente Mädchen gegeben hatte. Warum eigentlich sind Marsmenschen grün? Ist ihnen immer übel?

Nico-la-Poche

Trice wollte auch Taschen tragen. Ich sagte, sie könne das Einkaufszentrum *Migros* übernehmen, ihre Familie kaufe ja dort ein. Sie müsse mir pro Tag eigentlich fünf Franken abgeben, aber weil sie meine beste Freundin sei, nur zwei Franken. Trice zog eine Schnute, willigte jedoch ein. Ich ging mit ihr, weil ich kontrollieren wollte, dass sie ihre Arbeit richtig machte. Mein Service durfte keinen schlechten Ruf bekommen.

Trice wartete nicht ab, sondern stürzte sich auf die erstbeste ältere Frau und riss ihr die Taschen aus der Hand. Das fand die Frau nicht toll. Wenn ich nicht dazwischengegangen wäre, hätte das böse geendet. Ich zog eine keifende Trice weg; versuchte, ihr beizubringen, was Zurückhaltung ist. Sie verstand nur Bahnhof. Ich musste sie zwei weitere Male zurückhalten, bis sie begriff.

Da Trice immer jedes Geheimnis herumposaunt, erfuhr die halbe Welt vom Taschentragen! Sie verkündete glücklicherweise auch, dass diese Idee von mir stamme und niemand unerlaubt Taschen tragen dürfe.

Heute kamen Kiki, Mischa, Manuela und Gabi zu mir, sie wollten meine Mitarbeiterinnen werden. Ich war überrumpelt, ließ mir aber nichts anmerken: Ich sagte, ich habe mein Unternehmen noch nicht ganz fertig gegründet, aber sie könnten schon ihren Namen hier eintragen: Auf weltmännische Art hielt ich ihnen die Rückseite der letzten Französischprobe hin. Sobald ich fertig gegründet hätte, käme ich auf sie zu. Bis dahin dürften sie unter keinen Umständen Taschen tragen.

Gabi wollte wissen, was ich denn noch mit meinem Unternehmen tun müsse. Es eile für sie, denn sie wolle *Lady in Black* von den *Uriah Heep* kaufen.

Ich erklärte ihr, dass ich am Firmennamen arbeite und die Statisten schreiben müsse. Ich war mir nicht sicher, ob *Statisten* der richtige Ausdruck war – offenbar schon, sie schauten jedenfalls beeindruckt.

Ich schrieb im Bett mögliche Firmennamen auf. Trinità erschwerte mir die Aufgabe, sie legte sich aufs Blatt. Ich schickte sie im Befehlston weg, doch vermutlich hat für Katzen der Befehlston eine einladende Bedeutung. Ich schmiss sie vom Bett, sie leckte sich eine Pfote, dann sprang sie auf mein Blatt zurück.

Nicolas Taschentragdienst

Nicht verzagen, Muth fragen (Wenn man das *Dummer* aus meinem Nachnamen nimmt, ist er ganz okay.)

Dann kam ich nicht weiter, weil sich Mama an ihre elterlichen Pflichten erinnerte und mir befahl zu schlafen. Als könnte man auf Befehl schlafen! Sie meinte es ernst, sie trug einen Handschuh und drehte die Glühbirne meiner Nachttischlampe heraus. Manchmal ist sie richtig clever! Und gemein.

Nachdem sie rausgegangen war, nahm ich die Taschenlampe hervor und machte weiter – ich bin eben noch cleverer.

Tragdienst ~~Gmd, GnbR, GmtH~~ - AG

Nidutradi (Nicola Dummermuths Tragdienst)

Junge Hände für alte Leute

Nicola erleichtert Leben

Schon am nächsten Tag maulte Gabi ungeduldig, dass sie den Job brauche, sie wolle endlich *Lady in Black* kaufen. Ich erklärte ihr, dass ich nicht für ihre Plattensammlung zuständig sei, aber gab ihr nach der Schule eine Einführung. Sie machte es ziemlich gut, kriegte bei ihrem ersten Einsatz gleich drei Franken.

Nicolas Carry Servis (Englisch macht Eindruck.)

Nicarrylas (ziemlich genial!)

Je vous aide (mir kam in den Sinn, dass alte Leute besser Französisch als Englisch konnten)

Nico-la-poche (das war nicht nur ziemlich genial, das war wahnsinnsgenial!)

Nicola und ich (ha ha ha!) hatten entschieden: Das Unternehmen hieß ***Nico-la-poche AG***! Das Firmenzeichen war eine Einkaufstasche, mit einfachen Strichen gezeichnet (ich kann nur einfache Striche!).

Ich schrieb vier Verträge:

Nico-la-poche macht müde Alte munter.

Wir tragen schwachen Menschen die Einkaufstaschen nach Hause und hoffen auf ein Trinkgeld. Die Gründerin Nicola Dummermuth bekommt pro Tag 5 Franken, weil sie die Idee hatte und den Laden schmeißt.

Startbeginn: nach den Sommerferien.

____

Unterschrift vom Angestellten

____

Unterschrift Nicola

Als meine Angestellten den Vertrag unterschrieben zurückgaben, wurde mir bewusst, dass ich jetzt Unternehmerin war. Das fühlte sich toll an! Nur durften meine Eltern nichts davon erfahren, sonst musste ich den Haushalt mitfinanzieren. Aber ein Slave muss seine Sklavenarbeit nicht auch noch bezahlen!

Die Sommerferien standen vor der Tür: Wir würden wieder nach Frankreich zu unserem Grundstück gehen – ha ha!! Vater hatte sich nach den ersten Frankreichferien vorgenommen, seine handwerklichen Fähigkeiten auszubauen. Er ging seinen Freunden bei Handwerkerarbeiten zur Hand. Nach solchen Treffen kam er sehr fröhlich nach Hause, drückte Lydia und mir Geld in die Hand, er war also betrunken, und gab damit an, viel gelernt zu haben. Von den Ehefrauen der Freunde erfuhr Mama, dass die Männer ein paar Nägel eingeschlagen und die restliche Zeit mit Saufen verbracht hatten. Papa hatte also seit letztem Sommer nichts gelernt, darum drängte er darauf, dass Claires Familie mit nach Frankreich kam. Claude war handwerklich begabt, er könnte Papa anleiten und ihm helfen. Auch Mama, Claire und wir Kinder müssten mit anpacken, um Ausflüge ans Meer oder an den Fluss zu verdienen. Bevor ich das Wort *Kinderarbeit* in den Mund nehmen konnte, funkelte mich Papa an und sagte, wenn ich etwas von *Kinderarbeit* sagen würde, könne ich zu Hause bleiben und die Tage mit Opa und bei Oma verbringen. Da sagte ich nichts. Ich lebe in einer Diktatur, damit muss ich leben. Ich werde wenigstens viel Material für meine Biografie haben. Wenn die rauskommt, wird man hoffentlich meine Eltern einbuchten, Ausbeutung von Kindern verjährt bestimmt nie.

Ansonsten: Immer noch kein Junge, in den ich mich hätte verlieben können. Vielleicht war mein Herz wegen all der Enttäuschungen für immer gebrochen?

Gestern las ich in der Zeitung etwas Schreckliches: Die *Telearena* hatte schlimme Folgen. Einem Schwulen wurde wegen der Sendung die Stelle gekündigt, ein anderer verlor die Wohnung, weitere wurden schikaniert und – wie entsetzlich! – einer brachte sich um! Laut seinem Abschiedsbrief gab die *Telearena* den Ausschlag dazu! Ist das zu glauben?! Wo leben wir denn?! Gott sei Dank bin ich nicht lesbisch, ich will mich doch nicht umbringen!

Wenigstens machte mich das Leid enorm kreativ:

Man hat immer auf den Menschen gehofft.
Man hofft auch jetzt auf ihn,
und man wird immer auf ihn hoffen.
Deshalb ist es so hoffnungslos.

Nur Zettel

Seit der Farnstunde schrieben Alex und ich einander Zettel. Ich redete immer noch nicht mit ihr, aber weil ich ein höflicher Mensch bin, beantwortete ich ihre Nachrichten. Ich war es ihr schuldig, weil ich sie um ihre Medaille gebracht hatte. Sie fragte mich, was ich mit meiner Schulmappe angestellt habe, dass die so mitgenommen aussah. Im Laufe der Deutsch-, Geografie- und Mathematikstunde erzählte ich ihr die Geschichte von der Geschenkstrategie bis zum Versteck hinter dem Busch.

Sie war beeindruckt, ha! Sie erzählte mir, dass sie einen Hund gehabt hatte, einen Dalmatiner, und als der starb, wollte sie, dass die Eltern eine Schulmappe aus dem Fell machen lassen, dann wäre Dolly immer noch ein bisschen bei ihr und außerdem hätte das spektakulär ausgesehen.

Wie es schien, gehörten ihre Eltern auch zu denen, die nichts erlauben, was Spaß macht – Alex trug jedenfalls keine Dalmatinertasche.

Seit ein paar Tagen hatte ich den Eindruck, dass Trice mir die kalte Schulter zeigt – sie wartete weder am Morgen noch nach der Schule auf mich, damit wir gemeinsam gehen konnten, und in den Pausen war sie mit anderen zusammen. Ich kann mich nicht erinnern, dass ich sie beleidigt oder vor den Kopf gestoßen hätte. Was hatte sie nur? Ich musste unbedingt mit ihr reden! So fing ich Trice auf dem Schulweg ab und stellte sie zur Rede. Was mit ihr los sei? Sie schaute an mir vorbei und sagte, wenn ich das nicht wisse, dann sei mir nicht zu helfen. Schnaubend eilte sie davon.

Was?!

Noch eine Woche bis zu unseren Frankreichferien! Auch wenn es ein Arbeitslager würde, freute ich mich – vor allem auf Mélchior.

Und ich vermisste Trice. So konnte es nicht weitergehen! Ein paar Tage später suchte ich sie auf. Trices Mutter öffnete, sie freute sich, mich zu sehen. Trice sei nicht da, aber wir könnten miteinander reden. Das war einfacher gesagt als getan, denn

Frau Delucis Deutsch war ein Abenteuer, obwohl sie schon zwanzig Jahre in der Schweiz wohnte. Ob sie wisse, was mit Trice los sei, fragte ich.

»Ich nur *poco* wisse, warum meine *cara sei* so komische. Ich sie gefragt, *perche* nicht mehr sein *insieme* mit du. Sie gesagt, dass du eine andere tust zu haben.«

»Ich habe doch keine andere«, erwiderte ich entrüstet.

»Und was iste mitte Sandra?«

»Ich kenne keine Sandra.«

»Doch die sein neben dir in *scuola*.«

»Ach, Alexandra!?«

»*Si*, Alessandra.«

»Das ist lächerlich, wir schreiben einander manchmal, sonst hab ich nichts mit ihr zu tun.«

»Trice sage, ihr immer *scrivere*, *anche* manchmal in Pausa.«

»Nur wenn wir in der Stunde nicht alles aufschreiben konnten. Trice ist meine allerbeste Freundin, ich will keine andere, ich vermisse sie!!!« Mir standen die Tränen zuvorderst. Da hörte ich ein Geräusch hinter mir: Trice kam aus der Küche, sie hatte also alles mitangehört! Und offensichtlich war sie zufrieden mit dem, was sie gehört hatte.

»Willst du Panetone?«, fragte sie.

Und ich antwortete glücklich: »Natürlich will ich Panetone!«

Zurück in der Ruine

Alex ging in den Sommerferien zwei Wochen zu ihrem Vater. Er besaß in Grindelwald ein Häuschen. Sie konnte eine Freundin mitnehmen, aber seit sie hierher gezogen war, hatte sie sich mit niemandem so richtig angefreundet. Nun musste sie sich mit ihrem Vater, seiner langweiligen neuen Frau und dem noch langweiligeren Sohn abgeben. Bestimmt werde sie dauernd nach diesem verwöhnten Jungen schauen müssen, er sei erst vier.

Trice ging wie jedes Jahr nach Italien in die Ferien zu ihrem Freund Giuseppe, zu Verwandten und viel Essen.

Mutter rauchte auf dem Balkon oder hielt ihre nackten Brüste im Lorrainebad an die Sonne – in drei Tagen würde es losgehen, aber sie dachte nicht groß ans Packen. Wenigstens hatte Papa den Volvo in den Service gebracht. Zärtlich tätschelte er ihn und sagte: »Meine brave Vulva.« Dann begann er doof zu wiehern und Mutter regte sich auf. Was ist eine Vulva?

Wir schliefen diesmal nicht in Zelt und Auto, sondern in einem Haus. Das Haus stand am Rand des Dorfes, besaß einen wunderbaren Innenhof mit zwei Feigenbäumen, deren Früchte leider noch nicht reif waren, aber den Boden klebrig machten. Wenn man durch den Innenhof ging, erzeugten die Sohlen Quietschgeräusche. Es war strengstens verboten, in Schuhen durch den Innenhof und danach hinein zu gehen. Mama und Claire sagten, sie wollten Ferien machen, nicht den Boden fegen. Das klang so, als würden sie zu Hause ständig den Boden fegen – ich zweifle daran, dass Mama überhaupt wusste, wo sich der Besen befand. Wir zogen brav die Schuhe aus – und gingen halt barfuß in den Innenhof und danach hinein und ins Bett. Claire und Mama wurden hysterisch und trommelten uns Kinder zu einem Familienrat zusammen – in der Küche, man konnte unsere klebrigen Sohlen auf dem Steinboden schmatzen hören. Mama sah völlig neben ihrer Mitte aus, sie überließ Claire das Reden, weil die für ihre pädagogisch raffinierten Reden berühmtberüchtigt war. Sie sagte: »Bringt noch einmal klebriges Zeugs vom Innenhof ins Haus und ihr kriegt die ganzen Ferien kein Eis.«

Das sollte pädagogisch raffiniert sein? Eher war es doch wie früher: Wer nicht blond, blauäugig und athletisch ist wie Hitler (ha ha ha!!), der kommt ins KZ.

Mélchior schlug vor, die Feigenbäume zu fällen, Caspar sagte wie üblich nichts, Lydia wollte jetzt gleich ein Eis, Sara ebenfalls, und ich sagte, es sei hier so gemütlich wie in einer Strafkolonie. Da mussten wir als Strafe den Boden nass aufwischen – nur fanden die Mütter nicht das nötige Material dazu. Also mussten wir als Strafe den Männern beim Bauen helfen.

Mütter verstehen nichts von Erziehung. Wenn sie gesagt hätten: »Kinder, jedes Mal, wenn ihr *kein* Klebrigzeug ins Haus bringt, kriegt ihr ein Eis«, das wäre was gewesen! Man muss Kinder motivieren, nicht bestrafen!

Vielleicht werde ich neben meinen Gedichten und Romanen ein Buch über kinderfreundliche Pädagogik schreiben. Ich würde Pestalozzi glatt in den Schatten stellen!

Als Claude vor der Ruine stand, sah ich ihn glaub das erste Mal grinsen. Lachen hatte ich ihn vorher schon gesehen, aber bestimmt nicht so breit grinsen. Papa war beleidigt und erklärte, dass hier durchaus genug Material herumliege, um ein Haus zu bauen.

Ja, einen Ziegenstall könne man schon bauen, erwiderte Claude, hier habe ja auch ein Ziegenstall gestanden. Für mehr reiche es nicht. Abgesehen davon sei das Land kaum groß genug, um etwas Anständiges darauf zu bauen.

»Genau das habe ich ihm auch gesagt!«, rief Mama.

Vater kriegte einen roten Kopf, kickte Steine und heulte auf vor Zehenschmerz.

Claude klopfte Papa auf die Schulter: »Kauf etwas Land hinzu und dann bauen wir ein neues Haus, aber das könnte dauern – in Frankreich ist Bauen eine langwierige Angelegenheit.«

Ich sah vor mir, wie ich – angegraut und inzwischen Großmutter geworden – meinen Papa-Greis im Rollstuhl über die Schwelle des nun fertiggestellten Hauses schiebe.

Nein, Papa würde weder Land noch Baumaterial kaufen, denn da müsste er erst seine geliebten Marienbilder stehlen und auf dem Schwarzmarkt verkaufen. Leider würde er sich aber nie von diesen heiligen Brüsten trennen können.

Claire trat in die Ruine, schloss die Augen und hielt ihre Handflächen nach unten, als wolle sie etwas erspüren. Mélchior rollte die Augen. Claire ging kreuz und quer über den Grund; ihre Hände begannen erst leicht, dann immer stärker zu zittern.

»Hier ist Wasser«, rief Claire ekstatisch, »Wasser, eine Quelle, ihr seid reich!« Begeistert begann sie im und um die Ruine herumzutanzen, wobei ihr Wickeljupe ständig an irgendwelchen Büschen hängen blieb.

Mutter rannte mit einem Juchzen zu Claire und tanzte auch.

Ein Bauer fuhr auf einem erbarmungswürdigen Traktor an uns vorbei, wir – außer den Müttern – taten so, als wären wir nicht da.

So begeistert die Mütter waren, so skeptisch waren die Väter. Wie würden es die Frauen anstellen, ihre Männer davon zu überzeugen, dass sie ein Loch in die Erde graben sollten? Sie versuchten es mit Charme, das nützte nichts; sie versprachen den Männern, dass sie von nun an so viel Fußball gucken könnten, wie sie wollten. Fehlanzeige. Sie versprachen, schöne Neglisches zu tragen – das stimmte sie etwas versöhnlicher. (Keine Ahnung, was Neglisches sind.) Dann drohten sie mit Sexentzug. (Ich hielt Lydia die Ohren zu.)

Papa und Claude sahen nun nicht mehr so standhaft aus.

Die Frauen zeigten offenbar die nächsten zwei Nächte, dass sie es ernst meinten. Die Herren der Schöpfung waren weichgeklopft.

Die Achillesferse liegt bei den Männern leicht unterhalb des Gürtels. Mutter hatte es mir erklärt: Das sei die Waffe der Frauen. Die Waffe der Frau ist also eine Achillesferse, die heraufgerutscht ist.

Die Männer standen um halb sechs auf und arbeiteten bis zehn oder elf an ihrem Loch. Sie schaufelten, hackten, stemmten große Steine weg, dann stießen sie auf Felsen und eine Bohrmaschine musste her. Während wir baden gingen, fuhren die beiden umher, bis sie eine gebrauchte Bohrmaschine fanden.

Unser Haus befand sich glücklicherweise weit weg vom Loch – wir hörten den Schlagbohrer kaum. Wenn die Männer am späteren Vormittag zurückkamen, sahen sie wie Cocktails aus, die man zu lange geschüttelt hatte.

Später am Fluss oder Meer unterrichtete Claude seine Söhne im Schwimmen. Sie mussten viele Längen hin und her schwimmen. Er korrigierte sie dauernd. Ich hatte Mitleid mit den Jungs: Claude benahm sich, als wäre er ein Lehrer und als würden seine Kinder nichts lernen, wenn er sie nicht ständig drillte. Lydia und ich spielten mit einem Ball oder tollten im Wasser. Vater lag wie eine tote Fliege im Schatten. Von Zeit zu Zeit schleppte er sich ins Wasser. Mutter und Claire saßen in der Bar und tranken *Pastis*, so wie sie beim Skifahren *Kaffee fertig* tranken.

Am Abend lag Vater in der Hängematte zwischen den Feigenbäumen und kippte Bier. Wir Junggemüse und Claude grillten leckere Würste auf der Feuerstelle, das heißt, Claude sagte uns, wie wir es machen mussten, und machten wir es nicht richtig, riss er uns die Zange aus der Hand und machte auf große Küchen-Show. Da war mir Papa in der Hängematte doch noch lieber!

Verliebtheit ist machbar und eine schreckliche Entdeckung

Ich fragte mich, ob ich mich in Mélchior verlieben könnte. Er war so lustig und freundlich. Es wäre auch praktisch: Wir verstehen uns gut, die Familien kennen einander, und er hat einen guten Charakter. Also versuchte ich mich in eine mögliche Verliebtheit hineinzusteigern: Heute saß ich nahe neben ihm, berührte ihn zufällig beim Flipperspiel, im Wasser oder wenn wir zu zweit durch das verlassene Dorf streiften. Am Abend gingen wir zum Loch und guckten in die schon recht tiefe Tiefe. Die Männer hatten wirklich was geleistet – jedenfalls war der Haufen Erde und Steine daneben gewaltig. Wir setzten uns auf zwei große Steine und plauderten über dies und das. Ich machte einen Scherz und schubste Mélchior, er setzte ein schräges Lächeln auf und sagte: »Wir beide sind fast wie Geschwister oder auf jeden Fall beste Freunde, nicht wahr?«

Das war ein Schlag in den Magen – Geschwister? Beste Freunde? Ich arbeitete auf etwas anderes hin! Nicht mal Mélchior war an mir interessiert! Ich blickte zum Loch hin und überlegte mir, ob ich kopfüber hineinspringen sollte.

»Für mich ist es jedenfalls so – für dich hoffentlich auch.« Er musterte mich lange. »Für mehr reicht es nämlich nicht, weil – weil, ich mag zwar Mädchen, aber, also weißt du«, er räusperte sich und schaute mich hilflos an, »es ist so, ich mag Jungs.«

»Ja, logisch, ich mag ja auch Mädchen!«

»Ich meine, ich mag sie anders.«

»Wie anders?« Im Moment, da ich das fragte, ging mir ein Licht auf – es gibt Jungs und Männer, die – die lieber miteinander sind. Wie Eheleute. Da können sie so viel Fußball schauen, wie sie wollen – wobei sie weniger am Spiel als an den knackigen Jungs interessiert sind.

Ich sagte: »Aha, so!«

Wir schwiegen eine Weile.

Er räusperte sich wieder. »Also, wenn du ein Junge wärest, würde ich mich sofort in dich verlieben.«

So lernte ich: Es gibt Komplimente, die irgendwie beleidigend sind. Da ich nicht wirklich in Mélchior verliebt war, erholte ich mich schnell vom Liebesschmerz und wollte alles wissen:

»Seit wann weißt du, dass du auf Jungs stehst?«

»Seit den Doktorspielen.«

»So früh schon?«

»Ja, seit den Spielen mit dem Nachbarsmädchen. Die Leere zwischen ihren Beinen war für mich ein Schock. So wenig ist mir eindeutig zu wenig.«

»Und wer weiß davon?«

»Das Nachbarsmädchen und du.«

»Macht es dir Mühe, so zu sein?«

»Nein! Sicher nicht!«

»Warum weiß dann niemand davon?«

»Man hat ja auch noch Anrecht auf seine Privatatmosphäre!«

»Gib's zu, du traust dich nicht! Versteh ich. Dein Vater würde fuchsteufelswild!«

Mélchior seufzte nur.

»Was zieht dich an Jungs an?«

»Sie haben den schöneren Pimmel als Mädchen.«

»Mädchen haben ja gar keinen!«

»Eben!«

»Es muss doch noch einen anderen Grund geben!«

»Der Arsch, der ist auch wichtig. Und ob er Muskeln hat und sinnliche Lippen.«

»Aber man verliebt sich doch nicht nur in solche Dinge!«

Mélchior sah mich erstaunt an. »In was sonst?«

»Na, in die Person, in die Augen, das Wesen, die Ausstrahlung. Dass ich dir so was überhaupt erklären muss!«

»Nein, beim Verlieben geht es nur um Sex.«

»Denken alle Jungs so?«

»Wie *so*?«

Ich war äußerst beunruhigt – könnte es sein, dass Männer und Frauen zwei verschiedene Rassen waren, und sollte ich mich deshalb besser in ein Mädchen verlieben, das nicht nur Interesse an meinen Brüsten und meinen Arschbacken hatte? Könnte ich mich in ein Mädchen verlieben?

Das Leben wurde immer komplizierter!

Vater mauserte sich, das merkte man daran, dass Mama ihn nicht wie üblich *Heini* nannte, sondern so, wie Papa es sich wünschte: *Rich* (englisch ausgesprochen!). Mutter fand, dass er nun doch noch zum Manne reife, das sagte sie aber nur Claire, nicht meinem Vater – sie war ja nicht blöd.

Doch heute brach das Loch zusammen und begrub Claude bis zu den Oberschenkeln! Vater raste wie ein Irrer durchs Haus und weckte uns mit seinem Geschrei. Es dauerte, bis wir herausfanden, was eigentlich los war. Wir rannten zur Unglücksstelle, Claude lebte noch, steckte aber fest.

»Du musst loslassen!«, schrie Claire.

»Ich halte nichts fest«, schrie Claude zurück.

Seine Söhne plus ich handelten: Mit Schaufel und bloßen Händen gruben wir Claude aus, während die Mütter daneben standen und behaupteten, uns energetisch zu unterstützen. Vater war weiß wie ein Leintuch. Er malte sich wohl aus, wie es gewesen wäre, wenn es ihn erwischt hätte.

Am Abend Kriegsrat: Vater sah das Unglück als Zeichen, nicht mehr weiterzumachen und das Land zu verkaufen. Mutter nannte ihn nun wieder *Heini*. Claire sagte, dass die Tarotkarten keine klare Antwort geben würden, Lydia fragte, ob es ein Eis gäbe, Sara wollte das auch wissen, Caspar schwieg und Mélchior zeichnete mit den Essensresten auf seinem Teller futuristische Landschaften.

Da richtete Claude sich stolz auf und sagte: »So schnell lassen wir uns nicht unterkriegen – jetzt gehen wir das Ganze professionell an.«

Mama hatte mal gesagt, dass Claude wahnsinnig ehrgeizig sei. Das sei im Bett toll – Claire komme bei diesem Thema immer ins Schwärmen –, aber sonst lästig.

Papa guckte aus der Wäsche, als hätte man ihm mitgeteilt, dass jemand alle Marienbrüste schwarz übermalt hatte.

Man beschloss (das heißt, Claude beschloss), dass man morgen ausschwärmen und Unterstützung suchen würde. Papa solle mit uns Kindern baden gehen, bei seinen mangelhaften Französischkenntnissen sei dies das Sinnvollste, was er tun konnte. Papa überhörte die Beleidigung, er war froh, dass er mit uns an den Fluss konnte. Claude wollte sich im Dorf und im Städtchen umhören und die Frauen sollten ihre Reize einsetzen. Caspar fragte, von welchen Reizen er spreche. Das hörten Claire und Mama nicht gern: Sie behaupteten, dass sie trotz zweier beziehungsweise dreier Schwangerschaften immer noch sehr attraktiv seien und jeden Mann haben könnten.

Caspar sagte: »Das bezweifle ich.«

Da herrschte Claude seinen Sohn an, was ihm einfalle, seine Mutter so zu beleidigen – natürlich könnte sie immer noch jeden Mann haben. Und zu Claire gewandt sagte er: »Wehe, du setzt deine Reize *so* ein, bilde dir nur ja nichts ein!«

Eine widersprüchliche Aussage.

Claire wurde wütend: »Ihr Männer meint, dass ihr rumbumsen könnt und wir Frauen backen währenddessen Kuchen! Wir haben genau so das Recht auf unsere Lust wie ihr auf euren Trieb. Wir werden unsere Reize so einsetzen, wie es nötig sein wird.«

Da es anstrengend war, Lydia dauernd die Ohren zuzuhalten, ging ich mit ihr und Sara hinaus, Ball spielen. Die Lage würde sich schon beruhigen. Eine Stunde später gingen wir wieder hinein – im Innenhof eine riesige Diskussion, alle schrien durcheinander. Ich machte die beiden Mädchen fürs Bett bereit.

Sara fragte: »Was sind Reize?«

Ich: »Wenn die Buben auf dich stehen.«

Sara: »Ich mag nicht, wenn Buben auf mir stehen.«

Ich: »Warum nicht?«

Sara: »Der Jonas stand mal auf mir drauf, das tat höllisch weh!«

Die Sprache hätte die Aufgabe, verständlich zu sein, aber das ist sie nur gelegentlich; für Kinder gibt sie oft Rätsel auf. So viele Ausdrücke sind missverständlich. Einmal sagte Onkel Bert zu meiner Tante: »Schau nicht so auf mich herab!«, dabei ist er einen Kopf größer als sie! Oder Papa, der zu mir sagte: »Du bist halt noch grün hinter den Ohren.« Das erste Mal rannte ich erschrocken zum Spiegel. Oder Mama fand, die Nachbarin falle mit der Tür ins Haus – da lag aber nie eine Tür in unserer Wohnung. Oder wenn meine Eltern sagten: »Das hast du aber wieder mal toll gemacht«, wenn sie es überhaupt nicht toll fanden.

Ich sagte zu Sara: »Weißt du, wenn ein Junge sagt, dass du weibliche Reize hast, bedeutet das, dass er dich toll findet.«

Sara: »Können mich Mädchen auch toll finden?«

Vielleicht war Sara wie ihr Bruder anders rum? War das ansteckend?!

Ich zog mich mit einem *Romantic Thriller* zurück. Melissa hatte in der letzten Zeit keine neuen gekauft, da las ich halt noch mal die alten. Vertiefte mich in *Feurige Blicke*, mit Josephine, die auf dem Schloss von Ian McDarkheart lebt und es lustig mit dessen Schwester Rose hat. Mit der sie Spiele und Ausflüge macht und Schabernack treibt. Und die zusammen im selben Bett schlafen. Ich sah das Ganze nun mit anderen Augen. Es regte mich noch mehr auf, dass Josephine sich in diesen blöden Schlossherr verliebt, wo Rose so viel sympathischer ist!

Baggern und ausfahren

Als wir am nächsten Tag mit Papa vom Baden zurückkamen, stand ein defekter Bagger auf unserem Land. Claude hatte ihn vom Gemeindepräsidenten zur Verfügung bekommen – er musste ihn nur noch auf Vordermann bringen. Claire und Mutter waren von Haus zu Haus gezogen und hatten jede Einladung auf ein Gläschen angenommen. Sie lagen in der Hängematte und kicherten. Die Ausbeute: ein paar Bretter, viele gute Ratschläge, die Mithilfe eines Tattergreises, der wohl seinen siebten Frühling spürte, und ein Plastikkanister Landwein.

Claude lag den ganzen Tag unter und über dem Bagger. Er wollte nicht anspringen. (Ich meine den Bagger, nicht Claude.)

Vater, Caspar und Mélchior schaufelten das Loch frei und brachten Stützbretter an. Ich sagte, die Konstruktion gleiche einer Bretterbude aus den Slums. Vater erwiderte, ich könne ausziehen, sobald wir wieder in der Schweiz sind. Er erträgt die Wahrheit nur schlecht.

Am nächsten Tag lief der Bagger immer noch nicht. Claude behauptete, kurz vor dem Durchbruch zu sein.

Gegen Abend befand sich der Bagger immer noch kurz vor dem Durchbruch.

Am nächsten Tag: Der Bagger lief!

Ein stolzer Claude begann zu baggern.

Zwei Stunden später: Wasser spritzte aus dem Loch – die Quelle!! Die Mütter tanzten um das Loch herum!

Dorfbewohner kamen, um mitzufeiern!

Nein, wollten sie nicht. – Gestikulierend erklärten sie, dass Claude mit dem Bagger die Hauptwasserröhre demoliert habe. Jetzt saß das Dorf auf dem Trockenen.

Das Loch füllte sich mit Wasser, Papas Stützbretter lösten sich, das Loch wurde zum Teich. Gemeindepräsident, Polizei und Feuerwehr trafen ein: Alle redeten durcheinander, jeder war Fachmann und niemand wusste, was zu tun war. Sara und Lydia erfreuten sich als einzige am Wasser, Claude und Papa waren sehr still.

Nach unzähligen Stunden traf ein Riesending von einem Bagger ein. Bald war das Land umgegraben und glich einer Mondlandschaft, Menschen wuselten hin und her und stolperten über Schläuche und Röhren. Claude hatte seine Sprache wiedergefunden, er gab Anweisungen, niemand hörte hin. Papa steckte nirgendwo – wir fanden ihn später schnarchend in der Hängematte im Innenhof. Dem Kanister Wein zu urteilen, hatte er ein einseitiges Nachtessen genossen.

Wow – ich werde zu Hause viel zu erzählen haben! Trice und die anderen werden Augen machen – vielleicht sogar Alex.

Am nächsten Morgen hatte Vater einen wilden Kater und Rückenschmerzen – er hatte die Nacht in der Hängematte inklusive Weinglas geschlafen. Das WC stank mörderisch, Claire schickte uns mit allem, was annähernd wie ein Eimer aussah, Wasser schöpfen. Am Teich standen schon Dorfbewohner, ein pensionierter Gendarm regelte den Wasserschöpfverkehr, der Baggerführer war am Baggern, das kaputte Röhrenteil lag neben dem Erdhügel. Zwei Handwerker passten unter Zurufen ein neues Rohr ein. Man applaudierte, dann machte man große Augen: Nun floss weniger Wasser, aber es floss immer noch! Die Handwerker kratzten sich am Kopf, man plapperte durcheinander, jemand rannte ins Dorf und kam bald wieder zurück: Das Wasser floss aus den Hähnen und zwar einwandfrei. Claire juchzte und rief auf Französisch: »Die Quelle, wir haben die Quelle gefunden!«

Baggerführer, Feuerwehr, Polizei, Gemeindepräsident, Papa, Mama, Claude, Claire, wir Kinder und der Rest des Dorfes glotzten ins Loch. Leise sprudelte das Wasser – und tatsächlich neben dem Rohr!

Atemlose Stille (außer bei Lydia und Sara, die ein Lied sangen).

Dann redeten alle gleichzeitig. Claire juchzte, Mama schrie: »Wir sind reich! Wir sind reich!« Vater glotzte dämlich, Claude klopfte ihm auf die Schulter. Auf einmal stand ein Tisch da, darauf Wein, Baguettes, Käse, Oliven, Salami und Tomaten, bald hielten alle ein Glas in der Hand und stießen an. Wir Kinder gingen nach Hause, duschten und plünderten den Kühlschrank. Später gingen Mélchior und ich wieder zur Quelle: Die Dorfbevölkerung hatte sich unter schattige Bäume zurückgezogen und trank dort weiter, die Eltern wälzten sich im Wasser, sie umarmten sich – und als ich ihnen eine Zeit lang zugeschaut hatte, kam ich nicht von dem Eindruck los, dass sich vor allem Mama und Claude beziehungsweise Papa und Claire umarmten! Ich blickte entsetzt zu Mélchior, der zuckte nur mit den Schultern. Wortlos kehrten wir ins Haus zurück.

Junge Eltern sind eine Last für Kinder, denn sie (ich meine die Kinder, nicht die Eltern) müssen vernünftig sein, weil es die Eltern nicht sind. Aber Kinder sollten nicht vernünftig sein müssen.

Mélchior kam auf die Idee, mit dem Auto einen Ausflug zu machen. Da Caspar nicht fahren wollte, beschlossen wir, nicht von einem Fahrausweis abhängig zu sein. Ich fand den Schlüssel des Volvo, wir suchten die Badesachen zusammen und packten die Mädchen ins Auto. Mélchior probierte die Hebel, Pedale und Knöpfe aus – um sich, wie er es bezeichnete, wieder zu erinnern (er sei auch schon gefahren). Dann startete er. Das Auto, ein bockiger Esel! Mélchior ließ sich nicht aus der Ruhe bringen: Er sprach aufs Auto ein, bis es tatsächlich ansprang. Das bestätigte meine Theorie, dass man Maschinen gut behandeln muss, damit sie einwandfrei laufen.

Wir stotterten los, die Mädels juchzten. Mélchior rührte mit dem Schalthebel im Motor herum, als wäre der ein Teig. Wir kurbelten die Fenster runter, so dass es uns das Haar von allen Seiten um den Kopf wehte. Mélchior machte es nicht schlecht: Meistens befanden wir uns auf der Fahrbahn, manchmal etwas zu weit links, manchmal auf dem Gras, was nicht ungefährlich war, denn ein Graben zog sich neben der Straße her.

»Achtung, ein Auto!«, rief ich, worauf Mélchior fast in den Graben fuhr, nur mein schneller Griff ins Lenkrad konnte das verhindern. Die Mädels krähten vor Freude, über Mélchiors Stirn rann Schweiß.

So ging das einige Zeit. Bei jedem Auto, das uns entgegenkam, erlitt ich fast einen Herzinfarkt. Bis ich in der Ferne eine Häusergruppe sah: Ach ja, das Restaurant, in dem ich Etienne Blauauge kennen gelernt hatte!

Mélchior überfuhr einen kleinen Topf, aber sonst parkte er ordentlich. Der Wirt freute sich, uns zu sehen und spendierte ein Eis. Das war mit Eiskristallen übersät und wie Gummi – aber einem geschenkten Esel zieht man nicht am Schwanz, oder wie das heißt. Wir bestellten Cola und nahmen den Flipperkasten in Beschlag.

Etwas später tauchten doch tatsächlich Etienne und seine Freunde auf!

Es war ihm peinlich und mir auch, aber als er Mélchior sah, wirkte er erleichtert. Wir grüßten uns, ich stellte ihm Mélchior vor. Mélchior sah Etienne verzückt an! In ihm ging eine Veränderung vor: Er begann sich wie ein Gockel aufzuplustern, gackerte wie ein Huhn und schlug wie ein Pfau das Rad – er benahm sich fürchterlich affiziös. Die Mädels guckten erstaunt, fanden ihn im Unterschied zu mir aber lustig.

Wir spielten, bis das Geld, das wir bei unseren Eltern ausgeliehen hatten, alle war. Etienne benahm sich auch affig, mit Radschlagen und so.

Auf der Heimfahrt plapperte Mélchior die ganze Zeit; in jedem zweiten Satz das Wort E-t-i-e-n-n-e – es war nervig, außerdem konzentrierte er sich zu wenig auf die Straße, ich musste dauernd seinen Kurs korrigieren. Aber wir kamen heil an. Leider verwechselte Mélchior am Schluss Gas- und Bremspedal und fuhr rasant in die Hausmauer. Zum Glück haben Volvos gute Stoßstangen. Volvos kommen aus Schweden, dort laufen einem ständig Elche vors Auto, da muss man gute Stoßstangen haben. Unsere Ankunft blieb nicht geheim: Die Eltern stürzten aus dem Haus und waren sich offensichtlich nicht einig, ob sie uns schlagen oder schluchzend in den Arm nehmen wollten. Sie taten keines von beidem, sondern schickten uns ohne Nachtessen ins Bett. Als wir sie später aus dem Haus gehen sahen, lachend und schwankend, gingen wir in die Küche und aßen Baguette und Käse.

Am nächsten Morgen hatten die Eltern sehr, sehr schlechte Laune (der Kater und unser Ausflug!) und sehr, sehr gute Laune (die Quelle!) – das war eine sehr, sehr seltsame Mischung. In einem Satz machten sie uns Vorwürfe, weil wir Auto und Geld genommen hatten; im nächsten Satz erklärten sie, dass wir von nun an Geld wie Heu haben würden und jedes Kind bald ein eigenes Auto fahren könnte.

Ich fragte sie, was an einer Quelle so toll sein soll, ein Liter Wasser koste fast nichts, da müsse man ja ganze Seen verkaufen, um Geld zu machen. Vater nannte mich eine Klugscheißerin und Mama schimpfte mich eine Miesepeterin. Claude erklärte mir, dass ein Land mit einer Quelle viel mehr Wert habe als ohne, vor allem in dieser Gegend, wo es nicht viel Wasser gäbe. Man sei dann auch unabhängiger.

Endlich mal jemand, der mir etwas erklärte!

Litt ich unter einer optischen Täuschung oder saß Papa dauernd neben Claire und Claude neben Mama? Als ich später Mélchior darauf ansprach, stellte sich heraus, dass er unter der gleichen optischen Täuschung litt.

Im Verlauf des Tages wurde es schlimmer: Am Fluss lagen die falschen Badetücher nebeneinander und die falschen Eltern turtelten darauf miteinander. Wir mussten unbedingt etwas unternehmen! Nach dem Baden lagerten Mélchior und ich auf dem Felsen und heckten einen Plan aus. Wir heckten lange erfolglos, bis ich auf die Idee kam, dass wir die einen für die anderen unattraktiv machen müssen. Und was ist unattraktiver als peinliche, unschöne Details? Was ist unattraktiv und peinlich? Wir heckten und heckten.

Am Abend, im Innenhof mit Feuer und Kerzen wurde es mit den Erwachsenen noch schlimmer, aber wir hatten unseren Plan und würden ihn umsetzen. Mélchior und ich saßen beim Feuer, die Erwachsenen am Tisch. Vater ging als Erster aufs Klo. Unauffällig huschten wir hinter ihm her und begannen vor dem Klo ein Gespräch zu führen. Mélchior erzählte mir, dass seine Mutter ein unangenehmes Geheimnis habe: Seit ein paar Wochen sei sie an einem sehr stinkenden Scheidenpilz erkrankt und der wolle und wolle nicht weggehen. Plappernd entfernten wir uns und huschten wieder zurück zum Feuer. Papa kam an den Tisch. Und rückte etwas von Claire ab.

Mama ging als Nächste pinkeln – wir wiederholten unseren Auftritt, nur dass wir diesmal über Claudes Hepatitis sprachen. Und so weiter. Die Stimmung am Tisch wurde bei jedem Klogang etwas frostiger. Wir rieben uns die Hände.

Manchmal ist das Böse richtig gut; manchmal ist eine Lüge eine gute Tat. Unsere Eltern würden es uns ewig danken. Vielleicht nicht jetzt, aber spätestens auf dem Sterbebett.

Nach diesem Abend hatten sich die Leidenschaften abgekühlt, dafür rückten die Ehepaare wieder näher zusammen. Mélchior und ich waren mit unserem Geniestreich zufrieden.

Claude und Papa sicherten die Quelle provisorisch mit einer Bachsteinmauer. Papa musste leider schon nach zwei Stunden mit dem Mauern aufhören – sein Handgelenk (ha, ha!). Caspar, Mélchior und ich sprangen für ihn ein. Die letzten drei Tage durften wir von morgens bis abends baden und nichts tun, und solcherart gestärkt fuhren wir nach Hause.

Zettel

Zurück in der Schule! Trice hatte wie üblich Speck angesetzt und redete in katastrophalem Deutsch. Ich fragte sie nach ihrem Freund, da winkte sie lässig ab – sie habe mit ihm Schluss gemacht. Warum, wollte ich wissen. Weil er eine andere habe. Kann man mit jemandem Schluss machen, wenn der mit einer Neuen zusammen ist? Trice ja – *sie* gibt den Tarif durch, niemand sonst.

Alex war noch nicht da, was mir egal war, ich registrierte es einfach. Sie kam als eine der letzten, grüßte mich lächelnd (ich grüßte cool zurück) und wühlte ewig lang in ihrem Pult. Ich war gespannt, ob sie mir wieder Briefchen schreiben würde. Nicht dass mich das groß interessiert hätte, aber es war gut, vorbereitet zu sein. In der ersten Stunde kam nichts. In der zweiten auch nichts. Egal, das Hin- und Herschreiben war mir sowieso auf den Keks gegangen. Trice nervte mich mit ihrem lausigen Deutsch, eigentlich nervte mich alles. Ich war froh, wenn ich bald nicht mehr zur Schule musste, sondern reich sein und in einem heißen Schlitten herumfahren würde.

Im Geschichtsunterricht schob mir Alex einen Zettel zu, aha, doch noch! Ich tat, als hätte ich ihn nicht gesehen. Alex schubste mich. Ich drehte betont langsam den Kopf und hob eine Augenbraue – nun gut, es hoben sich beide, das geht nicht anders. Sie deutete zum Zettel. Ich tat erstaunt, zog ihn mit gleichgültiger Miene zu mir und las.

– Wie war es in Frankreich? Grindelwald war schrecklicher als befürchtet.

Bevor ich etwas zurückschreiben konnte, rammte mir Trice den Ellenbogen in die Seite und knallte mir einen Zettel aus Pult, auf dem stand:

– *Porca miseria, noch eine Zettel und mach ich Hackefleisch aus öich!*

Diese blöde Kuh! Ich schrieb zurück:

– *Öich!! Lern erst mal Deutsch, bevor du mir drohen willst! Ich schreibe Zettel wann und wem ich will – kapiert?!*

Trice schnaubte vor Wut, dann schickte uns Geschichtslehrer Moser vor die Tür. Wie konnte er seine beste Schülerin hinausschicken?! Beim langsamen, lässigen Aufstehen sah ich im Blickwinkel, dass Alex ein zerknirschtes Gesicht machte. Das amüsierte mich. Draußen packte Trice den erstbesten Turnbeutel und pfefferte ihn mir in die Seite. Ich presste ein »Hör-auf-sonst-kriegst-du-Ärger-mit-mir!« hervor und schubste sie. Sie torkelte nach hinten und bevor sie auf die Bank plumpste, schlug sie mit dem Hinterkopf an einen Kleiderhaken. Trice jaulte auf, der Geschichtslehrer steckte den Kopf aus dem Zimmer und brummte uns Strafaufgaben auf. Wir mussten uns beim Schulwart melden. In der Pause wollte Trice auf Alex los, aber da der Moser Pausenaufsicht hatte, stand sie unter ständiger Überwachung und konnte nichts tun.

Dieser erste Schultag war total in die Hose gegangen! Nach Schulschluss kehrten wir den Pausenplatz. Trice rauschte auf die andere Seite und wirbelte gehörig Staub auf. Einmal kam sie zu mir rüber, deckte mich mit vielen, vielen Flüchen ein und schob wieder ab. Manchmal war mir ihr südländisches Temperament zu viel, und sowieso: Was hatte sie nur?! Man hätte meinen können, sie sei eifersüchtig, aber das war lächerlich: Wir waren Freundinnen, kein Paar! Wir konnten ja nicht ... das heißt, theoretisch könnten wir schon, seit ich das mit Mélchior weiß, weiß ich das. Nur dass Trice nicht so war, sie hatte ja einen Freund gehabt und sowieso, es gab keine Italiener, die andersrum sind: Italiener essen Spaghetti, heiraten und kriegen viele Bambini. Ich erinnerte mich, wie wir unter Anleitung von Trices Bruder miteinander küssen geübt hatten. War das nicht ohne Auswirkungen auf Trice geblieben? Und als sie in meinem Bett übernachtete? Hatte ich ihr falsche Hoffnungen gemacht? Sie wusste doch, dass ich mich unsterblich in Jungs verliebe – vielleicht im Moment nicht, aber das lag daran, dass ich nur von Doofköpfen umgeben war.

Retortenbaby und dritte Verwarnung

Nun war es so weit: Es brauchte keinen Sex mehr, um ein Kind zu machen! Es reichte, ein Ei und ein paar Samen in ein Glas zu geben, gut zu schütteln, schon entstand ein Mensch. Das jedenfalls erzählte uns der Biologielehrer. Wir mussten darüber diskutieren, wie wir das fanden. Trice, die sehr katholisch ist, sprach vom Teufel; Kiki meinte, dass es schon genug Menschen gäbe, da müsse man nicht noch zusätzliche Möglichkeiten erfinden, die Welt überzubevölkern; Alex sagte, für die Homosexuellen sei das super, da könnten eine Lesbe und ein Schwuler zusammen ein Kind machen, ohne miteinander ins Bett gehen zu müssen; ich sagte, noch toller wäre es, wenn man das Kind nicht nur im Reagenzglas zeugen, sondern auch dort austragen könnte: Da bekämen die Mütter weder Schwangerschaftsstreifen noch Hängebusen, sie könnten weiter auf dem Bauch liegen und der Vater müsste bei keiner Geburt dabei sein und in Ohnmacht fallen. Man könnte die Kinder auch nachher wie Gemüse aufziehen, da gäbe es keine Probleme in der Familie. Der Biologielehrer fragte, ob ich einen Sonnenstich eingefangen oder sonstwie einen Knall habe. Er formulierte es natürlich anders, aber im Endeffekt lief es auf das hinaus.

Vater war hinten bei den alten Meistern auf dem Stuhl eingeschlafen. Annabelle, die Aufsichtsleiterin, gab ihm eine interne Verwarnung: Sie habe nicht mehr als zwei Augen, die sie zudrücken könne, sagte sie und riet ihm, sich zusammenzunehmen.

Papa erzählte das so, als habe er ein Rennen gewonnen oder ein Tier erlegt. Dabei konnte er von Glück reden, dass er nicht gefeuert wurde! Er sagte großspurig, dass er das Museum sowieso nicht mehr nötig habe, weil er bald reich sei – dann könnte er das Museum mit links aufkaufen! Mama tätschelte seine Wange und sagte: »Genau, Richie!« Seit sie die Quelle gefunden hatten, stand Papa bei Mama hoch im Kurs. Mamas Liebe scheint sehr geldgesteuert zu sein, was erstaunlich ist, wo sie doch die ganze Zeit von Energien, Transzentanz und solch unirdischem Zeug spricht. Ich wollte auch etwas zur Quelle sagen, aber als ich den Mund öffnete, zischte Mama: »Nicola, kein negativer Kommentar, mach den Abwasch!«

So etwas nennt sich: Das eigene Kind mundtot machen! Ich lebe in einer Diktatur, in der man das Wort *Meinungsäußerungsfreiheit* nicht kennt.

Seit den Sommerferien lagen bei uns Kataloge zu allen möglichen Themen rum: Kleider, Wohnungseinrichtungen, Gartenmöbel, Autos, Ferien und Häuser. Die Eltern saßen auf dem Balkon, Mama paffte wie eine Lokomotive, Papa soff wie ein Loch und gemeinsam guckten sie sich die Kataloge an, diskutierten über die Farbe ihres zukünftigen Autos, über Größe und Lage des zukünftigen Hauses, darüber, welche Kleider zu Mama passten, über die Form des Sonnenschirms und so weiter und so fort. Lydia saß auf dem Boden und schnitt Bilder aus einem Spielzeugkatalog aus. Zwischendurch erklärte Papa, wem er es dann zeigen würde – allen nämlich, die ihn einen Versager genannt hatten.

Ich ahnte Schlimmes, aber da ich nichts sagen durfte, ahnte ich dieses Schlimme still für mich.

Oma baute immer mehr ab: Sie erkannte mich zwar und sprach mich mit meinem Namen an, aber mal war ich die Tochter, mal die Enkelin, dann wieder die Schwester oder Mutter. Das war verwirrend, denn je nachdem, für wen sie mich hielt, war sie netter oder weniger nett zu mir: Mit mir als ihrer Schwester stritt sie sich darum, wer das größere Dessert kriegte; mir als Mutter gegenüber war sie aufmüpfig und anhänglich; der Tochter befahl sie, einen anderen Mann zu nehmen. Mir war es am liebsten, wenn sie mich als ihre Enkelin Nicola erkannte. Dann sagte sie: »Du bist ein wunderbarer Mensch, vergiss das nicht, ich bin stolz, deine Oma zu sein – mit wem bist du eigentlich verheiratet? Stell dir vor, heute Morgen habe ich auf den See hinausgeschaut (von ihrem Fenster aus sieht man einen Teil des Ziegenstalls und ein paar Parkplätze) und sah meine Handtasche dort schwimmen. Ist das nicht verrückt?«

»Allerdings! Und jetzt hast du keine Handtasche mehr?«

Sie lächelte mich verschmitzt an. »Aber ja doch, ich bin ans Ufer gerannt, habe die Kleider ausgezogen und bin zur Tasche geschwommen. Schau, es ist noch alles drin – und gar nicht nass!« Sie packte die Tasche und leerte den Inhalt aufs Bett. Neben Krimskrams lagen da acht Salz- und Pfefferstreuer! Den Formen nach zu urteilen, stammten sie aus verschiedenen Restaurants.

»Das wirst du einmal alles erben, liebe Nicola.«

Mir traten Tränen in die Augen. Habe ich schon mal erwähnt, wie sehr ich meine Oma liebe?

Der Streit um die Quelle

Abendessen bei Claires Familie, in ihrem schmucken Haus: Claude und Papa standen am Grill, tranken Bier und redeten fachmännisch über das Fleisch, das auf dem Rost brutzelte. Ich wundere mich immer wieder darüber: Männer machen keinen Schritt zu viel in die Küche, aber sobald es ums Grillen geht, packen sie die Zange, hantieren mit dem Fleisch herum und lassen es schwarz werden. Wenn ich verheiratet wäre, müsste mein Mann die Salate zubereiten und ich hätte den Spaß beim Feuermachen und Braten.

Ich ging mit Mélchior auf sein Zimmer. Er zeigte mir in der *Bravo*, welche Jungs ihm gefielen. Er hat einen anderen Geschmack als ich; das war gut, so kamen wir uns nicht in die Quere! Er fragte mich, welche Mädchen mir gefallen würden. Ich sagte, dass ich das nicht wisse, weil ich nicht so wie er sei. Menschen haben diese Unart zu meinen, dass alle gleich sind. Wenn sie Erdbeerjoghurt mögen, glauben sie, dass alle Erdbeerjoghurt mögen. Ich mag Käsestücke im Müesli, aber ich weiß, dass das sehr viele nicht tun.

Er ließ nicht locker: »Wenn dir Mädchen gefallen würden, welche würden dir gefallen?«

Das waren ein bisschen viele *Würde*, aber ich machte ihm die Freude und blätterte in der Bravo. Ich wählte Anna-Frid von den *ABBA*, Nastassja Kinski und Jessica Lange.

Während des Abendessens im Garten begannen die Erwachsenen über die Quelle und das Land zu sprechen. Claude und Claire hatten Pläne, wie man die Quelle erschließen und daraus Geld machen könnte. Papa freute sich nicht über das Gespräch, das merkte ich daran, dass er von meiner Mutter Zigaretten nahm und tief und lang inhalierte. Außerdem begann er schneller zu trinken. Als er genug intus hatte, ergriff er das Wort: »Ehm, also, ihr wisst ja, wem das Land gehört?«

»Dir natürlich«, sagte Claire, »aber ohne mich und Claude wäre es immer noch wertloses Land. Da ist es nur logisch, dass wir ein Wörtchen mitzureden haben.«

Kurzes Schweigen. Mélchior und ich schauten uns besorgt an.

Papa räusperte sich. »Wir haben im Museum diese phantastischen Marienbilder – das Museum hat ihren Wert erkannt und stellt sie aus, aber deswegen gehören sie ihm doch nicht. Es sind nur Leihgaben.«

Mama: »Heini, musst du bei jeder unpassenden Gelegenheit deine Marienbilder bemühen – ich habe diese perfekten Titten so satt.«

Claire: »Bitte keine ordinären Worte in Anwesenheit meiner Kinder!«

Claude: »Ich habe den Bagger organisiert und zwei Tage lang daran rumgeflickt. Jeden Morgen meiner hart verdienten Ferien bin ich früh aufgestanden, um dir mit diesem Loch zu helfen. Was heißt da helfen? Ich musste den größten Teil selber machen, weil du lieber an Marienbrüsten hängst.«

Papa: »Lass die Marien aus dem Spiel!«

Mama: »Ihr kriegt natürlich ein paar Prozente von dem, was die Quelle abwirft.«

Claire: »Ein-paar-Prozente? Und was bitte schön soll das heißen? Wenn ich nicht die Quelle erspürt hätte, müsstet ihr Bestechungsgeld zahlen, damit man euch das Land wieder abkauft.«

Ich: »Jemand dafür zahlen, dass er das Land abkauft – das ist unlogisch!«

Papa: »Tochter Klugscheißerin muss natürlich auch ihren Senf dazugeben.«

Mélchior hob grinsend den Daumen.

Claude: »Dank unserer Mitarbeit ist euer erbärmliches Land jetzt wertvoll. Da ist es nur logisch, dass wir mitverdienen wollen.«

Papa stellte sein leeres Weinglas ab. »Das Land gehört mir und basta!«

Mama: »Warum sagst du immer *ich* und *mir*?«

»Weil *ich* den Lohn nach Hause bringe! *Du* hängst nur faul rum und machst nicht mal ordentlich den Haushalt.«

»Das Land haben wir nicht mit deinem Lohn bezahlt, *ich* habe ein Vorerbe bezogen! *Ich* bestimme hier, was mit dem Land geschieht, es ist *mein* Land!«

Ich: »Also, im Moment gehört es eigentlich noch Opa und Oma.«

Lucky Luke schießt schneller als sein Schatten – ich rede, bevor mein Hirn denkt. Das würde mir eines Tages zum Verhängnis werden. An diesem Abend war ich nicht weit davon entfernt: Mutter raste um den Tisch, packte mich am Arm und schleifte mich durch den Garten. Sie schubste mich ins Haus und zischte: »Komm mir heute nicht mehr unter die Augen, ich weiß sonst nicht, was ich tue!«

Ich hätte gern entgegnet, dass ich ihr zwangsläufig wieder unter die Augen treten musste, wenn wir nach Hause fuhren – und dass *Ich weiß sonst nicht, was ich tue* nicht gerade eine furchterregende Drohung sei, sie müsse schon etwas deutlicher werden. Aber ich schwieg, denn ich wollte diesen Abend überleben. Ich ging auf Mélchiors Zimmer und blätterte durch die *Bravos*, beguckte jede Frau und fragte mich, welche ich anziehend fand. Dabei fiel mir auf: Viele Jungs sahen wie Mädchen aus – die *Bay City Rollers*, David Cassidy, die *Sweets*. Und übrigens gab es in der *Bravo* fast keine Frauen! Ich mochte Romy Schneider in *Sissi*, aber auch in ihren komplizierten Filmen. Cher fand ich cool und Geraldine Chaplin, die hatte ich mal in einem Film gesehen, den ich nicht verstand.

Mélchior kam ins Zimmer. Vielleicht sei das der letzte gemeinsame Abend, meinte er seufzend, es sei gleichzeitig ein Kampf zwischen Ehepaaren und ein Streit zwischen Ehepartnern – er könne nicht mehr folgen.

Wir konnten die Eltern bis hinauf zu uns verstehen: Sie diskutierten nicht mehr über das Land, sondern über – Geschlechtskrankheiten! Es war nur noch eine Frage der Zeit, bis sie herausfanden, dass wir geschummelt hatten! Es musste sofort etwas geschehen! Da kam ich auf eine Idee: Ich suchte die Nummer der Polizei heraus und rief sie an. Es sei hier ein fürchterlicher Radau, erklärte ich, ob sie mal nach dem Rechten schauen könnten?

Der Freund und Helfer war bald da und erklärte unseren Eltern, dass sie um diese Zeit im Garten keinen solchen Lärm veranstalten dürften.

Sie taten zerknirscht und reumütig, und meine Eltern versprachen, nicht mit dem Auto nach Hause zu fahren. Als die Polizisten gegangen waren, zogen sie über die Nachbarn her, die einem keine Freiheit ließen. Ihren Streit und die Geschlechtskrankheiten hatten sie vergessen.

Für einmal war ich dankbar, dass der Alkohol Menschen vergesslich und blöd macht.

Natürlich fuhren wir mit dem Auto nach Hause – meine Eltern nahmen es locker in Kauf, uns Kinder in einem Unfall zu verlieren! Ich sagte ihnen das. Papa erwiderte: »Du kennst deinen Vater schlecht: Mit meiner Vulva finde ich den Weg sogar im Tiefschlaf.«

Die restliche Fahrt stritten meine Eltern darüber, ob Papa seinen Wagen *Vulva* nennen darf oder nicht. Mama war dagegen, Papa dafür. Ich fragte, ob *Vulva* etwas bedeute, da grinsten sie nur und stritten weiter.

Man sollte nur jemanden heiraten, mit dem man nicht streitet. Streiten ist schlecht, vor allem für die Kinder. Aber können Mann und Frau jemals einer Meinung sein? Ich bezweifle das, vor allem seit Mélchior erzählt hat, dass für Jungs *verlieben* bedeutet, dass sie Sex wollen. Für Mädchen bedeutet es, dass sie Schmetterlinge im Bauch haben. Ich frage mich, ob es nicht besser wäre, wenn Männer mit Männern und Frauen mit Frauen zusammen wären. Einmal im Jahr könnten sie mit dem anderen Geschlecht ins Bett gehen, um Kinder zu machen – oder sie würden die Kinder im Reagenzglas züchten. Vielleicht wäre die Welt dann friedlicher, aber wenn sie das wäre, würde die Kriegsindustrie Bankrott gehen. Nur wollen die nicht Bankrott gehen, die wollen ihre Waffen verkaufen und Menschen töten – deshalb ist das Militär gegen die Homosexualität.

Ich könnte nicht nur ein pädagogisches Buch schreiben, sondern auch eines über Kriegsgeschäfte und Homosexualität!

Vaffanculo!

Jeder Zettel, den Alex zu mir schob oder ich zu ihr, bescherte mir einen Seitenhieb von Trice. Die rechte Seite meines Körpers war ständig mit blauen Flecken garniert! Ich hatte gehofft, dass sich Trices Eifersüchteleien legen würden, aber dem war nicht so. Und weil mir blaue Flecken nicht stehen, war es Zeit für eine Aussprache. Eines Mittags fing ich Trice bei der Bahnunterführung ab – oder versuchte es jedenfalls: Sie war so frech, einfach weiterzustampfen! Da wurde ich fuchsteufelswild: »Du Kuh, hörst du endlich mal mit diesem Unsinn auf? Was ist los mit dir?! Dass ich mit Alex Zettel austausche, hat doch nichts mit unserer Freundschaft zu tun!«

»Als Italienerin sollte man sich nie mit Schweizern einlassen, die haben bloß Käse im Kopf.«

»Aha, nett, danke – wenn's dir nicht passt, geh doch zurück zu deinen Spaghettifressern und werde immer runder, bis du platzt!«

»Lieber platzen als auch nur eine Sekunde lang Milch in den Adern!«

»*Porca miseria!*«

»*Cazzo.*«

»*Vaffanculo.*«

»*Mi stai sul cazzo!*«

»*Sei una rompiballe!*«

»*Puttana!*«

»*Stupida!*«

»*Fifona!*«

»*Imbecille!*«

»*Stronzo!*«

Plötzlich hörte Trice auf und nickte anerkennend: »Du kennst eine Menge guter italienischer Flüche.«

»Ja, *stronzo del cazzo* – hörst du nun auf, dich wie eine eifersüchtige Zicke zu benehmen, und bist wieder meine beste Freundin?«

»Ich bin nicht eifersüchtig! Hör du einfach mit diesen Zetteln auf!«

»Trice, es ist meine Sache, mit wem ich wie viele Zettel austausche, ich bin nicht dein Eigentum.«

»Aber du sagst, du seist meine beste Freundin.«

»Ja, das ist so – und?«

»Dann musst du niemandem Briefchen schreiben.«

»Sonst noch was?!« Wie nur konnte ich ihr klarmachen, dass im Herzen Platz für viele Menschen ist, und damit meinte ich nicht Alex, mit ihr brachte ich nur die langweiligen Stunden über die Runden. Ich sagte: »Ich will, dass es wie früher ist!«

»Das liegt allein an dir.«

»Ich hoffe, du willst damit nicht sagen: Entweder du oder sie.«

»Doch, will ich.«

»Trice – ich bin doch nicht mit Alex befreundet!«

»Da lachen ja die Hühner.«

»Hallo Mafia, ich lass mich nicht erpressen!«

Trices Gesicht sah so freundlich aus wie ein Rudel ausgehungerter, angeschossener Wölfe. »Damit gehört diese Freundschaft der Vergangenheit an.«

»Trice!«

»Du willst es nicht anders!«

»Sag, dass du das nicht ernst meinst! Trice, ich will dich nicht verlieren, aber ich lasse mir nicht vorschreiben, mit wem ich welchen Kontakt habe.«

»Wenn du meine beste Freundin wärest, würdest du nicht mehr Xandra schreiben!«

Ich kam mir wie im Film *Vom Winde verweht* vor, jedenfalls sehr unangenehm und dramatisch! Bei dem Film kam mir als Erstes immer das grüne Kleid in den Sinn, das Scarlett aus dem Vorhangstoff nähte, weil sie kein Geld mehr hatte. Die Frau war echt clever, aber gut sah das Kleid trotzdem nicht aus.

Tatenlos sah ich zu, wie Trice kehrt machte und ging. Meine liebe Trice! Tränen schossen mir in die Augen. Ich wollte sie nicht verlieren! Aber ich wollte mir auch nicht vorschreiben lassen, wie ich zu leben habe. Mein Herz war gebrochen. Zum Dichten reichte die Kraft nur für zwei Zeilen, aber die sagten alles:

Und manchmal scheint die Sonne.
Sonst regnet es.

Der Kampf der Taschen

Seit einem Monat waren Trice und ich nun schon keine Freundinnen mehr. Ich hatte sie verloren und verstand nicht, warum – und warum ich das nicht hatte verhindern können. Aber auch die beste Freundin darf mich nicht wie Eigentum behandeln. Ich gehöre mir, jeder gehört sich allein, das kann man nicht ändern.

Trice schaffte, was mir nicht gelungen war: Sie brachte unseren Klassenlehrer dazu, eine Sitzverschiebung zu erlauben. Ich weiß nicht, wie sie es erreicht hat, wahrscheinlich indem sie ihr Temperament einsetzte, jedenfalls saß sie vier Plätze weiter rechts und neben mir hockte nun Ursula, die Streberin. Alex schrieb ich, dass ich nicht mehr schreiben wolle, schließlich habe mich das die Freundschaft mit Trice gekostet. Alex fragte, ob ich Trice das nicht sagen wolle? Ich verneinte, keinesfalls ließe ich mich nicht auf einen Kuhhandel ein.

Ich ging Trice aus dem Weg, und das war anstrengend. Es war so anstrengend, dass mir das Leben fragwürdiger denn je schien.

Dafür besuchte ich häufig Oma, ihre Freude und Lebendigkeit brachten mich ein bisschen auf andere Gedanken. Außerdem gab es viel zu lachen, weil sie mehr und mehr Unsinn erzählte. Einmal kam ein Arzt auf mich zu – er wollte die Person kennen lernen, an die sich Oma erstaunlicherweise immer noch erinnerte. Eigentlich sei es in diesem Stadium gar nicht mehr möglich, dass sie jemanden erkenne, erklärte er. Ich erwiderte, dass ich vielleicht gar kein Mensch, sondern eine Außerirdische sei und man sich an die besser erinnern könne. Der Arzt sah mich irritiert an.

Mir war das egal – mir war alles egal, auch dass sich meine Eltern mit Claire und Claude ernsthaft verkracht hatten. Was interessierten mich die Kindereien von so genannt *erwachsenen* Menschen?

Ach, wie ist das Leben öde!
Ach, wie ist das Leben schnöde!
Ach, das Leben ist ein Betrug
Bloß ein kaputter, leerer Krug.

An einem Nachmittag kam Lydia zu mir und fragte mich, warum ich ständig auf dem Bett rumliege. Als sie sich mit Trinità auf dem Arm zu mir setzte, sprang sie auf mich (ich meine Trinita, nicht Lydia) und grub die Krallen in meinen Rücken. Das tat höllisch weh. Da begann ich zu heulen.

Lydia, erschrocken: »Nicht weinen, Nicci, ich zeichne dir was Schönes.« Sie holte Papier und Stifte und legte los. Während meine Tränen flossen, zeichnete sie uns beide, daneben zwei riesige dicke Palmen, ein klitzekleines, gemütliches Haus, Trinità, die ich an der Leine führte, viel Gras, eine fröhliche Sonne und ein paar Wolken, ganz oben einen Streifen Himmel. Es beruhigte mich, ihr beim Zeichnen zuzuschauen. Zum Schluss schrieb Lydia ihren Namen spiegelverkehrt hin, meinen Namen musste ich ihr buchstabieren.

»Gehen wir Geld verdienen?«, fragte sie.

»Ja, das könnten wir«, erwiderte ich, während ich mit Trinitàs Ohren spielte. Lydia packte mein linkes Ohr und zupfte daran. Ich grinste. »Komm, gehen wir.«

Vor dem Coop staunte ich nicht schlecht, als ich zwei aus meiner Parallelklasse sah, die keinen Vertrag mit mir hatten: die beiden Weicheier Bruno und Franz! Ich fragte sie, was sie hier machen würden. Sie behaupteten, nichts, und wenn auch, das sei ein freies Land, sie dürften hingehen, wo es ihnen passe.

»Ja, gehen könnt ihr, wohin ihr wollt. Aber wehe, ihr tragt alten Menschen die Tasche, ohne mir fünf Franken abzuliefern!«

»Natürlich würden wir das, wenn wir das machen würden, ich meine, Taschen herumtragen«, stammelte Weichei Franz.

»Habt ihr wirklich nicht gearbeitet?«, fragte ich und machte meine Augen zu Schlitzen.

Die beiden schauten verschämt auf den Boden.

»Ihr lügt.« Ich fixierte sie. (Das hatte ich von Oma gelernt.)

Und sie waren eben wirklich Weicheier: Sie stammelten, dass sie sozusagen fast gar nicht, sondern nur ein bisschen ausprobiert hätten, um zu sehen, ob sie sich bei mir anstellen lassen wollten, und obschon sie nichts gemacht hätten, könne ich diese drei Franken haben.

»Ihr lügt und ich soll euch anstellen? Ich kann solche Weicheier nicht brauchen – zieht Leine!«

»Du musst dich gar nicht so aufblasen, du – du ...!« Aber mehr kam ihm nicht in den Sinn. Da sagte Bruno etwas, das mich aufhorchen ließ: »Wenn *du* uns nicht willst, gehen wir zu Trice. Vor der Migros kann man auch gutes Geld machen.«

»*Trice* vor der *Migros*?!«

Die Weicheier verzogen sich, sie hatten wohl Angst, dass ich aus ihnen Rührei mache. Ich packte Lydia an der Hand und eilte zur Migros. Wir mussten nicht lange warten, da tauchte Trice auf, mit zufriedener Miene. Als sie mich erblickte, versteinerte ihr Gesicht.

»Du schuldest mir was!«, rief ich und pflanzte mich vor ihr auf.

»Verpiss dich.«

»Du hast meine Idee geklaut!«

»Ich habe mich inspirieren lassen – außerdem sind wir hier in einem freien Land.«

»Aha, mal ein nettes Wort über die Schweiz aus deinem Mund! Du kennst den Preis: fünf Franken pro Tag.«

»Pfff!«

Lydia zupfte an meiner Jacke und sagte, sie wolle gehen. Unsere bösen Gesichter würden ihr Angst machen.

»Ich werde mir dich noch vorknöpfen, du Spaghettifresserin!«

»*Va fancullo, puttane.*«

»Du mich auch!«

Wir gingen zurück zum Coop. Dort nahmen wir beim Taschentragen viel ein, aber ich konnte mich nicht darüber freuen. Nach dem Abendessen zog ich mich in mein Zimmer zurück und die Decke über den Kopf.

Tiefe Gespräche

Endlich mal ein Lichtblick für meinen hungrigen Geist: Ein paar aus meiner und der Parallelklasse trafen sich zu einer Art philosophischer Runde. Da muss ich erst mal erzählen, wie es dazu kam: Letztes Jahr am Sporttag, als ich unabsichtlich an einem Sitzstreik teilnahm, saß ich neben Max aus der Parallelklasse. Wir kamen ins Gespräch, sprachen über die Verdummung der Welt und darüber, dass es wichtigere Dinge gebe als Sporttage. Es war ein lässiges Gespräch. Von da an redeten wir immer mal wieder miteinander. Dann kam Martine hinzu, in die Max eindeutig verschossen war, dann zwei Freunde von ihm – Hans und André –, die auch keine oberflächlichen Weicheier waren, schließlich Kiki und Lisbeth von meiner Klasse. Und eines Tages lud uns Lisbeth zu sich ein.

Ihr Vater ist Rückenspezialist, da verdient man besser, als

wenn man Marienbrüste bewacht: Sie besitzen ein großes Haus und einen umgebauten Dachstock. Dort tranken wir Tee, hörten Cat Stevens und sprachen bei Kerzenschein über wesentliche Dinge. Tolle, tiefsinnige Stimmung! Hans sprach darüber, dass das Leben sinnlos und schmerzhaft sei und dass man so tun müsse, als wäre man ein Rädchen im Getriebe, aber in Tat und Wahrheit drehe man im Untergrund sein Ding. Das Ganze sei ein völlig absurdes Theater. Endlich Menschen, die sich wie ich nicht von der Oberflächlichkeit dieser Gesellschaft täuschen ließen, sondern zu den Tiefen der Wahrheit vordrangen!

Das Vanilleeis mit Pfirsichen aus der Dose war auch nicht zu verachten.

Ich überlegte mir auf dem Heimweg, ob sich mein Geschäft mit einer tiefsinnigen Haltung vereinbaren ließ. Musste lange darüber nachdenken, zog aber den Schluss, dass das sehr wohl ginge: Es kam darauf an, wofür ich den Gewinn einsetzte. Ich könnte alte Menschen unterstützen – eine Maschine bauen, die ihnen die Tasche tragen würde. Dann würde ich mir zwar mein eigenes Geschäft kaputt machen, aber ich würde mit den Taschentrag-Apparaten einiges mehr einnehmen als mit Taschentragen. Den satten Gewinn könnte ich in ein anderes gutes Projekt stecken: Zum Beispiel Autos bauen, die ohne Benzin fahren. Da müsste ich aber in einem Hochsicherheitstrakt leben, weil die Ölscheichs keine Freude an den umweltfreundlichen Autos hätten und mich sonst umbringen lassen würden. Und ich müsste natürlich erst herausfinden, womit man Autos antreiben kann. Vielleicht könnte man Heu in Treibstoff umwandeln – aber dann hätten die Kühe nicht mehr genug zu fressen und würden verhungern. Besser wäre es, aus Milch Benzin zu machen, in der Schweiz ersaufen wir ja fast in der Milch, da wäre es mehr als sinnvoll, die überschüssige Milch für Autos zu nützen. Milchbetriebene Autos würden keine Abgase, sondern als Abfallprodukt Käse und Butter rauslassen. Aber dann würden mich die Käser hassen, weil sie kaum mehr Käse verkaufen könnten, alle hätten ihn ja aus ihrem Auto. Es kämen neben den Ölmagneten auch die Käser auf mich los!

Vielleicht doch beim Taschentragen bleiben und den Gewinn auf die hohe Kante legen, damit ich studieren kann.

Vorerbe erbetteln, dann Schulhaus putzen

Mama ging mit Lydia und mir Opa besuchen, aber nicht etwa, weil sie Sehnsucht nach ihm gehabt hätte, sondern weil sie etwas von ihm wollte. Wollte sie etwas von ihm, nahm sie uns Töchter mit, denn Opa war dann nachsichtiger. Lydia und ich stürzten uns vor den Fernseher, Mutter nahm Opa zur Seite. Ich verfolgte *Die Sendung mit der Maus* nur halb, zur anderen Hälfte hörte ich den Erwachsenen zu. Mama säuselte und klimperte mit den Wimpern, dann rückte sie heraus, dass sie gern nochmals ein Vorerbe beziehen würde.

»Wollt ihr noch mehr Land kaufen?«, brummte Opa.

»Nein, es ist wegen der Quelle. Claire und Claude wollen sie uns streitig machen: Nur weil sie beim Entdecken und Ausheben etwas mitgeholfen haben, meinen sie, dass sie über die Quelle verfügen können. Sie haben einen Anwalt genommen – stell dir das vor! Wir müssen uns wehren, es ist schließlich unser Land!«

»Mein Land, willst du sagen.«

»Ja, gewissermaßen dein Land, aber dann unseres.«

»Sag's nur: Wenn ich abgekratzt bin.«

»Aber Vati, wie sprichst du! Du wirst hoffentlich noch lange leben.«

»Willst du, dass ich ewig lang vor mich hinsieche, weil mich Apparate am Leben erhalten?!«

»Nein, natürlich nicht, du sollst so lange wie möglich in guter Verfassung leben.«

»Wenn ich nicht mehr will, leihe ich mir Heinrichs Militärgewehr aus und mache mich hin. Ich will nicht, dass mir jemand den Hintern abwischt. Und seit mir Nicola erklärt hat, wie man sich mit einem Gewehr in den Mund schießt, sehe ich dem gelassen entgegen.«

Mama warf mir einen tödlichen Blick zu. Ich hob entschuldigend die Schulter und rollte die Augen, um zu zeigen, dass Opa Mist erzählte. Tat er nicht, aber Mamas Blick war schwer zu ertragen.

»Vati, wenn wir den Rechtsstreit gewinnen – und das werden wir! –, können wir dir das Geld bald zurückgeben und noch mehr dazu, denn dann sind wir steinreich.«

Sie zog alle Regale, um Opa zu überzeugen – dann begriff ich, dass Opa auch nicht mehr ganz im Kopf ist, denn er willigte ein.

Wir holten Papa im Museum ab und gingen eine Pizza essen. Zur Feier des Tages, weil wir das Vorerbe kriegen würden.

Würde ich Mélchior jemals wiedersehen?!

Auf dem Heimweg gab uns ein gutgelaunter Papa Taschengeld für drei Wochen. Hoffentlich meint Lydia nicht, dass sie von jedem betrunkenen Menschen Taschengeld kriegt!

Drei Wochen Ferien standen vor der Tür! Eigentlich hatte das Programm so ausgesehen, dass ich in der ersten Woche im Schulhaus putzen würde, in der zweiten wären wir nach Frankreich gegangen und in der dritten mit Claire und den Kindern nach Mürren. Nun waren meine Eltern mit Claire und Claude verkracht – sie sprachen nur noch über den Anwalt miteinander. Die Eltern würden alleine nach Frankreich gehen, um mit der Quelle vorwärts zu kommen, und das mit Mürren würde nichts. Leider dürfen Kinder nicht allein in die Ferien, obschon sie in vieler Hinsicht vernünftiger als die Erwachsenen sind. Das mit Frankreich war mir egal, aber auf Mürren hatte ich mich gefreut – es wären bestimmt lustige Ferien geworden! Stattdessen gingen Lydia und ich zwei Wochen mit meiner Patentante Sophia und ihrem Mann Klaus ins Tessin. Ich war noch nie dort gewesen: Das Tessin ist die Sonnenstube der Schweiz, es liegt auf der anderen Seite der Alpen, direkt neben Italien, da wachsen Palmen. Immerhin.

Mir war vorher nie aufgefallen, wie viele Fenster ein Schulhaus hat. Jetzt wusste ich es: viel zu viele! Jedes dieser Fenster musste gereinigt werden, aber wenn die Sonne reinschien, war das fast nicht möglich! Heute schien die Sonne.

Als ich morgens um acht eintraf, staunte ich nicht schlecht: Alex war auch da! Wir waren insgesamt zwölf und alle sahen aus, als hätten sie noch nie mit einem Fenster etwas anderes gemacht, als hindurchzuschauen oder einen Ball hineinzuschmettern.

Hauswart Aebi war der Chef: Er rollt mehr, als dass er geht, seine spärlichen Haare kennen Shampoo nur vom Hörensagen, er raucht wie eine Kette (warum heißt es Kettenraucher? Tragen sie die Zigaretten an einer Kette um den Hals, damit sie immer eine zur Hand haben?), er keucht wie eine alte Dampflokomotive und explodiert wegen allem. Danach beruhigt er sich rasch wieder und beteuert, dass er es nicht so gemeint habe. Wenn er es nicht so gemeint hat, warum hat er es dann überhaupt gesagt? Erwachsene schreien, fluchen und ohrfeigen einen, um später zu beteuern, dass sie es nicht so gemeint haben. Ja, wie dann haben sie es gemeint? Warum tut man etwas, wenn man es nicht tun will? Erwachsene können mit uns jungen Menschen doch ganz normal sprechen – vielleicht hören wir nicht beim ersten Mal hin (unsere Ohren sind ja noch klein!), aber beim fünfzehnten Mal machen wir sofort, was sie von uns wollen.

Zurück zum Aebi: Er rollte keuchend und mit hochrotem Kopf durch die Schulkorridore, in der einen Hand eine glimmende Zigarette, in der anderen einen Espresso, in der dritten die Schlüssel. In regelmäßigen Abständen explodierte er, weil wir den Lappen falsch in der Hand hielten oder zu langsam waren, und später erklärte er, dass es nicht so gemeint war, er sei halt etwas aufbrausend. Vermutlich hatte er italienisches Blut – ich kenne diese Sorte Menschen: Allesamt beleidigte Leberwürste, die wegen nichts eine Freundschaft wegschmeißen.

Er teilte uns in drei Gruppen, jeder Gruppe wurde eine Putzfrau zugewiesen. Alex war in der gleichen Gruppe wie ich; ich wusste nicht, wie ich das finden sollte. Die zwei anderen in unserer Gruppe waren Erika aus der Parallelklasse und Johann vom zehnten Schuljahr.

Unsere Putzfrau hieß Mafalda und kam aus Portugal; sie war klein und rundlich, hatte warme Augen und ein herzliches Lachen. Sie stieß den Putzwagen und sagte: »Komm ihr mit.« Ich bot ihr an, den Wagen zu schieben, was sie erfreut annahm. Das erste Schulzimmer: Zwei mussten die Pulte und Stühle von Kopf bis Fuß wischen, zwei mussten die Scheiben putzen – was heißt da Scheiben? Fensterrahmen, Sims, Scheiben auseinanderschrauben, das ergab vier Flächen pro Fensterflügel, acht pro Fenster, bei sieben Fenstern machte das 56 Flächen. Für die Rahmen eines Fensters hat man rund sieben Minuten, pro Scheibe zehn Minuten. Also 8 Flächen x 10 Minuten plus 7 Minuten Rahmen plus 5 Minuten Sims machte pro Fenster: 193 Minuten, also eineinhalb Stunden x 7 Fenster = 10,5 Stunden, geteilt durch zwei Personen: 5,25 Stunden – das war mehr als ein halber Tag! Die Pulte-Stuhl-Gruppe musste *alle* Kaugummis abkratzen – war das eine eklige Arbeit! Einmal kam der Aebi vorbei und sagte: »Jeder Schüler sollte diese Arbeit machen, dann würde niemand mehr Kaugummis unter Stuhl und Pult kleben – eine Sauerei ist das! Als ich in die Schule ging, machten wir das nicht.«

Ich fragte ihn, ob es damals überhaupt schon Kaugummis gab, die hatten die Amerikaner doch erst im Zweiten Weltkrieg nach Europa gebracht.

Aebi antwortete in Form einer Explosion, in meinem Hinterkopf hörte ich Papa, der mich eine Klugscheißerin nannte. Mafalda verwarf entsetzt die Hände, Erika und Johann taten, als würden sie das Ganze nicht mitkriegen.

Aebi schrie Saubande, heutige Jugend, Frechheit!

Da rief Alex: »Herr Aebi, können Sie mir helfen, ich bringe diese Schraube einfach nicht auf!«

Offenbar hatte Alex eine Oma wie ich: Meine hatte mich gelehrt, dass man Männer am leichtesten führen könne, wenn man sich schwach zeige und an ihre Hilfe appelliere. Das stimmt; einmal radelte ich auf dem Gehsteig, da raunzte mich ein Mann an, was mir einfalle, auf dem Gehsteig zu radeln. Ich hielt an und fragte ihn unschuldig, ob er mir sagen könne, wo die Hausnummer soundso sei, ich fände mich einfach nicht zurecht. Der Mann war sofort wie ein umgestülpter Handschuh und erklärte mir sehr freundlich den Weg. Seither wandte ich diesen Trick in brenzligen Situationen an.

Der Aebi hörte auf zu schreien und half Alex beim Aufschrauben! Als er damit fertig war und sich wieder mir zuwandte, fragte ich, ob er beim Ablösen der Kaugummi einen Trick kenne. Er referierte fünf Minuten, ich hatte es nach zehn Sekunden begriffen: Er wusste keinen Trick. Dann schob er sich eine Zigarette in den Mund und verließ das Schulzimmer. Ich nickte Alex dankend zu. Sie grinste.

Wir formierten uns zu zwei Teams: Erika und Johann arbeiteten zusammen und ich mit Alex. Mafalda half denen, die im Rückstand waren, putzte die Lampen und das Wandtafelelement. Sie sang portugiesische Lieder, was Alex interessierte: Sie konnte schnell die Melodien und imitierte die Sprache, worauf Matilda lachen musste, weil Alex unmögliches Zeugs sang. Sie brachte ihr den Wortlaut bei und bald sangen sie die Lieder zusammen. Ich fragte mich, ob Alex wieder eine Möglichkeit hatte, Klavier zu spielen, sie schien wirklich musikalisch zu sein.

Vor und nach der Arbeit ging ich beim Coop vorbei, um meine Angestellten daran zu erinnern, wer hier der Chef war. Ich sammelte das Tagesgeld und lobte sie.

Mama sagte, ich könne unsere Fenster auch putzen, jetzt wisse ich ja, wie das gehe. Ich sagte, für zwölf Franken in der Stunde täte ich es. Da sagte sie: »Okay, zwölf Franken in der Stunde, das Geld verrechne ich dir für Mahlzeiten, frische Wäsche und ein sauberes Zimmer.«

»Sauberes Zimmer? Sauberes Zimmer?!?«

Mutter kriegte einen roten Kopf, aber bevor sie hätte ausführen können, warum der so rot geworden war, krabbelte Lydia auf einen Stuhl und schrie: »Ich will veradoptiert werden!«

Da wurden wir schlagartig ruhig. Ich ging in mein Zimmer, während Mama Lydia zu erklären versuchte, warum es sich für sie lohnte, in diesem Haushalt weiterzuleben. Ich wollte nicht mithören, welche Märchen sie der Kleinen auftischte.

Bald darauf kam Papa, setzte sich auf mein Bett und nervte – er sagte: »So, meine Hyazinthe, endlich kannst du auch etwas zum Haushalt beitragen.«

»Was soll das denn heißen? Und sag mir nicht Hyazinthe – das habe ich dir schon tausend Mal gesagt!«

»Die Hälfte deines Lohnes fließt wie abgemacht in die Haushaltskasse.«

Das war typisch Papa – vielleicht hatte er sich das ausgedacht und vergessen, es auszusprechen, oder es war ihm grad jetzt in den Sinn gekommen.

»Als ihr mir erlaubt habt, Schulhaus zu putzen, hast du nichts dergleichen gesagt. Jetzt ist es zu spät – abgesehen davon hätte ich niemals eingewilligt: Ich mache schon genug in diesem Haushalt. Und du könntest ja mal was anderes machen, als Marienbrüste zu bewachen – etwas, das mehr Geld bringt! Und außerdem – wegen der Quelle sind wir ja bald steinreich, oder etwa nicht?!«

Papa stand wie eine Rakete vom Bett auf, Dampf zischte aus dem Ventil auf seinem Kopf. Ich hatte ernsthaft Angst um mein Leben! Aber manchmal war es von Vorteil, dass er eine Memme ist: Er drehte sich um und raste aus der Wohnung. Mama kam ins Zimmer, um zu fragen, was los sei. Ich zuckte mit den Schultern.

»Was hast du wieder gemacht, Nicola?!«

»Warum *wieder* und warum *ich* – wann dämmert es dir endlich, dass nicht *immer ich* an allem schuld bin?!« Ich stand auf wie eine Rakete, packte mein Zeugs und schmetterte die Wohnungstür. Und da verstand ich, warum Papa seine Probleme so »löste« – es war ganz praktisch, sie einfach hinter sich zu lassen.

Dumm nur, dass sie auf einen warteten, bis man zurückkehrte.

Mafalda brachte Alex viele portugiesische Lieder bei, bei manchen konnte ich auch mitsingen. Erika und Johann sangen nicht mit. Sie blieben für sich und sprachen leise miteinander. Manchmal kicherten sie verlegen und warfen sich Seitenblicke zu. Ich hatte sofort gemerkt, dass Johann nichts für mich war, deshalb überließ ich ihn Erika.

Ich möchte gern wissen, wann ein Junge wieder mal was für mich war.

Wenn Alex nicht sang, sprach sie mit mir in ihrem *British English*, das sie von der englischen Frau ihres Onkels gelernt hatte, und ich antwortete ihr auch so. Alle Wörter, die wir nicht auf Englisch kannten, sagten wir auf Deutsch, nur dass wir sie englisch aussprachen. Was mussten wir lachen! Als wir Kaugummis abkratzten, fragte ich sie beiläufig, *if she had a boyfriend.*

Sie kratzte weiter und sagte: »*Absolutely not!*«

»*Why absolutely?*«

»*You're quiet a newgreedy person.*«

Da mussten wir wieder lachen. Sie blieb mir aber die Antwort schuldig. Warum absolut nicht? Das hörte sich an, als käme ein Freund bei ihr nicht in Frage. Alex guckte in den Kübel mit den Kaugummis und meinte, man könnte daraus ein Kunstwerk machen: die Kaugummis auf einer langen Rolle Papier aufkleben – der Titel: *Findest du deine*?

Ich fand das eine großartige Idee – wir füllten die bisher gefundenen in eine Tüte und in der Pause sagten wir den anderen Gruppen, sie sollten ihre Kaugummis auch in eine Tüte füllen und uns abgeben, wir würden daraus ein Mahnmal machen. Sie schauten uns an, als hätten wir nicht alle Tassen im Schrank, dabei hatten wir nur noch nicht alle Kaugummis in der Tüte.

Nach der Arbeit kauften Alex und ich eine Rolle Packpapier und Leim. Vor dem Coop saßen zwei meiner Angestellten. Sie gaben mir ihre Tagesgebühr und verrieten mir, wer sonst heute gearbeitet hatte. Ich schrieb alles in mein Büchlein. Alex stand staunend daneben. Ich erklärte ihr nichts und sie fragte auch nicht.

Dann gingen wir zu mir nach Hause. Mutter rauchte auf dem Balkon und winkte uns durch die Scheiben zu (die übrigens sehr schmutzig waren!), keine Vorbereitungen aufs Nachtessen weit und breit! Wir schauten bei Lydia rein. Wie ich mit Schrecken feststellen musste, hatte sie wieder »Steine« gesammelt! Ich würde später mit ihr reden müssen. Als ich ihr Alex vorstellte, sagte Lydia: »Ach, du bist die, die Nicola nicht ausstehen kann? Wegen dir kommt Trice nicht mehr zu uns, das ist nicht nett von dir.«

War das oberpeinlich! Ich sagte schnell: »Lydia, hast du wieder *Steine* gesammelt, das musst du mir später zeigen.«

Lydia nickte nur und schaute verlegen zu Boden.

Später kam Mama ins Zimmer. Ich stellte sie und Alex einander vor. Mama sah heute wieder mal wie eine der Irren vom Woodstock aus: Wallende, farbige Fetzen und viel zu viel Klimbim-Schmuck. Meine diskrete Mutter sagte: »Ach, du bist doch die, welche Nicola nicht ausstehen kann.« Zu mir gewandt: »Dann hast du also meinen Rat befolgt und euch in Licht gehüllt?«

Sie ging; zurück blieb ich, die ich am liebsten in ein Mauseloch verschwunden wäre. Alex lächelte bloß.

Wir hatten von der Schule ein paar Plastikhandschuhe mitgenommen und machten uns ans Werk. Innerhalb von ein paar Minuten klebten vier Finger meines rechten Handschuhs zusammen – ich brachte sie nicht mehr auseinander. Als dann auch noch beide Handschuhe aneinanderklebten, arbeiteten wir barhändig weiter. Da klopfte Papa und kam herein. Nachdem ich sie einander vorgestellt hatte, sagte er: »Ah, du bist die, welche Nicola nicht ausstehen kann?« Zu mir gewandt: »Hast du ihr eigentlich mal eine Reiszwecke auf den Stuhl gelegt, wie ich dir empfohlen hatte?«

Bevor ich etwas sagen konnte, erwiderte Alex: »Ja, hat sie. Aber ich habe die Reiszwecke glücklicherweise entdeckt, bevor ich mich gesetzt habe. Beide Male.«

»Was, du hast es bemerkt?« Ich schaute sie verstört an.

»Ich bin ja nicht blöd«, sagte Alex und grinste.

Mauseloch, wo bist du?!

Ich sagte nichts zu meiner peinlichen, dummen Familie und Alex glücklicherweise auch nicht. Wir klebten und klebten, dann musste Alex nach Hause. Vorher noch rollten wir das Papier vorsichtig zusammen und schoben es unter mein Bett. Wir sprachen darüber, dass das die coolste Aktion werde, die diese Schule je gesehen habe. Alex' dunkle Augen begannen zu leuchten und funkeln, und vor Aufregung strich sie dauernd die Haare hinters Ohr, doch die rutschten gleich wieder von dort ins Gesicht zurück.

Nachdem sie gegangen war, schaute ich in der Küche nach, was es zu essen gab. Mama, Papa und Lydia sagten fast im Chor: »Was hast du gegen sie, die ist ja ganz nett!«

»Ja, jetzt schon. Bern hat ihren Charakter verbessert.«

»Wenn sie bloß nicht Trice vertrieben hätte.«

»Die hat sich selber vertrieben, das hätte nicht sein müssen!«

Nach dem Abendessen, für das sich Mama zu Tode geschufftet hatte (es gab Müesli!), besuchte ich Lydia in ihrem Zimmer.

»Haben wir nicht abgemacht, dass du nur richtige Steine sammelst?«

»Das haben nicht *wir* abgemacht, *du* alleine hast das. Nichtrichtige Steine sind spannender als richtige.«

»Stell dir mal vor, jemand sähe deine Lieblingspuppe und würde sich sagen: Ah, das ist ein schöner Puppenstein, den nehm' ich nach Hause.«

»Meine Puppe ist doch kein Stein!«

»Ach ja! Nehmen wir mal an, du hast ein *Milky Way* und du würdest es auf einer Bank liegen lassen, da käme jemand und würde sich sagen: Toll, ein *Milky Way*-Stein, den nehm' ich mir.«

»Ich würde ein *Milky Way* nie auf einer Bank liegen lassen, sondern sofort essen.«

»Was ist dir sehr lieb?«

»Du.«

(Ich war gerührt!) »Also, wenn mich jemand kidnappen würde, wie wäre das für dich?«

»Ich müsste weinen und könnte nicht mehr aufhören.«

»Siehst du, und so sind deine Kameraden traurig, wenn du ihnen etwas wegnimmst.«

»Aber es sind bloß Steine. Steine gehören allen.«

»Hör jetzt gut zu: Du darfst nur das nehmen, was klein, steinhart und gräulich-weiß-schwarz ist – alles andere lässt du sein!«

»Aber was ist mit Blumen und Tannzapfen?«

»Die darfst du natürlich nehmen, das ist Natur.«

»Als ich bei den Nachbarn Tulpen nahm, hast du mir gesagt, dass ich das nicht dürfe.«

»Ja, weil sie den Nachbarn gehören.«

»Wie soll ich das wissen? Es steht ja nicht darauf geschrieben!«

»Was hinter Zäunen ist, darfst du nicht nehmen.«

»Auch keine Schnecken?«

»Doch, die schon, all das Getier.«

»Aber als ich Zauggs Hund mit nach Hause gebracht habe, musste ich ihn sofort zurückgeben. Warum darf ich Schnecken nehmen und Hunde nicht?«

»Der Hund gehört jemandem, die Schnecke nicht.«

»Schnecken haben niemanden? Das ist aber traurig!«

»Doch, sie haben einander. Was ich sagen will: Wenn etwas jemandem gehört, darfst du es nicht einfach nehmen.«

»Aber Papa sagt, ihm gehöre alles in der Wohnung, und doch darf ich es benützen.«

»Himmelherrgottnochmal, Lydia! Hör einfach auf, Steine zu sammeln – welcher Art auch immer!«

Lydia sah mich vorwurfsvoll an. »Du bist wie unsere Eltern! Immer befehlen, ohne etwas zu erklären.«

Soll nur niemand behaupten, ich hätte nicht versucht, meine Schwester auf gute Bahnen zu lenken!

Alles in allem war es sonst ein guter Tag: Ich hatte mit Schulhausputzen 84 Franken verdient, hinzu kamen 10 Franken vom Taschentragen. Es war gut, Geld zu haben, auch wenn Geld allein nicht glücklich macht. Einer hat mal gesagt: Es ist angenehmer, in einem Cadillac zu weinen als in der U-Bahn. Ich frage mich, ob das stimmt: Wenn einer am Steuer eines Autos weint, sieht er wegen der Tränen nicht gut, macht einen Unfall und ist dann vielleicht querschnittgelähmt, und das macht bestimmt nicht glücklich. Zugegeben, ein Reicher kann sich das Rollstuhlleben passabel einrichten: Er kann an seiner tollen Villa eine Rampe bauen lassen. Nur könnte er sich nicht wehren, wenn jemand einbrechen würde. Aber weil er reich ist, könnte er sich Wachpersonal oder einbruchsichere Fenster leisten und wäre fein raus. Wenn hingegen der Arme im Auto weint und dann einen Unfall hat, kann er sich weder Rampe noch Wachpersonen leisten und wäre echt aufgeschmissen. Und deshalb ist es für ihn besser, in der U-Bahn zu weinen, dann macht er keinen Unfall und kann mit seinen gesunden Beinen zu seiner Wohnung im dritten Stock hochgehen.

Letzter Arbeitstag. Wir hatten so viele Kaugummis gesammelt, dass wir tausend Rollen Papier damit hätten bekleben können! Schade, dass man die Kaugummis nicht einkochen, zuckern und wiederverkaufen kann. Ich hatte das gestern Abend versucht und musste jetzt eine neue Pfanne kaufen.

Erika und Johann waren ein Paar! Sie passten gut zusammen, so wie die immer auf den Boden starrten oder verlegen lächelten. Ich mochte es ihnen gönnen, dass sie sich gefunden hatten – Liebe ist immer noch das Beste auf der Welt, sogar noch besser als Moneten. Ich hoffte, sie würde mich eines Tages auch finden (ich meine die Liebe, nicht die Moneten – nun gut, die auch). Nach den Ferien wollte ich mich unbedingt verlieben – es musste doch irgendwo einen geben, der mir gefallen könnte! Meistens nervten sie mich nur.

Alex und ich hatten kurz vor Arbeitsschluss unsere Papierrolle im Korridor aufgehängt. Hauswart Aebi erwischte uns dabei. Nachdem er explodiert war, guckte er sich unser Werk an und war begeistert! Er half uns, das Ganze richtig zu befestigen.

Alex würde mit ihrer Mutter nach Elba gehen. Sie freute sich darauf – wenn ihre Mama nur nicht immer wegen Papa klagen und über ihn herziehen würde, das gehe ihr total auf die Nerven! Man müsse doch vorwärts schauen und nicht dem Vergangenen nachtrauern.

Ich fragte sie, ob es schlimm für sie sei, dass ihre Eltern sich scheiden ließen. Sie schaute eine kurze Weile ins Leere, dann sagte sie: »Es ist wesentlich ruhiger seither. Sie haben sich so oft gestritten. Als sie noch zusammen waren, habe ich Mama mal gefragt, ob sie damals tatsächlich aus Liebe geheiratet hätten. Da kam sie ins Schwärmen und sagte: ›Ja, und ob!‹ Dann fragte ich sie, warum sie sich nur noch stritten, und sie antwortete: ›Weil wir uns immer noch lieben.‹ Hast du schon mal so was Bescheuertes gehört? Ich sagte, dass das unlogisch sei. Und sie meinte, die Liebe sei unlogisch.

Aber Vater hat wohl doch nicht aus Liebe mit ihr gestritten, sondern weil es ihm mit ihr nicht mehr passte. Und als er sich in eine andere verliebte, war es endgültig vorbei. Aber das Seltsame ist: Wenn ich über Vater herziehe, nimmt Mama ihn in

Schutz! Manchmal sagt sie, dass sie wieder zusammenkämen, wenn die Zeit reif sei. Dann erwidere ich ihr: ›Mama, wenn eine Zwetschge vom Baum fällt, weil sie überreif ist und ein Wurm darin wohnt, und auf dem Boden langsam verrottet, dann kann diese Zwetschge nicht wieder reif werden.‹«

»Gutes Bild«, sagte ich, »aber das fand deine Mama wohl nicht.«

»Nein, sie verließ schweigend den Raum.«

Ich nickte. »Meine Eltern streiten sich auch oft, aber sie haben auch wieder Phasen, wo sie sich vertragen, ich weiß nicht, warum – manchmal wäre ich froh, sie würden sich trennen, nur wüsste ich nicht, bei wem ich leben möchte.«

»Sag so was nicht, es ist kein Zuckerschlecken, wenn die Eltern auseinandergehen – immer nur Mama ist langweilig.« Sie schaute plötzlich traurig aus, ich hätte ihr am liebsten das Haar aus dem Gesicht gestrichen und mit ihr ein portugiesisches Lied gesungen. Ich sagte: »Es muss übrigens toll sein, als Wurm in einer Zwetschge zu leben. Stell dir vor, du könntest dich in dein Lieblingsessen hinein- und hindurchfressen!«

Alex grinste: »Ein Leben im Schokoladeeis ... zwar etwas kalt, aber himmlisch!«

Sie liebte also Schokoladeeis.

Im Palmenkanton

Zwei Wochen Ferien mit Patentante Sophia und ihrem Mann standen vor der Tür. Bei uns herrschte Chaos, weil sich die Eltern auf die Reise nach Frankreich vorbereiteten und zwischendurch lange Gespräche mit ihrem Anwalt führten. Ich befürchtete, dass sie der Herausforderung nicht gewachsen waren. Lydia packte ihren Koffer selber, weil die Eltern ja Wichtigeres zu tun hatten: Er war zu zwei Dritteln mit Stofftieren und Spielzeugen gefüllt, das dritte Drittel bestand aus Badekleid, Badetuch, Keksen und einem Eis am Stiel. Ich legte das flüssige Eis zurück ins Eisfach und versuchte, Lydia das Prinzip des Packens zu erklären. Sie begann zu flennen. Da kam Mutter herein und fragte, was ich meiner Schwester wieder angetan habe, worauf ich laut wurde, woraufhin Papa reinkam und Mamas Partei ergriff, obschon er nicht wusste, worum es ging. Ich zwang die Eltern, in Lydias Koffer zu gucken, da wurden sie ruhig und Mama sagte, sie lasse es diesmal gut sein. Bevor ich etwas erwidern konnte, sagte Lydia: »Mama, du bist so gemein – Nicola hilft mir zu packen, weil du ja keine Zeit hast! Nicola ist tausend Mal lieber als du.«

Das saß. Mama murmelte etwas davon, dass sie ihr natürlich noch geholfen hätte, aber zuerst anderes hatte erledigen müssen.

Ja, zum Beispiel auf dem Balkon rauchen.

Dann kamen Sophia und Klaus. Sophia und Mama waren in der Zeit, da ich auf die Welt kam, enge Freundinnen gewesen, sie kannten sich von der Schule. Mittlerweile waren sie nicht mehr eng befreundet, was mich nicht verwundert: Sophia ist ein normaler, realistischer Mensch, freundlich und doch klar, und erzählt nicht solch hirnlose Dinge wie Mama. Sophia ist eben richtig cool und lustig, aber auch erwachsen. Sophia und Klaus können keine Kinder bekommen, was für sie traurig ist, dafür nehmen sie mich und Lydia ab und zu in die Ferien mit.

Wir verabschiedeten uns von den Eltern: Mama machte ein übertrieben trauriges Gesicht, aber kaum waren wir im Auto, hatte sie sich schon abgewandt. Vater winkte, aber auch er kehrte uns den Rücken zu, noch bevor wir um die Ecke gebogen waren.

Sophia drehte sich zu uns um. »Wem wird es im Auto übel?«

Ich hob die Hand.

»Wenn es schlimm wird, sag es mir, dann tauschen wir die Plätze.« Zu ihrem Mann gewandt: »Wir rauchen nicht im Auto.« Zu uns: »Wir können Musik hören, aber sie muss allen gefallen. Wenn ihr pinkeln müsst, Hunger habt oder die Beine vertreten wollt, sagt es früh genug, wir halten dann bei der nächsten Raststätte. Schreien ist nicht erlaubt, weil das Klaus erschreckt und er eine unbedachte Bewegung machen könnte – das wäre gefährlich! Falls wir einen Unfall haben und Klaus und ich eingeklemmt oder bewusstlos sind, geht ihr den Pannenstreifen entlang, bis ihr zu einer orangefarbenen Säule kommt – dort ist ein Telefon und ihr benachrichtigt die Polizei. Ihr sagt, auf welcher Autobahn wir sind. Wir sagen euch, wo wir uns gerade befinden, damit ihr der Polizei die richtige Antwort geben könnt. Die reine Fahrzeit beträgt rund dreieinhalb Stunden.«

Lydia und ich sahen uns erstaunt an. So was kannten wir von unseren Eltern nicht!

Sie erklärten uns wirklich alles: Wo wir durchfuhren, was es hier Besonderes zu essen, trinken, machen oder anzugucken gab. Klaus erklärte uns, wie der Jura entstanden war, erzählte uns Geschichten über den Vierwaldstättersee – in dem Zusammenhang sprachen wir über Wilhelm Tell, der von einem Boot aufs Land gesprungen war: Der Vogt Gessner hatte Tell gefangengenommen und wollte ihn über den See nach Küsnacht fahren. Da kam ein Sturm auf, der Vogt – offenbar eine Seemannsniete – ließ Tell die Fesseln abnehmen, damit er das Schiff steuerte. Das tat er und als sie nahe genug beim Ufer waren, sprang Tell aufs Land und stieß das Boot in den See zurück. Er konnte entfliehen, wartete in der Hohlen Gasse auf den Gessner und erschoss ihn.

Mein Vater war bestimmt kein Nachfahre Tells.

Schließlich erreichten wir Locarno, fuhren weiter nach Ascona und dort den Hang hinauf – unterhalb des Monte Verità befand sich das Ferienhaus. Eigentlich war es kein Ferienhaus, sondern das Haus, in dem einst die Tante von Klaus gelebt hatte. Er und sein Bruder erbten es und nützen es nun in den Ferien.

Nachdem wir uns ein wenig eingerichtet hatten, spazierten wir zum See und aßen am Ufer eine Pizza. Es war gemütlich, mit Sophia und Klaus kann man gut reden, sie hören zu und geben nützliche Antworten. Lydia war mal nicht so zappelig. Ich musste sie am Schluss bloß daran hindern, den Salzstreuer-Stein in ihr Täschchen zu stopfen. Es war zu befürchten, dass sie sich als Klemmomannin entpuppte! Wir bestellten ein Dessert. Lydia wollte ein Erdbeereis, aber kaum stand das Eis vor ihr, behauptete sie, dass sie mein Sorbet bestellt habe. Da war sie bei Sophia aber an der falschen Adresse, sie durfte nicht mal einen Löffel voll von meinem Eis probieren – es gab ihr Eis oder nichts! Als sie sich beklagen wollte, sagte Sophia, sie solle an einem anderen Ort jammern, hier werde es nicht toleriert. Lydia verstummte und begann zu löffeln.

Sophia, die Löwenbändigerin!

Am nächsten Tag gab es ein ausgiebiges Frühstück, das nur dadurch getrübt wurde, dass Lydia drei Ovos trinken wollte und Sophia das nicht erlaubte. Lydia begann zu heulen und sagte, sie dürfe das sonst immer. Sophia erklärte ihr, dass das für sie zu viel Milch und Malz sei – es wäre selbst für eine erwachsene Person zu viel. Und sie erklärte auch gleich, dass wir zwar in den Ferien seien, was aber nicht bedeute, dass wir dauernd Süßigkeiten in uns reinschaufeln dürften. Das mache uns hibbelig und unruhig und würde uns und unseren Zähnen schaden.

Bei uns zu Hause gab es keine Regeln: Wenn es Papa danach war, konnten wir drei Eis pro Tag essen und auch noch Kekse dazu, dann wieder – wenn Mutter eine ihrer Phasen hatte – gab es nur Vollkornkekse oder nur Rohkost. Da Papa von Rohkosternährung auch nicht begeistert war, kaufte er uns insgeheim Schokolade.

»Es gibt höchstens einmal pro Tag etwas Süßes«, sagte Sophia.

Nach einer halben Stunde beruhigte sich Lydia doch noch.

Später besuchten wir den Monté Verità. Anfang des zwanzigsten Jahrhunderts lebten hier Künstler und Spinner, die nackt herumtanzten, aus Ästen Möbeln machten und eine neue Gesellschaftsform ausprobierten. Die Aststühle sahen nicht gemütlich aus. Auf Fotos sah man Menschen über Wiesen hüpfen und tanzen. Monté Verità ist vielleicht der Vorläufer von Woodstock. Mama hätte es hier gefallen.

Weil wir echte Schweizer sind, stand am nächsten Tag Wandern auf dem Programm. Wandern gehört nicht zu Lydias Lieblingsbeschäftigungen: Kaum zogen wir los, begann sie zu klagen, dass die Beine schmerzen würden.

Sophia: »So früh ist das nicht möglich.«

Später klagte Lydia, dass sie eine Blase an der Ferse habe und nicht mehr weiterwandern könne. Sophia hieß sie, die Wanderschuhe ausziehen – keine Blase weit und breit.

Dann jammerte Lydia, dass sie ihr linkes Fußgelenk verstaucht habe. Sophia sagte, sie müsse zuerst einen Fehltritt machen, bevor sie das behaupten könne.

Lydia warf wütend ihren Hut die Böschung hinunter.

Lydia musste den Hut holen.

Lydia klagte, dass es ihr übel werde.

Sophia sagte: »Schade, bald gibt's Mittagessen, da kannst du wohl nichts essen.«

Fünf Minuten später verkündete Lydia, dass die Übelkeit ganz plötzlich verschwunden sei.

Nach der Mittagspause bekam Lydia Rückenschmerzen. Vielleicht sogar Kopfschmerzen.

Sophia: »Solange du nicht weißt, ob es Rücken- oder Kopfschmerzen sind, wird's wohl nicht so schlimm sein.«

Lydia warf in einem unbemerkten Moment ihren kleinen Rucksack hinter einen Baum.

Lydia musste umkehren und den Rucksack holen.

Geschrei und Protest.

Sophia ungerührt: »Liebe Lydia, hast du es immer noch nicht begriffen? Wir machen diese Wanderung und damit basta. Sie ist deinem Alter angepasst, du schaffst das mit links.«

Lydia flennte noch zehn Minuten, dann war sie endlich weichgeklopft und fit gemacht.

Beim Abendessen gab es Gespräche über meine Zukunft. Ich sagte, dass ich eine Lehre als Dichterin machen wolle.

Sophia nickte ernst, dann sagte sie: »Es gibt nur leider keine Schule, an der man das lernen könnte.«

»Ja – aber wie haben die Dichter das Dichten gelernt?«

»Das ist unterschiedlich, manche haben Deutsch studiert oder Journalistik, Rilke beispielsweise hat Recht studiert und Heinrich Heine eine Handelsschule absolviert. Das Dichten brachten sie sich selber bei.«

»Na gut, dann lerne ich halt Schriftstellerin und dichte in der Freizeit.«

Sophia seufzte. »Leider muss ich dir sagen, dass es auch keine Ausbildung für Autoren gibt.«

Ich verstand die Welt nicht mehr – es war doch sicherlich

nicht einfach, ein Buch oder Gedicht zu schreiben, warum wurde das nirgends unterrichtet?! Das hieß aber auch, dass es nicht unbedingt eine Ausbildung brauchte, um Geld verdienen zu können. Papa hatte ja auch nicht Museumsaufsicht gelernt und Mama nicht Hausfrau. Wobei ihr eine Ausbildung gut getan hätte. Trotzdem war ich enttäuscht, ich hätte es mir spannend vorgestellt, zusammen mit anderen Dichtern tiefsinnige Gespräche über Texte zu führen.

»Haben deine Eltern noch nicht mit dir über die Berufswahl gesprochen?«

»Mama hat nur gesagt, ich solle nicht weiter in die Schule gehen, das wäre Gehirnwäsche und mache einen dumm. Die großen Wahrheiten würde man auf der Straße finden.«

»Aha, und welche großen Wahrheiten hat deine Mutter dort gefunden?«

»Zum Beispiel, dass Erfolg nicht glücklich macht. Dass reiche Menschen geistlos sind. Dass Schule dumm macht. Dass Rauchen nicht so schädlich ist, wie man immer sagt.«

»... dass ich in meinem letzten Leben eine verwöhnte Prinzessin war und jetzt dafür büßen muss«, ergänzte Lydia.

»Und dass die Frauen im Mittelalter auch schon Silikonbrüste hatten – jedenfalls die Marien. Na gut, das sagt Papa.«

Sophia und Klaus sahen einander seltsam an. »Eigenwillige Ansichten hat Alice«, sagte Sophia.

»Ja, meine Eltern spinnen«, erwiderte ich – und irgendwie nickten die beiden, ohne den Kopf zu bewegen. Vielleicht war's nur ein Nicken mit den Wimpern.

Lydia: »Wenn ich groß bin, will ich Verkäuferin werden, dann könnte ich den ganzen Tag Zeugs einräumen und ich wäre immer nett, da gäbe es in der Schweiz die erste nette Verkäuferin und ich bekäme einen Orden, dann würde ich eine Schule eröffnen, wo die Leute lernen, nette Verkäuferinnen zu werden. Ich würde reich und berühmt und Nicola könnte so viel dichten, wie sie will, ich würde das Essen und so zahlen.«

Ich gab Lydia gerührt einen Kuss und wischte ihr Essensspuren aus den Mundwinkeln. Sophia und Klaus lachten, dann fragten sie mich, was ich gerne tue, in welchen Fächern ich gut sei, bei welcher Beschäftigung ich die Zeit total vergessen würde und was ich besonders gut könne. Ich erzählte ihnen, dass ich gut in Geschichte, Mathe, Physik und Langstreckenlauf sei und auch in Deutsch, wenn die blöde Grammatik nicht wäre; dass ich gern mit Oma zusammen sei und auch gern für die alten Leute Taschen trage. Ich erzählte ihnen von meinem Geschäft, was Sophia und Klaus sehr interessierte. Sie waren erfreut und lobten meine Hilfsbereitschaft und meinen Geschäftssinn.

Ich sagte, dass ich überlege, ins Gymnasium zu gehen, ich wolle noch viel lernen. Dumm nur, dass meine Eltern keine Freude an dieser Idee hatten. Papa sagte, er wolle nicht, dass ich ewig auf seiner Brieftasche liege, und Mama behauptet, dass wissenschaftliches Denken den Charakter verdirbt. Wissenschaft sei die größte Lüge überhaupt.

»Hast du gewusst, dass deine Mutter Ärztin werden wollte, sie es aber nicht ins Gymnasium geschafft hat?«, fragte Sophia

»Nein!«

»Doch. Sie lernte stattdessen Arztgehilfin, aber das machte sie unglücklich, denn sie wollte ja die Ärztin sein.«

Mutter Ärztin? Hasste sie deshalb die Wissenschaft? Hätte sie eine gute Ärztin abgegeben? Ich wusste nicht recht ...

Im Bett lag ich noch lange wach und dachte über meine Zukunft nach, die wie ein schwarzes Loch auf mich herunterstarrte. Was nur sollte aus mir werden? Ich wollte etwas Sinnvolles tun, etwas, das die Menschen berührte oder ihnen weiterhalf. Etwas Großartiges eben. Und wenn ich dann sterben würde, wären wahnsinnig viele Menschen traurig und man müsste die Abdankung im Münster machen, aber es wäre nicht mal dort genug Platz. Und man würde sagen, dass ich, obschon berühmt, ein bescheidener Mensch geblieben sei und Großes geleistet habe. Ich hätte nicht geheiratet, sondern viele Affären gehabt und wäre letztlich einsam geblieben, unerreichbar für die Niederungen der allzu menschlichen Gefühle. An mein Begräbnis käme auch Trice und sie würde sich die Haare raufen, dass sie so blöd war und unsere Freundschaft aufgegeben hatte. Nun aber war es zu spät. Ob Alex da wäre, wusste ich nicht sicher, ich kannte sie ja kaum. Meine Eltern wären schon tot, die

Großeltern sowieso, und ich würde neben denen auf einer Wolke sitzen, zum Begräbnis runtergucken und mich amüsieren.

Ich glaube, dass man sich im Jenseits über das komische Spektakel auf der Erde amüsiert. Vielleicht wird Mama geschockt sein, wenn sie in den Himmel kommt, weil sie erkennen müsste, dass es die Wiedergeburt nicht gibt und dass sie sich das ganze Karmagetue hätte sparen können. Papa wäre auch enttäuscht, denn Maria hat bestimmt nicht so pralle Brüste wie die im Museum und entblößt wären sie auch nicht. Oma hätte wahnsinnig Freude, mich zu sehen.

Da musste ich plötzlich weinen, weil Oma bald im Jenseits sein wird. Ich will nicht, dass sie stirbt!

Aber wie immer werde ich ja nicht um meine Meinung gefragt.

Niemand da?!

Die Ferien waren viel zu schnell vorbei! Wir fuhren nach Hause, die Rückfahrt schien doppelt so lange zu dauern wie die Hinfahrt. Ich wäre gern länger bei Klaus und Sophia geblieben, sie sind zwar streng, aber gerecht, hören uns zu und nehmen uns ernst. Auch Lydia hatte die Ferien gut getan, sie war ausgeglichener und fröhlicher. Ich fragte Sophia, ob sie uns adoptieren könne. Sie seufzte und entgegnete, das würde sie sofort, aber wir hätten unsere Eltern und Kinder sollten bei ihren Eltern aufwachsen. Ich fragte, wer das sage. Sie wisse es auch nicht, entgegnete Sophia, aber so seien die Dinge.

Ich war mir nicht sicher, ob sie wirklich dieser Meinung war.

Als wir zu Hause ankamen, war niemand da!

An der Wohnungstür klebte ein Zettel von Opa, auf dem er mit zittrigen Buchstaben geschrieben hatte, dass wir zu ihm kommen sollten, die Eltern seien noch unterwegs. Na toll!

Wir fuhren zu Opa. Er erklärte, dass der Volvo vor Lyon platt gewesen sei und weil es ein schwedisches Auto ist, gehe das mit dem Flicken nicht vorwärts, denn die Franzosen würden sich nur mit französischen Wagen auskennen. Mehr wisse er auch nicht. Mama habe am Telefon geschluchzt, im Hintergrund habe man Papa fluchen hören und Geld hätten sie auch fast keines mehr. Wir könnten bei ihm übernachten. Das lehnte ich ab – ich war es ja gewohnt, Lydia aus dem Bett zu nehmen und in den Kindergarten zu bringen, also konnten wir ebenso gut zu Hause schlafen. Aber zum Mittagessen kämen wir gerne zu ihm. Sophia legte ein gutes Wort für mich ein und so durften wir.

Sophia und Klaus fuhren uns wieder nach Hause, ich brummte im Font: »Vaters Vulva musste ja früher oder später den Geist aufgeben.«

Sophia drehte sich überrascht um. »Vaters *Vulva*?«

»Ja, er nennt seinen Volvo Vulva, keine Ahnung warum. Wohl ein Wortspiel.«

Sophia und Klaus wechselten seltsame Blicke, dann sagte Sophia: »Weißt du, Vulva ist eine Bezeichnung für das weibliche Geschlechtsorgan, also für Vagina, Klitoris und so weiter.«

Ich glotzte sie an.

Lydia: »In der Kita heißt eine nicht Vagina, aber Gina, sie ist eine blöde Kuh.«

Deshalb hatte Papa immer so dämlich gegrinst, wenn er von der Vulva sprach! Wie gemein, die eigene Tochter für blöd zu verkaufen – und Mama hatte auch nichts gesagt! Vor dem Haus verabschiedeten wir uns von Sophia und Klaus. Ich umarmte Sophia länger, als ich hätte müssen – am liebsten hätte ich sie nicht mehr losgelassen. Sie sagte, dass ich jederzeit willkommen sei. Ich solle nicht den Mut verlieren, sondern immer vorwärts schauen, schon bald sei ich volljährig, dann könne ich selber bestimmen.

Vorerst bestimmte ich nur, dass Lydia die Zähne putzte und ins Bett ging.

Um elf Uhr riss mich die Telefongeklingel aus dem Schlaf. Ein konfuser Vater sagte, dass sie frühestens morgen Abend heimkommen würden, wenn er vorher nicht Amok gelaufen sei. Und ich müsse morgen im Museum anrufen und sagen, dass er nicht arbeiten kommen könne, weil er in dem Scheißfrankreich mit einem Scheißauto und einer Scheißfrau und einer Oberscheißquelle stecke. Im Hintergrund hörte ich Mama jammern. Dann war die Verbindung unterbrochen. Ich trottete in Lydias Zimmer und betrachtete meine Schwester. Sie sah zum Fressen süß aus. Ich küsste sie auf die Stirn. Wenn es sie nicht gäbe, würde ich vollends an der Qualität unseres Familienblutes zweifeln.

Am nächsten Tag ging ich mit Lydia Oma besuchen. Oma war entzückt über meine Tochter (Lydia!). Wir guckten uns die jungen Geißlein an, währenddessen erzählte uns Oma das Märchen vom *Wolf und den sieben Geißlein*. Dabei machte sie einen Ausflug zu *Schneewittchen*, *Hänsel und Gretchen* und der *Goldmarie*. Das Märchen war etwas wirr, aber spannend. Lydia war hin und weg.

In der Schule waren Alex und ich die Stars wegen des Kaugummikunstwerks. Wir bekamen als Anerkennung je einen Büchergutschein von zwanzig Franken. Noch lieber hätte ich einen Plattengutschein gehabt, aber wie gesagt: *Einem geschenkten Esel zieht man nicht am Schwanz*. Alex behauptete, dass man das anders sage: *Einem geschenkten Gaul schaut man nicht ins Maul*. Sie war eben eine Besserwisserin. Ich erklärte, dass es in Wirklichkeit noch anders heiße: *Einer geschenkten Kuh greift man nicht ans Euter*.

Alex erwiderte: »Nein, so ist's richtig: Einem geschenkten Zebra zählt man nicht die Streifen.«

»Und einem geschenkten Hund zählt man nicht die Zecken.«

»Einem geschenkten Löwen guckt man nicht in den Rachen.«

»Allerdings! Und: Bei einem geschenkten Schrank zählt man nicht die Tassen.«

»Ja, vor allem bei deinem nicht, du hast ja nicht alle drin.«

Wie kicherten, da ging Trice an uns vorbei, und obwohl wir uns im Schulhauskorridor befanden, spuckte sie vor unseren Füßen auf den Boden. Mir verging das Lachen.

Nach der Schule holte ich Lydia im Kindergarten ab. Vorher kassierte ich bei meinen Angestellten das Geld fürs Taschentragen. Ich hatte ihnen vor den Ferien gesagt, dass vier Verkäuferinnen im Coop Buch führen würden, wer wann arbeitete. Die Lüge schien genützt zu haben, sie lieferten mir brav das Geld ab. Insgesamt hatte ich zweihundertzwanzig Franken eingenommen! Lydia wollte unbedingt Taschen tragen gehen, was wir dann auch machten, bis ich Trice entdeckte, die etwas weiter drüben stand und auf Kundschaft wartete. Bevor ich Lydia daran hindern konnte, lief sie zu Trice und begrüßte sie fröhlich. Trice winkte ab und sagte: »Husch, husch, verschwinde!« Lydia starrte sie fassungslos an, mit Tränen in den Augen rannte sie zu mir zurück. Ich hob sie hoch und ging zu Trice. »Das ist mein Territorium, hau ab!«

Trice tat, als hätte sie mich nicht gehört.

»Es war ausgemacht, dass du die Migros hast und ich das Coop. Das war schon großzügig genug.«

Trice spuckte vor mir auf den Boden.

Ich stellte Lydia ab und bat sie, sich auf die Bank zu setzen. Dann verlor ich meine Beherrschung und verpasste Trice eine Ohrfeige – mit geballter Hand. Sie schrie auf – ich auch, denn meine Hand schmerzte mörderisch! Trice griff in meine Haare und riss daran. Das schmerzte noch mehr! Ich trat ihr ans Schienbein, sie ließ meine Haare los und wollte mir eine kleben, ich hatte mich jedoch geduckt, so ging die Ohrfeige ins Leere. Trice heulte vor Wut auf. Ich boxte sie in den Magen, sie mich in die Seite. Wir schlugen und traten wild drauflos, und wir würden das noch jetzt tun, wenn nicht zwei Männer uns auseinandergerissen hätten. Mir tat der ganze Körper weh und so, wie Trice aussah, ging's ihr nicht besser. Sie schrie etwas auf Italienisch und schlug wild um sich, ich hingegen wurde sofort still, als ich Lydias entsetzten Blick bemerkte. Was hatte ich Dummkopf gemacht?! Ich erklärte dem Mann, der mich hielt, dass ich okay sei und dass er mich loslassen könne. Begleitet von Trices Geschrei, ging ich mit Lydia an der Hand nach Hause.

Ich gebe es zu: Mit Trice zu kämpfen war doof – aber es hatte so richtig gut getan! Meinem Körper weniger. Ich richtete ihn so weit her, dass Opa beim Nachtessen keine dummen Fragen stellte.

Beim Zubettgehen fragte Lydia: »Warum habt ihr gekämpft?«

»Sie wollte in meinem Gebiet arbeiten.«

»Aber warum habt ihr gekämpft?«

»Sie hat vor mich auf den Boden gespuckt.«

»Aber warum habt ihr gekämpft?«

»Weil sie mich provoziert hat.«

»Aber warum habt ihr gekämpft?«

»Hörst du bitte auf, immer dieselbe Frage zu stellen?!«

»Erst wenn du meine Frage beantwortet hast. Ich will doch nur wissen, warum ihr gekämpft habt.«

Ich schwieg einen Moment. Dann: »Ich habe mit ihr gekämpft, weil sie nicht mehr meine Freundin sein will. Und sie hat wohl gekämpft, weil ich nicht bereit bin, den Kontakt mit Alex für sie aufzugeben.«

»Ist dir Alex denn so wichtig?«

»Nein. Jein. Ich weiß nicht. Darum geht es gar nicht. Ich lasse mir einfach nicht vorschreiben, mit wem ich zu tun haben darf und mit wem nicht.«

»Aber du vermisst doch Trice.«

»Ja, aber ich will mich nicht in ein Gefängnis stecken lassen.«

»Jetzt bist du frei, und dafür tut dein Herz weh?«

»Ja, so ungefähr. Auf dieser Welt zahlt man für alles einen dämlichen Preis.«

»Was muss ich zahlen, damit du mich gern hast?«

»Nichts!«

»Aha, dann stimmt deine Behauptung nicht immer.«

Ich wuschelte ihr Haar und verpasste ihr eine Kussattacke, worauf sie glücklich aufschrie.

Spätabends trafen die Eltern ein! Ihre Kleider und Haare waren verdreckt, die Körper gebeugt, die Gesichter müde und missmutig.

Freute ich mich, sie zu sehen? Ich wusste es nicht so recht. Sie kamen herein, umarmten mich flüchtig, warfen sich nacheinander unter die Dusche und dann ins Bett. Kein Kommentar zur Vulva (ha!) und zur Quelle.

Am Morgen weckte ich Lydia. Als sie erfuhr, dass die Eltern eingetroffen waren, stürmte sie in ihr Schlafzimmer und sprang auf ihnen herum. Die einzige Reaktion der liebevollen Erzeuger: Grunzen. Mir tat Lydia leid! Ich sagte Papa, dass er aufstehen müsse. Da wurde aus dem Grunzen ein Fauchen: Ich solle mich um meinen eigenen Dreck kümmern.

»Aha, um meinen eigenen Dreck soll ich mich kümmern? Du nennst deine zweite Tochter Dreck? Um die kümmere ich mich nämlich, und ihr habt nicht mal die Freundlichkeit und grüßt sie anständig! Ihr kotzt mich an!« Ich ging zum Bett und hob Lydia auf. Als ich sie hinaustrug, sagte Papa: »Ach ja, unsere Besserwisserin, was würden wir ohne sie machen?!«

Ich schmetterte die Türe hinter mir zu – wäre Lydia nicht gewesen, hätte ich losgeheult. Als wir gefrühstückt hatten und auf dem Weg aus der Wohnung waren, tauchte Papa auf. Ich würdigte ihn keines Blickes, und als er uns einen schönen Tag wünschte, wünschte ich ihm nichts zurück.

In der Schule erwartete mich eine Überraschung: Trice hatte ein blaues Auge – *ich* hatte ihr ein blaues Auge geschlagen! Die Jungs machten sich über sie lustig, doch ich empfand keine Schadenfreude, ich fühlte mich beschissen. Ich überlegte mir, von welcher Brücke ich mich stürzen könnte. Nur war da Lydia und ich wusste, dass mit Springen rein gar nichts würde.

In der ersten Stunde schrieb Alex:

– Was ist mit dir los? Du siehst aus, als hättest du ein Monster gesehen!
– *Ich überlege mir, von welcher Brücke ich springen soll.*
– Ich würde die Kirchenfeldbrücke nehmen, unten befindet sich ein Schulplatz, da bist du sofort tot.
– *Gute Idee.*
– Die Münsterplattform ist auch todsicher.
– *Aha.*
– Flussabwärts gibt's eine Brücke, ich weiß nicht, wie sie heißt, die ist auch gut.
– *Du kannst es offenbar nicht erwarten, dass ich springe!*
– Könnte ich dich davon abhalten? Das bezweifle ich.

Ich schaute zu ihr rüber. Sie lächelte mich an, ein bisschen verschmitzt, aber irgendwie auch anders. Das machte mir ein komisches Gefühl im Magen.

Am Mittag erzählten mir die Eltern, was in Frankreich geschehen war: Claude und Claire waren zwei Tage nach meinen

Eltern eingetroffen und die Paare gingen aufeinander los. Claude und Claire hatten ihren Anwalt mitgebracht, der ein Freund war und sowieso Ferien machen wollte. Da hatten meine Eltern ihren aus der Schweiz herbestellt. Sie waren endgültig wahnsinnig geworden, das kostete bestimmt ein Vermögen, auch wenn Anwalt Schädeli mit Papa Fußball spielte! Schädeli traf cin und nun gingen die Anwälte aufeinander los. Dann entschieden sie, erst mal die nötigen Papiere bei der Gemeinde einzuholen. Der Gemeindepräsident Castell empfing sie persönlich. Er erklärte ihnen, dass sie niemals eine Baubewilligung für die Erschließung der Quelle erhalten würden, weil die Hauptwasserleitung knapp daneben verliefe und deshalb die Gefahr bestünde, dass sie beschädigt würde. Außerdem müsse der Bau einen Mindestabstand von soundsovielen Metern zu den Wegen einhalten, was bedeute, dass das Gebäude eine Grundfläche von fünf auf fünf Metern hätte, was wohl etwas klein sei.

Auf den Einwand der Anwälte, dass das Grundstück nur an einen Schotterweg grenze, entgegnete Castell, dass der Belag einer Straße unwesentlich sei; es handele sich um einen Weg, auf dem man fahren könne, und wer weiß, vielleicht käme da mal eine Schnellstraße hin. Außerdem befinde sich ein Teil der Quelle schon auf anderem Grund, der zufällig seiner sei. Sie könnten einen Brunnen auf das Land stellen – doch das würde bedeuten, dass alle daraus Wasser schöpfen dürften. Das sei ein altes provenzalisches Gesetz: Ein Brunnen gehört allen.

Papa bekam einen Tobsuchtsanfall, Mutter einen Schreikrampf und als sie sich von dem erholt hatte, ging sie auf Claire los, die an allem Schuld war (sie hatte ja die Quelle erspürt), Claude sprach auf Castell ein und die Anwälte klappten ihre Aktenmappe zu und gingen. Diese Ungerechtigkeit schweißte die zwei Paare wieder zusammen: Nun hatten sie einen Feind, den sie gemeinsam bekämpfen konnten.

Sie schworen: Der Gemeindepräsident würde sein blaues Wunder erleben! Die Vorschläge variierten von Fenster einschlagen bis Mord, irgendwo in der Mitte traf man sich. Claire erinnerte sich, dass sie ein Foto vom Quellenfest besaß, auf dem Castell eine jüngere Frau küsste. Sie ging zu ihm, erzählte ihm von dem Foto und wollte ihn erpressen. Der Präsident lachte nur schallend – seine Frau sei vor Jahren gestorben, die Frau am Quellenfest sei seine neue Verlobte.

Dann kam Claude auf die Idee, die Reben des Präsidenten zu zerstören. Die Frauen wollten jedoch nicht mit Gift operieren, da dies die ganze Umgebung samt Tieren töten würde und das ergäbe ein schlechtes Karma. Also wollten sie die Rebstöcke fällen. Das machten sie in der Nacht, aber nachdem sich Vater zwei Mal ins Bein gesägt hatte und die Arbeit sowieso mühselig war, brachen sie die Aktion ab.

Dann kamen sie auf die idiotische Idee, Castells Tochter als Geisel zu nehmen. Sie sperrten sie in ihr Hotelzimmer ein, dachten jedoch nicht daran, dass sich darin ein Telefon befand und die Tochter ihren Vater anrufen konnte. Glücklicherweise waren beide Paare außer Haus, als die Gendarmerie beim Hotel eintraf. Als sie bei ihrer Rückkehr den Polizeiwagen erblickten, flüchteten sie.

Dann blieben meine Eltern vor Lyon stecken. Weil sie kein Geld mehr hatten, schlichen sie am Abend zur Garage und übernachteten in ihrem Auto. Am nächsten Abend auch wieder. Am darauffolgenden Morgen startete Papa versuchsweise den Motor, und der sprang an! Da fuhren sie los und wurden nun nicht nur vom Gemeindepräsidenten, sondern auch vom Garagisten verfolgt, denn letzterer hatte ja schon etwas am Volvo geflickt.

Nun waren sie zu Hause, die Quelle verloren, das Vorerbe ausgegeben, ein Teil ihrer Kleider lag noch im Hotelzimmer.

Ich fand die Geschichte trotz allem erfreulich: Die beiden Paare vertrugen sich wieder, ich konnte Mélchior treffen!

Doch die Stimmung bei uns zu Hause sank so tief, dass sie auf der anderen Seite der Erde – etwa in Neuseeland – herausragte. Die Neuseeländer guckten im Moment dieses griesgrämige Etwas an und fragten sich: *Oh my god, what is this nasty thing?!*

Von morgens bis abends standen Papa oder Mama am Fenster und spähte hinaus – in Erwartung der französischen Polizei, die mit Helikopter und Großeinsatz auffahren würde. Das war typisch für meine Eltern: Sie nahmen sich zu wichtig und kapierten nicht, dass ihre Vergehen zu klein waren, als dass die französische Regierung die Flics losschickte. Ich sagte ihnen das, sie machten nur »Pscht!« und spähten weiter. Einmal schickten sie Lydia und mich los, um zu sehen, ob sich die Franzosen auf uns stürzen würden. Sie opferten ohne mit der Wimper zu zucken ihre eigenen Kinder! Wir sollten vorne rausgehen, Papa würde durch den Garten und über den Zaun schleichen, das war der Plan.

Ich sagte, dass die Polizei nicht so blöd sei und nur beim Vorderausgang warten würde. Wenn schon, hätten sie das Haus umzingelt. Papa schlug mir zischend vor, für einmal meinen Mund zu halten. Ich entdeckte ein irres Flackern in seinen Augen und blieb still. Es war ja sowieso egal, wo Papa rausging, da würde keine Polizei weit und breit sein! Mutter wandte ihre übliche Taktik an: Sie legte sich ins Bett und las esoterische Bücher.

Und als würde das alles nicht reichen, schrieb mir Alex gleich in der ersten Stunde, dass sie Trice vor dem Coop habe arbeiten sehen. – Die Mafia wollte also Krieg!

In der großen Pause ging ich zu Trice und stellte sie zur Rede. Sie sagte, sie rede nicht mit Käsegesichtern. Ich erwiderte, sie habe eben mit einem geredet.

Italienische Flüche.

»Trice, du arbeitest in meinem Territorium!«

Trice tat, als hätte sie mich nicht gehört.

»Du schuldest mir für jeden Tag fünf Franken.«

Trice tat, als hätte sie mich nicht gehört.

»Noch einmal vor dem Coop, und ich mache Mus aus dir.«

Trice tat, als hätte sie mich nicht gehört.

»Und übrigens: Hast du zugenommen?«

Das hörte sie – und schnaubte wie ein verletzter Stier. Da die Pausenaufsicht in der Nähe stand, konnte sie sich nicht auf mich stürzen. Sie versicherte mir, dass sie aus mir Sauce Bolognese machen und auch weiterhin vor dem Coop Taschen tragen werde.

Ich sagte: »Du willst Krieg? Na denn!«

Am Nachmittag trommelte ich meine sechs Angestellten zusammen und erklärte ihnen, dass wir vor der Migros eine Aktion starten würden. Wir trafen uns nach der Schule und zogen zur Migros. Samuel von Trices Gruppe tauchte auf. Als er uns entdeckte, machte er rechtsumkehrt; nach einer halben Stunde erschien er mit Trice, ihren beiden Brüdern und zwei Kollegen – alle aus dem Mafialand, alle mit bösem Gesichtsausdruck und zu vielen Muskeln. Ich befahl meinen Angestellten, hier zu bleiben und sich von den Spaghettifressern nicht beeindrucken zu lassen – aber zwei verschwanden bereits um die Ecke. Ich ging im Kopf Omas Lebensweisheiten durch, in der Hoffnung, eine brauchbare für diese Situation zu finden:

Du musst biegsam und nachgiebig sein wie das Gras. Weht ein steifer Wind, drückt er dich zu Boden, aber kaum hat er fertig geweht, stehst du von alleine wieder auf. Eignete sich nicht, ich fühlte mich im Moment biegsam wie ein Betonpfeiler.

Wenn dir jemand ans Bein pinkelt, scheiße ihm auf den Kopf. Die Mafia würde aber nicht pinkeln, sondern mit Kanonen auf uns schießen.

Will dich jemand boxen, weiche ihm aus. Dazu bin ich zu stolz.

Fall tot um, das wirkt Wunder!

Die Spaghettifresser kamen näher – die würden uns verdreschen, das war klar!

Fall tot um, das wirkt Wunder!

Ich rief meinen Angestellten: »Fallt tot um!«

Meine Angestellten gafften mich angsterfüllt an.

Ich schrie nochmals: »Fallt um! Ihr werdet sehen, das wirkt Wunder!«

Die Feinde waren nur noch zehn Meter von uns entfernt. Kiki schien begriffen zu haben. Sie sank auf den Boden, ich folgte ihr, dann die andern. Ich sah im Augenwinkel, dass die Angreifer überrascht stoppten. Trice schrie etwas auf Italienisch. So viel ich verstehen konnte, hatte sie begriffen, dass ich einen Spruch von Oma beherzigt hatte.

Vier Jugendliche, die auf dem kalten Boden lagen, das war aufsehenerregend: Leute traten näher, ein Angestellter der Migros kam aus dem Laden und steuerte auf uns zu. Die Mafia schien ratlos, auf ein Zeichen Trices verzog sie sich. Der Migrosmann fragte uns, was das solle – da erklärte ich ihm, dass wir den Auftrag hätten, bis zur nächsten Turnstunde das Umfallen zu üben. Eine Frau, die in der Nähe stand, fragte ungläubig, ob man heutzutage denn sogar im Turnen Hausaufgaben habe. Ich seufzte und sagte, ja, die Schule sei kein Zuckerschlecken.

Ich schlich mich auf Umwegen nach Hause, damit ich nicht der Mafia in die Hände geriet. Zu Hause herrschte gespannte Atmosphäre. Die Eltern standen am Fenster, Lydia zeichnete Polizistenbilder, auf denen die Eltern Handschellen trugen. Mama verbot ihr zu zeichnen, Lydia entgegnete, dass sie zeichnen müsse, um zu verarbeiten, dass sie Verbrecher-Eltern habe. Als Papa das hörte, herrschte er mich an, dass diese Furzidee bestimmt auf meinem Mist gewachsen sei.

Ich schrie: »Ja, irgendwas Brauchbares muss die Kleine ja lernen!«

Die Tage und Nächte vergingen alle auf die gleiche Weise: Lydia zeichnete Gefängnisse oder spielte Räuber und Gendarm. Vater stand am Fenster. Mutter lebte mittlerweile im Bett.

Dann kapierten die Eltern endlich, dass keine Flics kommen würden. Dafür wurde ihnen bewusst, wie viel Geld sie wegen der Quelle verloren hatten. Mutter verzog sich endgültig ins Bett. Sie stand höchstens auf, um eine Fertiglasagne in den Ofen zu schieben – abends gab es Haferbrei.

Lydia wollte nun jeden Tag Taschen tragen gehen – damit wir genug Geld zum Überleben hätten.

Schließlich schob Mama nicht mal mehr ein Fertiggericht in den Ofen. Sie blieb den ganzen Tag im Bett, las oder starrte aus dem Fenster. Sie hatte vergessen, dass sie Mutter von zwei Töchtern war. Lydia fürchtete sich vor ihr.

Papa war ebenfalls keine Hilfe, nach der Arbeit ging er saufen und kam spät abends betrunken nach Hause. Einmal zerfetzte er alle Kataloge und verstreute sie in der Wohnung.

Es geht nicht mehr

Dann hielt ich es nicht mehr aus und rief Sophia an – ich wusste einfach nicht mehr weiter. Sophia kam am selben Abend, um mit den Eltern zu sprechen. Mama wollte aber nicht mit ihr reden und Papa war irgendwo am Saufen. Sophia sagte Mama durch die Türe, dass etwas geschehen müsse, vor allem wegen uns Kindern. Mama jammerte, dass es immer um die Kinder ginge, immer nur um die Kinder!

War mir noch nicht aufgefallen!

Lydia begann zu schluchzen.

Sophia rief: »Alice, so geht das nicht. Ich nehme die Mädchen zu mir, bis du dich wieder um sie kümmern kannst.«

»Wage ja nicht, meine Kinder zu entführen!«

»Komm heraus und lass uns alles besprechen.«

»Das würde dir so passen!«

»Ja, und deinen Mädchen erst!«

»Immer geht's um die Kinder – und wer denkt an mich?!«

Sophia seufzte und half uns, das Nötigste und Trinità zu packen. Aus dem Schlafzimmer hörten wir Mama Mantra singen. Ich blieb ruhig, damit Lydia ruhig blieb. Manchmal hilft es, so zu tun, als ob, dann wird es fast so wie dieses Als-ob. Lydia stopfte das Sparschwein in die Tasche. »Wir müssen Sophia für Essen und Schlafen bezahlen«, sagte sie.

Sophia hinterließ Papa eine Notiz. Es fühlte sich an, als würde die Welt untergehen. Ich sah, dass sie nicht unterging, trotzdem: Da war nichts mehr außer einer dicken Schwärze.

Klaus hatte das Gästebett hergerichtet, wir würden zu zweit in einem Bett schlafen. Es gab Käsefondue. Wir hatten ihnen in Ascona erzählt, dass Fondue eine unserer Leibspeisen sei. Der Käse zog lange Fäden, das brachte uns sogar ein bisschen zum Lachen.

Für den seltsamen Gott
da oben oder da drüben oder drunter
bin ich bloß ein Brotstücklein.

Er taucht mich ins Leben,
das nichts als Käse ist,
- und verspeist mich genüsslich.

Am nächsten Abend polterte Papa bei Sofia an der Türe und drohte ihr mit allem Möglichen, wenn sie uns nicht sofort ausliefern würde. Sophia sagte, bei solchen Drohungen öffne sie rein gar nicht, aber sie riefe die Polizei. Er lallte Unverschämtheiten und torkelte durch den Garten, wo er in jeden Strauch kickte. Ich brauchte ewig, um Lydia zu beruhigen.

Zwei Tage später wurde Papa gefeuert! Er hatte die Nacht hindurch gesoffen und ging am Morgen betrunken ins Museum. Als er im Erdgeschoss Aufsicht hatte, pöbelte er jeden Museumsbesucher an, der es wagte, einen Blick auf Rothko zu werfen. Und Annabelle, die schon beide Augen samt Hühneraugen zugedrückt hatte, musste zur Tat schreiten – vor allem auch deshalb, weil der Museumsdirektor Papas Auftritt mitbekommen hatte. Man kündigte ihm fristlos.

Er schrie eine Runde, rannte zu seinen alten Meistern und sperrte sich ein. Man musste das Schloss aufbrechen, um ihn einfangen. Als die Tür aufging, sah man, dass Papa bei den alten Meistern in eine Ecke gekotzt hatte.

Ich würde sagen: Er hat seinem Namen – Dummermuth – alle Ehre gemacht! Ach, wenn ich doch nur adoptiert wäre!

Dann war zwei Wochen lang Funkstille. Weder Mama noch Papa rief an und fragte nach uns. Schließlich ging ich zu Hause vorbei, um ein paar Sachen zu holen. Mama kam gerade aus dem Badezimmer. Wie sie aussah! Ihr Haar war fettig und hing in Fäden herunter, sie war abgemagert, hatte Ringe unter den Augen – und sie stank! Aus ihrem Gesicht war das Leben gewichen, sie war wie die Untote, die ich mal in einem Horrorfilm gesehen hatte (und die mich ein paar Nächte in den Träumen verfolgte). Mama sagte »Ah, Nicola« und verschwand ins Schlafzimmer, verriegelte die Tür. Die Wohnung sah aus, als hätte sich eine Schulklasse darin ausgetobt. Mein Bett, die Schubladen und der Schrank waren durchwühlt, keine Ahnung, warum! Papa fand ich auf dem Balkon sitzend, er ignorierte, dass November war. Auf dem Tisch standen eine Menge leerer Bierflaschen.

Papa schaute mich mit glasigen Augen an: »Ah, meine Hyazinthe kommt mal ihre alten Eltern besuchen? Man ist sich ja jetzt zu fein, hier zu wohnen!«

Sophia hatte mich schon gewarnt, dass ich Papa in betrunkenem Zustand antreffen könnte. Sie schärfte mir ein, dass ich nicht richtig hinhören solle, weil der Alkohol sein Hirn vergifte und er Blödsinn rauslasse. Ich solle mir sagen: *Scheiße an mir vorbeifließen lassen.*

Ja, Papa erzählte Scheiße: »Ich werde es allen zeigen, man wird noch staunen, wozu ich fähig bin! Über die Quelle werde ich nur noch süffisant lächeln, denn ich werde ein Riesenhaus mit viel Umschwung haben, in Südfrankreich, oder vielleicht das ganze verdammte ausgestorbene Dorf aufkaufen und für Mama ein zweites Woodstock aufbauen. Und ich werde ins Kunstmuseum reinspazieren und meine Marienbilder bar auf die Hand zahlen. Ich habe ein paar geniale Ideen, wie ich reich werde!«

Ich starrte meinen Vater wortlos an und stellte mir vor, dass seine Worte Scheiße war, die an mir vorbeifloss. Scheiße um Scheiße ergoss sich übers Geländer und platschte hinunter. Im Garten bildete sich ein Haufen, der die Luft verpestete. Papa fragte nicht, wie es Lydia und mir ging, auch nicht, ob Sophia finanzielle Unterstützung brauchte, auch nicht, ob ich es nicht zum Kotzen finde, dass er am frühen Abend total besoffen in der Kälte auf dem Balkon sitzt. Er laberte nur von sich und seinen Wahnsinnsplänen. Und ich schwieg. Erst beim Gehen sagte ich: »Du bist der letzte Versager. Wie mich das ankotzt!« Die Balkontüre machte einigen Lärm, als ich sie zuschlug.

Ich weinte auf dem Weg zu Sophia, dann musste ich mich zusammennehmen, damit ich Lydia nicht ängstigte und Sophia nicht zu sehr belastete.

Würde das Leben immer eine solche Misere sein?

Und als hätte das nicht gereicht, fiel mir am Abend beim Lesen das Lesezeichen auf den Boden und als ich es aufhob, warf ich zufällig einen Blick unters Bett. Mein Atem stockte: Lydia hatte wieder »Steine« gesammelt, und zwar eine ganze Menge –

einen Berg unterschiedlichster Dinge: Kugelschreiber (ah, hier waren die alle hingegangen!), richtige Steine, verdorrte Pflanzen, Schleckzeug, Wollknäuel, einen Aschenbecher (den hatte Klaus überall gesucht!), Federn, Schreibetui, Haarspangen, -bändel, eine Mickey Mouse-Uhr, Ziegenkot (wohl von Oma), Lineal, eine Puppe, Kaugummi, ein paar Comics, Haselnüsse undundund! So schlimm war es noch nie!

Ich holte Sophia und zeigte ihr die »Steine«. Sie runzelte ein wenig die Stirn, aber sagte nur: »Ich werde mit ihr reden – lass es so, wie es ist.«

Eine Stunde später kam Lydia vom Besuch bei den Nachbarskindern zurück. Sie plapperte fröhlich, dann musste sie mit Sophia ins Zimmer gehen. Ich hatte auch mitgehen wollen, aber Sophia schloss die Türe vor meiner Nase mit den Worten: »Da drum musst du dich nicht kümmern, Nicola.«

Beleidigt blieb ich vor der Türe stehen und lauschte. Die Tür ging wieder auf. Sophia schüttelte den Kopf und schloss sie erneut. Da verzog ich mich zu Klaus in die Küche.

Bald: Geschrei aus dem Zimmer.

Noch mehr Geschrei.

Gepolter!

Sophia hatte es nicht im Griff, ich musste was tun! Ich stand auf. Klaus legte seine Hand auf meinem Arm und schüttelte den Kopf.

Geschrei und Gepolter!

Schluchzen!!

Ruhe.

Sophia kam aus dem Zimmer. Sie sagte nur: »Ich habe alle Kniffe versucht. Mal schauen, ob es etwas gebracht hat.«

Die Klecksertante

Die Frau, von der Mama sagte, dass sie mit der Tür ins Haus falle, hatte die Polizei angerufen und diese den Sozialdienst. Die Frau hatte es satt, dass meine Eltern in der Nacht laut Musik hörten (oder jedenfalls Papa), polterten und miteinander stritten. Außerdem machte sie sich wegen Lydia und mir Sorgen. (Sie wusste nicht, dass wir bei Sophia untergebracht waren.) Die vom Sozialamt versuchten es erst bei meinen Eltern, kamen aber nicht in die Wohnung, dann gingen sie in meine Schule und versuchten dort herauszufinden, wo wir jetzt wohnten. Wir bekamen einen Brief zugeschickt, in dem Lydia und ich aufgefordert wurden, beim Sozialdienst vorbeizukommen. Man wolle mit uns reden.

Die Sozialarbeiterin sah aus, als könnte man sie mit ein bisschen Pusten umwehen – sie brauchte wohl selber Hilfe! Und sie hatte einen Tick: Ständig zog sie den linken Mundwinkel schräg nach oben – vermutlich sollte das ein Lächeln sein, doch es sah eher aus, als ob ihr das Frühstücksbrot mit der Konfitürenseite nach unten zu Boden gefallen war.

Die Frau – Tschümperli hieß sie – wollte alles wissen: Wie es bei Sophia sei, wie es in der Schule gehe, warum meine Eltern spinnen (sie sagte natürlich nicht »spinnen«, sondern: »Was läuft bei deinen Eltern nicht rund?«) etc. Ich sagte ihr, dass sie eine fremde Person sei und ich ihr deshalb keine privaten Dinge erzähle.

Mundwinkelziehen. »Ich will dir doch nur helfen!«

»Warum?«

»Dafür bin ich angestellt. Ich möchte, dass es dir gut geht.«

»Wenn ich nicht gerade hier rumsitze, geht's mir ganz gut.«

Heftiges Mundwinkelziehen. »Lassen wir erst mal die Fragen und machen wir einen Test. Er heißt *Rorschachtest*, mit ihm kann ich dich besser kennen lernen.«

»Bin ich hier in der Klapse oder was?«

»Das ermöglicht mir, dir zu helfen, deine Situation zu verbessern.«

»Wer sagt, dass sie verbessert werden soll?«

Sie erwiderte nichts darauf, sondern legte eine Karte mit Farbklecksen vor mich auf den Tisch und wollte wissen, was ich sehe.

»Farbkleckse.«

»Ja, und sonst?«

»Nichts sonst, einfach Farbkleckse.«

Dreimal Mundwinkelziehen. Sie legte mir ein weiteres Bild hin. »Was siehst du hier?«

»Farbkleckse, mehrheitlich rot.«

Mundwinkelzucken, »und was sonst?«

»Nichts.«

Frau Tschümperli legte mir weitere Bilder vor, alles Farbkleckse, einfach mit unterschiedlichen Farben. Und anhand von so etwas Blödem wollte sie herausfinden, wer und wie ich bin?!

Nachdem ich zweimal wieder nur Farbkleckse gesehen hatte, schaute sie mich vorwurfsvoll an: »Nicola, treib keine Spielchen mit mir!«

»Also, unter Spiel verstehe ich etwas Spannenderes als das.«

Mundwinkel. »Normal, dass man seine Eltern schützen will.«

Keine Ahnung, warum sie das sagte. »Ich will nicht meine Eltern schützen. Ich sehe nun mal nur Farbkleckse. Und außerdem spreche ich nicht mit fremden Menschen über persönliche Dinge. Erst muss ich wissen, ob ich jemandem vertrauen kann.«

»Du kannst mir vertrauen.«

»Das ist kein Beweis. Auch ein Massenmörder könnte das sagen und es würde nicht stimmen.«

Erschrockener Blick. »Denkst du, dass ich eine Massenmörderin bin?«

»Keinen blassen Schimmer. – Nun, bis jetzt lebe ich ja noch.« Ich grinste.

Andauerndes Mundwinkelziehen. »Kannst du deinen Eltern vertrauen?«

»Welche Frage – meine Eltern kenn ich schon ein Leben lang, da weiß ich, woran ich bin.«

»Woran bist du?«

»Ich weiß, dass sie mir zum Geburtstag nicht das schenken, was ich mir wünsche – und seit letztem Geburtstag weiß ich, dass sie mir doch das schenken würden, was ich mir wünsche, aber nur, wenn ich vorgebe, was anderes zu wollen. Im Endeffekt kommt's aufs Gleiche heraus. Ich kriege nicht, was ich mir wünsche.«

»Macht dich das wütend?«

»Also wer ist nicht wütend, wenn er anstatt eines Radiorecorders ein Schwein von einer Schulmappe kriegt?!«

»Ja, das kann ich nachempfinden, das ist hart. Was wünschst du dir von deinen Eltern?«

»Hab ich doch grad gesagt: einen Radiorecorder.«

Mundwinkelziehen, ihre Haare sahen wie der Flaum eines Vogeljungen aus, irgendwie komisch. »Ich meine, im Moment, was wünschst du dir im Moment von deinen Eltern?«

»Nichts, ich hab erst im April Geburtstag.«

»Ich meine nicht zum Geburtstag, sondern wie sie sich verhalten sollten.«

»Es ist doch Wurst, was ich wünsche, wie sie sich verhalten sollen – erstens würden sie nicht auf mich hören und zweitens: Kann ich endlich gehen?«

Mundwinkel schräg oben, lange. »So kommen wir nicht weiter, Nicola. Du musst schon etwas kooperativer sein, damit wir vorankommen.«

»Womit vorankommen? Hat mich jemand gefragt, ob ich hier sein will? Nein!«

Frau Tschümperli sah aus, als würde sie gleich vom Stuhl kippen. »Es ist doch so, dass du und Lydia bei deiner Patentante lebt, weil deine Eltern Schwierigkeiten haben. Laut Nachbarin streiten sie sich dauernd, dein Vater ist meist betrunken und deine Mutter verlässt die Wohnung nicht mehr. Das ist eine schlimme Situation – vor allem auch für dich und deine Schwester. Ihr braucht Hilfe und Unterstützung.«

»Wenn, dann brauchen meine Eltern Unterstützung – uns hilft Sophia, wir sind versorgt.«

»Nicola, hier kannst du loslassen, du musst nicht die Starke spielen! Das ist traumatisch für euch, du brauchst psychologische Unterstützung. Lass einfach mal los.«

»Ja, das sagt Mama auch, das hat sie aus diesen bekloppten esoterischen Büchern. Ich sage ihr immer: Das nächste Mal, wenn du an einem Strick über den Abgrund hängst, dann sage ich dir auch: *Lass einfach los*!«

»Ich verstehe deinen Trotz – aber wenn du loslassen würdest, würdest du bemerken, dass du traurig und hilflos bist und enttäuscht von deinen Eltern und verzweifelt –«

»Eben, sag ich doch: Loslassen ist Blödsinn! Kann ich jetzt gehen?«

»Wenn du dir das wünschst.« Sie sah mich bittend an: »Aber

sage mir noch, Nicola, du hast in den Bildern doch mehr gesehen als nur Farbkleckse – oder?«

»Nein. Nur Kleckse.«

Sie ließ mich gehen.

Ich hatte schon Dinge in den Farbklecksen gesehen, aber die hatte man ja nicht absichtlich hingemalt, also zählte das nicht. Realistisch betrachtet waren es nur Kleckse.

Im Wartezimmer hatte Lydia »Steine« in die Tasche gestopft. Ich befahl ihr, sie sofort wieder rauszugeben; da sagte sie, dass ich nicht ihre Mutter sei. Ich entgegnete, aber ihre ältere und viel stärkere Schwester – und hier habe die Stärkere das Sagen. Missmutig legte sie Kugelschreiber, Notizblock, einen kleinen Kaktus etc. auf den Tisch. Ich packte sie an der Hand und ging mit ihr hinaus.

»Muss ich nicht zu der Frau?«, fragte Lydia erstaunt.

»Nein, ich hab alles erledigt.« Nur über meine Leiche würde ich Lydia zu diesem Tschümperli-Vöglein lassen!

Mélchiors Besuch

Im November Taschen tragen war nicht toll. Vor allem das Warten bis zum nächsten Auftrag nicht. Kam hinzu, dass meine Angestellten auch nicht gern in der Kälte warteten; die Einnahmen sanken. Ich ging trotzdem regelmäßig beim Coop vorbei, um nachzusehen, ob sich nicht Trice oder eine ihrer Bande dort herumtrieben. Einmal war ich mit Mélchior zum Coop unterwegs, ein Mann an der Seite konnte nicht schaden. Mélchior war ohne das Wissen seiner Eltern nach Bern gekommen (sie meinten, er sei auf einem Schulausflug), denn er wollte mich unbedingt wiedersehen. Das Geld für die Bahn hatte ich ihm zugeschickt, ich war ja verhältnismäßig reich. Wir hatten wahnsinnig Freude, einander zu sehen. Seine Frisur war modisch und die Kleidung sehr – wie soll ich sagen – hüftbetont. Auch sein Gang hatte sich verändert, er ging jetzt irgendwie aufreizend und lässig zugleich, manchmal tänzelte er. Er hatte am linken

Ohrläppchen einen Ohrenstecker. Kein Zweifel: Mélchior war schwul.

Er fragte, wie's der Familie gehe – offenbar waren die letzten Begebenheiten nicht bis nach Biel gedrungen. Ich winkte ab und schlug vor, dass wir über spannendere Dinge sprechen. Zum Beispiel über die Liebe. Da wusste Mélchior viel zu erzählen, was aber mehr mit Sex als mit Liebe zu tun hatte. Bei ihm war das ja das Gleiche. Er sprach über die Vorzüge von Pissoirs, wo mann viel in die Hände und den Mund bekäme. Ich befahl ihm, solche ekligen Details auszulassen. Welche ekligen Details?, wollte er wissen. Na, was sie genau miteinander machten und so.

Er zog eine Schnute. »Sex ist die natürlichste Sache der Welt!«

»Ja, scheißen auch – und trotzdem will ich keine Details darüber wissen.«

»Man merkt, dass du es noch nie getrieben hast«, gackerte er.

»Bingo!«

Er wollte wissen, wie es mit den Jungs laufe, mit welchem ich zusammen sei, und ich sagte, dass immer noch tote Hose herrsche, ich mich einfach nicht mehr verlieben könne.

»Auch nicht in Mädels?«

»Nur weil du schwul bist, muss ich noch lange nicht lesbisch sein!«

»Aber toll wär's schon!«

»Pfff! Komm, lass uns gucken, ob sich die Mafia herumtreibt.«

»Die Mafia?«

»Die Clique von Trice – *Secondos*, ich nenne sie die Mafia.«

Mélchior schien nicht wild auf die Mafia zu sein: Als wir vor dem Coop standen, begann er herumzutänzeln. Der Kerl war keine Verstärkung, sondern eine Verschwächung!

Und tatsächlich stand Trice vor dem Supermarkt! Als sie uns sah, verschränkte sie die Arme.

»Verpiss dich!«, sagte ich drohend.

»Ja, verpiss dich«, echote Mélchior hinter mir. Er hätte ruhig etwas tiefer reden können!

Trice lachte: »Was haben wir denn da? Käsegesicht mit warmem Bruder? Uhh, ich fürchte mich!«

Da geschah etwas völlig Unerwartetes: Mélchior tänzelte an mir vorbei auf Trice zu, er bewegte sich sehr geschmeidig! Trice ging sofort in Angriffsposition und holte zu einem Schlag aus. Als sie die Faust auf ihn runtersausen ließ, sagte Mélchior »Haa!« und »Hoo!«, und Trice lag auf dem Boden! Trice schaute verblüfft aus der Wäsche – ich ebenso! Sie stand auf und stürzte sich mit Geheul wieder auf Mélchior, mit demselben Ergebnis: Ein paar rasche und geschmeidige Bewegungen – Trice auf dem Boden.

Mélchior grinste breit: »Das ist Aikido, eine neue Verteidigungskunst. Eigentlich darf man sie auf der Straße nicht anwenden, aber es gibt Ausnahmen. Ich glaub, ich habe dir noch nie davon erzählt.« Er hielt Trice die Hand hin, aber sie rappelte sich selber auf und dampfte fluchend davon.

Da musste ich laut loslachen und lachte und lachte und konnte nicht mehr aufhören, Mélchior stand lächelnd daneben. Ich konnte wirklich nicht mehr aufhören. Und dann fühlte sich das Lachen wie Weinen an und damit konnte ich zu meinem Entsetzen auch nicht aufhören. Mit einem Mal nahm mich Mélchior in die Arme und ich schluchzte und sabberte seine Jacke voll. Als ich mich etwas beruhigt hatte, führte er mich in den Tea-Room *Alpenblick* (von wo aus man nirgends die Alpen sehen kann). Wir setzten uns, ich mit dem Rücken zum Raum, so dass niemand meine roten Augen sehen konnte.

Und ich erzählte ihm alles: Dass Mama heruntergekommen ist und sich im Zimmer verschanzt hat. Dass Papa arbeitslos ist und nur noch säuft. Dass ich Angst um Lydia habe und dass mein Notendurchschnitt runtergerasselt ist. Dass die doofe Sozialarbeiterin mich mit Farbklecksen langweilt. Ich sprach ohne Punkt und Komma, aber mit vielen Ausrufe- und Fragezeichen. Mélchior hörte mir erschrocken zu. Er nahm meine Hand in seine, worauf ich wieder zu heulen begann, aber schließlich ruhiger wurde. Er holte Servietten, mit denen polierte ich mein Gesicht auf. Wie gesagt, sieht mein Gesicht wie eine Ruine aus, wenn ich geweint habe. Ich sah seiner bekümmerten Miene an, dass er keine Ahnung hatte, was er zu alledem sagen sollte. Er hielt einfach meine Hand. Ich liebte ihn dafür, dass er mich nicht mit Ratschlägen eindeckte oder »helfen« wollte. Irgendwann schüttete er ein bisschen von seiner Cola auf eine Serviette und sagte formell: »Fräulein Dummermuth, was sehen Sie auf dieser Karte?«

Da musste ich lachen, »Colakleckse!«

Er sagte wieder in formellem Ton: »Fräulein Dummermuth, aus Ihrer Antwort schließe ich, dass Sie sehr scharfsinnig und realitätsbezogen sind. Vor Ihnen steht eine strahlende Zukunft!«

Ach, Mélchior war der beste Freund, den man sich wünschen konnte! Wir plauderten über dieses und jenes, er vor allem über heiße Jungs, was auf die Dauer etwas langweilig war. Dann verabschiedeten wir uns und versprachen einander, uns bald wiederzusehen.

Danach fühlte ich mich ein bisschen beschwingt. Es hatte so gut getan, Mélchior das Herz auszuschütten. Erstaunlich: Mein Leben war deswegen kein Haarbreit besser geworden, aber mir war leichter ums Herz, und auf einmal schien alles nicht mehr so schlimm.

Am nächsten Tag schrieb mir Alex in der Deutschstunde:

- Ich brauche eine neue Schultasche, meine ist kaputt gegangen. Könntest du mir eine machen in der Art, wie du eine hast?
- *Aber ich hab nichts gemacht, sondern sie nur wochenlang unter einen Busch gelegt.*
- Dann mach es nochmal so – ich weiß ja nicht genau, wie du vorgegangen bist.
- *Hmmm – als erstes brauche ich eine unnatürliche Schweinsmappe.*
- ???
- *Äh, ich meine eine Mappe aus hellem künstlichen Leder, die aussieht, als stamme sie von einem Säulein.*
- *Okay*!

Die restliche Deutschstunde überlegte ich mir, ob ich in die Schulmappenproduktion einsteigen sollte. Das warf bestimmt mehr Geld ab als das Taschentragen. Vielleicht hatte ich eine karmische Verbindung zu Taschen – das jedenfalls würde Mama sagen, aber die sagte im Moment nichts. Was sie wohl in ihrem Zimmer tat?

Besuch bei Oma. Es war tröstlich, bei ihr zu sein, denn sie wusste nichts von der Katastrophe zu Hause und so kamen keine blöden Fragen. Außerdem freute sie sich, mich zu sehen – sie nannte mich immer noch Nicola, mittlerweile aber war ich ein Liebhaber aus jungen Jahren. Ich weiß nicht, ob es den gegeben hatte, aber so wie sie erzählte ... hmmm. Sie wollte mich verführen, was mir fürchterlich peinlich war, vor allem, als sie dann auch noch begann, ihre Bluse aufzuknöpfen! Mir blieb aber auch nichts erspart! Was sollte ich tun? Wenn ich ihr sagte, dass ich nicht ihr »stramme Bursche« sei, würde sie mir das nicht glauben. Also tat ich so, als sei ich dieser Bursche und sagte: »Mäuschen (oh, Gott wie peinlich!), jetzt nicht, du musst erst noch ...« Ja, was musste sie, das sie auf der Stelle ernüchterte? Ich durchforstete mein Hirn nach etwas, das Oma nicht ausstehen konnte. Ach ja, natürlich! Ich begann noch mal: »Mäuschen, du musst erst das Buffet putzen.«

Oma ließ sofort von ihrer Bluse ab. Meine Großeltern besaßen ein riesiges Buffet im Wohnzimmer mit Glasvitrinen, Spiegeln und kostbaren Gläsern darin. Oma hasste das Ding aus tiefstem Herzen, vor allem auch, weil Opa stänkerte, wenn sie es geputzt hatte. Er fand immer Schlieren.

Ich fügte hinzu: »Und mach mir keine Schlieren!«

Sie sagte: »Ja, ja, später. Komm, wir gehen zu den Ziegen.«

Dann hatten wir eine Auseinandersetzung, weil sie keinen Mantel überziehen wollte. Ich packte den Mantel und flötete: »Madame, kann ich Ihnen in den Mantel helfen?« Ihr Gesicht hellte sich auf und sie ließ sich helfen.

Draußen erzählte mir Oma, wo wir es überall gemacht hatten – ach, wie lästig! Bei den Ziegen behandelte sie mich plötzlich als ihre Enkelin Nicola, was mir Tränen in die Augen trieb. Oma entdeckte die Tränen, wischte sie mit einem nicht mehr so sauberen Taschentuch ab, das sie in der Manteltasche gefunden hatte, und sagte: »Nicola, meine Liebe – was immer geschieht, denke dran: Du bist die Perle und die anderen die Säue.«

Dann erklärte sie, dass sie es gern im Geißenstall gemacht habe. Seufzend ging ich mit ihr wieder hinein.

Es dämmerte, als ich mich auf den Heimweg machte. Vor

dem Haus, in dem unsere Familie wohnte, kam mir in den Sinn, dass es im Moment nicht mehr mein Zuhause war. Ich schaute zu unserer Wohnung hoch, alles war dunkel. Ob sie weggegangen waren? Ob sie auf dem Weg zu Sophia waren, um uns abzuholen? Na, ich hätte mich auch fragen können, ob ich mal auf den Mond fliegen würde. Wohl eher schlief Papa seinen Rausch aus und Mama hockte im Dunkeln auf ihrem Bett. Hatten sie uns vergessen? Wie konnten wir ihnen so gleichgültig sein, dass sie nicht mal anriefen und fragten, wie es uns ging?! Schon wieder wollten Tränen in die Augen schießen, da schoss ich mit einem neuen Gedanken zurück: *Ihr seid die Säue und ich die Perle, ha!* Dieser Gedanke machte mich nicht glücklich, aber er trocknete meine Augen und ich ging zu Sophia.

Schließlich wussten es alle: Tante Henriette, Bert, die blöden Zwillinge und Melissa, Kurzbein-Opa und die Cinquecento-Großeltern – und, weil Mélchior ein Plappermaul ist, auch Claire, Claude, Caspar und Sara.

Kurzbein-Opa war fuchsteufelswild, weil meine Eltern das Vorerbe einem Anwalt in den Hintern geschoben hatten, und wollte Mama enterben. Cinquecento-Opa sagte, sein zweiter Sohn sei schon immer ein Nichtsnutz gewesen, und Cinquecento-Oma sagte: »Nein aber auch!«

Sie läuteten bei Sophia Sturm. Aber Sophia konnte ihnen auch nicht viel mehr sagen, als dass wir Kinder bei ihr seien und dass der Sozialdienst sich der Sache angenommen habe, und nein, die Kinder hätten nicht den Wunsch geäußert, zu Tante Henriette, den Cinquecento-Großeltern oder nach Biel zu Claire zu ziehen. Blutsverwandtschaft und Freundschaft hin oder her – die Kinder sollten nicht noch einmal aus einem Zuhause herausgerissen werden. Und nein, es gäbe keinen Grund, beleidigt zu sein; besser, man konzentriere sich darauf, wie man das Ganze ins Lot bringen könne.

Lydia und ich waren froh, dass Sophia uns nicht hergeben wollte! Aber sie konnte nicht verhindern, dass wir herumgereicht wurden: Alle luden uns ein und behandelten uns, als wären wir halbinvalid oder so. Immerhin gab es Kekse, Cola und all so Zeugs. Sie sagten, dass wir Arme seien, und wetterten über unsere Eltern, bis Lydia zu weinen begann oder einen Wutanfall bekam. Natürlich waren unsere Eltern unter jeglicher Kanone, aber sie waren trotzdem unsere Eltern – und die einzigen Menschen, die über ihre Eltern herziehen dürfen, sind die Kinder selber, so lautet das Gesetz! Ich wusste, dass meine Eltern bekloppt sind, aber im Moment brauchte ich die Überzeugung, dass sie es trotzdem schaffen und die Kurve kriegen, damit ich ein bisschen stolz auf sie sein kann. Ich wollte, dass sich alle an die Stärken meiner Eltern erinnerten, denn ich fand im Moment keine, brauchte aber diese Erinnerung so sehr. Sophia sprach nie schlecht über Mama und Papa. Sie ließ klar durchblicken, dass wir etwas Angenehmeres verdient hätten, aber nie kam ein schlechtes Wort über ihre Lippen.

Sollte ich mal wirklich erwachsen werden, will ich wie Sophia werden!

Einmal war ich mit Lydia nach der Schule bei Opa zu Abend essen. Wir aßen im Wohnzimmer, denn Opa wollte nichts im Fernseher verpassen. Er war immer noch stolz darauf, dass er einen Farbfernseher mit Fernbedienung besaß, und merkte nicht, dass die meisten nun so was hatten.

In den Nachrichten berichteten sie, dass sich praktisch alle Mitglieder der Sekte *People Temple* umgebracht hatten. Auch der Gründer Jim Jones. Über 900 kamen um, darunter 270 Kinder.

Opa wetterte, dass das wieder die Kommunisten gewesen seien, dieses Pack. Das sagte er oft: Das waren die Kommunisten! Und wenn einem etwas an der Schweiz nicht gefiel, sagte er: Geh doch zu den Russen! Ich weiß beim besten Willen nicht, was das eine mit dem anderen zu tun hat. Ich möchte nicht zu den Russen, es wäre mir dort zu kalt. Wenn er sagen würde: Geh doch zu den Griechen, das wäre viel attraktiver.

Die meisten Anhänger der Sekte hatten sich mit Zyankali in Traubensaft umgebracht und wer das nicht trinken wollte, wurde erschossen.

Dann war das wohl nicht Selbstmord, sondern Mord! Da kam mir der Zigarettennachmittag mit Trice und Kiki in den

Sinn, als uns Trice erklärte, dass in der Bibel stehe: Lass diesen Kelch an mir vorübergehen. In dem Fall hätte ich das auch gesagt – was nicht viel genutzt hätte, weil sie mir dann eine Kugel durch den Kopf gejagt hätten. Wer weiß, vielleicht hatte der Chef der Sekte mit ein paar Helfern die Leute mit vorgehaltener Pistole gezwungen, den Traubensaft zu trinken, damit es aussah, als ob sich alle freiwillig getötet hätten. Sie hatten die freie Wahl, durch Zyankalitraubensaft oder durch eine Kugel zu sterben. Welche Wahl!

Opa sagte nochmals: »Diese Kommunisten, die haben doch eine Schraube locker. Euer Vater ist auch ein solcher Kommunist – nur zwischen Kunstwerken herumlungern! Ich habe von Anfang an gewusst, dass er Alice verderben würde. Er ist ein Versager, eine Null. Ich hätte niemals erlauben dürfen, dass sie ihn heiratet!«

Ich sagte: »Das hättest du ja gar nicht können – sie haben in einer Nacht- und Nebelaktion geheiratet.«

Lydia begann zu weinen. »Sie sind mein Papa und meine Mama!«, schluchzte sie und immer wieder: »Sie sind mein Papa und meine Mama!«

Da sagte Opa nichts mehr, sondern trug das Geschirr in die Küche und erwähnte das Thema nicht mehr. Stattdessen kam er mit Vanille- und Erdbeereis samt geschlagener Sahne herein. Lydia vergaß ihren Kummer sofort.

Ich aß das Eis, aber den Kummer vergaß ich nicht.

Weggesperrt

Etwa eine Woche später kam ich nichtsahnend am Nachmittag nach Hause, da saß Frau Tschümperli mit Sophia und Klaus im Wohnzimmer! Was wollte die hier?! Sophia bat mich an den Tisch; ich sagte, ich hätte Hausaufgaben.

»Du machst nie Hausaufgaben, da willst du nicht gerade heute damit anfangen.« Sophia winkte mich an den Tisch. »Es gibt Neuigkeiten.«

Die Tschümperli zog wie verrückt an ihrem linken Mundwinkel. »Also, die Situation bei deinen Eltern wurde für die Nachbarschaft untragbar. Einerseits wegen dem Lärm und andererseits, weil«, sie räusperte sich, »weil es auch etwas unangenehm aus der Wohnung zu riechen begann.«

»Sie meinen wohl stinken?«, sagte ich.

»Ja, ähm, so kann man es sagen. Jedenfalls haben die Nachbarn die Polizei gerufen und die ist dann, also, die hat die Wohnungstür aufgebrochen und die Umstände dort waren, ehm ...«

»Sie können mit Nicola Klartext reden, das ist ihr am liebsten«, erklärte Sophia.

Mundwinkel schräg nach oben. »Also, wie mir berichtet wurde, befand sich die Wohnung in einem ungeordnet..., in einem chaotischen Zustand: Überall leere Flaschen, Essensreste, Müll, zerfetzte Kataloge; deine Mutter scheint die ganze Zeit im Bett gelegen zu haben und vielleicht hat sie auch mal rein..., ähm ja, gepinkelt.« Ihre Stimme war ganz leise geworden, so peinlich war es ihr. Dabei ging es ja nicht um ihre Mutter – mir musste es peinlich sein, aber mir war es das gar nicht. Ich sagte nichts und machte ein Pokerface. Und sowieso: Ich hatte früher auch ins Bett gepinkelt, das tat jeder. Nachdem Frau Tschümperli ein paar Mal den Mundwinkel hochgezogen hatte, fuhr sie fort: »Wir fanden deine Mutter im Bett, sie reagierte nicht, starrte nur an die Decke. Und« – wieder zögerte sie – »und wir haben sie mitgenommen.«

»Wohin mitgenommen?! Zu Ihrem bekloppten Rorschachtest? Wohin? In die Klapsmühle?! Wohin?!!«

Frau Tschümperli wand sich auf dem Stuhl und wandte sich hilfesuchend an Sophia, aber Sophia sagte nichts. Sie fuhr fort: »Es hat einen FFE gegeben, das ist ein fürsorgerischer Freiheitsentzug. Das macht man, wenn jemand verwahrlost ist oder Gefahr für Suizid oder einen psychotischen Schub besteht.«

»Das heißt also, dass Mama mitgehen musste, ob sie wollte oder nicht?«

»So könnte man es sagen.«

»MEINE MUTTER HAT NIEMANDEM WAS GETAN!«

»Nein, aber sich selber – das ist genauso unzulässig.«

»Ihr habt sie gefangen genommen!!«

»Nein, sie ist in einer psychiatrischen Klinik. Dort schauen sie, dass es ihr bald besser geht.«

Mir war schwindlig, ich wusste nicht, warum. Vielleicht kam das vom Turnen, vielleicht war ich unterzuckert, ich hätte mich gern hingelegt. »Wo ist Papa?«

»Die Ambulanz fuhr ihn ins Spital, der Promilleanteil im Blut war so hoch, dass die Gefahr einer Vergiftung bestand. Er ist jetzt in der *Trinkerheilstätte Nüchtern* für einen Entzug.«

Ich sagte zu Sophia: »Ich muss was essen, ich bin unterzuckert, ich muss einfach was essen, sonst kippe ich um. Ein Stück Brot reicht, aber ich muss etwas in den Magen kriegen, wir hatten Turnen, ich muss was essen, nur ein Stück Brot, das reicht.«

Klaus verschwand in der Küche und kam mit einer warmen Ovomaltine und einem Käsebrot zurück. Die Ovo tat gut, das Käsebrot brachte ich nicht hinunter. »Wo ist Lydia?« Erst jetzt fiel mir auf, dass sie nicht da war! »Habt ihr sie auch in die Klapse gesteckt?!«

Sophia strich mir über den Arm. »Lydia ist bei den Nachbarskindern, wir wollten die Neuigkeiten erst mit dir besprechen und dann Lydia sagen.«

»Aber ohne die Rorschachtante!«

»Ja, nur Klaus, du und ich. Sie heißt Frau Tschümperli, das weißt du.«

Die Rorschachtante stand schon mehr, als dass sie saß. Die würde wohl besser in einem klitzekleinen Laden arbeiten, wo sie nur alle paar Tage einen Kunden bedienen musste.

Als sich die Tschümperli zu ihren Farbklecksen aufgemacht hatte, besprachen wir, was zu tun war. Sophia sagte, dass sie Lydia holen gehe, wenn ich bereit dazu sei. Ich erwiderte, das sei etwa in einer Woche. Dann rutschte es heraus, bevor ich überhaupt merkte, dass ich so etwas gedacht hatte: »Ich bin an allem schuld, weil ich eine Klugscheißerin bin, die nie den Mund halten kann! Ich hätte nichts sagen dürfen, als Opa vom Zweiten Weltkrieg sprach, denn der ist jetzt böse – ich meine Opa, nicht der Weltkrieg – und Papa erbt nichts! Und das hat meinen Eltern die Hoffnung genommen und jetzt, da sie das Vorerbe verloren haben … Ich –«

Sophia schüttelte den Kopf. »Es ist doch nicht deine Schuld, wenn deine Eltern mit dem Leben nicht so klar kommen! Dein Vater hätte eine neue Stelle suchen können und deine Mutter sich Hilfe holen müssen. Du bist keine Klugscheißerin, wenn du deinem Opa sagst, dass die Schweiz im Zweiten Weltkrieg eine andere Rolle hatte, als er wahrhaben will. Und wenn er wirklich deswegen deinen Papa enterbt hätte, so wäre das seine ungerechte Entscheidung und nicht deine Schuld. Außerdem sollte man sich das Leben so einrichten, dass man es auch ohne Erbe bewältigen kann. Das ist in unserem Land durchaus möglich!«

Da musste ich ein bisschen weinen. Dann machten wir ab, dass wir Lydia heute Abend noch nichts sagen würden, Sophia holte die Kleine, dann las ich ihr (ich meine der Kleinen, nicht Sophia) eine Geschichte vor und nachdem sie eingeschlafen war, schrieb ich ins Tagebuch.

Alex kam mit einer Schweinemappe in die Schule! Sie blickte mich verschmitzt an: »Hier ist sie, nun mach etwas Schönes daraus!«

»Ich kann mich nicht daran erinnern, zugesagt zu haben.«

»Dann hast du entweder ein schlechtes Gedächtnis oder ich habe dir angesehen, dass du ja sagen würdest. Dein Gesicht ist wie ein offenes Buch.«

»Bha!«

»Du bist zum Beispiel seit Wochen bekümmert, aber willst es dir nicht anmerken lassen.«

Ich schluckte leer.

»Du willst nicht, dass dich jemand danach fragt, deshalb versuchst du, ein Pokergesicht zu machen.«

»Versuchen?! Also bitte! Mein Pokerface ist legendär!«

»Das muss in einem früheren Leben gewesen sein«, Alex grinste.

»Erzähl du mir nichts von früheren Leben, du bist nicht meine Mutter!«

»Ich wollte nicht –«, begann Alex.

»Dann tu es auch nicht!«, ich packte ihre Mappe und ging

hocherhobenen Hauptes aus dem Klassenzimmer. Da ertönte die blöde Pausenglocke und ich musste wieder hinein. Vorher hängte ich die Mappe an meinen Haken. Als ich mich setzte, sah ich im Augenwinkel, dass auf Alex' Mund ein angedeutetes Lächeln lag.

Diese Kuh!

Nach dem Mittagessen sagte mir Sophia, dass wir in den nächsten Tagen Mama besuchen dürften. Bei Papa würde es noch dauern; er sehe nicht ein, warum er einen Entzug machen sollte. Ich nickte bloß, was sollte ich auch sagen? Es gab nichts zu sagen, und eigentlich war mir das Ganze ziemlich egal – es ging an mir vorbei wie die Scheiße, die man an sich vorbeifließen lassen soll.

Am Abend würde ich mit Lydia über unsere Eltern reden. Ich wägte ab, was besser wäre – vor oder nach dem Abendessen. Möglicherweise wäre es besser, erst nach der schlechten Nachricht zu essen. Es könnte aber auch sein, dass Lydia die Hobbybotschaft mit sattem Bauch besser aufnahm. (Warum man eine schlechte Botschaft als *Hobbybotschaft* bezeichnet, ist mir schleierhaft, ein Hobby ist doch eine tolle Sache!) Aber vielleicht würde sie nach dem Essen Bauchschmerzen haben oder nörgeln, weil sie lieber was anderes gegessen hätte, oder eine Szene machen, weil sie ihren Teller selber abräumen muss.

Immer diese Entscheidungen!

Ich fragte Sophia, ob wir ausnahmsweise eine Nachspeise bekämen – nach der Hobbybotschaft, um Lydia positiv zu stimmen. Sophia ist in dieser Hinsicht leider nicht cool: Sie sagte, dass Nahrungsmittel dafür da seien, den Körper zu nähren, nicht um Stimmung zu machen. Darauf überlegte ich mir, einen Schokoladestängel zu kaufen. Sophia sagte, ich solle bloß nicht auf die Idee kommen und Lydia Süßigkeiten kaufen!

Vielleicht konnte man tatsächlich in meinem Gesicht wie in einem offenen Buch lesen?

Lydia war guter Dinge: Sie durfte im Weihnachtsspiel die Maria spielen! Sie behauptete, dass ihr das leicht fallen würde, sie wisse ja von Papa eine Menge über Maria. Sie werde Maria so schön spielen, dass alle weinen müssten.

Ich packte die Gelegenheit beim Schopf und sagte: »Ja, Papa kennt die Marien.«

Lydia nickte eifrig: »Ich gehe schnell rüber, da kann er mir alles erzählen!«

»Lydia, darüber muss ich mit dir reden – ich meine, wegen Papa und Mama.«

»... und Mama kennt sich mit heiligem Zeugs aus, die kann mir sagen, wie ich mich den Heiligen drei Königen gegenüber verhalten soll.«

»Das ist im Moment nicht möglich. Lydia, komm, setz dich zu mir aufs Bett.«

»Ich dachte, es gibt Abendessen?«

»Ja, aber vorher möchte ich mit dir über etwas reden.«

»Über Maria?«

»Nein, über Mama und Papa.«

»Gell, wir gehen nach dem Essen rüber! Ich vermisse sie, ich will sie endlich wiedersehen.«

»Das ist im Moment leider nicht möglich.«

»Aber –«

»Hör mir zu: Du weißt, warum wir vorübergehend zu Sophia und Klaus gezogen sind?«

»Ja, weil Mama krank im Bett liegt und Papa eine neue Stelle sucht.«

»So ungefähr. Nur sucht Papa keine Stelle, sondern ist auch krank.«

»Ach, hat er sich angesteckt?«

»Gewissermaßen. Also, ja, so ungefähr. Und jetzt sind sie an einem Ort, wo man ihnen hilft, und wir werden sie bald besuchen – aber erst, wenn es ihnen besser geht.«

»Damit wir uns nicht anstecken?«

»Ja – so in etwa. Dann kann dir Papa alles über Maria erzählen, es dauert ja noch einen Monat, bis ihr das Krippenspiel aufführt.«

»Wie lange ist ein Monat?«

»Da musst du dreißigmal schlafen.«

»Aber ich kann noch nicht so weit zählen, wie soll ich da dreißigmal schlafen können?«

»Manchmal hat man für etwas kein Wort und doch existiert es.« Ich sollte unbedingt Philosophin werden!

Lydia: »Ich hab Hunger!«

Die Kleine war noch nicht bereit für die Weisheiten ihrer großen Schwester.

In der Nacht weinte sie mir das Pyjamaoberteil nass. Sie vermisse unsere Eltern, und ob die auch wieder gesund würden, oder vielleicht stürben sie und was dann wäre, und sie habe Angst und so weiter. Ich war die große, starke Schwester, an die sie sich lehnen konnte – und die dann selber flennte (leise). Als Lydia schlief (und mich dauernd kickte), schrieb ich ein Gedicht:

Wenn ich weine,
kann es passieren,
dass ich verdurste.
Aber nur einmal.

Ich deponierte am nächsten Nachmittag Alex' Mappe im Garten – buddelte sie zur Hälfte ein – unter einem Strauch, in dem oft Vögel saßen. Sophia fand das mit der Mappe eine blöde Idee, obschon sie zugeben musste, dass meine Mappe cool aussah.

Eine Woche lang vertrösteten sie uns auf den nächsten Tag: Mama sei noch nicht ansprechbar, man warte besser mit einem Besuch, damit wir Kinder nicht schockiert seien. Und Papa könne man auch nicht besuchen.

Ich bespritzte jeden Tag die Mappe mit Wasser aus der Wassertonne, rieb sie (ich meine die Mappe, nicht die Wassertonne) mit Laub ein und drehte sie um. Ich fand, die Vögel könnten mehr auf die Mappe scheißen. Was wohl draus würde? Alex fragte jeden Tag danach, ich erklärte ihr, was gut werden solle, brauche seine Zeit. Ja, sie hoffe das doch sehr, erwiderte Alex und guckte mich seltsam an. Ich schaute rasch weg. Sie fragte, ob sie die Mappe schon mal angucken dürfe. Ich sagte, ja, dürfe sie, aber die Mappe befinde sich im Garten meiner Patentante, nicht bei uns zu Hause.

Im Deutsch mussten wir einen Aufsatz schreiben zum Thema:

»Hat das Leben einen Sinn?« Ich konnte aus dem Vollen schöpfen, würde sagen, aus dem Übervollen!

Nach der Schule kam Alex mit zu Sophia. Sie war etwas schockiert, als sie ihre Mappe sah – die sah zurzeit wie ein Erdferkel aus. Ich erklärte ihr, dass dies zum Prozess gehöre. Einen Rosenstock müsse man ja auch mit Mist düngen und dann würden wunderschöne Rosen blühen.

»Ja, was soll denn aus dieser Mappe wachsen – Mappenblüten oder was?«

»Das ist nur eine Motopher.«

Alex begann schallend zu lachen: »Eine Motopher – ist das ein Fahrzeug oder was?«

Ich zuckte lässig mit den Schultern. »Eine Motopher ist ein Bild für etwas. Man nimmt ein Beispiel und zeigt anhand von dem etwas.«

»Ahh, du meinst eine *Metapher*?!«, sie lachte geradezu unverschämt.

»Sag ich doch.«

Sophia war zu meinem Schrecken noch nicht zu Hause, da musste ich die Haustüre mit meinem Schlüssel öffnen. Alex machte große Augen. »Du bist bei jemandem auf Besuch, der nicht da ist, und hast sogar einen Schlüssel?«

»Eh, da ist wohl etwas dazwischengekommen.«

In der Küche füllte ich Himbeersirup in zwei Gläser, goss Wasser dazu und holte die Kekse aus dem Schrank.

»Du kennst dich hier aber gut aus!«

»Ich war schon einige Male bei Sophia, sie ist ja meine Patentante.«

Die Türe ging, Lydia rannte herein, Sophia folgte.

Sophia: »Wie schön, bringst du mal Besuch nach Hause!«

Alex: »Nach Hau–?«

Glücklicherweise krähte Lydia: »Ich spiele an unserer Weihnachtsaufführung die Maria!«

Alex sagte, dass dies toll sei, und wollte alles darüber wissen. Sophia begann das Abendessen zuzubereiten. Sie fragte mich, ob Alex auch hier esse, was ich verneinte, bevor Alex eine falsche Antwort hätte geben können.

Wir spielten zu dritt *Mensch ärgere dich nicht*, Alex nahm brav hin, dass Lydia dauernd die Regeln änderte, und am Schluss tat sie erstaunt, dass Lydia gewann. Sie kann gut mit Kindern umgehen! Danach begleitete ich Alex zur Haustür. Sie blieb unentschlossen im Entree stehen (ich meine Alex, nicht die Haustüre) und musterte mich. »Ihr wohnt zurzeit hier, richtig?«

»Vorübergehend.«

»Was ist passiert?«

»Nichts, das jeder wissen muss.«

»Ich bin nicht jeder.«

Keine Ahnung, was ich darauf sagen sollte

Sie gab mir einen Kuss auf die Wange und sagte: »Wenn du Hilfe brauchst – ich bin da.«

Und fort war sie. Der Kuss brannte wie Feuer. Ob sie Chili oder etwas anderes Scharfes auf den Lippen gehabt hatte? Oder benützte sie eine aggressive Lippenpomade?

Die Untote

Sophia kam mit uns, Mama besuchen, dafür war ich ihr dankbar. Das Spital, in dem Mama war, hieß *Waldau* – eigentlich ein hübscher Name. Es bestand aus mehreren Gebäuden, das größte sah wie ein Gymnasium aus. Die Waldau lag im Grünen, am Rande der Stadt und am Rande eines Wäldchens. Es war natürlich nicht wirklich ein Spital – das sagten wir nur wegen Lydia. Es war die psychiatrische Universitätsklinik. Warum Mama dort war, weiß ich nicht, sie hatte ja nie an der Uni studiert. Beim Empfang meldete uns Sophia an. An den Wänden hingen skurrile Bilder – Sophia erklärte, das hätten Menschen gemacht, die hier lebten. Lydia zog mich aufgeregt von Bild zu Bild, sie wollte wissen, welches von Mama war. Wir fanden keines.

Eine Schwester holte uns, wir gingen in den ersten Stock, die Türe dort war verschlossen. Unsere Mutter war also doch in einem Gefängnis! Lydia hielt meine Hand wie verrückt und fragte die Frau, warum die Türe verschlossen sei.

»Zur Sicherheit der Menschen, die hier leben«, sagte die Schwester.

Lydia, ängstlich: »Leben im Wald Mörder oder sogar Drachen?«

»Nein, die Tür ist geschlossen, damit die Menschen nicht hinausgehen und sich verletzen.«

Lydia, total verstört: »Mama in einem Gefängnis?! Sie macht doch nichts Gefährliches, wenn sie rausgeht! Zu Hause ist sie fast jeden Tag aus dem Haus gegangen und es ist nie etwas passiert! Vielleicht haben Sie die falsche Mama gefangen genommen?«

Ich hob Lydia hoch und sagte ihr, dass man in der Waldau gut nach ihr schaue, das sei doch die Hauptsache. Wie verlogen ich war – ich hatte ja keine Ahnung, ob sie das taten!

Sophia fragte, ob Mama in einem Zustand sei, der es erlaube, sie im Restaurant zu treffen, das sei die bessere Umgebung für die Kinder. Die Schwester war einverstanden. Wir gingen vor, Sophia kaufte einen Apfelsaft für mich, für Lydia eine Cola (ausnahmsweise) und für sich einen Kaffee. Gespannt warteten wir. Ich beobachtete die Leute im Café und versuchte herauszufinden, wer von ihnen verrückt war und wer sie besuchte. War gar nicht so einfach herauszufinden.

Die Schwester kam, gefolgt von meiner Mutter – nein, vom Schatten meiner Mutter, von etwas, das einmal meine Mutter gewesen war: total abgemagert, mit Ringen unter den Augen und ruhelosem Blick. Im Unterschied zum letzten Mal waren ihre Haare frisch gewaschen und trotzdem schienen sie verwelkt. Ich packte Lydias Hand, Lydia starrte Mama an, als wäre sie ein Schlossgespenst, und da lag sie nicht viel daneben. Sie drückte meine Hand mit erstaunlicher Kraft.

Die Pflegerin drehte sich unserer Mutter zu und deutete in unsere Richtung. Ich weiß nicht, ob Mama uns bemerkte: Sie wühlte in der Tasche ihres weißen Kittels und fischte mit zittrigen Händen ein Zigarettenpäckchen heraus. Dann hetzte sie, das Feuerzeug in der Hand und die Zigarette im Mundwinkel – an uns vorbei zu einem Tisch, auf dem ein Aschenbecher stand. Hastig zündete sie die Zigarette an und nahm einen tiefen Zug.

Wir schauten verstört. Sophia flüsterte: »Kommt, Mädels!« Wir packten unsere Getränke und setzten uns an Mamas Tisch.

Sophia, freundlich: »Hallo Alice, willst du einen Kaffee?«

Mama paffte gierig. Wenn sie vor die Wahl gestellt worden wäre: entweder die Zigaretten oder die Kinder – hätte sie sich für die Zigaretten entschieden!

»Möchtest du einen Kaffee?«, wiederholte Sophia.

Mama nuschelte etwas.

»Was hast du gesagt, Alice?«

»Doppel –...«

»Doppel was?«

Ich sagte: »Sie will wohl einen doppelten Espresso, den bestellt sie oft.«

Mutter nickte müde.

Sophia ging zur Theke, wir saßen schweigend da. Ich war mir nicht sicher, ob Mama überhaupt wusste, mit wem sie am Tisch saß. Sie war nur mit ihrer Zigarette beschäftigt.

Lydia sagte: »Ich spiele an der Weihnachtsaufführung die Maria.«

Mama: »Ja, Maria – das ist eine Heilige, sie ist der Schutzgeist deines Vaters. Maria ist die einzige, die es mit Gott getrieben hat – muss das orgiastisch gewesen sein! Ich beneide sie.«

Ich hatte nicht die Zeit, Lydia die Ohren zuzuhalten. Sie schaute Mama verständnislos an, ich sagte schnell: »Wie geht es dir?«

Mama blickte mich lange mit leeren Augen an. »Wie soll's einer Untoten schon gehen?«

Lydia begann zu heulen: »Ich will nicht, dass du untot bin! Ich weiß zwar nicht, was untot bedeutet, aber es hört sich schrecklich an!«

»Es ist schrecklich, meine Kleine«, Mama zerdrückte die Zigarette und fingerte in der Kitteltasche nach einer neuen.

Sophia kam mit dem doppelten Espresso. Sie sah, dass die Dinge nicht zum Guten standen. »Hier, Alice, dein Kaffee.«

Mama gaffte in die Tasse, als gäbe es dort etwas Aufregendes zu sehen. Sie nahm einen Schluck und sagte zu Sophia: »Jetzt hast du meine Töchter, das wolltest du doch schon immer –

jetzt ist es dir gelungen, du Kinderräuberin! Ein schlimmes Karma hast du dir aufgeladen – ein ganz schlimmes.«

Da sprang Lydia auf. »Du bist nicht meine Mama!«, schrie sie und rannte davon. Sophia folgte ihr, ich blieb mit der Untoten am Tisch. Keine Ahnung, was ich sagen sollte. Mama steckte sich die nächste Zigarette an und hielt den Rauch zweimal so lang in den Lungen, als sie das normalerweise tat. Sie starrte nicht mehr in den Kaffee, sondern in den Aschenbecher. Es war so gemütlich, wie wenn man auf einem Abfallhügel sonnenbadete.

Mama sagte: »Ich hoffe, du weißt dich zu benehmen und hältst dein Feuer im Zaum.«

Da floppte mir der Zapfen aus der Flasche. »Geht's noch? Nur weil du hier bist, kannst du doch nicht so gemein sein! Ich weiß mich durchaus zu benehmen, und übrigens hat Sophia uns aufgenommen, weil du nur noch in die Leere starrst – und Himmel nochmal: Lydia ist sechs, da sagt man nicht jede Scheiße, die einem ins Hirn fällt! Du weißt ganz genau, dass dir Sophia nichts gestohlen hat – sie sorgt dafür, dass wir nicht vor die Hunde gehen – bei dir ist wirklich jeglicher Zapfen und Holz verloren!«

Mama lächelte ein untotes Lächeln: »Ach, das ist meine Nicola, rücksichtslos mit dem Kopf durch die Wand. Typisch Widder.«

Es war zwecklos – ich erreichte sie nicht, ich könnte genauso gut einer Lawine sagen, sie solle sich wieder den Berg hinaufrollen. Ich stand auf. »Tschüss. Ich hoffe wirklich, dass es dir bald besser geht.«

Mama musterte mich: »Ich kann jetzt die Aura ganz klar sehen und die Geisthelfer – du bist verliebt, das ist schön.«

Ich drehte mich um und ging.

Keine Ahnung, wie ich mich fühlte – das war auch egal! So oder so hatte Mama eine Schraube locker, nein, eine ganze Schachtel davon hatte sie locker, nein mehr als locker: Die waren auf den Boden gefallen, Massen davon – damit könnte man ein kilometerlanges Holzgestell zusammenschrauben. Ich hätte gern geschrien und Tassen vom Tisch gefegt, aber das konnte ich nicht, denn beim Ausgang stand Lydia und schaute mir entgegen – mit einem Blick, der nicht entsetzter und verängstigter hätte sein können! Da machte ich es wie die Fernsehansagerinnen: Schaute Lydia an und schloss regelmäßig beruhigend die Augen. Ansagerinnen müssen das so machen, um die Zuschauer zu beruhigen, im Sinne von: *Es ist absolut in Ordnung, dass ihr in diese hirnlose Glotze guckt, nur weiter so!* Ich schloss also betont langsam meine Augen, um Lydia zu beruhigen. Dazu lächelte ich ein ganz klein wenig. Ich lächelte nicht richtig, weil die Situation zum Heulen war, aber ich deutete ein Lächeln an im Sinne von: Es kommt alles gut.

Eine begnadete Schauspielerin steckte in mir.

Bei den beiden angekommen, hob ich Lydia hoch (mein armes Kreuz!). Sie umklammerte meinen Hals (mein armer Nacken!), gab mir einen Kuss und sagte: »Nicola, hast du was in den Augen, dass du sie so komisch zudrückst?«

Lydia war wohl noch zu jung, um eine schauspielerische Leistung würdigen zu können.

Schweigend gingen wir zum Auto. Lydia sagte: »Ich werde Maria so schön spielen, dass Mama beim Zugucken gesund wird.«

Sophia und ich sagten nichts darauf.

Am ersten Advent bastelten wir zu dritt einen Adventskranz. Man sah ihm an, dass Sophia nicht zu den begabten Bastlerinnen gehörte: Er war zerzaust, die Kerzen standen wie Pisatürme darauf, und Lydia hatte legale »Steine« in die Tannenzweige reingesteckt: Haselnüsse, Bierdeckel, Federn usw.

Nun brannte eine Kerze, aber eine vorweihnächtliche Stimmung stellte sich nicht ein. Sophia wollte mit uns über den Besuch bei Mama sprechen, nur hatte Lydia keine Zeit, weil sie sich auf ihre Mariarolle vorbereiten musste; und ich hatte keine Zeit, weil ich Lydia assistieren musste. In Tat und Wahrheit dichtete ich an einem dramatischen Gedicht und Lydia spielte mit Teddybär und Plüschfrosch *Mama heilen.*

Damit etwas mehr Weihnachtsstimmung aufkam, buken wir Weihnachtsplätzchen. Nur wollte Lydia den Teig mit einem Maria-Förmchen ausstechen, aber Sophia hatte keine Maria, also versuchte sie ihr die Sankt Nikolaus-Form als Maria zu verkaufen. Lydia ließ sich jedoch nicht täuschen.

Ich bin immer wieder erstaunt, wie laut Lydia flennen kann.

Klaus spielte den Sumo-Ritter, indem er eine kleine Zange aus dem Werkzeugkasten holte und dem Sankt Nikolaus weibliche Formen verpasste. Es entstand ein unförmiges, schwangeres Wesen, das Lydia zu unserem Erstaunen widerspruchslos als Maria akzeptierte. Sophia warf Klaus einen solch verliebten Blick zu, dass mein Herz hüpfte. Am Schluss hatten wir zwei Schachteln voll schwangerer Vanille-, Zimt-, Sablé- und Mailänderli-Marien.

Später nahm Sophia mich zur Seite und sagte: »Wegen eurer Mama können wir im Moment nichts anderes tun als abwarten. Und bei deinem Vater dauert es noch mindestens eine Woche, bis ihr ihn sehen könnt. Ich wünschte, ich könnte etwas anderes sagen.« Ich nickte bloß und ging hinaus, nach Alex' Mappe schauen. Ich glaube, die Kälte tat ihr gut. (Ich meine, der Mappe, nicht Alex.)

Außerdem ließ es sich draußen gut weinen.

Die Postkarte

Die nächsten Tage waren ereignislos – das bedeutete für mich neuerdings, dass es gute Tage waren. Nur einmal erwachte ich mitten in der Nacht schweißgebadet. Mein Leben grinste mich aus hohlen Augen an: Was würde aus mir werden? Welchen Beruf sollte ich ergreifen? Wann würde Mama wieder normaler, wann käme Papa aus der Entzugsklinik? Wer zahlte die Miete für unsere Wohnung, was geschah, wenn wir nicht mehr zusammenleben konnten? Wann verliebte ich mich wieder? Was war mit Nico-la-Poche AG? Wann würde ich in der Schule wieder besser? Warum fand ich Jungen doof? Wann war der richtige Zeitpunkt, um Alex die Mappe zurückzugeben? Warum kickte mich Lydia dauernd im Schlaf? Wann konnte ich wieder allein schlafen?

Die Welt stand wie ein dunkler Berg vor mir, bedrohlich und uneinnehmbar. Ich konnte die restliche Nacht kein Auge mehr zutun. So versuchte ich, am Vormittag während des Unterrichts mit offenen Augen weiterzuschlafen. Alex schrieb:

– Nicola, mein Arm tut mir weh, weil ich dich ständig am Kippen hindern muss. Würdest du bitte endlich aufwachen?!?

Am Mittag trottete ich nach Hause und leerte wie üblich den Briefkasten. Zuoberst lag eine Postkarte, die nicht frankiert war. Da ich ein interessierter Mensch bin (Papa sagt ungerechterweise »neugierig«), las ich, von wem die Karte stammte.

Mein Herz setzte für einen Moment aus:

> Meine lieben Töchter
>
> Ich bin trocken und auf dem Weg nach Frankreich. Ihr sollt auf euren Vater <u>stolz</u> sein können – ich baue euch eine Zukunft! Denkt dran: das Land und die Quelle gehören uns! Ich hole euch aus dem Loch!
>
> Gruss und Kuss,
> euer Papa
>
> Nicola & Lydia
> Dummermuth
> bei Sophia & Klaus

Ich schlurfte hinein und drückte Sophia wortlos die Karte in die Hand. Sophia las sie, setzte sich auf einen Küchenstuhl und atmete tief aus. Aus unserem Zimmer hörte ich Lydia, sie für ihre Rolle übte.

Sophia seufzte. »Ich muss die Entziehungsklinik und das Sozialamt benachrichtigen. Hoffentlich ist er entlassen worden und nicht geflohen! Nur – wenn er entlassen worden wäre, hätten sie uns wohl benachrichtigt, also ...« Sie stand abrupt auf, um die Bratwürste in der Pfanne zu drehen.

»Was hat er bloß vor?«, krächzte ich.

»Na, Land und Quelle für sich beanspruchen.«

Klaus kam herein und bald schwiegen wir zu Dritt, im Hintergrund Lydias fröhliches Geplapper.

Was stellte mein dummer Vater nur an?!

Am Nachmittag im Turnen spielten wir Basketball. Trice warf mir einen Ball an den Kopf – absichtlich! Es tat verdammt weh und da drehte ich durch: Ich stürzte mich auf sie, fragte schreiend, warum sie mir das antue, ob es nicht langsam reiche; was ich gemacht habe, dass sie sich so beschissen verhalte; dass ich im Moment weiß Gott wichtigere Probleme habe, als mich mit einer irren Italienerin zu befassen; ob sie nicht wisse, was Anstand und Höflichkeit ist, und bei einem nächsten Mal würde ich sie anzeigen.

Ich war total außer mir, Fräulein Franzen brauchte einige Kraft, um mich von Trice wegzuziehen. Ich jammerte, dass ich nicht mehr könne, dass mir alles zu viel sei und dass das Letzte, was ich jetzt ertragen könne, Bälle an meinem Kopf seien. Schwach nahm ich wahr, dass mich die Mädels irritiert angafften. Fräulein Franzen sprach beruhigend auf mich ein und führte mich hinaus. Sie sagte, sie habe gesehen, dass Trice mir den Ball absichtlich an den Kopf geworfen habe, und werde ein Wörtchen mit ihr reden. Sie sah mich besorgt an. Ob ich die Hilfe einer Freundin brauche?

Ich nickte und sagte leise Alex' Namen. Das hatte ich nicht vorgehabt.

Fräulein Franzen verschwand in der Turnhalle. Bald erschien Alex. Wir gingen uns umziehen. Ich ließ es geschehen, dass sie mich an der Hand nahm und in die Aula zog. Wir setzten uns in die hinterste Reihe und schwiegen eine Runde.

»Willst du mir nicht endlich erzählen, was los ist?«

Ich schüttelte den Kopf. Und erzählte ihr alles – von A bis Z. Die Pause wurde eingeläutet, die Pause ging zu Ende, Alex stellte manchmal eine Frage, sonst sagte sie nichts, sondern hörte einfach zu.

Am Schluss sagte sie: »Ein starkes Stück.« Und: »Hoffentlich baut dein Vater keine Scheiße!« Kurz strich sie über meinen Handrücken.

Da sagte ich: »Er wird Scheiße bauen, garantiert.«

Dann gingen wir nach Hause, die letzte Stunde war schon längst eingeläutet worden. Meine Hand brannte an der Stelle, wo Alex sie berührt hatte – ob sie eine Handcreme benützte, auf die ich allergisch reagierte?

Wie befürchtet, war Papa aus der Klinik entwichen. Er hatte eine Pflegerin bezirzt, damit er draußen rauchen durfte, und war abgehauen. Das Sozialamt wurde benachrichtigt, Frau Tschümperli rief Sophia an und fragte, ob Papa bei uns vorbeigekommen sei. Sophia erzählte ihr, dass er eine Portkarte in den Briefkasten geworfen, sich aber nicht gezeigt habe.

Im Bett dachte ich: Leider bin ich nicht gläubig – ich würde sonst zu Gott beten und ihn bitten, seine Hand über Papa zu halten. Vielleicht würde ich sogar wie Mama Mantra singen.

Aber ich war nicht gläubig.

Manchmal vermisste ich Mamas doofe Mantrasingerei.

Sophia musste meiner Verwandtschaft die neuesten Entwicklungen mitteilen. Tante Henriette berief einen Familienrat ein, obschon Papa nur ihr Schwager war. Treffpunkt: bei den Cinquecento-Großeltern. Henriette und Kurzbeinopa kamen, Dromedar-Onkel Thierry und Papas älterer Bruder Manfred mit seiner Frau Lotti. Und ich. Lydia blieb bei Sophia und Klaus.

Die Stimmung unter Null. Sie behandelten mich wieder wie eine Invalide, Thierry wollte mich umarmen! Ich stieß ihn weg, der hatte in seinem Hirn wohl einen Hohlraum! Alle sagten, wie schlimm das Ganze sei, dass man das vorhergesehen habe, dass das nicht habe gutgehen können und so weiter und so fort. Papas Fraktion gab Mamas Seite die Schuld und umgekehrt, die Stimmung sank zusehends.

Ich sagte, wenn sie nicht sofort mit diesen Streitereien aufhören würden, bekäme ich einen Tobsuchtsanfall und würde mit Gläsern um mich werfen. Sofort Schweigen, nur Cinquecento-Oma sagte »Nein aber auch!«.

Dann Cinquecento-Opa: »Wir gehen unseren Sohn holen.«

»Wie wollt ihr denn nach Frankreich kommen?«, fragte ich.

»Natürlich mit meinem Cinquecento.«

»Aber ihr seid mit dem Auto so langsam, dass ihr eher im Himmel landet als bei Papa.«

Cinquecento-Oma sagte wieder »Nein aber auch!« und Opa war beleidigt.

Dann überlegte man, wer stattdessen hinunterfahren könnte. Für alle, die in Frage kamen, kam es nicht in Frage, weil sie dies und jenes zu tun hatten. Erwachsene sind eben Memmen, ich will nur dann erwachsen werden, wenn ich so wie Sophia werde! Nachdem sie eine Reihe von Ausreden gezückt hatten, einigten sie sich darauf, dass Papa eh nicht zu helfen sei und er nicht kooperieren, sondern sein Ding durchziehen würde und es deshalb verlorene Liebesmühe darstelle, hinunterzufahren.

Wie lustig: Wir sagen *Runter nach Frankreich*, auch wenn der Ort dort höher liegen könnte als Bern. Aber weil Südfrankreich auf der Karte weiter unten als die Schweiz liegt, fahren wir *runter*. So wie wir *rauf* nach Holland fahren, dabei ist es dort topfeben und alles fast auf Meereshöhe. Das nur nebenbei bemerkt.

Man wurde sich einig, dass es ganz gut sei, wenn Papa in Frankreich weile, da könne er Mama nicht treffen und sie negativ beeinflussen. Papas Familienmitglieder fanden, dass wohl eher Mama auf Papa einen schlechten Einfluss habe. So oder so war klar: Sie hatten einen schlechten Einfluss aufeinander.

Als man auseinanderging, tat man so, als hätte man eine wichtige Entscheidung gefällt und das Problem gelöst. Dromedar-Thierry anerbot mir, mich zu Sophia zu begleiten. Ich sagte, ja – aber ich müsse zuerst eine Kanne Tee holen. Er wandte sich sofort ab. Wie kam der Depp dazu, mir dieses Angebot zu machen?

Die zündende Idee

Nach dem Familienrat lag ich neben meiner Schwester, der Fußballkönigin, und versuchte mich so zu positionieren, dass sie mich nicht kicken konnte. Ich dachte über Papa nach.

Und dachte. Und dachte. Und dachte.

Starrte Löcher in die Decke.

Und was schaute dabei heraus?

Nichts.

Dann schlief ich nach tausend Stunden endlich doch noch ein und erwachte plötzlich wieder, weil mich eine Erkenntnis traf und mir nun alles glasklar war: *Ich* würde Papa holen!

Wenn die Erwachsenen versagten, musste Nicola Dummer*mut*h aktiv werden. Ich verbrachte die Zeit bis zum Aufstehen mit Pläneschmieden.

Ich konnte kaum warten, die Neuigkeit jemandem zu erzählen. Im Zeichenunterricht steckte ich Alex einen Zettel zu:

– *Ich gehe nach Frankreich - Vater holen.*

Alex las den Zettel und zeichnete weiter. Was? Hatte sie nicht kapiert? War sie nicht beeindruckt oder wenigstens ein bisschen aufgeregt?! Ich kritzelte missmutig an meinem Ding rum, das dem Apfel vor mir gleichen sollte. Es sah wie ein beschädigtes UFO aus. Na, wer konnte schon Dichterin und Malerin zugleich sein?!

Gegen Ende der Stunde steckte Alex einen Zettel unter mein UFO-Bild.

– Ich komme mit!

Kurz darauf lag eine zweite Notiz auf meinem Pult:

– Dein Kinnladen hängt runter!

In der großen Pause gingen wir in die hinterste Ecke des Pausenplatzes, dorthin, wo ein paar hohe Bäume standen. Ich erkundigte mich bei Alex, ob sie noch bei Trost sei, ob sie noch alle Tassen im Schrank habe, ob man ihr noch helfen könne?

Sie sagte bloß: »Zu zweit ist man stärker als allein.«

Ich: »Pffff.«

»Ich habe einen guten Orientierungssinn.«

»Es ist allein meine Angelegenheit.«

»Ja, ich weiß, du bist Lucky Luke, der am Schluss jeder Geschichte einsam in die Abendsonne reitet!«

»Genau!«

»Dabei ist er gar nicht allein – sein Pferd Jolly Jumper ist mit ihm. Ich komme als Jolly Jumper mit.«

»Nur über meine Leiche!«

»Na, dann stirb mal.« Sie grinste.

Ich glitt in Oma-Manier auf den Boden.

»Nicht schlecht«, sie stieg über meine Leiche. »Das wäre hiermit erledigt – ich komme mit.«

Da musste ich grinsen. Alex half mir aufstehen und wir begannen über die Reise zu reden. Übermorgen, Mittwoch, wollte ich losfahren. Mittwochs hatten wir Schulkochen, da erwartete man uns nicht zum Mittagessen – und wenn sie dann merken würden, dass wir nicht nach Hause kämen, wären wir längst über alle Berge. Die Fahrkarte würden wir morgen kaufen, auch Geld wechseln und einen Zug heraussuchen.

Nach der Schule ging ich in die Wohnung meiner Eltern, um mein Geld zu holen. Auf dem Weg kam mir in den Sinn, dass mein Zimmer letztes Mal durchsucht ausgesehen hatte! Es durchfuhr mir siedend heiß! Ich besaß zwei Verstecke: eines in meinem Zimmer, das andere unter dem Bett meiner Eltern. Als Erstes stürmte ich in mein Zimmer. Und wirklich – Papa hatte das Geld gefunden!! So was soll mein Vater sein?! Zum Glück versteckte ich in meinem Zimmer nur einen kleineren Betrag, das meiste Geld hatte ich an der Unterseite des Bettgestells meiner Eltern angebunden. Das war tatsächlich noch da! Ich lüftete die Wohnung, räumte mein Zimmer auf, sammelte die Bierflaschen ein, bezog die Betten neu und nahm die schmutzige Wäsche mit zu Sophia. Jetzt sah die Wohnung einigermaßen ordentlich aus. Ich holte eine Reisetasche vom Estrich und stopfte Kleider hinein – zum Glück hatte ich nicht alle mit zu Sophia genommen! Die Tasche ließ ich in der Wohnung, ich würde sie am Mittwochmorgen holen.

Es tat mir leid, dass ich Sophia, Klaus und Lydia nicht erzählen konnte, was ich vorhatte: Aber dann würden sie mich nicht ziehen lassen. Also verfasste ich einen Brief für Sophia und für Lydia. Ich erklärte ihnen darin alles, bat sie um Verzeihung und versicherte ihnen, dass sie keine Angst haben müssten.

Er reichte ja, wenn ich Angst hatte.

Am nächsten Tag kauften wir die Fahrkarten: Bern – Nîmes retour. In Nîmes würden wir weiterschauen. Wir wechselten Geld, kauften Proviant. Abfahrt: 8:34.

Nochmals ging ich alles mit Jolly Alex Jumper durch.

Heute letzte Nacht in vertrauter Umgebung.

Erste Station: Genf, Dauer der Fahrt: zwei Stunden. Alex öffnete das Fenster ein wenig, doch damit waren die alten Leute nicht einverstanden. Ich weiß nicht, was die haben: Man muss nur ein wenig hauchen und sie kriegen die Nackenstarre. Ich frage mich, wie die als Kind eine Schulreise überlebt haben, da waren im Zug doch alle Fenster geöffnet! Wir verglichen unseren Proviant: Jolly hatte viele Süßigkeiten eingepackt, beide hatten wir gedörrte Früchte, Cervelats, Schokolade, Ovosport, ein paar Karotten und Brot. Jolly begann mit Schleckereien. Ich wartete auf die Minibar. Als sie kam, kaufte ich eine Cola, Jumper nahm einen Kaffee.

»Mein Pferd trinkt Kaffee?«, fragte ich, Lucky Nicola Luka.

Jumper bejahte wiehernd. »Es gibt mir einen freudvollen Kick und ich kriege Lust, mein Zimmer aufzuräumen. Stell dir das vor: Lust, aufzuräumen!«

Der Mann mit der Minibar befand sich noch in unserem Wagen, ich holte mir auch einen Kaffee. Lust, aufzuräumen – das musste ich ausprobieren! Ich dachte an Mama, ihre doppelten Espressi und die *Kaffee fertig*. Bei ihr wirkte sich der Kaffee eindeutig nicht in Richtung Haushalt aus!

Jolly lachte über mein Gesicht, als ich den Kaffee schlückchenweise runterwürgte. Tortur pur! Dann wartete ich auf die Wirkung. Die ließ nicht lange auf sich warten: Es wurde mir schlecht. Nach Fribourg wurde es mir rasant schlechter. Irgendwo im Freiburgerland platschten Kaffee und Frühstück aufs Gleis. Ich fragte mich, ob ein Schakal das aufschlabberte und dabei von einem Zug erfasst würde – dann hätte ich indirekt ein Tier getötet bzw. der Kaffee hätte das getan. Ich erzählte Jumper meine Überlegungen. Sie grinste und sagte, ich lese wohl zu viele Lucky Luke: Schakale würden in Amerika leben, aber doch nicht in der Schweiz. Ich versuchte mich herauszureden, indem ich behauptete, dass dieser Schakal aus dem Zoo entwichen sei und nun von einem Zug durch den Wolf gedreht würde.

Wir lachten über das Bild, dass ein Schakal durch den Wolf gedreht wird. Als ich an meiner Cola nippte, beruhigte sich der Magen. Wir kamen in einen Tunnel und dahinter lag der Genfersee groß und gekrümmt da, das Wetter war besser, die Landschaft von Raureif überzogen. Jolly und ich klebten mit der Nase am Fenster und staunten schweigend.

In Genf umsteigen. Dann waren wir in Frankreich! Es sah dort nicht anders als in der Schweiz aus, nur an den Verkehrsschildern sah man es, und dass auf den Gleisen verdorrtes Gestrüpp lag. Ach ja, und die Autos! Verbeulte Rostschiffe – wir in der Schweiz waren eben reicher, nicht meine Familie zwar, aber so allgemein. Wir spielten *Mau Mau*, ich verlor dauernd – da sagte ich: »Pech im Spiel, Glück in der Liebe« und grinste breit.

Jolly mischte die Karten und schaute mich seltsam an – so, wie sie das von Zeit zu Zeit tat und was mir irgendwie unangenehm war; warum, wusste ich nicht. Sie sagte: »Aha, Glück in der Liebe – wer ist denn der Glückliche?«

»Er heißt *Keiner Niemand* – ist 'n toller Typ.« Ich verdrehte die Augen und grinste noch breiter. »Und wie heißt deiner?«

»Keine Nochnicht.«

»Ach, er heißt auch Keiner?«

»Ja, sie heißt Keine.«

»Ach so.« Ich hätte auch »Ach Holderio« oder »Ach Mau Mau« oder »Ach, wie kalt ist es wohl draußen?« sagen können. Sie war also eine, so wie Mélchior einer war! Und mit ihr saß ich im Zug! Ob sie auch selbstmordgefährdet war wie die in der *Telearena*? Ich konnte sie das natürlich nicht fragen, also fragte ich bloß cool, ob wir nochmals eine Runde Mau Mau spielen wollten. Sie nickte, lächelte ein wenig: »Du hast also noch nicht genug Glück in der Liebe?« Ein kampfeslüsterner Blick von ihr.

Ja, ich brauchte wohl noch viel Glück in der Liebe. Eigentlich würde mir auch nur ein bisschen reichen – das wäre mehr, als ich je erlebt hatte!

Wir erreichten Lyon, wo wir umstiegen. Dieser Bahnhof war riesig, wir mussten uns konzentrieren, um das richtige Gleis zu finden. Wir setzten uns auf eine Bank, warteten und froren. Überall hing Weihnachtskitsch: Engel, Gitarren, Geschenke, Tannenbäume und Sterne aus Lämpchen – es sah gemütlich aus. Alex war schon oft allein gereist: vor allem zu ihrem Vater. Sie wusste, worauf man beim Reisen und in einem Bahnhof achten musste, das war hilfreich. Ich dachte immerzu darüber nach, dass ich mit einem Mädchen unterwegs war, das auf Mädchen stand, und wusste nicht recht, was ich davon halten sollte. Von Mélchior her war ich schon etwas abgehärtet, konnte damit umgehen, und solange sie nicht auf mich stand, musste es mich nicht stören.

Wieder ein flaues Gefühl im Magen: In eineinhalb Stunden würden wir in Nîmes ankommen, von dort aus ging es noch rund dreißig Kilometer weiter. Keine Ahnung, wie wir da hinkamen! Auf der Fahrt nach Nîmes lasen wir, dann wollten mir die Augen zufallen, dann fielen sie mir zu und ich lehnte mich ans Fenster.

Als ich die Augen wieder öffnete, schaute ich direkt in die von Jumper, aber als sie meinen Blick bemerkte, schaute sie rasch weg. Sie sagte: »Du hast ein wenig geschnarcht.«

Ich erwiderte: »Ich schnarche nicht.«

»Woher willst du das wissen, wenn du ja schläfst?«

»Ich weiß es einfach, so was spürt man – außerdem hat sich Lydia noch nie beklagt.«

»Wie auch, Kinder kann man im Schlaf stehlen.«

»Ich schnarche nicht.«

»Ich habe dich schnarchen gehört.«

So machten wir weiter, ich war froh über jede Ablenkung!

In Nîmes fragten wir einen Beamten nach dem Dorf. Er hatte keine Ahnung, aber das Städtchen kannte er, sagte, dass heute kein Zug mehr fahren würde, vielleicht ein Bus, da müssten wir dort und dorthin gehen. So einfach war das Gespräch natürlich nicht, wir verstanden ihn kaum und er hielt unser Französisch für ausländisch.

Beim Busschalter erfuhren wir, dass es einen Bus gäbe, in zwei Stunden. Wir kauften Fahrkarten und schauten uns im und um den Bahnhof um, auf der Suche nach einer Ablenkung. Der Mistral wehte uns Eiseskälte um die Ohren und trieb uns ins nächste Restaurant. Dort spielten wir *Schiffe versenken*. Diesmal hatte Alex Glück in der Liebe. Ha!

Das blumige Hotelzimmer

Um neunzehn Uhr erreichten wir das Städtchen. Die Busstation war verlassen, wir mussten hier übernachten. Also machten wir uns auf die Suche nach einem Hotel, fanden aber nur geschlossene. Wir waren Eiszapfen, die bald umfallen und zersplittern würden. Da entdeckten wir in einer Seitengasse ein kleines, hell erleuchtetes Hotel. Wir machten erwachsene Gesichter, gingen hinein und buchten ein Zimmer – mir wären zwei Einzelzimmer lieber gewesen, aber wir mussten sparsam mit unserem Geld umgehen. Die Frau an der *Recéption* schaute uns komisch an, sie plapperte etwas von *parents*, da sagte Jolly, die besser Französisch kann als ich, dass sie schon vierzehn sei und in der Schweiz sei man dann erwachsen. Da sagte die Frau: »*Ah, la Suisse*« und gab uns einen Schlüssel. Im Zimmer war es warm und gemütlich – mit dicken, geblümten Vorhängen, dunkelrotem Teppich, einem anders geblümten Bettüberwurf. Wir würden die zwei Betten auseinanderschieben, da konnten wir wie die Götter in Frankreich schlafen.

Jumper hechtete aufs Bett und seufzte entzückt. Ich hoffte, das war nicht anzüglich gemeint!! Ich inspizierte das kleine Bad und rief: »Du glaubst es nicht: Die Badetücher sind geblümt!« Jumper kicherte vergnügt. »Ich hoffe, es gibt kleine Seifen und Shampoos.«

»Yepp!« Ich ging wieder ins Schlafzimmer, um die Betten zu verschieben. Doch da gab es nichts zu verschieben, es war ein französisches Doppelbett. Verflixt. Ich erwog, auf dem Teppich zu schlafen – aber wenn ich das machen würde, könnte Jolly den Eindruck kriegen, dass ich mit ihrer Vorliebe ein Problem hätte, und das wäre ziemlich uncool.

Jolly wollte die Minibar unter die Lupe nehmen, aber ich sagte, das könne ins Auge gehen: Meine Eltern hatten auf ihren Flitterwochen in Sizilien jeden Tag die Minibar geplündert – das wäre ihr Ruin gewesen, wenn ihre Eltern nicht Erbarmen mit ihnen gehabt und bezahlt hätten.

Alex drehte sich auf die Seite und betrachtete mich. »Wie willst du morgen vorgehen?«

»Wir nehmen einen Bus ins Dorf und knöpfen uns meinen Vater vor.«

»Und wenn er nicht da ist?«

»Dann warten wir.«

»Hast du nicht gesagt, dass es in dem Dorf kein Café gibt?«

»Wir gehen von Tür zu Tür und fragen nach Papa. In diesem Dorf wissen alle von allen alles.«

»Und wenn er nicht mehr da ist?«

»Dann gehen wir nach Hause.«

»Vielleicht sitzt er in einem Gefängnis?«

»Leider ist das möglich«, ich seufzte.

Da streckte Jumper ihren Arm aus und fuhr mir beiläufig und sacht über die Wange. Ich lief rot an und im Magen wurde es mir auch komisch. Wiederum brannte ihre Berührung auf der Hand.

»Welche Handcreme benützt du?«, fragte ich.

»Keine – warum fragst du?«

»Einfach so.« Ich stand auf und verschwand ins Bad, wo ich mich lange duschte, Zähne putzte und den Pyjama anzog. Als der Dampf und ich aus dem Badezimmer kamen, sagte Jumper, es sehe aus wie im Fernsehen, wenn ein Sänger auftritt und Trockeneis um ihn herumwabert. Ich packte meine Bürste und sang *Daddy Cool.* Jolly stand im Bett auf und spielte Luftgitarre.

Dann sagte Jolly, dass sie mich zum ersten Mal mit Pferdeschwanz sehe und dass mir das gut stehe. Man sehe die Locken zwar nicht mehr, aber mein Gesicht käme gut zur Geltung.

Ich entgegnete, dass sie mich halt noch nie richtig angeschaut habe, mein Gesicht käme immer gut zur Geltung. Da erwiderte sie, dass sie mich durchaus schon gut angeschaut habe. Dann schwieg sie und ich schwieg auch, und es war oberpeinlich. Ich trug die Bürste zurück ins Badezimmer und suchte in der Tasche nach meinem Buch. Alex verschwand ins Badezimmer. Gott sei Dank!

Ich schrieb gerade in mein Tagebuch, als Jolly mit Trockeneis und Bürste herauskam und sang: *Er hat ein knallrotes Gummiboot.* Sie schüttelte ihren Kopf, dass mir nur vom Zuschauen übel wurde. Ihr Hüftschwung war respektabel. Anschließend löschte sie das Deckenlicht und legte sich neben mich. Ich schrieb konzentriert in mein Tagebuch: *Was mach ich hier? Was mach ich hier? Was mach ich hier? Was mach ich hier? Was mach ich hier?*

»Was schreibste?«

»Was ich erlebt habe.«

»Ah, Tagebuch.«

»Ja, so 'ne Art.«

»So 'ne Art?« Ich spürte, wie sie mich von der Seite angaffte.

»Ja, so 'ne Art.«

»Manchmal bist du auskunftsfreudig wie ein Fisch.«

»Nur weil wir Fische nicht hören können, müssen sie noch lange nicht stumm sein.«

»Auch wahr. Vielleicht sprechen sie über Relativitätstheorie und solche Dinge.«

»Könnte durchaus sein«, ich klappte das Buch zu. »Falls du in meinem Tagebuch liest, mache ich Hackfleisch aus dir.«

Jolly grinste. »So berühmt bist du nicht, dass sich ein Blick in dein Tagebuch lohnen würde.«

Jolly trug einen alten Pyjama ihres Vaters mit Schottenmuster, sie sah darin ulkig aus, vor allem, weil er ihr zu groß war. Sie schlüpfte unter die Bettdecke (glücklicherweise gab es zwei!) und schloss die Augen.

Ich kritzelte noch eine Weile in mein Tagebuch, zwischendurch guckte ich zu Alex und betrachtete sie. Ich hätte nie gedacht, dass sie lesbisch ist, sie sah wie ein normales Mädchen aus, sie hatte schöne dunkle Augen und eine lustige Nase, nicht sehr groß, aber irgendwie frech, und sie hatte – das würde ich ihr nie sagen! – einen lieblichen Mund, von Natur aus recht dunkelrot. Bestimmt regten sich die Jungs auf, dass sie diese Lippen nicht küssen konnten.

Ich dachte darüber nach, wie es wohl wäre, in ein Mädchen verliebt zu sein. Was wir jetzt machen würden. Küssen wäre bestimmt schön, aber was täten wir sonst? Ich wollte und konnte mir das nicht vorstellen. Ich bin mir allgemein nicht sicher, was ich von der Sexualität halten soll. Was daran toll sein soll.

Als ich am nächsten Morgen erwachte, lag ich an Jollys Rücken – war mir das peinlich! Und es war – aufregend, irgendwie. Gott sei Dank war ich vor ihr erwacht! Ich rückte von ihr ab und drehte mich. Sie roch toll.

Ich würde sie fragen, in wen sie verliebt ist. Standen Lesben auf die gleichen Mädchen wie Jungs?

Jumper erwachte, sie sah mit ihrem verschlafenen Gesicht lustig aus, aber das sagte ich ihr nicht. Wir aßen das Morgenbuffet leer und machten heimlich ein paar Sandwiches für unterwegs. Dann gingen wir Richtung Busstation und erfuhren dort, dass in einer halben Stunde ein Bus zum Dorf fuhr.

Im Bus befanden sich neben uns nur eine ältere Frau mit großem Busen und vollen Einkaufstaschen und ein alter Mann, der beim Busfahrer stand und mit ihm schwatzte. Milchiger Himmel, mir rutschte das Herz in die Hose. Jumper nahm meine Hand und drückte sie. Sie ließ sie lange nicht los, das Herz in der Hose hüpfte herum. Ich habe keine Wanderniere, sondern ein Wanderherz!

Endlich kam der Wasserturm ins Blickfeld. Ich entzog Jumper meine Hand und deutete nach vorne: »Da ist das Dorf!«

Die Straße schien geradewegs auf den Turm hinzuführen. Dann kamen wir an. Die großbusige Frau stieg mit uns aus, sie eilte davon, wir blieben auf dem Dorfplatz stehen. Wie trostlos es hier im Winter aussah! Erinnerungen kamen hoch, ich erzählte Jolly von der Autofahrt mit Mélchior und den beiden Mädels, von der Wanderung mit Lydia zum Restaurant. Von Etienne und mir, von der Aufregung um die Quelle. Dorthin würden wir nun gehen.

War das Dorf im Sommer ausgestorben, so war es jetzt ein Friedhof – fast überall geschlossene Fensterläden. Ein magerer Hund lief an uns vorbei. Wir nahmen die Straße runter Richtung Dorfende. Ich sagte: »Bald kann man unser Land sehen – beginne bitte nicht zu lachen!« In der Ferne sahen wir die Stelle, nur sah sie anders aus! Ich ging schneller und je näher ich kam, desto ungläubiger wurde ich: War das wirklich unser Land? Hatten wir uns verlaufen? Wo war Papa? Wenn ich mich nur im Weg geirrt hatte!

Ich hatte nicht. Als wir das Land erreichten, ließ ich meine

Tasche fallen und sagte: »Ich glaub, ich spinne! Ich glaub, ich spinne! Spinne ich oder was?!« Vor mir befand sich eine Baustelle, die sich über unser Land bis ins Terrain des Gemeindepräsidenten erstreckte. Auf einer Tafel stand etwas von *Communcal*, *reservoir*, *eau*, *propriété* und *Jacques Castell*.

Ich stammelte und stotterte: »D-d-die bauen ein Wasserreservoir, sie nutzen die Quelle und der Castell – das ist der Gemeindepräsident – streicht die Einnahmen ein!«

»Schau mal!« Jumper deutete auf aufgeschnittene Gipssäcke, Kratzspuren am Bagger und verbogene Schilder.

»Das war wohl mein Vater.« Ich setzte mich auf einen Stein. »Sie haben uns übers Ohr gehauen – von wegen ein Brunnen gehört allen! Wo ist Papa? Wenn er nur keine Scheiße gebaut hat!«

Jumper setzte sich neben mich. »Dein Vater mag verrückt sein – aber er unternimmt wenigstens etwas. Mein Vater würde sich das nie wagen.«

Das war mir kein Trost. Wo war Papa? Wenn er nun wieder nach Hause gefahren war?! Wenn er den Castell gefangen genommen hatte?

Jumper schlug vor, dass wir uns ein bisschen rumhörten. Ich entgegnete, dass es fraglich sei, ob wir etwas erfuhren, wenn wir uns auf einem Friedhof umhörten. Wir trotteten ins Dorf und drückten auf die Klingel, falls ein Haus eine solche besaß. Niemand antwortete, bis auf eine zahnlose Alte, die wir nicht verstanden und die uns nicht verstand. Wir zeigten in Richtung Reservoir, da verwarf sie die Arme, rief »*boudiii!*« und erzählte uns eine haarsträubende Geschichte, wir wussten nur nicht welche. Wir gingen weiter. Auf dem Pausenplatz des ehemaligen Schulhauses spielten drei ältere Männer bei dieser Kälte Boule! Wir fragten sie nach Papa, sie sprachen wie Maschinengewehre, bis Jolly sagte: »*Stop, on comprend rien!*«

So viel verstanden wir, dass Papa dagewesen war und wohl Blödsinn gemacht hatte, und sie erzählten etwas von Gendarmerie und Castell und »*oh lala!*«.

Wir fragten, ob er noch da sei – »*Non non – trop dangereux pour lui!*«.

Die Reise hätten wir uns ersparen können.

Entmutigt kehrten wir ins Städtchen zurück und nahmen den nächsten Zug nach Nîmes. Ich sagte kaum was, Jumper war so nett und versuchte nicht, mich aufzuheitern, obschon ich Aufheiterung hätte brauchen können. Aber was hätte mich schon aufheitern können?

Der Sidi ab del Assar

Als wir in Nîmes ankamen, begann es dunkel zu werden und meine Laune sank noch tiefer. Alex erinnerte mich daran, dass wir etwas zu essen kaufen mussten, also schlurfte ich hinter ihr her durch eine Einkaufsstraße. Von irgendwoher konnte man Gitarrenklänge hören und eine Männerstimme sang ein Lied, das mich an ein berndeutsches von Mani Matter erinnerte. Wohl eine französische Version. Alex sagte: »Hörst du das? Da singt einer ein Mani Matter-Lied!« Wir waren mittlerweile nah genug, um zu verstehen, was er sang – und es war Berndeutsch!

»*Dr Sidi ab del Assar vo el Hamma het eines Morgens no im Pyjama ir Strass vo dr Moschee zwöi schöni Ouge gseh – das isch dr Afang worde vo sim Drama.*«

Ich hielt den Atem an und hielt Ausschau. Die Musik kam von einem kleinen Platz, ich zog Alex mit mir und tatsächlich: Dort stand Papa mit seiner alten Gitarre und sang! Vor ihm ein Hut, in dem ein paar Münzen lagen.

Jumper sah mein Gesicht und fragte: »Was? Wie? Wo?!«

Ich deutete auf meinen Vater und sagte: »Mein Vater.«

Er sah aus wie ein Clochard: die Haare zerzaust, die Kleider schmutzig, Ringe unter den Augen und eine geschwollene Nase.

»Du gleichst ihm«, sagte Jumper.

Von all den unpassenden Dingen, die man in diesem Augenblick hätte sagen können, war dies wohl das blödeste überhaupt.

»Meinst du den Schmutz oder die dicke Nase?«

»Er sieht ganz gut aus, wenn man sich die Haare gewaschen, die Augenringe weg und die Nase normal vorstellt.«

Ich machte einen Schritt rückwärts. Jumper packte mich am

Unterarm und hielt mich fest. »So kurz vor dem Ziel willst du aufgeben?!«

»Das kann dir wohl egal sein!«, zischte ich und das offensichtlich laut, denn Papa hob den Blick.

»Meine Hyazinthe!«, rief er überrascht und freudig. Er hörte sofort auf zu singen, sprang zu mir und umarmte mich samt der Gitarre.

Ich: »Aua!« Und: »Du stinkst mörderisch!«

»Meine Tochter, wie sie leibt und lebt«, Papa grinste dämlich, »was um Gottes Willen machst du hier?« Er schaute zu Alex. »Ach, und ist das nicht Xenia, die du nicht ausstehen kannst?«

»Alex heißt sie! Ich bin da, um dafür zu sorgen, dass du nicht Scheiße baust! Offensichtlich komme ich zu spät. Machst du jetzt Karriere als Musiker?!«

Anstatt zu antworten, holte Vater seine Mütze, die noch auf dem Boden lag, schüttete das Kleingeld in seine Hosentasche und kehrte zu uns zurück. »Kommt, gehen wir was trinken – leider kann ich euch nicht einladen.« Er schaute mich schuldbewusst an. Alex sagte, auf der anderen Seite gäbe es ein Café. Dort saßen Männer vor ihren Pastis und rauchten. Papa rieb sich die Hände, er war völlig durchfroren. Er bestellte einen Kaffee, Jumper auch, ich wollte einen Schwarztee. Der Kellner schaute mich an, als hätte ich eine Kanne Pferdepisse bestellt – vielleicht wusste er nicht, was ein Schwarztee überhaupt ist! Ich beobachtete, wie er die Theke durchsuchte, bis er schließlich siegesbewusst einen Teebeutel in der Hand hielt. Der Schwarztee entpuppte sich als verstaubter Kamillenteebeutel!

Papa wollte wissen, wie wir hierhergekommen seien, warum wir gekommen seien, ob ich was von Mama gehört hätte, wie es Lydia gehe. Wenn er einen Schluck von seinem Kaffee nahm, zitterte seine Hand – alles in allem sah er erbarmungswürdig aus. Ich beantwortete seine Fragen so kurz als möglich, damit er endlich erzählte, wie es ihm ergangen war.

»Dieser Scheiß-Castell lässt ein Wasserreservoir auf meinem Land bauen! Er behauptet, dass der Landkauf nicht rechtsgültig ist – warum, habe ich nicht verstanden, aber er hat eine Menge unterschriebener Formulare. Er zapft meine Quelle an, dieser

Drecksack! Ich habe ein bisschen gewütet, bis die Flics auftauchten, da flüchtete ich mit meiner Vulv..., ähm, meinem Volvo. Ich schaffte es bis hierher, aber dann war mein Tank so leer wie mein Portemonnaie.«

»Du hast mir Geld geklaut!«

Papa schaute verlegen in seinen Kaffee. »Das ist nur ausgeliehen, meine Hyazinthe, nur ausgeliehen. Ich zahle dir selbstverständlich alles zurück.«

»Ja, bis dahin bin ich schon dreifache Großmutter!«

»Dass du immer so negativ bist!«

»Bei solchen Eltern ist das wohl nicht weiter verwunderlich!«

»Ja ja, trample nur auf deinem Vater herum, als ging's mir nicht schon beschissen genug.«

»Im Unterschied zu deinen Töchtern, die total glücklich in einem fremden Haushalt darauf warten, dass sich ihre Eltern endlich in den Arsch klemmen!«

Papa, entrüstet: »Nicola, wie sprichst du mit deinem Vater?!« Er schaute mich dabei wie ein Schoßhündchen an, dem man das Halsband etwas zu fest gebunden hatte.

»So, wie du es verdienst! Begreife mal, dass es ein Leben jenseits von Marienbrüsten, Bier und Nichtstun gibt.« Ich war so wütend und aufgebracht, dass ich ihm am liebsten eins auf seine lädierte Nase gegeben hätte.

Alex legte ihre Hand auf meinen Unterarm: »Vielleicht sollten wir erst mal klären, wo wir heute schlafen. Und Hunger habe ich auch.«

Diese nüchterne Überlegung war wohltuend ernüchternd! Papa und ich nickten synchron. Papa griff in seine Hosentasche und legte eine Handvoll Münzen auf den Tisch. »Mehr habe ich nicht«, sagte er und schaute uns nun wie ein geschlagener Wachhund an.

»Ach so, ich muss dir noch einmal Geld ausleihen, das ich dann im nächsten Jahrtausend zurückbekomme?«

Wenn er hätte winseln können, hätte er es getan!

Alex sagte: »Entweder wir übernachten in Nîmes oder wir benutzen das Geld fürs Benzin und fahren nach Hause. Sie können doch fahren, oder?«

Er nickte. »Trocken wie eine Fahne in der Wüste.«

Wir kauften Proviant dann suchten wir eine halbe Stunde den Volvo, weil Papa beim Parken wohl einen Filmriss gehabt hatte. Wir fuhren zu einer Tankstelle – ich kassierte die Quittung, auch wenn ich daran zweifle, dass mir Papa den Betrag jemals zurückerstatten würde. Das Auto hörte sich an, als würde ihm mehr als nur Benzin fehlen: Offenbar befand sich nichts an seinem Platz, alle Teile feierten im Zwischendeck eine Party. Jolly neigte sich zu mir und flüsterte: »Wie weit wir es wohl schaffen?«

»Ich habe dich gewarnt, dass diese Reise kein Sonntagsspaziergang wird.«

»Ich hasse Sonntagsspaziergänge!«

Wir fuhren los. Zuerst waren wir ruhig, dann begann Papa ein Lied zu summen, das Jolly leider kannte. Sie summte mit, dann sangen sie zusammen; dann zeigte es sich, dass Jolly Gitarre spielen konnte, und sie spielte auf Papas Gitarre, und schließlich half ich auch mitsingen. Einen Moment lang hatte ich das Gefühl, als sei alles in Ordnung. Wir aßen Sandwiches und Äpfel, dann wurden wir ruhig. Ich schaute in die Dunkelheit, hörte dem Klappern des Volvos zu, betrachtete die vorbeieilenden Lichter. Schließlich schlief ich ein. Ich weiß nicht, wie lange ich geschlafen habe, aber ich weiß, dass ich an Jumper gelehnt erwachte und dass Jumper meine Hand hielt, als wäre es das Normalste der Welt. Sie schaute aus dem Fenster. Ich verstand nicht, warum ich an ihr gelehnt geschlafen hatte, und ich verstand nicht, warum sie meine Hand hielt. Sah ich wirklich so am Boden zerstört aus, dass man mich stützen musste? Oder war es für Lesben selbstverständlich, andere Mädchen und Frauen an der Hand zu nehmen? Ich hatte keine Ahnung, wie sich Lesbischsein auf das Verhalten auswirkte. Von den Schwulen wusste ich nun, dass sie wie ein Pfau das Rad schlagen, sobald ein interessantes männliches Wesen auftaucht. Mélchior war fast ständig ein Pfau – er hatte einen sehr breitgefächerten Geschmack: Eigentlich genügte es, dass jemand ein Mann war, und er geriet in Aufregung. Er hatte also keinen Geschmack, sondern nahm, was kam. Ob Lesben auch so waren? In wen

Jolly wohl verliebt war – ob es jemand aus der Klasse war? Ich schloss wieder die Augen und genoss das Gefühl, an sie gelehnt zu sein und ihre Hand zu spüren. Wenn das jemand im Schlaf tat, dann zählte das nicht, Jolly konnte nicht daraus schließen, dass ich interessiert war. Ich hoffte, dass sie sich keine falschen Hoffnungen machte.

Der Volvo begann noch mehr Geräusche zu machen – die Party im Motor hatte sich zu einer Orgie gesteigert. Ich tat, als erwache ich wegen der Geräusche, rückte von Jumper ab und suchte etwas in meinem Rucksack. Eigentlich suchte ich nichts, aber so konnte ich meine Hand aus Jumpers Hand nehmen, ohne dass es Aufsehen erregte. Papa erklärte, dass das Auto überhitzt sei und wir sofort irgendwo parken müssten, damit es sich erholen könne. Das habe er beim Runterfahren auch tun müssen.

Auch das noch!

Papa verließ die Autobahn, folgte der Hauptstraße, nahm die erste Nebenstraße, bog in einen Schotterweg und hielt dort an. Jetzt, da das Auto nicht mehr lief, konnten wir das Zischen, Schnauben und Gluckern des Motors hören. Was etwa so beruhigend war wie ein herankommender Orkan.

»Und wie lange dürfen wir an diesem gemütlichen Ort ausharren?«, fragte ich zynisch.

»Eine Stunde, zwei. Ich weiß es nicht – am besten wir schlafen ein bisschen.« Papa machte es sich doch tatsächlich auf den Vordersitzen bequem.

»Es ist Winter, vergessen? In ein, zwei Stunden werden wir erfroren sein!«

Papa antwortete nicht.

»Sag was!«

Ich lehnte mich nach vorn – er war eingeschlafen! Ich kenne niemand, der so schnell einschlafen kann wie mein Vater. Wenn er es nur in anderen Bereichen auch so drauf hätte!

Jolly sagte: »Komm, wir ziehen alle unsere Kleider an.«

Jollys Pyjama war so groß, dass sie ihn über die Kleider ziehen konnte, ich musste mich erst ausziehen – brrr!! –, Pyjama anziehen, dann die T-Shirts und Pullis. Jolly nahm eine ihrer

Unterhosen und zog sie über die Hose an, was saudoof aussah. Wir kicherten leicht hysterisch, ich holte einen meiner Slips hervor und während ich ihn hochzog, platzten die Nähte, dann mussten wir noch mehr lachen. Die Jacken brachten wir nur mit Müh und Not zu, ich fühlte mich wie eine gut gestopfte Wurst. Jolly fand eine alte Wolldecke im Kofferraum und solcherart ausgerüstet, ließen wir uns wieder auf dem Rücksitz nieder. Die Decke roch nicht nach einer Frühlingsbrise, sie stank nach Auto, Benzin und Mief – aber lieber Gestank in der Nase als abgefrorene Zehen.

Es blieb uns nichts anderes übrig, als uns aneinander zu kuscheln und die Decke fest um uns zu schlingen. Papa schnarchte – dass er schlafen konnte, obschon es merklich kühler wurde! Ich war es nicht gewohnt, dass mir jemand so nah war – außer Lydia, nur war sie ja meine Schwester und ein Kind. Aber eine Gleichaltrige und erst noch eine, die Frauen verführte! –, das kannte ich nicht. Wenn sie mich nun küssen wollte? Ich würde sie aus dem Auto stoßen! Nicht dass ich persönlich etwas gegen ihre Lippen gehabt hätte, nein, ihr Mund sah wirklich nicht schlecht aus – aber ich küsse nun mal nicht jedes dahergelaufene Mädchen.

Warum eigentlich ist im Deutschen das Wort *Mädchen* sächlich? Weil Mädchen – jedenfalls die kleinen – noch nicht geschlechtsreif sind? Aber dann müsste *der Knabe* auch sächlich sein, doch der ist natürlich männlich. Wie doof ist denn das?! Es hätte mich nicht erstaunt, wenn es *das* Frau, *das* Gattin, *das* Mutter und *das* Oma geheißen hätte. Mama sagte, man wolle eben die Frau zu einem Objekt machen.

Wie auch immer, ich wappnete mich vor Jollys Mund, auch wenn sie überhaupt keine Anstalten machte, mich zu küssen. Ich war wohl nicht ihr Frauentyp. Das würde passen, ich war ja auch nicht der Typ für die Jungs, in die ich mich verliebte – nur dass ich in Jolly nicht verliebt war, aber trotzdem: Nicht mal eine Lesbe hatte Interesse an mir. Vielleicht war ich wirklich ein Alien – Mutter war ja so überirdisch, dass vielleicht ein Alien sie geschwängert hatte, und Papa war gar nicht mein Vater. Das wäre dann fast so wie mit Gott, der Maria geschwängert hat, und Joseph war nicht der Vater von Jesus – und Jesus hatte ja auch keine Liebesbeziehung, weil er nicht ganz von dieser Erde war, so wie ich eben ein halbes Alien bin und mich deshalb niemand will.

Ich saß nah der lesbischen Jumper, manchmal spürte ich ihren Atem am Hals. Dann gab sie mir ein Rätsel auf, das ich lösen sollte, indem ich Fragen stellte, die sie mit Ja oder Nein beantwortete.

Mitten in einem großen Wald liegt ein toter Mann. Er ist komplett mit einer Tauchausrüstung bekleidet, nur wirkt er ein wenig zerquetscht. Das nächste Wasser ist ein See, gute fünf Kilometer entfernt. Was macht der Taucher hier?

Das Erste löste ich ziemlich schnell, beim zweiten war ich auf der richtigen Spur, als Papa erwachte, mit den Zähnen klapperte und behauptete, dass wir jetzt wieder weiterfahren könnten.

Wir fuhren weiter. Dass der Volvo überhaupt fuhr, grenzte an ein Wunder. Jumper gab das nächste Rätsel auf, aber es war nicht mehr so lustig, weil Vater nun auch Fragen stellte und zwar solch blöde, dass ich mich für ihn schämte. Warum er das Rätsel löste, war mir ebenfalls ein Rätsel, das ich nie und nimmer lösen könnte!

Wir kamen an den Zoll. Mein Vater mit Bartstoppeln, der röhrenden Kiste und zwei seltsamen jungen Frauen (Jumper trug die Unterhose immer noch über der Hose!) – da war für die Zollbeamten klar: Drogen, Mädchenhandel, gestohlenes Auto. Sie durchsuchten uns und den Wagen. Als sie nichts fanden, regten sie sich auf, und dass Papa breit grinste, machte die Situation nicht einfacher. Dass er sich aber auch nie zu benehmen wusste!

Wir tuckerten weiter Richtung Bern, es begann zu dämmern. Papa lud erst Jolly ab; bevor sie hineinging, zog sie die Unterhose aus. Sie lächelte mir zu und verschwand im Hauseingang. Dann fuhren wir zu Sophia, mir rutschte das Herz in die Hose. Papa sagte: »Viel Glück, meine Hyazinthe, ich muss weiter.«

»Was soll das heißen – wohin weiter?«

»Weiter eben«, antwortete er und rauschte, sprich: klapperte davon.

Bei Sophia war Licht. Klaus war wohl schon aus dem Haus, und Lydia würde bald in den Kindergarten gehen. Ich hatte ein schlechtes Gewissen, weil Sophia in den letzten Tagen nach Lydia schauen musste, und ich hatte ein mulmiges Gefühl – wie würde mich Sophia empfangen? Ich wartete darauf, dass die beiden das Haus verließen, wollte meiner Schwester erst am Mittag begegnen; besser keine Aufregung vor dem Kindergarten. Da hüpfte Lydia vergnügt durch den Garten, Sophia kam hinterher, sie verschwanden hinter der nächsten Ecke. Nun schlich ich ins Haus, duschte mich, zog frische Kleider an und schrieb Sophia auf die Rückseite eines Briefumschlages, dass ich zurück sei und bei Mama vorbeischaue.

Mama sitzt und starrt

Ich fuhr mit der Tram in die Stadt und fragte beim Hauptbahnhof, wie man in die Waldau käme. Der Mann am Schalter schaute mich seltsam an, da rastete ich aus und fragte ihn, was er so doof gaffe, man dürfe wohl noch die Irren in der Waldau besuchen. Ob er denn nicht wisse, dass die in einem Streichelzoo gehalten würden? Der Mann schluckte leer und nannte mir rasch die Nummer und den Standort des Busses.

In der Waldau am Empfang erklärte die Frau, dass Besuche erst ab elf Uhr möglich seien.

»Ich bin Stunden in einer klapprigen Kiste unterwegs gewesen, um meine Mutter zu sehen, ich bin todmüde und Sie wagen es allen Ernstes, mich von der Frau fernzuhalten, die mir das Leben geschenkt hat?!«

Die Frau wiederholte, was sie schon gesagt hatte.

»Ich will einen Arzt sprechen. Und überlegen Sie mal, wie das für Sie wäre, wenn Sie Ihre Mutter nicht sehen dürften, nur weil eine herzlose Dame Sie davon abhält!«

»Meine Mutter ist gestorben«, erwiderte die Frau.

»Dann stellen Sie sich halt einen anderen Menschen vor, der Ihnen lieb ist – Ihr Mann oder Ihre Kinder.«

Die Frau machte schmale Lippen und sagte, sie habe weder das eine noch das andere.

Das erklärt einiges, dachte ich.

Ich drohte ihr, dass ich herumschreien und Bilder von den Wänden reißen würde, wenn sie nicht einen Arzt rufe oder mich hineinlasse. Da konnte die mutter-, kinder- und gattenlose Frau nicht anders und rief nach jemandem.

Dieser Jemand war ein recht junger Mann, der seinen weißen Kittel offen trug, so dass er flatterte (ich meine den Kittel, nicht den Mann), was wahnsinnig dynamisch und locker wirkte. Vermutlich war er weder dynamisch noch locker, aber wollte es sein. So wie die Männer mit den affenniedrigen Sportautos, die unglaublich röhren (ich meine die Autos, nicht die Männer), weil sie nicht potent sind (jetzt meine ich die Männer, nicht die Autos). Sophia zum Beispiel, die klug, stark, humorvoll, konsequent ist und tausend andere tolle Eigenschaften in sich vereint, sieht ganz normal aus – ihr Mantel flattert nicht, sie schminkt sich nicht wie irre oder tänzelt auf hochhakigen Schuhen herum. Das muss sie alles nicht, weil sie eben ein klasse Mensch ist, und das merkt jeder, der mit ihr zu tun hat.

Also, der Arzt flatterte auf mich zu und wollte mein Anliegen erfahren. Er sprach mit mir, als wäre ich eine Erstklässlerin. Als ich meine Situation erklärte hatte, sagte er behutsam, dass meine Mutter noch nicht bereit sei für einen Empfang.

»Woher wollen Sie das wissen?«

»Vertraue mir einfach.«

»Das ist keine Frage des Vertrauens – haben Sie mit meiner Mutter eben gesprochen und hat sie gesagt, dass sie keinen Besuch will?«

»Äh.«

»Ich soll Ihnen vertrauen, obschon Sie nicht richtig informiert sind? Das nenne ich *nicht* vertrauenswürdig! Ich will selber meine Mutter fragen, ob sie mich sehen möchte oder nicht. Wenn sie nein sagt, verschwinde ich.«

Der Doktor war sichtlich irritiert: Er flatterte in sein Büro und bedeutete mir, ihm zu folgen. Er wollte den Namen meiner Mutter wissen.

»Sie sagen, ich soll Ihnen vertrauen, und Sie wissen nicht mal, um welche Person es geht – sind Sie wirklich ein Doktor und nicht ein Insasse?!«

Er kriegte einen roten Kopf.

»Alice Dummermuth heißt sie, Zimmer 212.«

Er nickte und leierte etwas von *Ausnahme* und *weil du es bist*. Er wählte die Nummer und hielt mir den Hörer entgegen. Es dauerte ewig, bis Mama antwortete – nun, antworten war wohl das falsche Wort. Sie sagte nichts, sondern atmete nur schwer in den Hörer.

»Mama, ich bin's!«

Atemzüge.

»Deine Tochter, Nicola. Ich bin hier und wollte dich fragen, ob ich dich besuchen darf.«

»Nic...«

»Ja, Nicola – ich möchte dich sehen, ist das okay?«

»Ich bin so müde, immer bin ich so müde – sie vergiften mich langsam, hol mich da raus!« Husten.

»Heißt das also, dass ich kommen kann?«

»Du musst mich retten, hier sind böse Geister!«

Flatterdoktor hatte das Gespräch über die Lautsprechanlage mitangehört. Als ich auflegte, nickte er nur und führte mich in den ersten Stock, schloss die Etagentüre auf und ging mit mir zum Zimmer 212. Er öffnete die Tür und sagte meiner Mutter fröhlich, dass ich da sei. Er hörte sich an, als hätte er ihr eröffnet, dass sie eine Million im Lotto gewonnen hatte. Mama reagierte nicht auf ihn, was ich gut verstehen konnte. Sie schaute erst auf, als ich einen Stuhl neben ihr Bett rückte und mich setzte. Sie sagte: »Der hat die Seele eines Gartenzwergs – der würde sich im Park besser machen.«

Mama sah nicht besser als letztes Mal aus, aber auch nicht schlechter. Ich verstehe nicht, warum Menschen, denen es eh schon schlecht geht, auch noch ein weißes Hemd tragen, in einem Raum mit kahlen weißen Wänden leben müssen und die Bettwäsche auch irgendetwas zwischen weiß und beige ist. Mama trägt nie Weiß, sie findet, dass diese (Nicht-)Farbe eindeutig überschätzt wird: Die Farben darin verschwänden genauso wie im Schwarz. Ich mochte Mamas Hippiekleider nicht, aber jetzt hätte ich mir gewünscht, sie würde welche tragen.

»Wie geht es dir?«, fragte ich den Mama-Geist.

Ihr Blick kam von einem anderen Stern. »Ich habe Durst«, sie langte nach dem Wasserglas auf dem Nachttischchen. Ungeschickt führte sie das Glas zum Mund und trank ein paar Schlückchen.

»Wenn du so durstig bist, musst du mehr trinken!«

Böser Alienblick. »Wenn ich könnte, würde ich – aber mein Hals lässt kaum was runter. Ich mag auch nicht essen, ich mag gar nichts ... ich möchte nur schlafen ... ich möchte endlich sterben ... meine Seele ist aufgefressen worden ... ich habe keine Freude ... ich habe Angst – ich habe so sehr Angst!«

Sie saß auf ihrem Bett, hatte ihre Beine angezogen und umklammerte sie, als würde sie sonst untergehen. Sie flüsterte: »Ich sehe Sachen – ich sehe Dinge an Menschen ... Ich habe das zweite Gesicht. Endlich habe ich es und nun wünsche ich es weit weg, denn das einzige, was ich sehe: Die Menschen sind schlecht ... Wir haben Angst, nach dem Leben in die Hölle zu kommen, und merken nicht, dass wir schon jetzt dort sind.«

Plötzlich schaute sie mich kurz intensiv an und sagte dann: »Ich sehe, du bist noch verliebter.«

Welch einen Unsinn sie erzählte! Das sagte ich natürlich nicht, sondern lenkte ab: »Was ist ein zweites Gesicht – wo soll man das denn haben?«

»Es bedeutet, dass man Feinstoffliches und Übersinnliches sehen kann.«

»Aha. Eigentlich hast nicht du ein zweites Gesicht, sondern du siehst bei den anderen ein zweites?«

»Ja, meine Denkerin, so in etwa.« Die klitzekleine Andeutung eines Lächelns lag auf ihren Lippen. Meine Mama war wirklich krank: Sie nannte mich *Denkerin* und nicht *Klugscheißerin*!

»Wann kommst du wieder nach Hause? Willst du nicht wieder nach Hause kommen? Fragst du dich nicht, wie es Lydia, mir und Papa geht? Vermisst du uns nicht?!« Die Fragen platzten wie von alleine aus mir heraus und schossen auf Mama zu, die sich nur noch kleiner machte.

»Wenn man keine Seele mehr hat, dann existiert nichts mehr von dem, was zuvor gewesen ist. Nicola, ich bin nicht mehr – und ich kehre nicht wieder zurück. Komm mich erst am Grab besuchen.«

Wie konnte sie so etwas sagen? Wie konnte sie so desinteressiert an ihren eigenen Kindern sein?! Wie wagte sie es, so etwas auszusprechen – vor ihrer eigenen Tochter? Und was war das hier für ein Betrieb, warum ging es meiner Mutter nicht besser?! Mamas Worte brannten mir Löcher ins Herz – und wenn mein Herz Löcher kriegt, geschieht, was geschehen muss. Ich verlor die Nerven und wurde aus mir herauskatapultiert: »Dann verreck doch – aber an dein Grab komme ich bestimmt nicht!«

Mama sah mich schweigend aus hohlen Augen an.

Ich rannte aus dem Zimmer und suchte einen dieser bekloppten, unfähigen Ärzte. Ich fand einen, der reifer als Flattermann aussah, und schrie ihn an, was sie mit meiner Mama machten, warum sie ihr nicht halfen, ob sie mit ihr experimentierten. Ich drohte ihnen, die Polizei auf sie zu hetzen, und verlangte, dass er mich jetzt gleich rauslasse. Der Arzt wollte mir Dinge erklären, aber er merkte, dass ich nicht zu beruhigen war, und schloss die Türe auf. Unten stürmte ich zum Schalter und sagte der dummen Kuh, dass ihr weniger gemalte Fingernägel, dafür etwas mehr Menschlichkeit gut tun würden. Ich rannte aus der Klinik und weinte bittere Tränen. Im Blickwinkel sah ich zwei Menschen an mir vorbeigehen. Der eine blieb stehen und sagte: »Nicht traurig sein, die Sonne kommt wieder. Die Sonne ist immer da, weißt du, über den Wolken – das habe ich in der Schule gelernt.«

Ich schaute auf: Vor mir stand ein mongoloider Junge, der mich liebevoll anschaute, und der meine Hand packte und sich an die Wange legte. »Du musst nicht traurig sein. Plötzlich kommt ein Ballon, da kannst du reinsteigen und dann fliegst du durch die Wolken zur Sonne.«

Ich schaute in sein Gesicht und lächelte ein wenig, da lächelte er so breit, dass seine Mundwinkel über die Wangen hinausreichten. Er war der erste normale Mensch, den ich heute getroffen hatte.

Das Krippenspiel

Ich wusch das Geschirr. Danach würde ich das obere Stockwerk saugen und am Nachmittag mit Lydia Plätzchen backen. Das hatte mir Sophia aufgebrummt – als Gegenleistung dafür, dass sie während meiner Abwesenheit nach Lydia schauen musste. Weil ich sie nicht über meine geplante Reise informiert hatte, zahlte ich mit einer Woche Informationsverbot: Ich durfte nicht Tagebuch schreiben und weder Zeitung, Radio noch Fernsehen konsumieren. Und für die Nerven, die Sophia wegen mir verloren hatte, und die zwei schlaflosen Nächte musste ich ihr zwei schöne Abende bescheren, an denen sie sich so richtig entspannen konnte.

Das fand ich nichts als fair – und es war mir tausend Mal lieber, dass sie mir diese Strafen aufbrummte, als dass sie mich angeschrien oder mich nicht mehr gern gehabt hätte. Sie sagte, sie könne mein Handeln verstehen, es sei ja aus guter Absicht entstanden – aber ich müsse mir bewusst sein, wie sich das auf meine direkte Umgebung auswirke. Dafür müsse ich geradestehen.

Ich fragte: »Hättest du mich gehen lassen, wenn ich dir von meinem Plan erzählt hätte?«

»Nein«, sagte sie, »als stellvertretende Erziehungsberechtigte kann ich eine Minderjährige nicht allein ins Ausland reisen lassen, wenn es dort niemanden gibt, der sie empfängt.«

»Dann findest du meine Reise also das Letzte?«

»Das habe ich nicht behauptet«, erwiderte sie und lächelte leicht, »aber ich hätte sie nicht erlauben können.«

Das fand ich etwas merkwürdig.

Sie sagte: »Das ist einer der vielen Widersprüche, die das Erwachsenenleben mit sind bringt.«

Ich finde es oft alles andere als lustig, Kind und Jugendliche zu sein – aber das Erwachsenenleben scheint mir auch nicht gerade attraktiv. Vielleicht macht es am meisten Spaß als Oma, die nicht mehr ganz richtig im Kopf ist – sie war jedenfalls fast immer gut gelaunt. Oma war ich erst gerade besuchen gegangen: Sie hatte abgenommen. Eine Pflegerin erzählte mir, dass sie nur noch wie ein Vöglein esse und nur noch die Nachspeise. Mittlerweile bekam sie einfach nur noch das Dessert, weil sie das andere ohnehin verweigerte. Wie gesagt: Das Leben als Oma ist das Beste.

Oma erzählte fast nur noch unzusammenhängendes Zeug – nannte mich selten mehr beim Namen, sprach oft von der Ziege, die Nicola heiße und die schönste aller Ziegen sei. Ich wusste nicht, wie oft ich Oma noch besuchen konnte, bevor sie im Himmel ihr Unwesen treiben würde.

Ich fragte mich, wie es Jumper ging. Sie war seit unserem Frankreichtrip nicht in die Schule gekommen – angeblich, weil sie krank war. Es konnte sein, dass sie sich auf der Heimfahrt erkältet hatte, ich befürchtete aber, dass sie eher an Hausarrest litt.

Mir fehlten die Zettel, die sie mir während der Stunden zuschob.

Nach wie vor war es unmöglich, mit Trice ins Gespräch zu kommen. Ich hätte nie gedacht, dass sie so lang andauernd wütend auf mich sein könnte.

Beim Taschentragen hatten wir – so kurz vor Weihnachten – Hochsaison: Meine Angestellten und ich hatten alle Hände voll zu tun, im wahrsten Sinn des Wortes! Die Leute kauften ein, als müssten sie in einer einsamen Hütte überwintern und könnten nur noch jetzt ein paar Sachen ergattern! Manche buchten uns schon, bevor sie in den Laden gingen – es konnte vorkommen, dass sie gleich zwei von uns reservierten! Trice und ihre Mafia tauchten nie auf – sie hatten wohl genug bei der Migros zu tun.

Papa ließ sich nicht blicken; keine Ahnung, wo er steckte. Unsere Wohnung sah nicht danach aus, als wäre er dort lange geblieben. Ich entdeckte ein Glas neben der Spüle, ich roch daran, fand aber nicht heraus, ob Bier drin gewesen war.

Ich ging nicht mehr zu meiner Mutter und Sophia zwang mich nicht dazu. Sie ging ab und zu hin, aber konnte nichts Erfreuliches erzählen. Mama sei dabei, eine Wohnung im Himmel einzurichten. Sie war wirklich irre: Sie glaubte an die Wiedergeburt und richtete nun den Himmel ein!

Lydia machte uns mit ihrer Maria wahnsinnig – sie konnte nicht nur ihre Rolle auswendig, sondern alle anderen auch, das hieß, wir hatten das Stück schon mehrere Male als Ganzes gehört. Während Lydia ihre Texte rezitierte, raste sie hin und her und auf und ab. Ich hätte die Maria am liebsten auf den Mond geschossen!

Dann saßen Sophia, Klaus und ich mit tausend anderen Eltern und Verwandten auf Gartenbänken. Luft: keine vorhanden. Überall Zischen und Flüstern. Die Bühne mit Palme, Stall, Esel und Ochse aus Pappmaschee, auf dem Dach ein Stern mit Schweif. Josef mit langem Bart, der Hirt mit einem noch längeren.

Josef begann zu reden – aber war da nicht eine zweite Stimme aus dem Hintergrund? Der Hirt antwortete – auch er mit Doppelstimme. Dann trat Maria auf, das Jesuskind im Arm. Lydia sah zum Anbeißen aus mit ihrem langen, blauen Kleid und ihren Löckchen. Aha, sie wurde von keiner zweiten Stimme begleitet! Sie legte den Jesus in die Krippe und – riss ihr Kleid auseinander! Darunter trug sie nichts, hatte aber zwei große Brüste aufgemalt – das sollten wohl Papas Marienbrüste sein! Erschrockene Stimmen (die Erwachsenen), Gekicher und Gejohle (die Kinder). Einer der drei Könige stolperte auf die Bühne, er hatte wohl den Auftrag, Marias Kleid zu schließen. Lydia hatte jedoch nicht vor, sich die Show nehmen zu lassen, und schubste den König zur Seite, der fiel rückwärts in den Stall und der Stern segelte in schweifendem Flug auf Josephs Kopf. Die Kinder auf der Bühne verloren die Fassung, außer Lydia, die mit ihren entblößten Brüsten dastand und ihren Text sprach. Eine Betreuerin schlich sich heran, sie packte Lydia, aber die hatte sich wie ein Baum verwurzelt und ließ sich keinen Millimeter verrücken. Der Hirt schnappte sich das Jesuskindlein und spielte es einem der Könige zu, der warf es dem zweiten König weiter und der dem Engel. Der Engel versuchte das Jesuslein von seinem Standort aus in die Krippe zu werfen und traf. Die Kleinen im Publikum jubelten. Die Mütter waren entsetzt, die Väter hätten am liebsten *Tor!* gerufen. Mittlerweile schrie und spielte Lydia alle Rollen selber. Der Hirt packte Jesus erneut und kickte ihn ins Publikum, ein Junge kriegte ihn zu fassen und streckte die Puppe wie eine Trophäe in die Luft. Gejohle. Die Mütter hielten sich erschrocken die Hand vor den Mund, die Betreuerinnen wussten nicht, wie sie dem Chaos ein Ende setzen konnten. Da hatte ich ein blendende Idee: Ich schlich nach hinten, suchte den Lichtschalter und betätigte ihn.

Einen Moment war es ruhig – dann erstaunte Rufe, Kinder begannen zu plärren, Betreuerinnen schrien, Jungs lachten. Vielleicht war meine Idee doch nicht so gut gewesen! Jemand fand den Lichtschalter, es wurde hell, eine Betreuerin stotterte Erklärungen, die Zuschauer strömten aus dem Vorführraum, Eltern suchten Kinder, Kinder machten mit anderen Kindern Blödsinn, und mittendrin stand Lydia und spielte das Stück bis zum Ende.

Sophia lehnte sich zu mir und sagte: »Deine Schwester hat Durchsetzungskraft – von wem sie das wohl hat?«

Wir begannen zu lachen.

Es war das tollste Weihnachtsspiel, das ich je erlebt hatte. Jolly Jumper hätte es bestimmt gefallen!

Am letzten Schultag vor den Weihnachtsferien tauchte Jumper endlich auf. Sie war tatsächlich krank gewesen. Als sie von der Frankreichreise zurückkam, war ihre Mutter fuchsteufelswild geworden. Weniger, weil Jumper nach Frankreich gegangen war, sondern weil sie auf dem Küchentisch eine Nachricht hinterlassen hatte, dass sie ein paar Tage zu ihrem Vater ginge. Da ihre Mama geschworen hatte, nie mehr mit ihrem Exmann zu reden, konnte sie ihn nicht anrufen. Genau damit hatte Jumper gerechnet. Sie sagte, es sei besser, dass ihre Mutter wütend sei, als dass sie vor Angst sterbe.

Jumper war nicht auf den Kopf gefallen.

Nur können Mütter auch nachträglich Angst haben, was idiotisch ist – was macht es für einen Sinn, wenn man sich über etwas Sorgen macht, das vorbei ist?! Sie sagen: Dir hätte dieses und jenes passieren können, stell dir das vor, und dann hätte dir auch noch das und das zustoßen können, meine Güte! Solche Überlegungen sind idiotisch! Im Konfirmationsunterricht hatten wir einen obercoolen Pfarrer – er jedenfalls meinte, dass er obercool sei. Er laberte über Sozialismus, Ungerechtigkeiten, die Gewalt in sich erkennen und umwandeln. Nur selten brachte er was aus der Bibel, wofür wir ihm dankbar waren, aber auf das soziale Gewäsch hätten wir auch verzichten können. Einmal kam er mit der Bergpredigt, in der Jesus allerhand sagte, das gar nicht so blöd klang – zum Beispiel über Lilien, die nicht arbeiten gehen und trotzdem wachsen, und die Vögel fliegen herum, obschon sie keine Scheune haben. Jedenfalls soll man sich nicht sorgen – und sich rückwärts sorgen ist das Blödeste von allem, da würde mir Jesus Recht geben.

In der Bergpredigt sagte Jesus auch, dass der den ersten Stein werfen dürfe, der noch nie Mist gebaut hat. Zu seiner Zeit steinigte man ja gern Leute, wenn sie etwas falsch gemacht hatten. Und Jesus sagte: Wenn jemand noch nie etwas Blödes gemacht hat, dann kann er den ersten Stein werfen. Das war sehr raffiniert von ihm, denn da konnte natürlich niemand einen Stein werfen. Doch so clever das war, genützt hat es nichts – in den letzten zweitausend Jahren sind so viele Steine geworfen worden, dass man damit den Himalaya nachbauen könnte.

Jedenfalls ist Jumper wieder da und ich versuchte heute herauszufinden, in wen sie verliebt ist. Es gab in diesem Schulhaus bestimmt noch andere lesbische Mädchen. Jumper behauptet, dass zehn Prozent vom anderen Ufer seien. *Vom anderen Ufer* – das war ein lustiger Ausdruck: Auf der einen Uferseite tun es die Frauen und Männer miteinander, auf der anderen Seite die Frauen und die Männer untereinander. Aber was ich nicht begreife: Was soll der See dazwischen – wofür steht der? Befindet sich nicht eher ein Berg dazwischen oder eine Mauer, weil man alles voneinander trennen will? *Am anderen Ufer* gibt es viel Platz (weil ja nur jeder zehnte dort ist), während am »richtigen« Ufer ein höllisches Gedränge ist. Wir hatten hier rund zweihundert Schülerinnen, das würde heißen: Es gab zwanzig solcher Mädchen hier. Woran konnte man die erkennen? Jumper zum Beispiel sieht wie ein normales Mädchen aus, das einzige, was auffällig ist: Sie hasst den Handarbeitsunterricht und möchte lieber ins Handwerken. Wobei das nichts heißt, bei mir ist das ja auch so.

Mama hatte mal gesagt, dass Homosexualität nicht richtig

sei, denn es brauche die Gegensätze für die Ganzheit. Sie schwor auf das Jin-Yang-Zeichen  aus dem Taoismus. Es brauche beide Seiten: Licht und Schatten, innen und außen, Mann und Frau, Leben und Tod, leise und laut. Da fragte ich sie, warum ich denn dann meine Musik leise stellen müsse. Und ich fragte weiter, was zum Beispiel das Gegenteil von einem Esel sei und ob Papa auch als Mann gelte, obschon er handwerklich eine Null ist. Wie üblich waren meine Fragen nicht willkommen und Mama wurde sauer. Sie erklärte, dass zwei Frauen *Jin* und *Jin* seien – und das sei nicht ideal, wenn man erleuchtet werden wolle.

Fragt sich nur, warum man erleuchtet werden wollte. Meine Mutter strebte extrem nach Erleuchtung und jetzt saß sie in einer Klinik.

Die Ärzte sagten Sophia, dass es mit Mama nur sehr langsam besser werde. Vor einer Woche verließ sie das erste Mal ihr Zimmer. Sie setzte sich im Aufenthaltsraum auf einen Stuhl und war nicht mehr wegzubewegen. Immer noch wollte sie niemanden sehen – außer Buddha und Krishna. Die hatten jedoch noch keine Zeit für einen Besuch gefunden. Ihre zwei Töchter hatte sie komplett vergessen. Sophia erklärte mir, dass Menschen mit schweren Depressionen in gewisser Weise ihr Leben vergessen, sie würden von einem dunklen Loch verschluckt.

Mama wollte die Erleuchtung und jetzt steckte sie in einem dunklen Loch. Das war blöd gelaufen.

In welchem Loch steckte wohl Papa? Ich lag in der Nacht öfters wach und hatte Angst, dass Mama restlos von ihrem Loch verschluckt würde und Papa von seinem, und dann wären Lydia und ich Waisen. Wenn wir Glück hätten, könnten wir bei Sophia bleiben. Oder aber sie würden uns in ein Heim stecken oder irgendwelchen Pflegeeltern zuschieben und wir wären gebrochene und verlorene Seelen, und ich würde mein ganzes Leid in Gedichte einfließen lassen, und obschon man angeblich von Gedichten nicht reich werden konnte, würde ich es doch, weil ich die Menschen damit zu Tränen rührte. Dann wäre ich dank meines harten Schicksals sehr berühmt und ich würde mich in meine Hütte zurückziehen und wäre für alle unerreichbar.

Nur Lydia, Mélchior, Sophia und Kurt dürften mich besuchen.

Vielleicht auch Jolly Jumper.

Der Emmentalerkäse ist berühmt
wegen seiner großen Löcher.
Die Löcher meiner Eltern hingegen
sind totaler Käse -
und den will niemand essen.
Löcher in der Seele sind unsichtbar
Wie die Löcher in den Socken (wenn man
Schuhe trägt)
Aber man kann sie nicht einfach flicken,
da hilft der beste Handarbeitsunterricht
nichts

Den letzten Schultag vor den Weihnachtsferien könnte man ausfallen lassen: In jeder Stunde zündeten die Lehrer Kerzen an – sogar im Turnen! –, lasen sinnige Weihnachtsgeschichten vor, in denen die Leute extrem nächstenliebend sind – und Berge von Mandarinen, Erdnüssen und kleinen Schokoladenherzen bedeckten die Pulte. Am Mittag hatten wir einen verdorbenen Magen und schlechte Laune.

Jumper verhielt sich nicht auffällig, ich meine, nicht so, dass ich daraus hätte schließen können, auf wen sie stand. Wir verbrachten jede Pause miteinander und schwatzten über unsere Reise, unsere Eltern und die bevorstehenden Ferien. Jumper musste zu ihrem Vater nach Grindelwald – Skifahren und mit dem Jungen der neuen Frau schlitteln. Sie sei die billigste Babysitterin dieser Welt, klagte sie. Sie müsse in Zukunft wieder eine Kollegin mitnehmen, dann sei es weniger schlimm. Nachdem sie das gesagt hatte, guckte sie mich von der Seite an und ich fixierte eine Büroklammer, die einsam auf dem Korridorboden lag. Dann drehte ich den Kopf zu ihr und sah sie an. Sie sah mich auch an, wir sahen uns also in die Augen und schwiegen immer noch, dann begannen wir gleichzeitig zu reden und zwar mit dem Wort: »Vielleicht« – wir hörten gleichzeitig wieder auf, dann begannen wir wieder gemeinsam, da mussten wir lachen und die Pausenglocke läutete die nächste Kerzen-Mandarinen-Weihnachtsgelaber-Stunde ein. Der Geografielehrer las eine moderne Geschichte vor, in der ein Obdachloser, eine einsame Maus und ein heiliges Mädchen vorkamen. Wir formten aus den Schokoladepapieren kleine Kügelchen und pfefferten sie durchs Klassenzimmer. Plötzlich lag ein Zettel vor mir auf dem Pult.

– Du könntest mit nach Grindelwald kommen.

Ich versuchte Ohrenpeters Ohren zu treffen, traf stattdessen Niks Haar. Dann schrieb ich zurück.

– *Ich käme, aber da ist Lydia ...*

Mit dem nächsten Kügelchen traf ich Trice. Sie tat so, als würde sie es nicht bemerken, aber ich konnte sehen, dass sie sich aufregte.

– Dann nimm Lydia mit.

Ich wurde gerade glücklich, obschon ich das in meiner Situation nicht sein konnte: aber ein paar Tage Grindelwald, Schnee, Skifahren, Schlitten ... Mein Herz hüpfte.

Wir machten aus, dass Jumper ihren Vater und ich Sophia, Klaus und Lydia fragte.

Und wenn mir in den nächsten vierundzwanzig Stunden jemand eine Mandarine oder Erdnüsschen anbietet, bewerfe ich ihn mit Lydias Steinen!

Weihnachten

Lydia war begeistert, Sophia sagte, es sei okay, wenn es für Jumpers Vater okay sei, und fragte, ob wir eine Skiausrüstung hätten und ob die noch zu gebrauchen sei. Jumpers Vater sagte, klar sei das okay, schließlich habe sie immer eine Freundin mitgenommen.

War ich eine Freundin von Jumper? Wusste ihr Vater, dass

sie manchmal mit Mädchen mehr als nur befreundet war? Und wusste er, dass ich nicht eines dieser mehr befreundeten Mädchen war? Ich mochte nicht mit falschen Augen angeschaut werden. Sophia telefonierte mit Jumpers Vater, wir gingen in unseren Keller und suchten die Skiausrüstung zusammen. Als wir die Skijacke, Handschuhe und Kappen hervorholten, stieß ich auf Mamas langen Mantel, in dem sie Ski fuhr, bevor sie *Kaffee fertig* trank. Da musste ich ohne Vorwarnung heulen, Lydia stimmte mit ein und Sophia zog uns an sich und sagte: »Ja, weint, meine Lieben, ihr habt allen Grund dazu.« Später fragte mich Lydia, warum ich geweint hätte – sie habe es getan, weil ich es getan habe.

Wir würden also nach Grindelwald gehen. Aber erst noch stand der Weihnachtsklimbim bevor. Wir hätten gern mit Sophia gefeiert, doch am Heiligabend mussten wir zu Opa und an Weihnachten zu den Cinquecento-Großeltern. Tante Henriette und Familie kam zu Opa, zusammen gingen wir Oma besuchen, es gab am Nachmittag einen Weihnachtstee. Oma erkannte mich, aber nicht mehr mit Namen; dafür sagte sie zu jeder zweiten Person Nicola. Sie war noch ruheloser: Kaum saß sie, stand sie schon wieder auf und raste hierhin und dorthin. Die Pflegerinnen guckten entnervt. Ich ging mit Oma und Lydia zu den Ziegen. Zur Abwechslung (ha ha!) erklärte mir Oma, mit wem allem sie es hier getrieben habe. (Ich hielt Lydia die Ohren zu.) Darunter befanden sich der Hauswart des Altenheims, der Verkehrspolizist, Jimmy Hendrix (woher kannte sie den?!), Einstein, der Papst und Sissi. Entwickelte sie im Alter eine lesbische Neigung?! Unsere ehemals rundliche Oma hüpfte wie ein Vöglein um den Stall und ich fragte mich wehmütig, wie lange es noch ginge, bis ihre Seele davonflatterte. Beim Zurückgehen fragte Lydia, ob Einstein und der Papst nach den Ziegen schauen würden. Ich musste ihr die Ohren besser zuhalten!

Opa saßen die Tränen locker, das war jedes Mal der Fall, wenn er Oma besuchte. Er sprach von den alten Zeiten, als Oma fit, ein schönes Kaliber und eine gute Ehefrau war.

»Ja, hinter dir hergeräumt, das hat sie!«, sagte Tante Henriette vorwurfsvoll, »und jedes Mal hast du das Essen kritisiert:

Das hätte noch besser, weniger fett, salziger, knuspriger sein können. Und kaum Haushaltgeld hast du ihr gegeben –«

»Wie hätte ich mehr geben können, ich hatte nicht mehr!«

»Für deine Kamera und die Ausflüge ins Spielcasino hat's immer gereicht!«

»Mit der Kamera habe ich euch gefilmt, damit ihr Erinnerungen habt! Und ich habe nur kleine Beträge eingesetzt.«

»Man kann auch mit kleinem Einsatz viel verlieren!«

»Ich hab gespielt, damit wir zu mehr Geld kommen!«

»Süchtig warst du, und mehr Geld hat's nicht eingebracht. Es weiß jedes Kind, dass man mit Spielen kein Geld verdient.«

Während die beiden stritten, schaute ich den Zwillingen zu, wie sie die Alten verwirrten: Sie waren gleich gekleidet, die eine ging links hinaus und die andere kam rechts herein. Den restlichen Nachmittag hirnte ich darüber nach, wie ich die Zwillinge so fertigmachen könnte, dass sie mit ihren Verwirrspielen aufhören würden.

Am Weihnachtsabend bei den Cinquecento-Großeltern verbrachte ich die Zeit damit, Thierrys Dromedar im Auge zu behalten und nie von Lydias Seite zu weichen. Es nützte, er bot ihr jedenfalls nie an, *Hoppe, hoppe, Reiter* zu machen, und jedes Mal, wenn sich unsere Blicke kreuzten, schaute er schnell weg. Niemand erwähnte Papa – und niemand fragte uns nach Mama. Vielleicht litten sie unter teilweisem Hirnausfall oder es war ihnen zu peinlich, darüber zu reden.

Ich verstehe nicht, warum Erwachsene über heikle Dinge schweigen. Sie meinen wohl, nur weil man etwas nicht erwähnt, existiert es nicht. Lydia hatte früher die Augen geschlossen und gemeint, dass man sie dann nicht mehr sehen könne. Man muss nur schweigen, sprich: die Augen verschließen, und das Problem ist weg.

Wie kindisch!

Ferien in Grindelwald

Am Stephanstag fuhren wir mit dem Zug nach Grindelwald. Die Heizung im Zug roch gemütlich muffelig. Wenn wir hinausschauten, sahen wir an eine Schneeflockenwand. Die Scheiben waren beschlagen, Lydia zeichnete darauf Herzchen und Männchen und anderen Klimbim, dann wollte sie auf meinem Schoß sitzen, dann auf Jumpers. Sie krähte alle Lieder, die sie im Kindergarten gelernt hatte, darunter viele Weihnachtslieder. Ich sah den Passagieren an, dass sie keine Lust auf Weihnachtslieder hatten – vermutlich war ihr Weihnachten auch kein so freudiges Fest gewesen, wie es hätte sein sollen. Nachdem ich Lydia verboten hatte, weiter Weihnachtslieder zu singen, begann sie ihren Mariatext runterzuleiern und wollte Pulli und Leibchen ausziehen. Da musste ich an Vater und seine blöden Marienbrüste denken, und dass ich ihm nicht mal die Meinung sagen konnte, weil er wer weiß wo steckte! Jumper lenkte Lydia erfolgreich von ihrer Furzidee mit dem Ausziehen ab und gab ihr Rätsel auf. Dann kamen wir in Grindelwald an; kein Eiger und auch keine anderen Berge waren zu sehen!

Jumpers Vater erwartete uns am Bahnhof. Er heißt eigentlich Jakob, aber man musste *Jack* zu ihm sagen, das war wohl cooler. Seine Kleider sahen aus, als habe er sie soeben im Laden von der Stange genommen, vor allem solche mit einem Krokodil drauf. Reiche lieben Kleider mit Krokodilen – ich meine die von *Lacoste*. Wenn man nicht richtig hinschaut, sieht es aus, als würde das Krokodil auf den Kleidern lachen. Aber das lacht nicht oder wenn, dann hämisch, und lässt die Zunge heraushängen, als habe es gerade etwas gefressen oder als wolle es gleich was fressen. Ich hatte im Fernsehen gesehen, wie Krokodile andere Tiere attackierten und fraßen. *Lacoste* hat wohl ein Krokodil als Symbol gewählt, weil die Leute, die für diese Kleider genug Geld haben, auch Krokodile sind – sonst wären sie nicht so reich geworden. Vielleicht ginge es meinen Eltern besser, wenn sie Lacoste-Kleider tragen würden. Aber Mutter stand ja auf Blumenmuster und Wickeljupes. Jedenfalls ist das Krokodil kein gemütliches Tier. Es schwimmt im Wasser und man sieht nur seine Augen, was ganz lustig aussieht – aber dann: zack! und du kannst seine Zähne von innen zählen. Krokodile haben sechzig Zähne, die alle zwei Jahre durch neue ersetzt werden – die können sich den Zahnarzt sparen! Da sie hundert Jahre alt werden können, kriegen sie bis zu dreitausend Zähne.

Jack begrüßte uns freudig – vielleicht weil wir die Babysitter waren? – und hob unsere Rucksäcke in den Kofferraum. Seine Frau Eva und der Sohn warteten zu Hause auf uns. Jack wollte mit Lydia Späße machen, da versteckte sie sich hinter mir. Erwachsene haben manchmal das Feingefühl von Trampeltieren – sie können doch nicht einfach auf einen kleinen Menschen losgehen, wild gestikulieren und laut reden! Kinder sind wie Katzen, die muss man in Ruhe auf sich zukommen lassen. Erwachsene verhalten sich oft so, als wären sie nie Kinder gewesen oder könnten sich nicht mehr an ihre Kindheit erinnern.

Jacks Frau Eva ist etwa zwanzig Jahre jünger als er und hat extrem blonde Haare, gefärbt natürlich. Auch ihre Fingernägel und die Lippen sind gefärbt – nicht blond, sondern knallrot. Eva passte in das Chalet wie ein Papagei in einen Kaninchenstall. Sie redete auch wie ein Papagei und was sie sagte, war etwa so spannend wie bei einem Papagei. Sie flatterte um ihren Ehemann, mit Küsschen hier und da, und plauderte fröhlich über dies und das. Jumper und ich sahen uns nur an. Eva Papagei flatterte auf Lydia zu und schubste sie zu ihrem Sohn.

»Nun hat Kevin ein Spielkamerädchen!«, flötete sie und verschwand in die Küche. Warum verschwinden Frauen immer in der Küche? Ich würde ins Schreibzimmer verschwinden, sicher nicht in die Küche!

Kevin sah wie ein Engel mit blonden Löckchen aus. Dann sagte er zu Lydia: »Wage ja nicht, meine Spielzeuge zu berühren!«

Er war wohl kein richtiger Engel.

Jack wollte sich einmischen, da zischte der Engel: »Und du auch nicht!«

Das würden wundervolle Tage mit dieser Ratte werden!

Lydia schaute Kevin ungerührt an und sagte: »Nur kleine Scheißer spielen noch mit Spielzeugen.«

Lydia, ich bin stolz auf dich!

Da brach Kevin wutentbrannt in Tränen aus und stürmte zur Mami in die Küche. Jack zuckte mit den Schultern und schaute uns entschuldigend an, dann zeigte er uns unser Zimmer. Da standen ein Doppelbett und ein schmales. Nicht schon wieder ein Doppelbett! Zum Glück würde Lydia mit mir im großen Bett schlafen wollen – sie war das nun gewohnt.

Lydia lachte auf. »Ah, endlich hab ich wieder mal ein Bett für mich!«

Ach, Lydia!

Was ist das für ein Schicksal, dass ich andauernd mit lesbischen Mädchen im selben Bett schlafen muss?! Jumper verzog keine Miene, ich hatte keine Ahnung, ob ihr es passte, neben mir zu schlafen, oder nicht. Also, ich finde, es gibt keinen Grund, nicht neben mir schlafen zu wollen, auch wenn ich nicht vom anderen Ufer bin. Ich bin lustig und schnarche nicht, auch wenn Jumper das Gegenteil behauptet. Sie hatte wohl eine Störung in ihrem Hörgerät, ha ha!

Da das Wetter skiuntauglich war, gingen wir ins Hallenbad, wo der Engel Kevin dauernd Lydia bespritzte. Dann konnten wir Evas Erziehungsmethoden miterleben: Sie nahm Kevin in den Arm und sagte mit hoher Stimme: »Du bist ein gaaaanz Böser, das darfst du nicht tun!«, gab ihm einen Kuss auf die Stirn und ließ ihn los. Kevin machte dort weiter, wo er aufgehört hatte. Bald hatte Lydia genug von diesem Theater, streckte Kevin die Zunge heraus und schwamm in den tieferen Teil des Beckens. Mama sagte mal, dass Lydia in ihrem letzten Leben ein Delphin gewesen sei, deshalb habe sie schon mit vier Jahren schwimmen können. Dass ich Stunden mit Lydia im Wasser verbracht hatte, um es ihr beizubringen, übersah sie natürlich.

Als Lydia wegschwamm, bekam Kevin einen seiner Anfälle, denn er konnte noch nicht schwimmen. Eva schaute Jack vorwurfsvoll an, als wäre er schuld daran. Jack fischte seufzend den schreienden Sohn aus dem Wasser und beruhigte ihn, indem er ihm ein Eis versprach. Solche Erziehungsmethoden gehen ins Geld – aber das hat Jack ja. Ich verstand Jumper jetzt besser, die gesagt hatte, dass ihr Halbbruder zu einem kleinen Arschloch erzogen werde.

Am Abend gab es Käsefondue. Der Käse zog höllisch Fäden und diese Fäden waren so stabil, dass man mit ihnen einen Pullover hätte stricken können – einen Überlebenspulli sozusagen: Wenn man sich in den Bergen verirren würde, könnte man an ihm knabbern und verhungerte nicht. Ich erzählte meine super Idee, Jumper und Lydia lachten, Jack versuchte nicht zu lachen, Kevin warf ein Essiggurkenstück ins Fondue und Eva ging weinend vom Tisch, Richtung Küche. Jack stand seufzend auf und folgte Eva, Kevin warf weitere Gurkenrädchen in den Käse.

Die Dummermuths waren also nicht die einzige verkorkste Familie.

Später brachte ich Lydia ins Bett und erzählte ihr Lieblingsmärchen *Von einem der auszog, das Fürchten zu lernen.* Als ich fertig erzählt hatte, fragte sie: »Wo ist Papa? Warum kommt Mama nicht nach Hause?«

»Ich weiß nicht genau, wo Papa ist, aber er schreibt uns ja manchmal eine Karte, und solange jemand eine Karte schreibt, ist alles noch irgendwie in Ordnung. Mama kommt noch nicht nach Hause, weil sie krank ist.«

»Aber man ist doch nicht so lange krank – höchstens eine Woche. Und Mama hat nicht gehustet und nicht geniest.«

»Es ist eine andere Krankheit, bei der man weder hustet noch Fieber hat.«

»Was dann?«

»Sie nennen es *schwere Depressionen*, da will man nichts mehr machen und hat keine Freude mehr und sieht nicht mehr weiter und will vielleicht gar nicht mehr leben. In die Seele und ins Herz kommt irgendwie keine Sonne mehr herein.«

»Da soll sie doch nach draußen gehen und den Kopf in die Sonne halten. Oder etwas tun, was ihr Freude macht.«

»Ihr macht nichts mehr Freude.«

»Sie fährt gern im langen Mantel Ski und liebt *Kaffee fertig*. Sie raucht gern auf dem Balkon und mag lustige Filme.«

»Ja, aber weil sie krank ist, macht ihr das keine Freude mehr.« Verflixt, wie sollte ich etwas erklären, das ich selber nicht verstand?!

»Warum heißt *Kaffee fertig* so?«

»Ich habe keine Ahnung! Vielleicht macht einen dieser Kaffee fertig wegen des Alkohols, der drin ist.«

»Da ist Alkohol drin? Was – Bier?«

»Etwas Stärkeres. Schnaps.«

»Da waren Mama und Claire nicht lustig, weil sie lustig waren, sondern weil sie betrunken waren?!«

»Wohl beides: Sie waren lustig, aber der Schnaps machte sie noch lustiger.«

»Vielleicht sollte man Mama *Kaffee fertig* bringen, dann ginge es ihr wieder gut.« Sie überlegte – aber offenbar etwas ganz anderes, denn sie fragte: »Du, Nicola, wenn ich mal groß bin, wie groß bin ich dann?«

Ich antwortete ihr: »So groß, wie du dann bist.«

Manchmal frage ich mich, ob Lydia davon profitiert, mich als Schwester zu haben. Ich fuhr durch ihre Löckchen und küsste sie auf die Wange. Seufzend verließ ich das Zimmer. Zu viert spielten wir *Mensch ärgere dich nicht*. Manchmal schaute mich Jumper prüfend von der Seite an. Papagei Eva gewann das Spiel, worauf sie hysterisch kicherte. Sie kann nicht cool gewinnen! Wenn man gewinnt, darf man die Freude nur ein bisschen zeigen. Man muss den Eindruck erwecken, dass man es gewohnt ist zu gewinnen und das Siegen im Griff hat. Triumphierend die Arme in die Luft werfen, das geht überhaupt nicht.

Wir spielten nochmals, diesmal gewann ich. Danach gingen wir ins Bett. Nun lag ich also wieder mit der frauenverschlingenden Jumper im Bett! Wichtig war einfach, dass ich cool blieb und so tat, als wäre es mir völlig Wurst, dass mich Jumper anfallen könnte.

»Du wälzt dich so unruhig hin und her – ist was?«, fragte sie.

Ich behauptete, dass ich noch nicht die richtige Schlafposition gefunden habe.

Alex sagte: »Du gewinnst gerne, stimmt's?«

»Na ja, so wichtig ist das auch wieder nicht.«

»Warum hast du dann zu jubeln begonnen und *We are the champions* gesungen?!«

»Bha, das hast du dir bloß eingebildet.«

Jumper löschte das Licht, dann sprachen wir im Dunkeln über alles Wesentliche im Leben, das reichte von den Eltern bis zu *Grease*, meinem momentanen Lieblingsfilm. Jumper wollte wissen, wer mir am besten gefalle. Ich sagte, Olivia Newton-John. Das sei aber eine Frau, erwiderte sie. Ja, aber John Travolta könne man ja unmöglich als anziehend empfinden. Sie fragte mich, ob ich in dem Fall Olivia anziehend fände.

So was nennt man eine Fangfrage! »Ich finde sie nicht anziehend-anziehend, sondern einfach normal anziehend.«

»Und was bedeutet anziehend-anziehend?«

»Dass man sie ausziehen möchte.«

Jumper lachte. »Ja, eigentlich sind Menschen, mit denen man ins Bett gehen will, *ausziehend*!«

Wir kicherten dämlich.

Jumper: »Olivia findest du also nur anziehend – du möchtest sie nicht ausziehen.«

»Nein, bestimmt nicht!«

»Wann gefällt sie dir besser: als braves Mädchen oder als heiße Braut?«

»Also, ich würde sie nicht als heiße Braut bezeichnen, aber sie gefällt mir am Schluss besser. Und dir?«

»Weder noch. Ich steh nicht auf blonde Frauen – und den Film fand ich doof.«

Wir stritten uns über ihren Film- und Frauengeschmack. Ich fragte sie, welche Schauspielerin ihr gefalle.

»Liv Ullmann.«

»Die ist ja auch blond!«

»Ja, aber nicht blond-blond.«

»Was soll das nun heißen?«

»Blond-blond ist hohl-blond, weil es gefärbt ist, wie zum Beispiel bei Eva. Einfach blond ist, wenn jemand von Natur aus blonde Haare hat.«

»Woher willst du wissen, dass Liv Ullmann wirklich blond ist?«

»Das sieht man an der Farbe. Blondierte haben eine einheitliche Farbe, bei echten Blonden hat die Haarfarbe Schattierungen.«

»Vielleicht ist Liv dunkelbraun und lässt sich das Haar schattiert blondieren, damit alle meinen, das sei die echte Haarfarbe.«

»Sie kommt aus dem Norden, da ist sie bestimmt blond, und außerdem ist sie eine tiefsinnige Schauspielerin, die färben ihre Haare nicht.«

»Was hat denn das eine mit dem anderen zu tun? Man kann auch mit gefärbten Haaren gut schauspielern! Wenn jemand ein hervorragender Schauspieler ist und sich für eine Rolle die Haare färben lässt – spielt er deshalb wohl kaum schlechter.«

»Nein, natürlich nicht. Er würde sie in dem Fall für die Kunst färben und nicht um besser auszusehen.«

»Ganz schön kompliziert, deine Theorie.«

Jumper lachte leise in der Dunkelheit, »das Leben ist ja auch ganz schön kompliziert.«

Ich räusperte mich. »Seit wann weißt du, dass du auf Mädchen stehst?«

Stille. Dann: »Seit ich elf bin.«

»Was ist da passiert?«

»Ich hatte Schmetterlinge im Bauch, wenn ich mit meiner besten Freundin Aimée zusammen war.«

»Das hätte mir mit Trice definitiv nicht passieren können.«

»Vermisst du sie?«

»Ja, schon, aber gleichzeitig bin ich enttäuscht von ihrem Verhalten und das schwächt das Vermissen ab. Warum nur musste sie so eifersüchtig sein?!«

»Vielleicht hatte *sie* Schmetterlinge im Bauch, wenn sie *dich* sah.«

Ich schluckte leer. Könnte das sein? – Trice war eine Italienerin, die waren doch nicht lesbisch, die machten Bambini! Ich hätte Jumper gern gefragt, ob sie zurzeit verliebt war und wenn ja, in wen. Aber das konnte ich sie nicht fragen, nicht jetzt, hier, im Bett, im Dunkeln.

Beim Erwachen hatte ich eine gute Idee: Ich würde Jumper via Lydia fragen, in wen sie verliebt ist! Nach dem Frühstück fragte ich Lydia, ob es sie nicht Wunder nähme, in wen Jumper verliebt ist. Sie schüttelte den Kopf. Manchmal ist sie wahnsinnig desinteressiert!

Ich versuchte sie den restlichen Tag davon zu überzeugen, dass sie unbedingt wissen wollte, in wen Jumper sich verguckt hatte. Währenddessen fuhren wir Ski, das Wetter war etwas besser. Kevin steckte in einer teuren Skischule und Jack war mit Eva einkaufen, sie wollte einen neuen Wintermantel. Jumper sagte Eva, wenn sie mit einem Pelz zurückkäme, würde sie ihr die Hölle heiß machen. Eva kicherte nervös.

Als wir gegen Abend ein letztes Mal mit der Sesselbahn hochfuhren, versuchte ich Lydia wieder einzureden, dass sie wissen wollte, in wen Jumper verliebt war.

Lydia schaute mich aus ihren großen, blauen Augen eindringlich an und sagte: »Möchtest *du* es wissen?«

Ui, wie peinlich! »Ach was! – Vielleicht ein bisschen.«

»Na, das hättest du von Anfang an sagen können – klar, frage ich sie.«

»Aber du sagst ihr nicht, dass ich dich dazu angestachelt habe.«

»Kein Problem!«

Meine liebe Schwester!

Wir stiegen vom Sessellift, Jumper wartete auf uns. Kaum hatten wir sie erreicht, sagte Lydia: »Du, Alex, in wen bist du verliebt?«

Jumper runzelte die Stirn.

Lydia: »Ich steh auf Kaspar, wir gehen zusammen.«

Ich richtete Lydia die Mütze, schaute, ob alle Schnallen an ihrem Skischuh festgezurrt waren und sie die Skistöcke richtig hielt. Und war wie auf Nadeln.

Lydia plapperte weiter: »Was ist, Alex? Also eigentlich möchte nicht ich es wissen, sondern Nicola, aber sie wagt es nicht zu fragen.«

Vergiss nie, dass eine Sechsjährige sechs Jahre alt ist!

Jumper begann zu lachen und fuhr uns davon. Lydia schaute mich verzagt an. Ich weiß, dass man Kinder nicht mit Geheimnissen belasten darf, und jetzt hatte ich es doch getan – das geschah mir recht! Ich berührte Lydias Schulter. »Hör mal, es macht rein gar nichts, dass es dir herausgerutscht ist! Wenn dir jemand ein Geheimnis anvertraut, muss er damit rechnen, dass du es ausplauderst. Es ist niemand dazu verpflichtet, ein Geheimnis zu wahren. Mach dir also nichts draus!«

Ich hätte Lydia trotzdem würgen können!

Alex tat netterweise so, als wäre nichts gewesen. Das erleichterte es mir, nicht vor Scham in den Boden zu versinken. Sie fand mich sicher eine neugierige Kuh.

Wir spielten den ganzen Abend Monopoly, das heißt, stundenlang musste ich kapitalistisch denken und das mag ich nicht. Jacks Augen leuchteten gierig auf, wenn er etwas kaufen konnte, er fühlte sich ganz in seinem Element: ein Krokodil im Fluss, und ich war ein armes Gnu, das um seine Beine fürchtete.

Im Bett sagte ich gute Nacht und drehte mich ab. Jumper löschte das Licht. Ich dachte schon, dass ich ungestört einschlafen konnte, da sagte sie: »Warum willst du das wissen?«

»Was?« – (Merke: Wenn du in einer misslichen Lage bist, versuche es zunächst mit Unschuld. Oma sagte, das klappt meistens.)

»In wen ich verliebt bin.«

»Möglicherweise, weil ich eine neugierige Kuh bin.«

»Ist das alles?«

»Ja.«

»Und wenn ich dir jetzt sagen würde, dass ich in Laura aus der Parallelklasse verliebt bin?«

»Dann würde ich sagen: Ich wünsche euch viel Glück!«

»Ist das alles?«

»Ja – ich wollte bloß wissen, in wen du dich verliebst, so wie ich wissen will, ob sie sich in *Grease* kriegen.«

»Du bist also ein Naseweis.«

Ich brummte zustimmend. Wir schwiegen. Dann rutschte es mir heraus: »Ich hätte nie gedacht, dass Laura so ist. Sie wirkt doch so bieder! Ihr seid also zusammen?«

Jumper antwortete nicht, vermutlich war sie eingeschlafen.

»Ich meine nur, dass ihr nicht zusammenpasst. Sie hat viel zu lange Finger und eine kindische Schultasche.«

»Was ist an langen Fingern falsch? Zum Streicheln sind die ideal!«

»Du willst nicht ernsthaft mit jemandem zusammen sein, der kleine Teddybären an der Schultasche hängen hat!«

»Was kümmert mich die Schultasche, wenn jemand gut streicheln kann?«

Ich schaute in die Dunkelheit. Jumper war mit Laura zusammen, nicht zu glauben! Warum sind meistens die falschen zusammen? Menschen sind wie einzelne Socken: Keiner passt zum andern, so wie in Mamas Wäsche, da fehlen dauernd welche, die liegen unter dem Bett oder hinter dem Sofa oder wo auch immer. So ist das auch bei den Menschen: Die einen sind frisch gewaschen und die anderen, die dazu gehören, findet man nirgends. Dann tut man halt Socken zusammen, die nicht zusammenpassen: eine königsblaue mit einer hellblauen, eine gepunktete mit einer gestreiften usw. Ein heilloses Durcheinander. Und sollten sich mal die richtigen Socken treffen, ist der linke schon hundert Mal gewaschen worden und ausgebleicht, der rechte hingegen hat unter dem Bett gelegen, stinkt ein bisschen, sieht sonst aber wie neu aus. Sie passen also nicht zusammen, obschon sie zusammengehören. Wenn Alex eine coole, weinrote Socke wäre, dann ist Laura eine gelbe mit rosa Punkten – eine grässliche Kombination!

Jumper drehte sich auf den Rücken. »Die Wahrheit ist: Du hast ihr noch nie die Hand gegeben.«

»Aber ja doch, ich sehe Laura im Turnen!«

»Ich meine das Mädchen, in das ich verliebt bin. Gesehen hast du sie, aber ihr bestimmt noch nie die Hand gedrückt.«

»Wer? Wer ist es?!«

»Tja, das musst du selber herausfinden.«

»Bin ich Detektivin, oder was?! Ich will jetzt schlafen, gute Nacht.«

»Du wolltest es wissen. Gute Nacht.«

Meine Laune war verdorben! Besser, ich konzentrierte mich endlich darauf, mich zu verlieben. Vielleicht würde morgen ein Junge über meine Skier fahren und deswegen stürzen. Er stünde auf, würde sich den Schnee von den Kleidern klopfen, dann würde er sich entschuldigen. Wir sähen einander in die Augen und die Verliebtheit würde uns wie eine Lawine überrollen und uns mitreißen, und ich würde mich nie mehr fragen, in wen Alex verliebt ist, weil mir das in meinem Liebesglück so was von egal wäre.

Diese Vorstellung hob meine Stimmung.

Aber welches Mädchen kannte ich, dem ich noch nie die Hand geschüttelt hatte?

Sylvester

Am letzten Tag im Jahr fuhr außer Lydia niemand über meine Skier und keiner stürzte wegen mir. Wir waren meist zu dritt unterwegs, Kevin-Baby war glücklicherweise die ganze Woche in der Skischule, Eva und Jack trödelten irgendwo rum und kamen nur kurz auf die Piste. Das Wetter wurde besser. Der Eiger mit seiner steilen Nordwand stand bedrohlich vor uns. Unglaublich, dass Menschen freiwillig da hochklettern! Warum tut man sich so was Ungemütliches an? Alex sagte, es sei der Eroberungs- und Besteigungsdrang des Menschen. Ja, in dem Fall bin ich kein Mensch, jedenfalls kann ich keinen solchen Drang in mir feststellen. Ich finde das Leben schon ohne Eigernordwand steil und anstrengend genug.

Ich hatte am Vorabend mit Sophia telefoniert, es gab keine guten Neuigkeiten wegen Mama oder gar Papa. Bei Mama habe man die Medikamente gewechselt, aber sie spreche auch auf diese nicht an. Ich fragte mich, ob sie das Zeugs überhaupt nahm, sie war ja gegen Chemie. Sophia hatte dieselbe Vermutung, doch die Ärzte behaupteten, dass Mama beaufsichtigt werde, wenn sie die Medikamente einnimmt. Ich kannte sie besser – sie konnte sich ihre Realität nach ihrem Gutdünken zurechtbiegen. Von Papa war wieder eine Karte gekommen, in Italien abgestempelt. Es gehe ihm gut, er habe einen lukrativen Job gekriegt, aber mehr dürfe er dazu nicht sagen. Das hörte sich gar nicht beruhigend an! Vermutlich wollte er ein Ding drehen! Nur drehte er nie erfolgreich Dinge!

Wir drei tanzten auf den Skiern Walzer, spielten Lokomotive, sprangen über kleine Schanzen und aßen am Mittag kiloweise Fritten. Wir schubsten uns in den Schnee und vor dem Eindunkeln bauten wir neben dem Chalet eine Schneefrau mit großen Brüsten. (Das war meine Idee!)

Am Abend taten wir Älteren um neun Uhr so, als wäre Mitternacht, stießen mit Kevin und Lydia aufs Neue Jahr und verfrachteten sie ins Bett – sie schliefen sofort ein. Jack und Eva wurden zusehends betrunkener und ließen einen Riesenstreit vom Stapel. Jumper schickte sie ins Schlafzimmer, sie habe keine Lust auf die Streitereien und wenn das nicht aufhöre, rufe sie ihre Mutter an. Das nützte – Jack hatte immer noch ein schlechtes Gewissen, weil er Jumpers Mama Knall auf Fall verlassen hatte. Alex wusste, wie sie die beiden gegeneinander ausspielen konnte. Das ist nicht lupenrein, aber wirkungsvoll.

Jumper und ich setzten uns vor den Kamin und spielten Mühle. Sie fragte mich, ob ich einen Baileys wolle. Ich wusste nicht, was ein Baileys ist, aber sagte ja. Sie kehrte mit milchkaffeefarbener, dicker Flüssigkeit und Eiswürfelchen in bauchigen Gläsern zurück. Das Zeugs schmeckte nicht schlecht – mehr süßlich und cremig als alkoholisch. Jack und Eva kamen aus dem Schlafzimmer, offenbar hatten sie sich versöhnt, sie fragten, ob es uns etwas ausmachen würde, wenn sie in eine Bar gingen. Es machte uns nichts aus. Wir spielten Mühle und schlürften Baileys, und je näher Mitternacht rückte, umso entspannter und zufriedener fühlte ich mich. Die Probleme segelten davon, ich lachte und lachte und erzählte Unsinn – wann hatte ich mich das letzte Mal so gut gefühlt?! Jumpers dunkle Augen blitzten und ständig lächelte sie. Das Mühlespiel wurde zum lustigsten Spiel der Welt und Jumper füllte die Gläser wieder auf. Mir war es plötzlich egal, ob Jumper mit Laura Langefinger oder Unbekannt-noch-nie-die-Hände-geschüttelt zusammen war oder nicht. Im Moment zählten nur das Mühlebrett, der Baileys und wir. Ich dachte, dass Jumper gut aussah, und wäre ich andersrum, würde ich mich eventuell in sie verlieben. Aber ich bin so rum und verliebe mich in niemanden mehr. Das ist schon merkwürdig.

»Weißt du, es ist merkwürdig, ich bin so rum und verliebe mich nicht mehr – ich mache was falsch! Im neuen Jahr wird alles anders, 1979 wird ein tolles Jahr, ich spüre es! Mama wird normal, das heißt, auf ihre schräge Art normal; Papa kommt nach Hause und findet eine gute Stelle, ich verbringe zwei Wochen mit Sophia und Klaus, Lydia sammelt keine unmöglichen Steine mehr, Oma steigt fröhlich in den Himmel hinauf, das Taschentragegeschäft läuft wie geschmiert und Trice beruhigt sich endlich und wird wieder meine beste Freundin.«

Jumper schaute abrupt auf. »Ach ja. Wenn Trice wieder deine beste Freundin wird, wer bin dann ich?«

Auweia! »Äh, du bist meine beste Freundin vom andern Ufer.«

Ohne Vorwarnung packte Alex das Brett und kippte es, die Steine fielen auf den Boden. Sie trank in einem Zug das Glas leer und sagte: »Ich hab's satt! Schlaf, wo du willst, aber nicht bei mir!« Sie rauschte in ihr Zimmer und schloss die Türe. Verdattert schaute ich in die Flammen. Was hatte ich Falsches gesagt? Warum war sie so aufgebracht? Sie war doch vom andern Ufer, also war sie meine beste Freundin von dort – und eigentlich auch von hier, weil Trice nie mehr meine Freundin werden würde. Und auch wenn sie das würde, wäre Alex doch die beste!

Da begann ich zu weinen – wegen allem: Mama, Papa, Trice, Alex, und dass ich noch keine berühmte Dichterin war. Vielleicht würde ich an Sylvester den Grundstein dazu legen – so kurz vor Mitternacht! Ich suchte Papier und Schreiber, fand eine Papiertüte und Evas Mascara-Stift und legte los.

Für Jolly Jumper

Ich wäre dein
Aber es kann nicht sein
Du dort drüben
Ich im Trüben

Dein ist mein Herz
Das ist mein Schmerz
Ich hier am Strand
Mit innerem Brand

Wo ist das Boot
Das bringt's ins Lot?
Ruder zu mir
Oder ich zu dir

Rudern wir zueinand'
In unser schönes Land
Kein andersrum
Kein so rum
Nur wir beide
Auf der satten Heide

Der Mascara-Stift schmierte, aber wenn man kreativ ist, muss man Erschwernisse auf sich nehmen. Ich war offenbar eingenickt, denn ich erwachte, als die Wohnungstür ging: Das Gedicht klebte mir an der Wange. Geistesgegenwärtig flüchtete ich auf den Balkon.

Ich sah Jack und Eva herumschwanken, sie genehmigten sich einen Whisky, küssten sich, ich drehte mich um und betrachtete die Sterne. Die dort drin küssten ewig – zu meinem Entsetzen begann Jack an Eva rumzufummeln! Ich drehte mich wieder zum Universum, die Kälte drang durch meine Socken und auch sonst war es kein milder Sommerabend. Im Blickwinkel nahm ich wahr, dass die dort drinnen ... – nein, ich wollte es nicht wissen! Noch nie hatte ich so lange und intensiv den Himmel beguckt und dem Klappern meiner Zähne zugehört. Als meine Zehen schon blau zu werden begannen, ging drinnen das Licht aus. Ich schob mich steif hinein und stakste zur Glut im Kamin, aber weder die noch die Heizung konnten mich aufwärmen. Ich trat zur Bar und schenkte mir einen Whisky ein. Aus Wildwestfilmen weiß ich, dass Whisky bei allen möglichen Leiden hilft. Das Gesöff war widerlich, ich verdünnte es mit Wasser. Dann schüttete ich das ganze Glas in mich und schwankte ins Badezimmer auf der Suche nach einer Wärmeflasche. Ich fand keine, daher schüttete ich den Rest des Fusels in den Abguss und füllte die Flasche mit heißem Wasser. Ich suchte alle Decken zusammen und legte mich aufs Sofa. Mit der Wärme wurde es etwas besser, mit dem Schwindel jedoch nicht. Papa hatte mal gesagt, dass man den Fuß auf den Boden stellen müsse, dann verschwände der Schwindel. Wenigstens einmal war ein Rat meines Vaters hilfreich. Ich schlief ein.

1979

Do, do, do, do, do, do, do, do, do
Do, do, do, do, do, do, do
Do, do, do, do, do, do, do, do, do
Do, do, do, do, do, do, do

Tonight I want to give it all to you
In the darkness
There's so much I want to do
And tonight I want to lay it at your feet
Cause girl, I was made for you
And girl, you were made for me

KISS: *I was made for loving you*

Miserabler 1. Januar

Ich erwachte, weil Kevin mich als Straße benützte und mit Spielzeugautos auf mir herumfuhr. Er machte *brumm brumm,* mir brummte der Schädel. Ich wollte ihn vertreiben (ich meine Kevin, nicht den Schädel – nun gut, den auch!). Daraus wurde nichts, dafür erbrach ich mich. Auf diese Weise vertrieb ich Kevin sehr wirkungsvoll: Er rannte schreiend ins Schlafzimmer seiner Eltern. Warum nur hatte ich die beige Decke zuoberst hingelegt, jetzt war sie nicht mehr beige! Ich packte sie und stürzte ins Badezimmer, warf sie in die Badewanne, ließ heißes Wasser ein und warf – weil ich nichts anders fand – einen Badezusatz hinein. Das war keine schlechte Idee, denn der Schaum deckte die Misere zu. Der Badezusatz roch allerdings so intensiv, dass ich mich drei Mal übergeben musste. Da kam Eva herein und als sie den Zipfel der Decke sah, schrie sie: »die teure Mohairdecke! Die darf man doch nicht in heißes Wasser geben! Jääähck!!« Sie rannte zu ihrem Jack. Ich hatte Scheiße oder wohl eher Kotze gebaut. Jack kam brummend aus dem Schlafzimmer, schaute auf meine Bettflasche und schrie: »Mein Whisky, du hast all meinen Whisky getrunken!«

»Nein, nur ein Glas, dann hab ich den Fusel weggeschüttet, der war ja ungenießbar.«

»Das war mein zwei-hun-dert-frän-ki-ger exzellenter Whisky!«

Au Backe! Darauf musste ich mich noch mal übergeben. Eva flatterte kopflos durch die Wohnung, bis sie in der Küche verschwand, Jack verschwand ins Schlafzimmer und schlug die Türe zu. Ich durchsuchte den Badezimmerschrank nach Kopfwehtabletten und schluckte zwei Stück, dann wusch ich die Decke, so gut es ging aus – sie schien mir ein bisschen kleiner als vorher. Ich wrang sie aus und hängte sie über das Balkongeländer. Als ich das Wohnzimmer aufräumte, kam Eva aus der Küche, blickte mich giftig an: Als wäre die Mohairdecke ihre verzauberte Tochter und jetzt bange sie darum, dass die Tochter für ewig klein bliebe, wenn sie dann vom Zauber erlöst würde. Ich schlich in Jumpers Zimmer und suchte ein paar Klamotten zusammen. Als ich geduscht und neue Kleider angezogen hatte, fühlte ich mich besser. Ich legte mich aufs Sofa und schlief wieder ein.

Der restliche erste Januar war nicht berauschend: Jack wollte uns rauswerfen und Schmerzensgeld für Decke und Whisky, Alex sagte, sie breche den Kontakt mit ihm ab, wenn er das tue, Eva verschwand in der Küche, Kevin und Lydia stritten sich, Jumper sprach mit mir nur das Nötigste, aber ich durfte mich trotzdem in ihr Bett legen, weil ich kurz vor dem Kollabieren war, die Decke draußen wurde steif wie ein Brett, worauf Eva wieder zu weinen begann, Lydia sammelte Steine (vor allem aus Kevins Spielzeugbestand) und am Abend gingen sie Pizza essen. Ich blieb zu Hause und trank eine Tasse Bouillon. Mir war es, als hätte ich noch nie so etwas Feines gegessen.

Wir drei gingen schon früh ins Bett. Jumper lag schweigend neben mir im Dunkeln, da sagte ich: »Es tut mir leid.«

»Du bist nicht die Erste, die eine Decke ruiniert und teuren Whisky weggeschüttet hat.«

»Das habe ich nicht gemeint. Es tut mir leid, was ich gestern wegen ›beste Freundin‹ gesagt habe. Du bist auf jeder Uferseite meine beste Freundin.«

Sie schwieg einen Moment, dann sagte sie: »Gut.«

Manchmal reicht ein einziges Wort, dass man glücklich wird. Ich schlief kurz darauf ein.

Frühmorgens erwachte ich an Jumpers Rücken geschmiegt, den Arm hatte ich über sie gelegt. Wie peinlich! Bevor ich mich abwandte, lag ich einen Moment einfach da, atmete Jumpers Duft ein, spürte ihren Körper, der sich so gut anfühlte, und wäre am liebsten ewig so geblieben. Erst als sie sich ein bisschen rührte und ich befürchten musste, dass sie erwachte, rückte ich ab.

Wie gesagt, wenn Jumper ein Junge gewesen wäre, wäre ich eventuell in sie verliebt.

Mama und das Vollgestopfte

Am zweiten Januar ging es nach Hause. Jack sagte, dass ich weder für die Decke noch den Whisky zahlen müsse; Jumper hatte erfolgreich bewirkt, dass er sich so entschied. Ich beschloss, Sophia nichts davon zu erzählen, sonst musste ich gar noch einen Nachmittag lang in Jacks Garten jäten oder so. Letztendlich konnte ich ja nichts dafür, dass Kevin mich zum Erbrechen brachte und eine teure Decke rumlag. Und übrigens müssen die Erwachsenen den Alkohol wegschließen, zum Schutz der Jugend.

Zu Hause sagte Sophia, sie fände es an der Zeit, dass ich Mama besuchen ginge. Sie fühle sich etwas besser und ich könne mich nicht ewig vor der Tatsache drücken, dass meine Mutter krank sei. Ich sagte ja und überlegte, wie ich schnell und lang an einer Grippe erkranken konnte. Ich fand Sophia wirklich supertoll, aber manchmal war sie zu korrekt.

Mir blieb nichts anderes übrig. Ich ging am nächsten Tag in die Waldau – ohne Sophia und Lydia, das musste ich allein tun. Beim Empfang sagte ich, ich wolle zu Frau Dummermuth – es war nicht die Frau vom letzten Mal und natürlich grinste sie andeutungsweise wegen des Namens. Sie fragte, ob ich nicht zu jung sei, um alleine hierher zu kommen. Ich erwiderte, dass ich in vier Monaten fünfzehn werde und ob man erst ab einem bestimmten Alter die eigene Mutter besuchen dürfe; und ob sie nichts Besseres zu tun habe, als wegen meines Nachnamens blöd zu grinsen und blöde Fragen zu stellen.

Die Frau machte ein schuldbewusstes Gesicht und rief eine Pflegeschwester. Die war nett und ging mit mir nach oben, schloss die Türe im ersten Stock auf. Mama war immer noch auf der geschlossenen Abteilung! Die Schwester sagte: »Deine Mutter ist im Aufenthaltsraum und schaut zum Fenster hinaus.«

Ich sah von weitem ein Klappergestell kerzengerade in einem Sessel sitzen, die Haare zu einem Pferdeschwanz zusammengebunden. Wann fand man endlich heraus, dass ich adoptiert war und die dort nicht meine Mutter? Bei Mama angekommen, sagte die Pflegerin zu ihr: »Frau Dummermuth, Sie haben Besuch – Ihre Tochter.« Dann ging sie, innerlich rief ich: *Nimm mich mit*!

Mama drehte sich nicht zu mir. Zögernd sagte ich »Hallo Mama«, küsste sie aber nicht. Ich holte einen Stuhl und setzte mich neben sie. Da endlich wandte sie den Kopf zu mir. Sie schaute mich wortlos an.

Ich wollte weg!

Mama hob langsam den Arm und berührte mich leicht an der Wange. Dann sagte sie leise »Nicola«. Immerhin wusste sie noch meinen Namen! »Im Himmel sind alle Möbel weiß, wusstest du das? Ich mag die Farbe Weiß nicht, ich mag nicht in den Himmel gehen. – Hast du deine Aufgaben gemacht?«

Meine Mutter hatte mich noch nie gefragt, ob ich die Aufgaben gemacht habe!

»Wie geht es dir?«, fragte ich.

»Mir gehen? Ich gehe möglichst nicht, das ist so anstrengend. Alles ist anstrengend, außer dem Sitzen. Wenn man von hier auf den Park schaut, könnte man meinen, es passiere nichts – so verschneit und aufgeräumt er ist. Aber manchmal fliegt ein Vogel vorbei, manchmal fällt ein bisschen Schnee von den Ästen, manchmal pinkelt ein Hund an einen Baum. Und das Licht! Es verändert sich dauernd, Sonne und Wolken liefern sich einen ewigen Kampf. Hier zu sitzen, das geht – alles andere ist die Hölle.«

»Nimmst du die Medikamente, Mama?«

»Welche Medikamente?«

»Was für eine Frage! Die Medikamente, die sie dir gegen deinen Zustand geben.«

»Ach die ...!«

Sie schien in eine Totenstarre zu verfallen.

»Behältst sie wohl im Mund und spuckst sie später ins Klo.«

Sie reagierte nicht.

»Oder versteckst du sie?«

Sie tat, als höre sie nicht zu.

»Und verkaufst sie an andere Patienten?«

Sie sagte nichts.

»Du weißt, dass du zwei Kinder hast, für die du verantwortlich bist?! Du könntest wenigstens die Medikamente ausprobieren. Du schaffst dir ein schlechtes Karma, wenn du uns vernachlässigst.«

Sie drehte den Kopf und sagte mit ausdruckslosem Gesicht: »Wir kommen aus dem Nichts und kehren ins Nichts zurück – das ist die Wahrheit.«

Es war zum Verzweifeln!

»Wenn du nicht nach deinen Kindern schaust und auch sonst nicht deine Aufgaben erledigst, wirst du nicht ins Nichts zurückkehren, sondern in den – in das – in die *Überfülle*: Dort ist alles vollgestopft mit Farben, Tönen, Musik, Gerüchen, Gedanken, einfach mit allem allem allem! Und mitten drin du, die du nie mehr deine Ruhe haben wirst.«

In Mamas ausdrucklosem Gesicht veränderte sich etwas: ihre Augen, sie wurden ein bisschen größer.

»Stell dir vor: Alle Gerüche, alle Musik, alle Bilder, alle Gedanken, alle Empfindungen, alle Freude, aller Schmerz zusammen und du mittendrin.«

Mama packte mich am Unterarm, ihr Griff war erstaunlich fest. »Ist das wahr? – Sag, dass das nicht wahr ist!«

»Es ist wahr! Wenn man nicht auf sich und seine Familie schaut, wenn man nicht tut, wozu man geboren wurde, wird man nach dem Tod mit dem gequält, was man *nicht* gemacht hat, mit allen Möglichkeiten – man wird mit der *Überfülle* vollgestopft und zugedeckt. Das muss schrecklich sein.«

Ich schlug Mama mit ihren eigenen Waffen, ich hatte so viel esoterisches Gelaber von ihr gehört, dass ich aus dem Vollen, sozusagen aus der Überfülle schöpfen konnte.

Ihre Finger würden blaue Flecken auf meinem Arm hinterlassen.

»Damit du nicht in der *Überfülle* landest, musst du die Medikamente nehmen. Sie sind genauso natürlich wie pflanzliche und homopathische Medikamente (was haben die eigentlich mit

Homosexualität zu tun?): Es sind Mineralien, kleinste Stoffe, die von Mutter Erde kommen. Jeder Stoff stammt von Mutter Erde und ist ein Geschenk von ihr. Mutter Erde schenkt dir die Medikamente, damit du gesund wirst und vor der *Überfülle* verschont bleibst.«

Mama hörte aufmerksam zu! Ich fuhr eifrig fort: »Du bist krank, weil es dir an gewissen Stoffen im Hirn fehlt. Du kannst nichts dafür, dass die weggegangen sind – aber so wie man zu wenig Eisen im Körper haben kann, kann man auch zu wenig von diesen Stoffen im Kopf haben; deshalb muss man die Medikamente nehmen. Dann funktioniert das Gehirn wieder tipptopp und du kannst machen, zu was immer du Lust hast.«

Mama schaute auf den Boden, sie schien nachzudenken. Endlich lockerte sie ihren Griff und streichelte stattdessen ein paarmal über meinen Arm. Ich erzählte ihr von Lydias Auftritt und unseren Tagen in Grindelwald. Ob sie mir zuhörte, weiß ich nicht. Trotz allem war es ein bisschen gemütlich. Beim Abschied versuchte Mama mir zuzulächeln, was ihr nicht richtig gelang.

Das schönste Lächeln, das ich je gesehen habe.

Zu Hause erzählte ich Sophia, was ich Mama gesagt hatte. Sie meinte, das sei sehr raffiniert gewesen, ich hätte einen Orden dafür verdient. Dann ging ich in den Garten und schaute nach, was von Alex' Mappe übriggeblieben war. Ich hatte vor Weihnachten das letzte Mal nach ihr gesehen und sie dann vergessen! Es war nicht einfach, die Mappe aus der gefrorenen Erde zu lösen. Soweit ich erkennen konnte, war sie prachtvoll geworden. Ich duschte sie lange warm ab und hängte sie in der Waschküche über die Wäscheleine.

Der Traum, die Sitzung und die Rabatte

In der Nacht von Sonntag auf Schulanfang hatte ich einen ellenlangen Traum – um den träumen zu können, bräuchte man etwa hundert Nächte. Als ich erwachte, war ich erstaunt, dass nicht schon der Frühling begonnen hatte!

Im Traum fuhr ich Ski. Ich hatte Jumper verloren und suchte sie überall. Dabei kam ich von der Piste ab, geriet in dicken Nebel. Dann wartete ich beim Skilift in jener Schlange, in der es nicht vorwärts ging. Als es endlich vorwärts ging, reichte Mama die Bügel und schaffte es bei mir nicht. Dann war ich doch auf dem Skilift, neben mir eine Banane, was lustig aussah. Neben dem Skilift standen Plakate mit einem Foto von Jumper und Laura, einander küssend, darunter stand: *Wir gratulieren zu dieser glücklichen Liebe.* Ich hob den einen Skistock, der praktischerweise nun ein Gewehr war, und schoss auf die Plakate, die sich in Schneemänner verwandelten. Die Banane neben mir begann auch zu schießen, die Schilder wurden bei ihr zu Bananenshakes. Dann war der Schnee weg und wir fuhren über eine Wiese. Oben angekommen, flog ich mit einem Gleitschirm los. Ich flog und flog, überall suchte ich Jumper, aber fand sie nicht. Ich sehnte mich so sehr danach, sie zu sehen, aber sie war nirgends; plötzlich wurde ich sehr traurig, es schmerzte mich, wie mich noch nie etwas geschmerzt hatte. Da half es auch nicht viel, dass Nils Holgersson mit seinen Gänsen eine Weile neben mir flog und Kapriolen machte. Ich flog weiter und weiter, über die Schweiz, über Frankreich hinaus aufs Meer, und überall suchte ich Jumper, fand sie aber nicht.

Ich erwachte mit einer brennenden Seele. Vergeblich versuchte ich den Traum abzuschütteln, er klebte stärker als der stärkste Sekundenkleber an mir und ich wusste, dass er den ganzen Tag über an mir haften bleiben würde. (Ich meine den Traum nicht den Sekundenkleber.) Ich entschied, krank zu sein und erst morgen oder übermorgen in die Schule gehen zu können. Man konnte auch wegen eines Traums krank sein und das war mindestens so schlimm wie Schnupfen und Halsweh. Sophia sah das anders: Sie könne nichts Krankes an mir feststellen. Als ich etwas von Kopfschmerzen sagte, meinte sie nur, dass mir das etwas spät in den Sinn komme und dass ich nicht meinen Kopfwehblick habe. Ich wusste nicht, dass man bei mir Kopfschmerzen in den Augen sehen kann – aber so war es: Sophia sah alles. Manchmal war das lästig.

Alex Jumper saß schon an ihrem Platz und wühlte im Pult.

Sie wühlte nach den Ferien immer in ihrem Pult. Was sie dort suchte oder machte, blieb mir ein Rätsel. Als sie mich bemerkte, strahlte sie. Ich hätte ihr am liebsten gesagt, dass sie nicht so zu strahlen brauche, ich sei nicht Laura. Ich setzte mich und begann auch im Pult zu wühlen, vielleicht brachte ich dadurch meinen Traum weg – meine Gefühle waren durcheinander, innerlich flog ich immer noch mit dieser Sehnsucht, Alex zu finden.

Trice hatte wie üblich während der Ferien zugenommen und sie tat wie üblich so, als gäbe es mich nicht. Erstaunlich, wie konsequent sie das durchzog!

»Wie geht's dir?« Alex hatte den Pultdeckel zugeklappt und guckte mich interessiert an. Ihre Augen waren einfach unglaublich!

»Hast du die dunklen Augen von deiner Mutter? Die deines Vaters sind ja blau.«

»Ja, von meiner Mutter. Ihre Mutter war halbe Araberin.«

»Deine Großmutter eine halbe Araberin? Und deine Urgroßmutter in dem Fall eine ganze?«

»Nein, eine Bernerin.«

»Dann war dein Urgroßvater ein Araber?«

»Sein Cousin zweiten Grades von der Schwester der älteren Tante ihr Stiefsohn.«

»Sein was?!«

»Sein Cousin der Tochter vom Onkel –«

»Vorher hast du was anderes gesagt! Etwas mit zweiten Grades.«

»Genau, zweiten Grades vom Onkel des Stiefbruders deren Tante dritten Grades.«

»Jumper!«

»Oder war es die Couscousine des Onkels meiner angeheirateten Tante vierten Grades reziprok zur Tochter des Vaters des Enkelsohnes? Genau, so war's.«

»Jumper, du –«

»Fräulein Dummermuth und Fräulein Blau, auch euch einen schönen Morgen.« Lehrer Hänni stand vor uns und trommelte aufs Pult. Natürlich gackerten die anderen wegen meines Nachnamens, die waren so einfältig!

»Was habt ihr so Wichtiges zu erzählen?«

»Ach, bloß Verwandtschaftsverhältnisse.«

»Na, solange das Fräulein nicht blau ist und dem Unterricht folgen kann …« Wieder gackerten die Hühner. Der Nachname *Blau* war auch nicht das Gelbe vom Ei.

In der nächsten Pause fragte ich Jumper wieder nach ihren arabischen Wurzeln. Sie sagte, sie wisse es auch nicht genau, aber irgendwo auf einem Ast ihres Stammbaumes sitze ein Wüstenkönig, der über drei Oasen regiert habe. Ich knuffte sie in die Seite, sie knuffte zurück. Dann fragte ich sie, ob sie nicht zu Laura in den ersten Stock gehen wolle, sie müsse doch fürchterlich Sehnsucht haben.

»Nach dem ersten Stock oder nach Laura?«

Ich knuffte sie in die Seite, sie knuffte zurück. Dann sagte ich, dass die Mappe fertig sei; ob sie kommen wolle, um zu beurteilen, ob ihr das Design gefalle. Sie war hell begeistert und wollte gleich jetzt zu mir gehen, was natürlich nicht ging. Wir einigten uns auf Mittwochnachmittag.

In der großen Pause kamen zwei meiner Angestellten zu mir und erklärten, dass sie eine Sitzung wollten – es gäbe einiges zu besprechen. Ich sagte, dass wir noch nie eine Sitzung abgehalten hätten und ich nicht einsähe, warum man jetzt damit anfangen müsse.

»Wir sind mit ein paar Dingen nicht zufrieden.«

»Ja und? So ist das Leben. Wenn man jedes Mal eine Sitzung abhalten wollte, wenn man unzufrieden ist, dann würden wir ja nur noch Sitzungen abhalten. Mir reicht es schon, in der Schule rumzusitzen.«

»Wir wollen eine Sitzung, damit basta!«

»Na gut, aber nur dieses eine Mal.«

Jetzt hatte ich nicht nur ein Unternehmen, jetzt musste ich auch noch Sitzungen abhalten – ob das andere Unternehmer auch mussten? Das war doch nicht normal!

Ich wollte die Sitzung in der großen Pause hinter mich bringen, meine lausigen Angestellten behaupteten aber, dass es länger als eine große Pause dauern werde und man sich deshalb nach der Schule treffen müsse. Auf mein Argument, dass ich die

Chefin sei und die Dinge bestimme, gingen sie nicht ein. Also trafen wir uns nach der Schule bei Gabi. Gabi wohnte in einem langweiligen Block in einer porentief reinen Wohnung: Wir mussten vor der Wohnungstüre die Schuhe ausziehen und bekamen Filzhausschuhe an die Füße – Gabis Mama traute nicht mal unseren Socken! Wir standen im Entree und sagten Frau Huber, dass wir gerne Sirup nähmen und auch nichts gegen ein Stück Kuchen hätten und dass es nichts ausmache, wenn der Kuchen nicht selber gebacken sei, und dass das eine schöne Wohnung sei und so weiter.

Ich habe die blöde Angewohnheit, im Türrahmen zu stehen und mich an ihm festzuhalten. Das machte ich auch jetzt – irgendwann ließ ich den Rahmen los und schaute gedankenverloren die nun staubigen Finger an. Da sagte Frau Huber: »Oh, nein, wie peinlich! Ich sollte wieder mal die Türrahmen putzen!«

Die Türrahmen putzen? Die Türrahmen *putzen*?! Wer tat so was?!! Tat man überhaupt so was? Ich werde nie mehr in einer fremden Wohnung nach dem Türrahmen greifen, ich will nicht der Grund sein, dass sich eine Hausfrau aus Schamgefühl wegen staubiger Türrahmen mit dem Staubsaugerschlauch erwürgt! Kann man sich selber erwürgen? Wahrscheinlich nicht. Man wird wohl zuerst ohnmächtig, dann lässt man automatisch den Schlauch los und überlebt. Das ist von der Natur raffiniert eingerichtet! Ich konnte also Frau Huber guten Gewissens sich selber überlassen.

Wir bekamen den Sirup und das Cake und verschwanden in Gabis Zimmer. Zuerst mussten wir uns drei Mal *Lady in Black* anhören – das war ja das erste, das Gabi mit ihrem verdienten Geld gekauft hatte. Vom gemütlichen Teil ging es sehr schnell zum ungemütlichen über.

Gabi: »Wir finden die fünf Franken Tagesgeld völlig überzogen.«

Ich: »Ich nicht – ohne meine Idee würdet ihr gar nichts verdienen.«

Kiki: »Aber es gibt Tage, da verdienen wir weniger als fünf Franken, da zahlen wir drauf!«

Ich: »Es ist nicht mein Problem, wenn ihr zu kurz oder nicht clever genug arbeitet. Es liegt an euch!«

Kiki: »Du kannst nicht von uns erwarten, dass wir dafür zahlen, dass wir arbeiten können!«

Ich: »Ihr habt den Vertrag unterschrieben und euch bereiterklärt, nach diesen Regeln zu arbeiten. Wollt ihr das nicht mehr, könnt ihr kündigen.«

Manuela: »Was für eine harte Chefin du bist! Etwas mehr Mitgefühl bitte!«

Ich: »Wenn's euch nicht passt, dann geht doch zu den Russen, dort seht ihr dann, welch generöse Verträge ihr kriegt!«

Meine Güte, ich sprach wie mein Opa!

Gabi: »Du könntest uns ein bisschen entgegenkommen und nur drei Franken pro Tag verlangen.«

Ich: »Ihr wollt einen Halbtagespaß und mit dem arbeitet ihr dann ganztags?! Geht beim Skilift an den Schalter und sagt: Wir hätten gern eine Halbtageskarte für den ganzen Tag. Wenn die euch das verkaufen, helfe ich auch mit!«

Gabi: »Was du da machst, ist Ausbeutung!«

Ich: »Nein, freie Marktwirtschaft. In der Schweiz wird nicht ausgebeutet, hier wird gearbeitet.«

Manuela: »Dann gehen wir zu Trice. Die ist keine Halsabschneiderin!«

»Trice, die Mafiabraut, keine Halsabschneiderin? Da lachen ja die Hühner!« Ich lachte wie ein Huhn – können Hühner lachen?

Manuela: »Die verlangt nur einen Franken pro Tag.«

Ich: »Ach ja? Und wo ist der Haken? Sonst müsst ihr nichts zahlen?«

Manuela: »Fünfzig Rappen pro Auftrag und fünfundsiebzig Rappen pro Tasche.«

Ich: »Wenn ihr zwei Mal tragt, dann zahlt ihr also einen Franken für den Auftrag, wenn ihr einmal drei Taschen und einmal zwei Taschen tragt, kommen fünf mal fünfundsiebzig Rappen dazu, macht drei Franken fünfundsiebzig, plus Tagesmiete vier fünfundsiebzig. Ja, für kurzes Taschentragen lohnt sich das. Und weiter müsst ihr nichts zahlen?«

Kiki: »Doch, Schutzgeld – pro Auftrag fünfzig Rappen.«
»Schutzgeld?!«
»Ja, damit uns nichts passiert.«
Ich: »Dann wären wir also bei fünf fünfundzwanzig für zweimal Taschentragen. Ihr habt recht, arbeitet für Trice! Ich kann euch leider kein Schutzgeld dafür abfordern, dass ich euch so oder so nichts antue.«
Meine Angestellten schauten verlegen in ihren Sirup, sie rechneten.
Gabi: »Ehm, ja, wenn man so alles berechnet, dann bist du doch …«
Ich: »Genau, ich bin keine von der Mafia. Aber ich gebe euch einen Anreiz: Wenn ihr an einem Tag mehr als zwanzig Franken einnehmt, müsst ihr nur vier Franken Tagesgeld zahlen.«
Das fanden sie eine tolle Idee und wurden auf einmal fröhlich und freundlich. Mit Rabatten kann man die Menschen immer kaufen! An mir ist eine gerissene Geschäftsfrau verloren gegangen. Wie froh bin ich, dass dies die erste und auch letzte Sitzung gewesen ist!

Die schönste Mappe und Papas Karriere

Ich verstehe die Zeit nicht. Angeblich ist jede Sekunde so lang wie eine Sekunde und jede Minute wie eine Minute, und ein Tag hat vierundzwanzig Stunden. In Tat und Wahrheit dauert eine Sekunde aber manchmal drei Minuten und zwei Stunden sind schon nach acht Sekunden vorbei. Tage können so lang wie Wochen sein und Monate wie Tage. Langweilige Unterrichtsstunden dauern Wochen und ein lustiger Nachmittag ist nach fünf Minuten vorüber. Warum ist es nicht umgekehrt?
Am Schlimmsten aber ist es, wenn man auf etwas wartet: Die Zeit macht eine Vollbremse und zieht die Handbremse. Draußen ziehen Schnecken vorbei und drinnen setzen wir Moos an. Ich war über und über mit Moos bedeckt, als es Mittwochnachmittag wurde und es endlich an der Tür klingelte. Lydia

flitzte zur Tür und öffnete sie. Ich hörte, wie sie Alex fragte, ob sie ein Spiel machen könnten, und dass sie die Schuhe ausziehen müsse und dann würden sie in ihr Zimmer gehen. In *ihr* Zimmer – Lydia schien vergessen zu haben, dass ich auch dort lebte! Ich schüttelte das Moos ab und raste betont langsam zur Haustür. Jumper war in die Knie gegangen und löste die Schnürsenkel ihrer Schuhe. Schneeflocken lagen auf ihrem Haar.

»Endlich jemand, der kapiert hat, dass er vor mir in die Knie gehen muss«, sagte ich.

»Da lieg ein Missverständnis vor. Ich habe mich vor Prinzessin Lydia hingekniet.« Jumper schaute auf und guckte mich aus ihren halb- oder viertelarabischen Augen verschmitzt an.

Lydia hopste vergnügt auf und ab. »Siehst du, ich bin eine Prinzessin, aber du glaubst es mir nicht. Alex ist gescheiter als du.«

Ich tat ein bisschen so, als wollte ich Lydia hinauszerren und in den Schnee werfen, dann hatte Jumper ihre Schuhe abgestreift und kam herein. Ich bot ihr etwas zu trinken an, aber sie sagte, sie sei nicht fürs Saufen gekommen, sondern um ihre neue Mappe anzuschauen. Also gingen wir in unser Zimmer und dort stand die Mappe auf dem Bett. Jumper betrachtete sie schweigend. Sie sagte nichts! Und das zwei Stunden lang! Nach ein paar Sekunden lachte sie hell auf und strahlte wie ein Sonnensystem, in dem zehn Sonnen umeinander flogen. Sie hob sie hoch (ich meine die Mappe, nicht die Sonnen) und betrachtete das gefleckte Unding von allen Seiten, strich über das etwas steife künstliche Leder. (Um ehrlich zu sein ist es biegsam wie ein Brett.)

»Genial! Meine Mutter wird einen Schreikrampf bekommen, alle anderen werden mich beneiden! Wenn man die Mappe in den Wald werfen würde, könnte man sie nie mehr finden, so perfekt ist sie an die Farben des Bodens angepasst.«

Lydia rümpfte die Nase: »Die ist vergammelt! Ich hätte lieber eine rosa Mappe!«

»Die ist nicht vergammelt, Lydia, die ist voller Leben und Geschichten.«

»Schmutzig ist sie.«

»Interessant ist sie« – an mich gewandt: »Damit kannst du Karriere machen, Nicola!«

»Na ja, wie wohl eine Massenproduktion aussehen würde: Erst müsste ich ein großes Stück Land kaufen, dann müsste ich Landarbeiter anstellen, die die Taschen ein- und ausbuddeln, sie bewässern und dafür schauen, dass genug Vögel draufscheißen.«

»Das ist doch genial – du könntest zwischen den Taschen Cannabis anpflanzen und ins Haschgeschäft einsteigen. Du würdest steinreich!«

Ja, das wäre eine gute Idee. Als steinreiche Nicola könnte ich Opa das Vorerbe zurückbezahlen und den Eltern die Quelle freikaufen, besser noch, ihnen ein Haus in Südfrankreich kaufen, mit viel Umschwung, für ein zweites Woodstock. Dann ginge es Mama wieder gut und Papa müsste keinen Job finden.

Lydia klebte an uns wie die Zecke am Hund. Ich beobachtete Jumper aus dem Blickwinkel und fragte mich, wie ich sie jemals hatte doof finden können. Wahrscheinlich, weil sie am Anfang wirklich doof war, die Basler sind ja ein merkwürdiges Volk. Als wir *Memory* spielten, fragte ich Alex, ob sie Mittwochnachmittags nicht mit Laura zusammen sein sollte.

Jumper strich sich die Haare aus dem Gesicht und sagte: »Sie geht am Mittwochnachmittag ins Reiten.«

Wie konnte sie nur mit einer reitenden Kuh zusammen sein?! Und warum fand Lydia die meisten Kartenpaare, wo sie doch die jüngste war? Alex hätte wirklich ein netteres Mädchen verdient – so jemanden wie mich. Wie dumm für sie, dass ich diese Neigung nicht habe!

Jumper blieb den ganzen Nachmittag, zusammen mit mir verlor sie jedes Spiel gegen Lydia. Lydia war im siebten Himmel. Es war langsam an der Zeit, sie daran zu gewöhnen, dass sie auch verlieren konnte. Sie würde nicht ein Leben lang alles nach ihren Spielregeln einrichten können, ich musste sie auf den Ernst des Lebens vorbereiten.

Ein paar Tage später flatterte eine Postkarte von Papa ins Haus, sie war eine Woche alt und sah aus, als hätte eine Kuh sie im Maul gehabt. Er schrieb:

Meine Töchter, jetzt ist es so weit:
Bald ist alles anders. Drückt mir die Daumen!

Wie kann etwas *jetzt* so weit sein, wenn es erst *bald* anders wird?! Und *was* wird *anders* sein? Warum klang das nicht nach einem Versprechen, sondern nach einer Drohung? Die Karte war in Florenz abgestempelt worden – was nur machte er dort? Wenn es etwas Ordentliches wäre, würde er das schreiben, also war es ein krummes Ding. Sophia, Klaus und ich saßen an diesem Abend lange am Küchentisch und rätselten. Ihn holen gehen wäre diesmal erheblich schwieriger, und sogar wenn wir ihn fänden: Würde er nicht gleich wieder verschwinden, um dann vielleicht Karten aus Portugal zu schicken? Wir brüteten und brüteten, bis Sophia sagte, es habe keinen Sinn zu brüten, dafür müssten wir erst mal Eier legen. Da mussten wir lachen, aber es war ein Lachen, das sich in der Gurgel verhedderte.

Sophia fragte mich, wie es mit den Prüfungsvorbereitungen ginge. Ich hatte mich entschlossen, die Prüfung fürs Gymnasium zu versuchen – Mama konnte nichts dagegen sagen, und Sophia fand das Gymnasium eine gute Idee und weil ich es mit dem Geschäftlichen hätte, wäre das Wirtschaftsgymnasium passend. Angemeldet war ich, jetzt musste ich büffeln und die Vorbereitungsstunden besuchen.

Im Bett dachte ich über Papa und seine fragwürdige berufliche Karriere nach: Er hatte nach der Schule mit einer Bäckerlehre begonnen, aber nach drei Monaten warfen sie ihn raus – er war nicht fähig, früh am Morgen aufzustehen, oder kam direkt nach einem Saufgelage zur Arbeit. Opa schickte ihn auf den Bau, was eine dumme Idee war, denn Papa hat ja zwei linke Hände, und dass man auf dem Bau Bier trinken konnte, war auch nicht gerade förderlich: Er flog nach eineinhalb Monaten raus. Opa schickte ihn in die Fabrik – doch Papa brachte regelmäßig das Laufband zum Stillstand, weil er zu langsam war oder die falschen Dinge zusammensetzte. Nach zwei Wochen war die Fabrikkarriere vorüber. Opa ließ ihn an einer Bar arbeiten, aber Papa soff mehr, als dass er ausschenkte – schon nach drei Tagen flog er raus. Opa schickte ihn als Pflegehilfe ins Altenheim. Papa war bei den alten Leuten sehr beliebt, weil er mit ihnen Spiele spielte und ein offenes Ohr für sie hatte. Weniger gern mochten sie es, dass er ihnen insgeheim den Eiercognac wegtrank. Die Leitung mochte das auch nicht, da konnte Papa tausend Mal beteuern, dass es doch nur Eier seien, die er da trinke. Damit war ein Jahr vorbei und Opa brummte seinem Sohn eine kaufmännische Ausbildung auf. Zwei Jahre schleppte die Schule ihn durch Lektionen und Tests in der Hoffnung, dass er die Kurve doch noch bekäme – die kriegte er aber nicht, also war fertig mit Schule.

Dann starb Papas Tante und hinterließ Papa und seinen beiden Brüdern etwas Geld; mit dem ging er auf eine Weltreise, die ihn schließlich nach *Findhorn* brachte. Er hatte gemeint, dass *Findhorn* eine schottische Brauerei sei, aber es war ein spirituelles Zentrum. Dort traf er Mama. Bald war ich unterwegs, sie kehrten in die Schweiz zurück. Papa fand die Stelle als Aufsicht im Kunstmuseum. Warum er dort vierzehn Jahre blieb, war mir ein Rätsel – vermutlich wegen der Marien(brüste).

Und jetzt würde er den großen Coup landen. Ist es verwunderlich, dass bei mir alle Warnlämpchen blinken? Ist es verwunderlich, dass ich keine Sekunde daran glaube, dass der Coup ein Erfolg wird? Ist es verwunderlich, dass ich auf die nächste schlechte Botschaft meines Vaters warte?

Viele Steine des Anstoßes

Lydias Kindergärtnerin, Fräulein Stuber, rief Sophia an. Sie müsse mit ihr über Lydia sprechen. Sophia sagte, sie käme zusammen mit mir.

Wir brachten Lydia zur Nachbarsfamilie und gingen zu Fräulein Stuber. Die kam sofort zur Sache: »Lydia ist ein tolles, aufgewecktes und soziales Mädchen, es macht Freude, sie in der Gruppe zu haben. Aber sie kann nicht zwischen mein und dein unterscheiden.«

Das war mal was Neues, ha ha!

»Sie nimmt den anderen Kindern Dinge weg: Süßigkeiten, Schmuck, Zeichnungen, Socken, sogar Schuhe, Hosenträger, Haarschlaufen – so ziemlich alles, was nicht niet- und nagelfest ist. Wenn man sie dabei erwischt, behauptet sie, dass die Dinge niemandem gehören würden –«

»… denn sie haben sich nicht gewehrt und seien sowieso nur Steine«, ergänzte ich.

»Ja, genau! Du hast das bei deiner Schwester also auch schon beobachtet?«

»*Auch schon* ist untertrieben. Ich habe ihr oft ins Gewissen geredet, aber es nützt nichts. Sie ist wohl eine Klemmomannin.«

»Ich würde nicht so weit gehen und sie als Kleptomanin bezeichnen, aber sie muss ihr Verhalten ändern, sonst bekommt sie Ärger! Seit wann verhält sie sich so? Hat es mit der schwierigen familiären Situation zu tun?«

»Seit meine Eltern aussteigen wollten. Zuerst sammelte sie nur echte Steine – davon gab es auf unserem Land mehr als genug –, dann weitete sich ihr Verständnis von *Stein* allmählich aus.«

Sophia: »Ich habe auch mit ihr gesprochen und dabei verschiedene Strategien angewandt. Ihr erklärt, dass sie die Menschen, die sie bestiehlt, traurig mache; erklärt, dass die *Steine* nicht gern unter ihrem Bett liegen würden; behauptet, dass ihre Mama schneller aus der Klinik komme, wenn sie mit dem Steinesammeln aufhöre; gefragt, warum sie das überhaupt mache; ihr dargelegt, dass sie Nicola mit ihrem Verhalten Sorgen mache. Sie sagte, dass sie damit aufhören wolle.«

Ich, seufzend: »Hat sie nicht.«

Fräulein Stuber nickte. »Ein paar Sitzungen bei einem Psychologen sind wohl angebracht.«

Ich horchte auf: »Kommt nicht in Frage, Lydia geht zu keiner Klecksertante!«

»Klecksertante?«

Sophia klärte sie über die Begegnung mit Frau Tschümperli auf.

Fräulein Stuber: »Ich meine nicht eine Sozialarbeiterin, sondern einen Psychologen. Es gibt gute.«

»Können Sie mir versprechen, dass sie zu einem guten kommt?!«

»Nun …«

»Nein, können Sie nicht, und wenn es ein schlechter ist, wird Lydia noch verkorkster. Das will ich nicht.«

»Aber Lydia bekommt Probleme mit der Umwelt – vielleicht sogar mit dem Gesetz.«

Ich machte ein solch verstörtes Gesicht, dass Sophia sagte, sie werde gern noch ein letztes Mal versuchen, Lydia das Steinesammeln auszureden. Wenn es wieder nicht klappt, müsse Lydia in eine Therapie.

Ich stimmte zu und fragte mich, wie wir vorgehen müssten, damit wir diesmal Erfolg hätten.

Ich komme immer wieder zum gleichen Schluss: Das Leben ist fürchterlich anstrengend – so etwas wie ein Hindernislauf. Hat man das eine Problem bewältigt und dabei etliche Knochen gebrochen, wartet schon das nächste, bei dem man eine Gehirnerschütterung kassiert, beim übernächsten ein paar Fleischwunden und beim überübernächsten eine zerquetschte Seele. Manche beten zu Gott und bitten ihn, einen schmerzfreien Weg durch den Hindernislauf aufzuzeigen. Aber warum sollte Gott helfen: *Er* hat ja den Hindernislauf erfunden! In welche Richtung man auch geht, es bauen sich immer neue Hindernisse auf. Mama bezeichnet sie als *Prüfungen*, die einen weiterbringen. Ich finde sie eher *Scheiße*, in der man stecken bleibt.

Die Steine ließen wir vorerst liegen, denn Lydia wollte Mama besuchen. Ich versuchte es ihr auszureden, aber Lydia stellte auf stur, also gingen wir. Es war drei Wochen her, seit ich das letzte Mal bei Mama gewesen war und ihr mit der Überfülle gedroht hatte. Ich hatte keine Ahnung, was uns erwartete.

Als Erstes erwartete uns die Empfangsdame, die weder Mutter, Ehemann noch Kind hatte und deshalb ein säuerliches Gesicht machte. Im Unterschied zu letztem Mal holte sie sofort eine Pflegeschwester und versuchte so etwas wie ein Lächeln in ihr Gesicht zu pflanzen. Eine kümmerliche Pflanze. Die Pflegeschwester erklärte, dass wir unsere Mama im Café treffen könnten, sie gehe jetzt ab und zu dorthin, um eine Zigarette zu rauchen.

Das war schon mal gut!

Wir gingen ins Café, holten uns einen Apfelsaft und setzten uns erwartungsvoll. Nach etwa hundert Stunden kam die Pflegeschwester mit meiner Mutter. Mama war normal angezogen: dunkelorange Hose, eine hellgrüne Bluse und die blaue Strickjacke. Sie nickte uns zu und deutete auf die Selbstbedienung. Bald kam sie mit einem doppelten Espresso zu uns.

Ein atmendes Wesen stand vor uns!

Eine Mama mit etwas Leben in den Augen!

Eine Mama, die ein wenig zugenommen hatte!

Eine Mama, die Lydia umarmte und dann mich!

Eine Mama, die leicht lächelte!

Sie setzte sich, nahm einen Schluck Kaffee und legte ihre Zigaretten neben den Aschenbecher.

Eine Mama, die nicht nur Zigaretten im Sinn hatte!

»Schön, dass ihr mich besuchen kommt«, sagte sie.

Lydia sprang auf und setzte sich Mama auf den Schoß, sie umschlang ihren Hals und blieb lange in dieser Umarmung. Mama drückte sie fest an sich und ich fühlte, wie sich lästige Tränen in meine Augen drängten. Lydia erzählte von ihrem Marienauftritt und ließ dabei nichts aus, Mama nickte und fragte manchmal sogar nach.

Was war mit Mama geschehen?!

Als Lydia mit Erzählen fertig war, fragte ich: »Was ist mit dir geschehen?«

»Ich nehme die kleinen Stoffe von Mutter Erde. Ich kann plötzlich wieder existieren. Noch nicht am Morgen, aber tagsüber wird's besser. Es gibt wieder Raum in mir, ich kann fühlen. – Wo ist eigentlich euer Papa, warum kommt er mich nie besuchen?«

»Er ist in Florenz, geschäftlich.«

»Geschäftlich, hat er einen neuen Job?«

»Es scheint so, er hört sich optimistisch an.«

»Rich wird das schaffen, er ist ein Alleskönner.«

Die Medikamente taten ihr gut, aber den Durchblick hatte sie immer noch nicht!

»Wann kommst du nach Hause?«, fragte Lydia.

»Vielleicht bald schon – in ein paar Wochen.«

Lydia jubelte, ich freute mich auch – irgendwie. Aber ich würde lieber bei Sophia bleiben. Wer konnte mir versichern, dass es Mama nicht wieder schlecht ginge, wenn sie erst im Alltagstrott war und erkannte, dass ihr Alleskönner Rich einen Coup vermasselt hatte?!

Ich kam nicht dazu, länger als zwei, drei Sätze mit Mama zu sprechen, denn Lydia war nicht zu halten. Ich saß einfach da und beobachtete die beiden. Ich war angenehm überrascht, mehr nicht. Mama ist ein unberechenbarer Mensch, warum sollte sich das wegen ein paar Tabletten ändern? Natürlich war ich froh, dass keine Untote mehr vor mir saß, aber ich traute ihr nicht. Würde ich nicht bei Sophia bleiben können? Ich war ja schon fast erwachsen und kam ohne Familie zurecht. Nur konnte ich Lydia nicht alleine lassen – also musste ich mit ihr zu Mama heimkehren. Ich lachte mit, wenn Lydia und Mama lachten, freute mich über Lydias Freude und darüber, dass Mama nicht eine Zigarette nach der anderen rauchte. Aber in mir tat sich ein Abgrund auf. Ich wollte nicht zurück. Ich wollte einfach nicht zurück.

Beim Verabschieden drückte Mama uns beide ganz fest an sich. Lydia genoss es, ich fand es etwas eng.

Mit einer hüpfenden Lydia trat ich den Rückweg an. Zu Hause erzählte Lydia Sophia die tollen Neuigkeiten. Ich ging ins Zimmer, um Aufgaben zu machen. Dort weinte ich stumm ins Kissen. Da Sophia wusste, dass ich selten Aufgaben machte, kam sie ins Zimmer und setzte sich neben mich aufs Bett. Ich flennte. Lange konnte ich nichts sagen, dann konnte ich es und sagte alles.

Sophia nickte. »Ich verstehe dich, aber ich kann dir keinen Trost geben. Wir müssen schauen, wie sich die Dinge entwickeln. Ich verspreche dir: Wenn die Situation bei euch zu Hause nicht stabil ist, hole ich euch zurück oder lasse euch gar nicht erst gehen.«

Gibt es vielleicht doch Hoffnung?

Die Hoffnung stirbt am Schluss.
Sagt man. - Ach was:
Die Hoffnung ist wie Schuppen,
die nie von den Augen fallen.

Gespräche im Busch

In der Biologiestunde, die wiedermal zum Einschlafen langweilig war, schrieb ich Alex einen beiläufigen Zettel.

– *Wie läuft's mit Laura? Ich seh' dich nie mit ihr zusammen.*

Sie las den Zettel und warf mir einen ungläubigen Blick zu.

– Was soll ich mit Laura?!
– *Na, Zeit verbringen, wie man das in einer Beziehung so tut!*
– Spinnst du? Das mit Laura war doch ein Scherz!
– *Aber du sagtest, dass du in jemanden verliebt seist!*

Der Lehrer laberte etwas von Mitose und Meiose, während mein Herz ungeteilt heftig pochte.

– Ich hab dir gesagt: Du kennst die, in die ich verliebt bin, aber du hast ihr noch nie die Hand geschüttelt.
– *Du weißt ja gar nicht, wem allem ich schon die Hand geschüttelt habe!*
– Stimmt, aber ich weiß, dass du ihr die Hand noch nie gegeben hast.

Während wir etwas von der Wandtafel abschreiben mussten, überlegte ich fieberhaft – wer könnte das sein? Dann hatte ich die zündende Idee!

– *Es ist Liv Ullmann!*
– Bingo!
– *Ich habe also recht?!*
– Doofkopf!

Ich hatte nicht recht.

– *Warum machst du ein solches Geheimnis? Mir kannst du es doch sagen!*
– Dir zuallerletzt!
– *Na, danke!*
– Doofkopf!
– *Noch einmal: danke schön!*

Wen interessiert es, was der Unterschied zwischen Meiose und Mitose ist? Hilft es mir dabei, herauszufinden, in wen Jumper verliebt ist und warum sie mich einen Doofkopf nannte? Wenn ich wissen möchte, was diese Mei- und Mitosen sind, würde ich Biologie studieren, aber ich will nicht Biologie studieren, ich will wissen, warum mir Jumper keine anständige Antwort gibt! Warum gibt es nicht das Fach *Mitmenschen verstehen*? Das wäre etwas Nützliches: Da würden wir lernen, was es bedeutet, wenn die beste Freundin dich einen *Doofkopf* nennt, nur weil du sie fragst, in wen sie verliebt ist. Und vielleicht würde man ja auch erfahren, warum man sich nicht mehr in Jungs verliebt, auch wenn man sich das so sehnlich wünscht. Oder wie man es anstellt, dass man es sich wieder sehnlichst wünscht.

Alex schrieb nichts mehr, ich auch nicht. In der Pause schwirrte sie davon, keine Ahnung, wohin sie schwirrte. Ich ging mit Kiki auf den Pausenplatz, das heißt, wir standen hinter einem Busch, weil sie unbedingt eine rauchen wollte. Sie verschwand fast jede Pause hinter einen Busch oder ins Klo. Das Mädchenklo roch mittlerweile wie eine Bar, aber die Lehrer merkten nichts und die Putzfrau verriet nichts, weil sie wohl selber dort rauchte. Kiki hatte es allgemein mit Bars, ihr Freund war ein fanatischer Billardspieler, der spielte Abend für Abend, und sie stand daneben und rauchte. Ich hatte sie mal gefragt, warum sie nicht auch spiele, da sagte sie: »Kann nicht, dazu müsste ich ja die Zigarette aus der Hand geben.«

Ich versprach ihr, sie zu besuchen, wenn sie mit Lungenkrebs im Spital liegt. Sie entgegnete: »Ach, Lungen werden total überbewertet.« Und hustete aus der tiefsten Tiefe ihrer Bronchien.

Kiki lugte durch den Busch, um zu schauen, ob die Luft rein war. Als könnte bei ihr die Luft jemals rein sein! Dann zündete sie sich eine weitere Zigarette an. »Wie läuft's denn mit dir und

Xandra? Ist's toll mit einer Frau im Bett? Ich hoffe, toller als mit Jungs! Manchmal überlege ich mir, eine Lesbe zu werden, aber ich weiß nicht, ob mir das nicht zu viele Brüste auf einmal wären.«

»Sag mal, spinnst du?! Ich und Alex, so weit kommt's noch! Du weißt, dass ich auf Jungs stehe.«

»Wann hast du dich das letzte Mal in einen verliebt – während der Französischen Revolution? Jeder weiß, dass Alex total in dich verliebt ist – und du umgekehrt ja auch.«

Ich regte mich so sehr auf, dass ich fast in den Busch kippte. »Was erzählst du da für einen Unsinn! Ich bin *nicht* verliebt, und Alex ist in jemand anderen verschossen.«

»Ach ja? In wen denn?«

»Ich weiß es nicht. Alex sagt, ich kenne sie, aber habe ihr noch nie die Hand geschüttelt.«

»Gut ausgedrückt.«

»Was?«

»Dass du sie kennst, ihr aber noch nie die Hand geschüttelt hast.«

»Es ist wohl eine Berühmte.«

»Doofkopf!«

»Hört ihr endlich auf, mich Doofkopf zu nennen?!«

Kiki stippte die Asche in den armen Busch. »Überleg doch mal: Wen kennst du, kennst du wirklich, aber hast ihr noch nie die Hand geschüttelt?«

Ich glotzte in den Busch.

»Kapierst du es wirklich nicht oder willst du es nicht kapieren?«

Ich glotzte in den Busch. Es war eine Buche, die verlieren ihre braunen Blätter erst dann, wenn im Frühling die neuen hervorkommen. Es war also kein Busch, sondern ein zurechtgestutzter Baum, wie gemein!

Kiki lachte: »Also, das einzige Mädchen, das ich kenne, dem ich aber noch nie die Hand gegeben habe – bin ich selber!«

Ich hatte noch nie braune Blätter begutachtet. Ich hatte nicht gewusst, wie interessant die aussehen: so braun und zerknittert, richtig alt und verbraucht.

»Hörst du mir zu, Nicola?!«

»Ich habe mir schon tausend Mal die Hand gegeben.« Ich demonstrierte es ihr, legte die rechte in die linke Hand.

»Das nennt man doch nicht *die Hand geben*!«

»Ich schon!« Ich starrte weiter auf die Blätter. »Wir müssen reingehen, die Pause ist gleich vorbei.«

Kiki zertrat kopfschüttelnd ihre Zigarette. »Dir ist nicht zu helfen. Wusstest du, dass Greta Garbo lesbisch war?«

»Nein, und interessiert mich auch nicht.« Es kam mir in den Sinn, dass mich Papa beim Abschlusstheater in der vierten Klasse als eine zweite Greta Garbo bezeichnet hatte. Wie es ihm in Florenz wohl ging, was er wohl anstellte?

»Alex ist nie und nimmer in mich verliebt. Das hätte sie mir gesagt.«

»Sie ist ja nicht so blöd und sagt es dir, wenn du so begriffsstutzig bist!«

»Wie auch immer, ich bin eh nicht in sie verliebt.«

Kiki hustete ein Lachen und zog mich vom Busch weg. »Nicola, manchmal bist du eine echte Dummermuth!«

Ich boxte sie, sie lachte weiter, wir rannten, damit wir nicht zu spät in die Stunde kamen. Alex saß schon und wühlte im Pult. Als ich mich setzte, warf sie mir einen kurzen, undefinierbaren Seitenblick zu. Ich versuchte undefinierbar zurückzuschauen, wusste aber nicht, ob mir das gelang: Wie gesagt, ist die innere Nicola nicht dieselbe wie die äußere. Wir schrieben uns an diesem Tag keine Zettel mehr. Alex schwirrte in jeder Pause davon oder wühlte in ihrem Pult. Ich beschloss, über nichts nachzudenken und mich ausnahmsweise auf den Unterricht zu konzentrieren. Man erfährt eine Menge, wenn man in den Stunden zuhört! Außerdem kam das meinem Vorhaben, es ins Gymnasium zu schaffen, entgegen. Und weil ich die Prüfung bestehen wollte, begann ich noch an diesem Tag mit büffeln.

Lydia wollte mir beim Lernen helfen, weil sie bald in die Schule gehen würde: Sie störte mich alle fünf Minuten, hielt mir Gekritzel vor die Nase und fragte mich, was sie da geschrieben habe; wollte wissen, warum tausend größer als hundert sei, und warum zehn Einfrankenstücke nicht mehr wert seien als eine einzige läppische Zehnfrankennote. Ich entwickelte Schwesternmordgelüste und Lydia milderte diese nicht, als sie fragte, wann Alex wieder zu Besuch käme.

»Alex – Alex – Alex, könnt ihr mal von jemand anderem sprechen als von Alex – Alex – Alex!! Mir geht das auf den Keks!! Es gibt so viele Menschen auf dieser Welt, also warum immer Alex – Alex – Alex?!«

Lydia sah mich verwundert an. »Nicola, menstiruierst du oder was? Hast du was gegen Alex? Ich finde sie nett und das solltest du auch finden! Denn sie findet dich nett, obschon du manchmal doof bist, und du könntest sie ebenfalls nett finden, schließlich findest du sie ja nett, also warum findest du sie nicht nett, wo du sie nett findest?«

Sie schaute wichtigtuerisch, als hätte sie etwas auch nur annähernd Gescheites gesagt.

»Ich sage es ein letztes Mal: Alex ist *nicht* in mich verliebt, sondern in Liv Ullmann, und ich bin erst recht nicht in sie verliebt.«

»Logisch ist sie nicht in dich verliebt, du bist ja ein Mädchen. Wer ist Liv, geht der in eure Klasse?«

»Also bitte, zwei Mädchen könnten sich durchaus ineinander verlieben!«

»Ach ja? Aber sie können nicht heiraten. Wer also ist dieser Liv – sieht er gut aus?«

»Liv ist eine Frau.«

»Eine Frau? Das geht aber nicht. – Du, wie weiß man eigentlich, dass man jemanden heiraten will?«

»Wenn du diesen Menschen immer um dich haben willst, wenn du ihn den schönsten findest, den tollsten und lustigsten; wenn dein Herz wild schlägt, kaum siehst du ihn; wenn er ständig in deinen Gedanken ist; wenn du mit ihm über alles reden kannst und ihm Zettel schreiben willst; wenn du ihn berühren willst; wenn dir seine dunklen Augen gefallen; wenn –«

»Kann man sich nur in jemanden mit dunklen Augen verlieben?«

»Natürlich nicht! Wie kommst du auf diese Schnapsidee?«

»Das hast du eben gesagt.«

»Hab ich nicht – ich sprach einfach von Augen.«

»Von *dunklen* Augen.«

»Du phantasierst!«

»Tu ich nicht!«

»Tust du doch!«

»Tu ich nicht! Gell, Alex hat dunkle Augen?«

»Keine Ahnung! Nein! Vielleicht. Ist doch voll-kom-men egal!«

»Schrei nicht so!«

»ICH SCHREIE NICHT!!«

»Tust du doch.« Lydia packte Stifte und Papier und stolzierte aus dem Zimmer.

Es gab nur einen Ausweg: Ich musste mich nullkommaplötzlich in einen Jungen verlieben – so schwierig konnte das doch nicht sein!

Beim Abendessen wandte sich Lydia an Sophia und Klaus und fragte: »Können Frauen einander heiraten?«

Sophia: »Nein, das ist gesetzlich nicht möglich.«

Lydia drehte sich zu mir, »Ätsch, ich habe dir doch gesagt, dass sich zwei Mädchen nicht ineinander verlieben können!«

Sophia: »Das habe ich nicht gesagt – ich sagte lediglich, dass sie nicht heiraten können. Aber einander lieben und zusammen eine Beziehung führen, das könnten sie natürlich schon, auch wenn es in unserer Gesellschaft nicht gern gesehen wird. Was schade ist. Das Wichtigste ist doch, dass zwei sich lieben, alles andere ist zweitrangig.«

Lydia: »Aber zwei Mädchen können keine Kinder haben.«

Sophia: »Klaus und ich auch nicht.«

»Ja, aber das ist doch nur Pech – eigentlich könntet ihr es, wenn ihr es könntet. Wenn alle Mädchen mit Mädchen und die Jungs mit Jungs zusammen wären, gäbe es keine Kinder mehr.«

»Das wird nie der Fall sein – nur vielleicht jeder zehnte.«

»Ich hoffe, ich bin nicht die zehnte, ich will nicht mit einem Mädchen sein, ich will heiraten.« Lydia überlegte. »Ist Nicola die zehnte?«

Ich warf das Besteck auf den Teller, die Serviette obendrauf, packte Glas und Teller und stand wie eine Rakete vom Stuhl auf. »Meldet euch wieder, wenn ihr euch von diesem Thema losgerissen habt. Ich langweile mich hier noch zu Tode!«

Ich ging in die Küche und begann mit dem Abwasch. (Ich war heute dran.) Dabei klapperte und warf ich mit dem Geschirr nur so um mich – erstaunlich, dass nichts in die Brüche ging! Irgendwann kam Klaus herein und setzte sich an den Küchentisch. Eine Weile schaute er mir zu, dann sagte er: »Wusstest du, dass ich als Junge wahnsinnig gerne Mädchenkleider angezogen habe?«

»Nein!«

»Doch. Meine zwei Schwestern banden sich den Schlüssel des Kleiderschrankes um den Hals aus Angst, dass ich dort ein Chaos anrichten würde. Aber ich ließ mich nicht abhalten.« Er tat grinsend so, als würde er ein Schloss aufbrechen. »Für meine Familie war klar: Ich würde schwul werden! Und von dieser Idee ließ sie nicht mehr ab, auch als ich schon längst keine Mädchenkleider mehr trug. Sie waren überzeugt, ich würde auf die schwule Bahn geraten. Dass ich Mädchen nach Hause brachte, ignorierten sie – sie dachten wohl, dass ich ihnen nur etwas vormachte. Das hatte den Vorteil, dass ich mit Mädchen in meinem Zimmer gar manches tun konnte, ohne dass jemand störte! Als ich mich in Sophia verliebte und mitteilte, dass wir heiraten würden, fragte Vater, ob Sophia ein verkleideter Mann sei, und Mutter sagte, ich müsse nicht nur um des lieben Friedens willen eine Scheinehe eingehen. Dass wir keine Kinder haben können, untermauert natürlich ihre Überzeugung.«

Mit einem nassen Teller in der linken Hand und dem Küchentuch in der rechten starrte ich Klaus an. Klaus war über einsneunzig groß und sah in etwa so schwul aus wie das Küchentuch in meiner Hand. (Nun gut, ein Küchentuch sieht eigentlich weder hetero- noch homosexuell aus.)

»Was ich sagen will, Nicola: Möge die ganze Welt behaupten, dass du in Alex verliebt bist – du allein weißt, was du fühlst und willst. Lass sie doch reden! Es wäre nicht das erste Mal, dass sie sich alle geirrt haben.«

Mittlerweile hatte ich den Teller mit dem unschwulen Küchentuch getrocknet und in den Schrank gestellt. Ich lächelte

Klaus an. »Klaus? Wie hast du gewusst, dass Sophia die Richtige für dich ist?«

»Mit niemandem vorher und nachher war ich so glücklich und erfüllt wie mit ihr. Zusammen mit ihr ist die Welt größer, weiter und schöner.« Lächelnd verließ er die Küche.

Als ich fertig aufgeräumt hatte, ging ich nach oben, um Lydia ins Bett zu bringen. Ich erzählte ihr eine extra lange Geschichte, und wir sangen extra viele Lieder, dann machten wir einander extra viele Liebeserklärungen. Später schaute ich mit Sophia und Klaus einen Krimi. Es war schön, ein total normaler Mensch zu sein und einen total normalen Krimi zu schauen, in dem die Bösen in den Knast kommen und die Guten total normale Beziehungen pflegen.

Ich verliebe mich

Seit den Winterferien gab es in der Parallelklasse einen Neuen und ich hatte beschlossen: In den würde ich mich verlieben! Er hieß Vinzenz von Greyerz, im Unterschied zu den meisten Jungs war er etwas weniger kindisch, vielleicht, weil er ein Jahr älter war. Er besaß ein Mofa – ein *Puch Maxi* mit zwei Gängen – und war im Fechtklub. Vinzenz sah gut aus, mit vielen Fransen im Gesicht, so dass man seine Augen kaum sehen konnte, er strahlte etwas Elegantes aus. Vielleicht wird man so, wenn man ins Fechten geht, da muss man ja ständig elegant herumtänzeln. Er kam auch in die Prüfungsvorbereitungen und schaute mir manchmal in die Augen, meine Chancen standen bei ihm also nicht schlecht. Ich würde es allen zeigen, die mich in Alex' Arme drängen wollten! Vinzenz und ich verstanden uns, er hatte zudem kaum Pickel im Gesicht, das fand ich angenehm, denn sonst muss ich immer auf die Pickel schauen, vor allem, wenn sie gefüllt sind, und da kann ich mich nicht mehr aufs Gespräch konzentrieren.

Wir gingen dazu über, manchmal in der großen Pause zu quatschen. Es entwickelte sich prächtig. Ich hatte nur kein nen-

nenswertes Herzflattern, wenn ich ihn sah – das hatte ich erst, wenn ich Alex entdecke, die uns mit grimmigem Gesicht anstarrte. Sie schien alles andere als zufrieden zu sein, dass ich mich mit Vinzenz austauschte. So war es nicht weiter verwunderlich, dass mir eines Tages das grimmige Gesicht in der Englischstunde einen Zettel schrieb:

– Bist du verliebt, oder was?!
– *Und wenn schon, was geht dich das an?*
– Ich bin deine Freundin, da darf ich das wohl wissen!
– *Wenn etwas wäre, würde ich es dir sagen.*
– Du hängst dauernd mit dem Neuen rum, da ist sehr wohl was.
– *Werde ich bespitzelt? Ich weiß ja auch nicht alles von dir - zum Beispiel, in wen du verliebt bist.*
– Das ist etwas anderes!
– *Ach ja?!*
– Ja!
– *Das musst du mir erklären.*
– Ich muss gar nichts, erst recht nicht, wenn du mit Jungen rummachst.
– *Ich mache nicht mit Jungs rum - und wenn schon! In unserer Welt ist das für ein Mädchen das Normalste auf der Welt. Ach, wie ich Eifersüchteleien hasse - tu dich doch mit Trice zusammen und gründe den Klub »Nieder mit Nicola«.*

Die Englischlehrerin wies die Klasse an, Zweiergruppen zu bilden und ein Gespräch übers Kochen einzuüben. Ich musste das mit Alex tun.

Ich eröffnete das Gespräch: »What the hell is los with you?!«

Alex: »I could ask you the same.«

»Ach – rubbish! Nothing is los.«

»You meidest me!«

»No, I do not.«

»Don't sell me for silly, you meidest me!«

»I have just other things to do.«

»Yes, hanging around with boys.«

»So what? I have the right to!«

»Yes, you have – so do what you can't let. You kotzt me on!«

»Why don't you just crab a girl and start a relationship!«

Alex' Augen waren ein Abgrund, ich wusste nicht, ob sie wütend, verzweifelt oder traurig war. Es tat mir im Herzen weh, sie so zu sehen, ich hätte gern meine Hand an ihre Wange gehalten und ihr flüsternd gut zugeredet. Sie hätte ihre Wange meiner Hand überlassen und sie hätte die Augen geschlossen und aufgeseufzt. Wir waren in etwas hineingeschlittert, das ich nicht verstand. Die Vorstellung, sie zu verlieren, war, als würde mir ein Messer ins Herz gestoßen und dann langsam gedreht. Ich hatte nicht bemerkt, dass Alex in den letzten Monaten neben Lydia zum wichtigsten Menschen für mich geworden war! Jetzt merkte ich es!

Die Lehrerin kam an unser Pult und wollte wissen, warum wir nicht mehr miteinander reden würden. Ich sagte, wir wüssten das Wort für *gepökelt* und *blanchieren* nicht. Dann sollen wir es halt umschreiben, entgegnete sie, das gehe – wichtiger sei, dass wir fleißig sprechen übten. Also plapperte ich irgendwas, um Frau Zahnd von Alex' versteinertem Gesicht abzulenken. Als sie gegangen war, sagte ich leise Alex' Namen. Sie reagierte nicht. Ich legte meine Hand auf ihr Knie, die wischte sie weg.

»Alex, wir müssen so tun, als würden wir miteinander reden, sonst kommt Frau Zahnd wieder.«

»I don't care a fucking thing!«

»Alex, please, I don't want to loose you!«

»You don't loose me, I loose you.«

»Are you mad? Nie and nimmer loose you me!«

»Let's don't speak about it any longer, it makes me too sad.«

Und ich dachte: Ach, mein lieber Jumper, was ist nur los mit uns?! Ach, mein lieber Jumper, ich kann doch nicht nur mit lesbischen Mädchen rumhängen, ich muss mit der Liebe endlich vorwärtsmachen, egal ob ich in Stimmung bin oder nicht.

Ich würde, wenn ich könnte
Ich kann nicht, so sehr ich möchte
Ich will nicht, dass ich wollte

Du und ich, das geht nicht
so sehr ich wollen möchte
so sehr ich können wollte
muss ich sagen: nein, ich schaffe es nicht
Mein Herz zerspringt in tausend Teile.

Einmal mehr war ich von meiner Poesie ergriffen – wie ergriffen würden erst die Leser sein!

Vinzenz hatte sensible Hände, das gefiel mir – keine klobigen Pranken, in denen nicht das kleinste Feingefühl steckt. Wenn mich Etienne streichelte, hatte ich das Gefühl, dass er meine Haut hobelte – berauschend war das nicht. Vinzenz hatte immer saubere Fingernägel, ich betrachtete gerne diese femininen Hände, auch sein ebenmäßiges Gesicht, und wie er sich elegant bewegte. Bei den Jungs war er nicht sehr beliebt, aber seine Wendigkeit und Schnelligkeit, die er vom Fechten hatte, kamen ihm im Fußball zugute: Er konnte unheimlich gut an seinen Gegnern vorbeitrippeln. Er erzählte mir, dass er neben dem Fechten Geige spiele. Sein Vater war irgendein hohes Tier in einer Bank, die Mutter den Künsten zugeneigt. Er hatte eine jüngere Schwester, die im Eiskunstlaufen ein Ass war, und zwei Afghanen (ich meine die Hunde, nicht Männer) mit langem Fell, die adrett vor dem Kamin saßen. Das wusste ich, weil mich Vinzenz zu sich eingeladen hatte. Zu Kaffee und Kuchen. Seine Mutter empfing mich herzlich und warm wie ein Kühlschrank: Sie musterte meine Kleider und hatte mich sogleich aus dem Herz geschlossen. Ihre Stimme war formell und kalt, ich verspürte nicht die geringste Lust, meine Jacke auszuziehen. Sie schaute meine Schulmappe an, als wäre sie der Satan höchstpersönlich.

Ich musste mich an einen Protztisch setzen und aus hauchdünnem Porzellan Tee trinken und von vergoldeten Tellerchen Kuchen essen mit einem Löffelchen, dessen Griff dünner als ein Zahnstocher war. Die Afghanen mit leblosen Augen lagen dekorativ vor dem Kamin und Frau von Greyerz führte mit mir eine gepflegte Konversation. Was konnte ich dafür, dass sie mich über meine Familie ausfragte? Natürlich hörte es sich nicht so toll an, dass Mama in der Klinik war und Papa zu viel gesoffen hatte und jetzt verschwunden war, dass Oma im Altenheim ihr Gehirn verlor und Trinità den Postboten attackierte. Frau von Greyerz lächelte während des Gesprächs; wären da nicht ihre Augen gewesen, die Giftpfeile in meine Richtung abschossen, hätte man denken können, dass wir es gemütlich hatten. Vinzenz merkte von den Giftpfeilen nichts, er verhielt sich noch vorbildlicher als sonst, den kleinen Finger schön abgespreizt. Ich wollte gerade über meine chaotische Geburt erzählen, als Frau von Greyerz wohl nichts mehr hören wollte, denn sie erlaubte uns, auf Vinzenz' Zimmer zu gehen.

Vinzenz zeigte mir sein Fechtzeug und führte mir im Korridor vor, wie das so aussieht. Es sah toll aus, fast spürte ich, dass so etwas wie ein Verliebtheitsgefühl durch mich fuhr. Nachher spielte er mir auf der Geige vor. Da legte sich die Verliebtheit wieder, denn er traf die Töne nicht immer lupenrein. Ich sagte ihm, er soll mir nochmals etwas vorfechten, damit ich wieder in eine verliebte Stimmung komme. Also, das mit der Stimmung sagte ich natürlich nicht.

So kam ich wieder in Stimmung, und wir setzten uns aufs Bett und er sagte, dass er mich toll fände, nicht so doof wie die anderen Liesen. Dann sagte ich, ich fände ihn auch nicht so doof. Beiläufig fragte ich ihn, ob er schon mal geküsst hätte. Er verneinte und fragte, ob ich hätte. Ich bejahte und sagte, wenn er wolle, könne ich es ihm beibringen. Er wollte. Da küssten wir und nach gewissen Anfangsschwierigkeiten war er ganz gut darin – besser, als Etienne es je war. Er hat nicht so schöne Lippen wie Alex, aber für einen Jungen waren sie passabel. Wir küssten uns lange, gerieten dabei in eine Schräglage, bis wir mehr lagen als saßen, ich oben, da ich ja erfahrener bin. Sein Willi bekam auch Freude an der Sache (ja, ich weiß mittlerweile, was ein Willi ist!), das heißt, wir traten nun in die Dromedarphase ein. Und irgendwie packte mich die Neugier und ich begann sein Dromedar zu tätscheln, was Vinzenz tiefer atmen ließ. Ich wollte mich eben näher mit dem Reißverschluss seiner Hose befassen, als seine Mutter an die Türe klopfte und Vinzenz daran erinnerte, dass er sich für die Geigenstunde bereit machen müsse. Vinzenz ächzte ein »Ja, Mama« und setzte sich auf. Das Dromedar zerfiel zu einer weichen Blutwurst. Er lächelte mich entschuldigend an, dann raunte er in mein Ohr: »Es war schön mit dir, danke.«

Das fand ich etwas doof, man muss sich für so etwas doch nicht bedanken, aber nett war es trotzdem. Auf dem Heimweg hatte ich den Eindruck, ich sei wirklich in Vinzenz verliebt. Ich dachte an Alex, fragte mich, ob sie morgen merken würde, dass ich rumgemacht hatte, und wie es wohl wäre, mit ihr zu küssen. Aber den Gedanken schob ich gleich wieder weg – es hat keinen Sinn, über etwas nachzudenken, das nie sein wird.

Ich entschloss mich, kurz bei Oma vorbeizuschauen. Normalerweise war es einfach, Oma im Altenheim zu finden: Sie raste ja unentwegt herum, da war die Chance groß, dass sie bald meinen Weg kreuzte. Diesmal jedoch tauchte keine Oma auf: Frau Pflug, eine der Pflegerinnen, erklärte mir, dass meine Großmutter im Bett liege, sie habe eine Grippe. Das machte mich hellhörig. In meinem Alter ist eine Grippe kein großes Ding – außer es wäre die Spanische Grippe, aber die gibt es schon lange nicht mehr. Für alte Leute jedoch kann eine Grippe ins Auge gehen beziehungsweise einen ins Jenseits befördern. Das hatte uns mal der Biologielehrer in einer der wenigen spannenden Biologiestunden erklärt.

»Stirbt sie?«, fragte ich mit zittriger Unterlippe.

»Wissen kann man das nie, aber es sieht nicht danach aus«, sagte Frau Pflug und ich kam nicht von dem Gefühl los, dass ein gewisses Bedauern in ihrer Stimme lag. Die blöde Kuh!

Oma ruhig im Bett liegend zu sehen war gespenstig: Ein kleines, dürres Vögelein, verloren unter einer großen Bettdecke, das Gesicht weiß wie das Leintuch! Ich setzte mich an den Bettrand und sagte: »Hej Oma, ich bin's, Nicola.«

Omas Augenlider begannen zu flattern, so dass ich befürchtete, dass sie auf und davonflogen – eine Oma ohne Augenlider sähe bestimmt grauselig aus! Dann öffnete sie die Augen und guckte mich an. Sie tastete zu meinem Unterarm und packte ihn mit erstaunlicher Kraft. »Warum kommst du angezogen in die

Sauna? Zieh dich aus und geselle dich zu mir, schön nackt ist es immer noch am schönsten! Zeig mir deine männliche Pracht!«

Bei aller Liebe: Oma war eine Zumutung! »Mach die Augen auf, ich habe keine männliche Pracht, ich bin deine Enkeltochter Nicola, und du bist nicht in einer Sauna, sondern liegst mit Grippe im Bett!«

»Nicola? Wer ist Nicola? Ich kannte mal eine Nicola, aber das ist lange her, sie ist – sie war – sie wurde – was wurde sie nur? Oder hatte sie? Und wer sind Sie, mein Herr? Oder sind Sie kein Herr, Sie haben ja einen Busen, oder? – was habe ich gesagt? Komm unter die Decke, da ist's schön warm – mir macht's nichts, dass du – eh, wie heißt das nur noch, das hier oben?« Sie deutete auf die zusammengefallenen Puddinge auf ihrer Brust. »Sag Alice, dass sie – wer ist eigentlich Alice? – Manchmal kommt ein Engel und setzt sich in meine Tasche, aber die liegt ja im See, ich vermisse sie so!« Sie begann zu weinen und ich weinte auch ein bisschen, während ich ihre Hand hielt. Ich hatte manchmal ein Chaos im Kopf – aber wie schlimm musste es sein, ein solches Wirrwarr im Gehirn zu haben! Oma schlief wieder ein. Ich blieb lange bei ihr sitzen, bis ich mich vom Weinen erholt hatte. Heute war das erste Mal, dass ich mir für sie wünschte, sie könnte davonfliegen und den Himmel aufmischen. Das täte dem Himmel bestimmt gut.

Am nächsten Tag überlegte ich auf dem Weg in die Schule, ob ich einen großen Bogen darum machen und stattdessen Taschen tragen sollte. Ich wollte Alex nicht begegnen, fühlte mich, als wäre ich fremdgegangen, was einfach nur idiotisch war. Ich hatte auch keine Lust, Vinzenz zu sehen, denn jetzt waren wir wohl so etwas wie ein Paar. Keine Ahnung, wie man sich benahm, wenn man einen Freund hatte. Händchenhaltend auf dem Pausenplatz stehen? Das ging nicht, dann würde Alex uns sehen, und das ertrüge ich nicht. Ihr dunkler Blick auf mir würde alles verderben. Da Sophia niemals eine Entschuldigung für mein Schwänzen schriebe, schleppte ich mich doch zur Schule. Dort entschied ich mich für die Flucht nach vorn: Ich begrüßte Alex betont fröhlich – sie legte ihre Stirn in Falten und grüßte mich kurz. Ich erzählte ihr von Oma, sie nickte und begann im Pult zu wühlen. Trice warf mir einen verachtungsvollen Blick zu, wie sie das immer tat, wenn sie mal in meine Richtung schaute.

Und ich beschloss, ganz generell den Kontakt mit Mädchen abzubrechen. Das war mir einfach zu kompliziert und zu blöd! Ich verstand, warum Jungs klagten, dass Mädels Zicken seien. Ja, sie waren Zicken, allesamt. Vielleicht nicht Kiki, aber die würde leider früh an Lungenkrebs sterben.

Die Mathematikstunde war friedlich, in der Geographie jedoch kam ein Zettel.

– Na, biste glücklich in deiner Beziehung?

Ui, es wurde brenzlig! Was könnte ich nur antworten?

– *Von welcher Beziehung sprichst du?!* (Die Unwissende spielen ist immer gut.)
– Spiel nicht die Unwissende – die Beziehung mit dem Musketier!
– Ach der! (Aufschub schafft Platz zum Atmen.)
– Antworte mir einfach!
– Ist das hier ein Verhör? (Gegenfragen lenken ab!)
– Langsam wird es zu einem, wenn du mir auf eine einfache Frage keine Antwort gibst! Aber deine Reaktion gibt mir schon Antwort genug: Du bist mit Vinzenz zusammen! Habt ihr es schon getrieben?

Alex war kalkweiß im Gesicht, ihre Hände zitterten. Das tat mir im Herzen weh, nur wollte ich nicht Herzschmerzen haben, ich wollte ein normales Mädchen sein, das ganz normal einen ersten Freund und kein schlechtes Gewissen gegenüber ihrer besten Freundin hat. Da passierte in mir das, was meine Mutter als »typisches Widdergetue« bezeichnet: Mir war alles zu viel, also senkte ich meine Hörner und galoppierte los nach dem Motto »Ab gegen die nächste Wand!«.

Ich schrieb:

– *Ja, verdammt, ich bin mit Vinzenz zusammen und wir haben's getrieben, na und? – wünsch mir doch einfach Glück, anstatt doof zu maulen!*

Im Blickwinkel sah ich, dass Alex den Pultdeckel so fest umklammerte, dass die Knöchel weiß hervortraten. Ich hörte ihren gepressten Atem und es wurde mir schier schlecht, so beschissen fühlte sich das an! Meine liebe Alex, warum macht es dir so viel aus, dass ich etwas mit einem Jungen habe?

Stimmt es doch, dass ...?

Hat Kiki recht?

Könnte es sein ...?

Aber doch nicht in mich! Alex, du kennst mich, und wenn man mich näher kennt, verliebt man sich nicht in mich! Nein, du liebst bestimmt eine, die es wert ist, geliebt zu werden. Ich bin bloß ein Doofkopf, eine Dummermuth!

Aber ich konnte nichts dagegen tun: Die Schuppen fielen mir von den Augen – ob damit wohl die Schuppen der Fische gemeint sind, die irgendwie über ihre Augen rutschen, und dann sind es eben Schuppen vor den Augen? Und wenn sie weg sind, sind es dann die *Schuppen von den Augen.* Sehen die Fische unter Wasser gut? Wenn ich untertauche, sehe ich nicht viel, mit Taucherbrille jedoch schon. Sehen Fische wie durch eine Taucherbrille? Das wäre gerecht, denn sie leben ja ständig unter Wasser, da müssen sie doch etwas sehen können! Also jedenfalls – die Schuppen fielen: Es könnte sein, dass Alex ein Auge auf mich geworfen ...

Als die Pausenglocke ertönte, raste Alex hinaus. Ich starrte Löcher in die Luft. Die Stunde wurde eingeläutet, Alex kam als Letzte herein, das Gesicht eingefroren, die Augen gerötet. Sie setzte sich so weit als möglich von mir entfernt.

Unerträglich!

In der großen Pause schnappte ich Kiki und krächzte: »Komm, gehen wir rauchen!« Wir standen hinter der Buche, Kiki zündete sich eine Zigarette an. Erwartungsvoll schaute sie mich an.

»Hast du – hast du das ernst gemeint, dass Alex, du weißt schon, dass sie angeblich ein Auge auf mich geworfen hat?«

Kiki blies den Rauch durch die Nase. »Ein Auge geworfen? Das ist die Untertreibung des Jahres – sie ist total verschossen in dich!«

»Woher willst du das wissen?«

»Man muss nur hingucken und sehen, wie sie dich anschaut.

Willst du allen Ernstes behaupten, dass dir das nicht aufgefallen ist?!«

»Also, ich – nein. Vielleicht ein bisschen, aber ich hielt das nicht für möglich, sie kennt mich ja – die Verliebtheit nimmt im gleichen Maße ab, wie man jemanden kennen lernt.«

»Was?!«

»Ja, Menschen haben zu viele schlechte Seiten, als dass man immer noch in sie verliebt sein könnte, wenn man diese Seiten kennen lernt. Denk nur an Jan! Als er dich mit seiner Leidenschaft für Fische bekanntmachte, war es bald mit deiner Verliebtheit vorbei.«

»Du kannst doch nicht von einem Fall auf alle schließen. Dein Menschenbild ist nicht gerade positiv.«

»Ich kenne die Menschen.«

Kiki tätschelte meine Schulter. »Nicola, es gibt Leute, die sind nicht zu gebrauchen, aber es gibt auch viele, die wunderbar sind. Zum Beispiel du. Zum Beispiel Alex.«

»Aber ich bin nicht –« Ich guckte in den blöden Busch, der eine Buche war.

»Bist du dir da wirklich sicher?«

Die nächste Stunde wurde eingeläutet, ich blieb Kiki die Antwort schuldig. Wir eilten zum Schulhaus.

Irgendwie ging dieser Morgen vorbei, irgendwie ging der Nachmittag vorbei. Ich achtete darauf, dass sich Vinzenz' und meine Wege nicht kreuzten. Ich war nicht in der Stimmung für Schäkereien. Kein einziges Wort tauschten Alex und ich.

Ach Alex! Ach, mein Jumper! Bist du wirklich so blöd und in mich verliebt? Das solltest du nicht, meine Wurzeln sind schlecht, mein Charakter lässt zu wünschen übrig. Du bist zu gut für mich.

Und wir sind zwei Mädchen. Himmel, wir sind nun mal zwei Mädchen!

In der Nacht träumte ich von Vinzenz: Er trug seinen Fechtanzug und spielte Geige, was so grässlich klang, dass ich einen Schluckauf bekam. Dann tänzelte er, die Geige wie einen Degen schwingend, um seine Mutter herum und stellte immer wieder dieselbe Frage: »Mami, mach ich es gut genug, bin ich dein lieber Sohn?« Und das Mami sagte: »Du könntest noch besser!« Plötzlich lagen wir (ohne Mami) auf seinem Bett, ich zog den Reißverschluss seiner Hose auf. Sein Ding sah wie der Griff eines Wanderstocks aus, der sagte: »Hallo, ich bin der Willi.« Ich drehte an ihm, er ließ sich wie ein Korkenzieher ausschrauben und als er ganz draußen war, nahm ich ihn und warf ihn auf eine Dartscheibe – ich traf in die Mitte! Als wäre nichts gewesen, begann Vinzenz wieder Geige zu spielen. Und während er (schrecklich) spielte, wurde er älter und älter, bald sah er wie ein reicher Pinkel aus, wie ein Snob mit manikürierten Händen. Seine Mami stand daneben und sagte: »Brav, mein Junge.«

Als ich von diesem Traum erwachte, war ich restlos entliebt. Ich hatte keine Lust, nochmals aus feinen Tässchen Tee zu trinken und mit seiner Mami künstliche Gespräche zu führen, während die Afghanen zierlich vor dem Kamin lagen. Lieber ein Leben lang Jungfrau bleiben!

In der großen Pause schnappte ich mir Vinzenz. Er sagte, dass er mich am Vortag überall gesucht hätte, ob ich krank gewesen sei? Er möchte mich nach der Schule treffen, um –, er lächelte vielsagend.

»Vinzenz, das mit uns wird nichts.«

Er strich die Haare aus dem Gesicht und enthüllte Telleraugen. »Aber – was? Habe ich nicht gut geküsst, ist es das?«

Ich sah im Augenwinkel, dass Alex zu uns schaute, ihr Gesicht eine einzige Ruine.

»Wie soll ich sagen, ich finde dich toll – aber, ich bin einfach nicht in dich verliebt.«

»Also stimmt es doch.«

»Was?«

»Dass du eine Lesbe bist.«

»Wer verbreitet solche Lügen?!«

»Na, das sagen alle. Das weiß jeder. Ich wollte es nicht glauben. Ich war ein Dummkopf!«

»Ich bin nicht lesbisch! Ich bin nur nicht in dich verliebt, das ist alles. – Ach, ihr könnt mich alle mal!« Ich stürmte über den Pausenplatz und beschloss, dass mir speiübel war und ich nach

Hause gehen musste. Ich teilte das mit schwacher Stimme und übelkeitsverzerrtem Gesicht dem Deutschlehrer mit.

Als ich nach Hause kam, war Sophia am Kochen. Ich befahl meinem Blut, aus dem Gesicht zu weichen, damit ich richtig übel aussah. Sophia schickte mich ins Bett und brachte mir einen scheußlichen Magentee, den ich wohl oder übel trinken musste. Danach war mir wirklich etwas übel, außerdem hatte ich Kohldampf, aber ich durfte natürlich nichts essen. Nach dem Mittagessen, als Lydia wieder zum Kindergarten aufgebrochen war, kam Sophia zu mir ins Zimmer, in der Hand einen Teller und auf dem Teller leckeres Mittagessen!

»Iss jetzt. Und danach erzählst du mir, was los ist.«

Diese Frau hatte übersinnliche Kräfte!

Später ging ich mit dem leeren Teller in die Küche. Sophia saß dort und trank einen Kaffee. Ich setzte mich zu ihr.

»Na, dann erzähl doch mal.«

Also erzählte ich alles, auch meine Überlegungen zu der Redewendung *Wie Schuppen von den Augen*, was aber nicht so von Belang war. Am Schluss sagte ich: »Ich bin total überfordert!«

Sophia nickte. »Was wäre so schlimm daran, wenn du dich in ein Mädchen verliebt hättest?«

»Das ist einfach nicht normal – ich habe mich bis vor einem Jahr immer in Jungs verliebt! Es reichen mir ein Versager als Vater und eine Depressive als Mutter, die ihr Geld in einer doofen Quelle verscharrt haben. Ich will nicht auch noch selber unnormal sein. Ich will normal sein, ich will einfach meine Ruhe, verstehst du?!«

Wieder nickte Sophia und fragte dann etwas Seltsames: »Wer ist dein Vorbild?«

Was sie wohl damit bezweckte? »Ehm, also Ghandi, wie er gewaltlos war – und Marie Curie, die Serie über sie fand ich spannend. Und die Rote Zora und Aschenputtel aus *drei Haselnüsse für Aschenbrödel.*«

»Waren das normale Menschen, die ein normales Leben führten?«

»Nein – im Gegenteil, sie haben viel riskiert und wurden oft nicht verstanden.«

»Eben«, Sophia nahm einen Schluck Kaffee und lächelte mich an.

»Aber ich –«

»Bist du sicher?«

»Du weiß ja gar nicht, was ich sagen wollte!«

»Bist du sicher?« Sie lächelte verschmitzt. »Du hast ja recht. Weißt du, das Einzige, was dir wohl weiterhelfen kann, ist dein Herz. Folge ihm – das ist nicht einfach, aber es ist meines Erachtens immer noch der beste Weg. Der Grund, warum wir keine Kinder haben können, liegt bei Klaus, seine Samen liegen wie tote Fliegen herum. Weil ich unbedingt Kinder wollte, stellte sich für mich die Frage, was ich tun sollte: Klaus verlassen? Kinder adoptieren? Oder mit Klaus zusammen sein, aber ohne Kinder? Ich verzweifelte schier, weil für jede Möglichkeit viele Gründe dafür und ebenso viele dagegen sprachen. Ich wusste weder ein noch aus, und je mehr ich mit Menschen darüber sprach, desto verwirrter wurde ich. Bis ich genug hatte und allein nach Ascona ging: Ich machte Spaziergänge, lag an der Sonne, saß in Cafés und versuchte in mich hineinzuhören. Am vierten Tag erwachte ich mit einem starken Gefühl im Herzen: Ich will mit Klaus zusammen sein und damit basta! Ohne die Tortur einer Adoption! Ich habe diese Entscheidung nie bereut.«

So war Sophia: Anstatt eine Antwort zu geben, forderte sie mich dazu auf, sie selber zu finden. Fast hatte ich Sehnsucht nach Mamas einfältigen esoterischen Allerweltsweisheiten, die sie für jedes Problem bereithielt. Sie würde vermutlich wieder sagen: *So erreicht man die Ganzheit nicht, denn es fehlt Yang.* Warum man die Ganzheit anstreben soll, ist mir schleierhaft: Ich finde ein halb gebautes AKW besser als ein ganzes, das Ganze kann man in Betrieb nehmen und damit unseren Nachnachfahren das Leben versauern beziehungsweise -strahlen; eine halbe Tracht Prügel ist angenehmer als eine ganze, eine halb missratene Probe besser als eine komplett missratene. Eine halbe Flasche Wein trinken ist gesünder als eine ganze. Also, die Ganzheit ist mir suspekt.

Für den Rest des Nachmittags verzog ich mich in mein Zimmer und versuchte, mein Herz zu verstehen. Ich horchte hinein, legte die Hand auf den Brustkorb, spürte das Pochen, was mir auf einmal seltsam vorkam. Mir wurde bewusst, dass das Herz nur kurz aussetzen müsste und ich wäre mausetot. Glücklicherweise schlägt und schlägt und schlägt es, ohne dass ich auch nur einmal den Befehl gebe! Ich trage etwas in mir, das ohne meine Einwilligung tut, was es tun muss. Auch die andern Organe haben ein mir unbekanntes Eigenleben, sie sind meine Untermieter, von denen ich wenig weiß, aber ohne die ich nicht sein könnte. Ist das nicht ein bisschen gruselig?

Und jetzt soll mir dieser Untermieter sagen können, was ich tun will?

Nicolas Betrachtungen zum Weltgeschehen

Ich sah bei Opa die Nachrichten, sie brachten etwas über den Iran: Chomeini war zurückgekehrt und hatte den Schah gestürzt. Man sah einen alten Mann mit langem Bart und grimmigem Blick die Treppe des Flugzeugs hinuntergehen. Er hätte sich als Nikolaus gut gemacht, als böser jedenfalls. Doch er würde nie den Nikolaus spielen, weil er an Allah glaubt, und wo Allah regiert, ist das Klima für ein Nikolauskostüm zu heiß.

Den Schah kannte ich gut, dank der *Goldenen Revue*, *Frau im Spiegel* und wie sie alle heißen: Bei Oma lagen immer solche Frauenzeitschriften herum, neben dem gemütlichen alten Radio aus Holz, das eine Aufwärmzeit brauchte, bevor es singen oder sprechen konnte. Oma kaufte die Frauenzeitschriften nicht selber, sie erhielt sie von ihrer Schwester und von den Freundinnen ihrer Schwester. Wenn ich sie in die Hände bekam (ich meine die Zeitschriften, nicht Großtante und ihre Freundinnen), waren sie schon über einen Monat alt, aber das war egal: Liebesgeschichten sind stets willkommen, die schlimmen Schicksale kleiner Leute ähneln sich immer wieder, und da die Berühmten ihre Beziehungen wie Unterhosen wechseln, war auch die neueste Ausgabe dieser Zeitschriften gleich wieder veraltet.

Diese Blätter berichteten oft über den Schah, aber mehr so Familiäres – bestimmt, weil er gut aussah, mit schnittiger Uniform, Pilotengesicht und grauen Schläfen, außerdem lebte er im Pomp, wofür sein Volk ihn hasste und die Zeitschriftenleserinnen ihn liebten. Fast noch häufiger berichteten sie über die schöne Soraya, die Exfrau des Schahs, denn sie war eine halbe Deutsche und ihr Leben tragisch: Sie konnte keine Kinder bekommen, da servierte der Schah sie ab. Immerhin ließ er sie nicht köpfen wie damals Heinrich VIII. die Anna Boleyn.

Und nun also war der Chomeini an der Macht. Ich fragte mich, warum man Tattergreise regieren ließ – meine Opas jedenfalls kämen beim Regieren nicht vom Fleck: Bevor Kurzbein-Opa zum Beispiel ein Kreuzworträtsel fertig hat, ist das Papier vergilbt.

Der Schah förderte die Frauen, verbot die Verschleierung, aber sonst war er ein Tyrann. Jetzt meinte das iranische Volk, dass alles besser würde, dass der bärtige Greis es richten könne. Chomeini behauptete, er wisse, wie es Allah haben will (vielleicht hat er telepathische Fähigkeiten, wie Mama sie haben möchte), er sagte weiter, dass alles aus dem Westen des Teufels sei und Frauen nichts taugen (deshalb muss man sie nun wieder verschleiern).

Männer sollten nicht regieren: Viel zu gerne führen sie Kriege, unterdrücken Menschen und denken sich allerlei Gemeinheiten aus. Wenn Frauen an der Macht wären, gäbe es kaum Kriege – Frauen gebären ihre Kinder ja nicht, um sie in Kanonen zu stopfen! Leider ist man in der Schweiz weit von einer weiblichen Regierung entfernt: Die Frauen haben das Stimmrecht erst seit acht Jahren!! Da kann man sich ausrechnen, wie lange es dauert, bis eine Frau Bundesrätin wird. Ihre Vereidigung werde ich wohl vom Sterbebett aus am Fernsehen mitverfolgen können.

Mama kommt nach Hause

Eines Abends im Februar kam Kurzbein-Opa vorbei und erzählte, dass er einen Anruf von der Klinik erhalten habe. Mama komme nächsten Montag nach Hause. Obschon ich gewusst hatte, dass es bald so weit sein würde, war ich doch überrascht. Lydia jauchzte, ich hingegen … ich wusste nicht …

Am nächsten Abend gab es bei Opa eine Familiensitzung, mit dabei: Tante Henriette mit Bert, die Cinquecento-Großeltern, Opa und ich. Man wurde sich schnell einig, dass man sich nicht einig wurde: Tante Henriette wollte uns Kinder sofort mit Mama zusammenführen; Opa glaubte, dass Mama noch nicht in der Lage sei, nach uns zu schauen; Cinquecento-Opa fragte mehrmals: »Und Heinrich? Was ist mit Heinrich, wir müssen ihn finden, dann sehen wir weiter.« Cinquecento-Oma sagte »Nein aber auch« und ich ging mit Opa einig: Erst einmal sollte Mama für sich alleine sorgen. Henriette sagte, dass wir Kinder aber endlich von Sophia weg müssten, sie kümmere sich schon viel zu lange um uns, wir könnten zu ihr ziehen. Ich sagte: nur über meine Leiche, die Zwillinge würden sich wie Hyänen auf Lydia stürzen, und wir wollten nicht wieder einen Wechsel. Henriette zischte beleidigt, wie ich es wagen könne, so über ihre Kinder zu reden! Sie stieß Bert an und forderte ihn auf, etwas zu sagen. Er zuckte nur mit den Schultern. Da zettelte Henriette einen Streit mit ihrem Mann an, bis Opa sagte, sie solle sich zusammennehmen. Darauf begann sie zu weinen und klagte, dass Opa Mama immer lieber gehabt habe als sie – gleichgültig, was sie unternommen hätte. Und er habe auch Lydia und mich lieber als ihre Kinder.

Opa erwiderte, wenn ihn die Zwillinge nicht so wirr machen würden, hätte er mehr Freude an ihnen. Aber jetzt gehe es um Alice und deren Kinder. Das wollte Henriette nicht hören, schluchzend verschwand sie in die Küche – natürlich, wohin den sonst?!

Opa schaute auf die Uhr und sagte, ah, die Nachrichten! Er wolle kurz schauen, wie es Norddeutschland ging. Das versank zurzeit buchstäblich im Schnee. Sie zeigten den zugefrorenen Hafen von Kiel und wie im Hafen von Hamburg wegen heftigen

Eisgangs die Schiffe kaum mehr verkehren konnten. Man sah Höfe, die eingeschneit waren, und in der DDR versuchte ein Panzer Schneeverwehungen zu beseitigen. Am Schluss sah man einen ewig langen Zug, der viel Schnee irgendwohin transportierte. Obschon mir die Leute dort Leid taten, fand ich die Bilder cool. Wir diskutierten über diese extremen Zustände, da kam Henriette mit einer Kanne Tee herein und tat so, als wäre nichts gewesen. Man einigte sich darauf, dass Henriette Mama am Montag abholen würde und wir Kinder noch eine Weile bei Sophia blieben, bis sich zeigte, wie Mama zurechtkam.

Am nächsten Tag kam Jumper nicht in die Schule. Ich dachte, sie schwänze oder simuliere eine Krankheit, aber da sagte Klassenlehrer Hurni, dass sie Scharlach habe. Ach, welche Erleichterung, war sie nicht hier, auch wenn es zugleich eigenartig war! Eigentlich war es mehr eigenartig als erleichternd. Ich ertappte mich dabei, dass ich zu ihr hinüberschaute, und jedes Mal war die Leere so angenehm wie ein Schlag von einem Viehzaun.

Am Wochenende räumten und putzten Sophia, Henriette und ich unsere Wohnung. Obschon ich am Tag vor meiner Frankreichreise aufgeräumt hatte, gab es viel zu tun: Mama hatte vor dem Klinikaufenthalt wochenlang nichts gemacht und auch sonst ist sie ja keine Putzfee. Überall war es schmutzig, überall fanden wir leere Bier- und Weinflaschen: hinter dem Sofa, hinter Vorhängen, in Schränken und sogar unter Lydias Bett! Die Frauen waren so nett, nichts dazu zu sagen. Henriette kaufte mit mir Essen für Mama ein, ich wusste in etwa, was sie mochte.

Am Schluss sah unsere Wohnung so schön wie noch nie aus! Henriette ging zu der Nachbarin, die mit der Tür ins Haus fällt, um sie zu informieren, dass Mama kommen würde, und um ihr die Telefonnummer zu geben, falls irgendwas wäre.

Montag: Keine Alex weit und breit. Aber Trice, die mich manchmal schadenfroh anschaute. Ich war nervös wegen Mama, die heute aus der Klinik kam. Lydia und ich würden sie nach der Schule besuchen. Beim Mittagessen war Lydia ausgelassen und plapperte von Mama, wir drei hingegen waren bedrückt. Wir wussten nicht, was uns erwartete.

Dann war es so weit: Lydia und ich besuchten Mama in unserem richtigen Zuhause. Lydia hüpfte, ich schob einen Kloß von einer Halsseite zur anderen. Vor der Wohnungstür wusste ich nicht, ob wir einfach reingehen konnten oder klingeln sollten, da war Lydia schon hineingegangen und rief fröhlich nach Mama. Die kam aus dem Wohnzimmer, lachte und nahm Lydia in die Arme. Sie sah ziemlich gut aus, nur etwas durchscheinend und zerbrechlich. Sie stellte Lydia auf den Boden und kam auf mich zu, lächelte ein wenig und nahm mich kurz in ihre Arme. Ich roch ihr Parfum, von dem ich immer noch nicht wusste, ob ich es mochte oder nicht.

»Willkommen zu Hause!«, sagte ich klößern, »hast du alles, was du brauchst?«

Sie nickte, »außer Rich – wann kommt er endlich nach Hause?«

Ich sagte ihr, was ich wusste; was wenig war. Lydia raste in ihr Zimmer und veranstaltete dort ein Tohuwabohu. Mutter sagte, dass die Energie in der Wohnung besser sei – als wäre die Atmosphäre gereinigt. Ich sagte, wohl eher die Teppiche und Möbel, wir hätten geputzt. Mutter lächelte leicht: »Das hört sich nach meiner Tochter an – realistisch bis zum Geht-nicht-mehr.«

Medikamente verändern wohl nicht die Art, wie eine Mutter die eigene Tochter sieht.

Mama sagte: »Der Aufenthalt war ein wichtiger Reinigungsprozess, ein Initialritual auf eine höhere geistige Ebene. Ich kann die Aura des Menschen sehen, nur weiß ich noch nicht genau, was die Farben in den Körperregionen bedeuten. Ich sehe, du bist immer noch verliebt, aber leidest daran – will der Junge nichts von dir wissen?«

»Du musst dich irren, ich bin nicht verliebt, obschon ich mich unbedingt wieder einmal verlieben möchte.«

»Aha, dieser Schatten in deiner Aura bedeutet wohl, dass du dir nicht bewusst bist, dass du verliebt bist. Du musst dich deinem Schatten stellen!«

Wie konnte ich auch nur einen Moment lang gehofft haben, dass sich Mama verändert hätte?!

»Sobald ich wieder ganz auf den Beinen bin, eröffne ich eine Praxis für Aura-Reading, das ist einträglicher als jede Quelle! Es wird jetzt alles anders – besser nämlich!«

Ja, das hatte uns Papa auch auf einer seiner Postkarten geschrieben. Niemand baute so großzügige Luftschlösser wie meine Eltern! Ich schlug vor, dass wir erst mal das Abendessen zubereiteten, Lydia und ich seien nämlich hungrig. Als ich am Samstag mit Tante Henriette einkaufen gegangen war, hatte ich berücksichtigt, dass Mama und die Küche gleichgepolte Magnete waren, die sich abstießen: Ich hatte Esswaren eingekauft, die man innert ein paar Minuten zubereiten konnte: Kartoffelpüree aus dem Beutel, Beutelsuppen, Bratensauce aus dem Beutel, vorgekochten Reis aus dem Beutel, tiefgefrorenes Gemüse, Sardinen aus der Büchse, Vanille- und Schokoladecreme aus der Büchse, Ravioli aus der Büchse, Bohnen aus der Büchse, Klößchen aus der Büchse, Salznüsse, getrocknete Früchte usw. Tante Henriette war zuerst dagegen, aber als ich sie an Mamas Kochkünste erinnerte, fand sie es auch eine gute Idee.

Wir stellten in Windeseile ein Menu zusammen, also eigentlich tat ich das, Mama saß am Küchentisch und erzählte mir von den Irren aus der Klinik, mit denen sie hatte zusammenleben müssen. Sie war offenbar die einzige, die geistig vollkommen gesund unter Kranken leben musste! Sie ging eine rauchen, dann aßen wir. Lydia und Mama wirkten zufrieden und glücklich, Mama bemerkte nicht, dass in meiner Aura alle Warnlichter lichterloh blinkten und wie Sirenen heulten. Beim Dessert – Creme aus der Büchse – tauchte Opa auf, in der Hand einen Blumenstrauß. Er nahm auch gerne Creme, und da saßen wir, eine harmonische Familie, und mich grauste vor der Zukunft.

Etwa eine Woche, nachdem Mama nach Hause gekommen war, flatterte ein Brief von Papa bei Sophia in den Briefkasten. Eine Postkarte, aber in einem Umschlag:

Meine Mädels

Es ist alles gut, ich komme bald nach Hause, sobald ich wieder auf der Bildfläche erscheinen kann. Vorerst muss ich unter-

tauchen. Aber keine Angst, der Coup wird beim zweiten Mal garantiert ein Erfolg! Dann können wir es uns gutgehen lassen.

Tausend Küsse, Euer Papa

Mama war von ihrem Rich begeistert, Sophia und ich eher nicht. Man konnte von Glück reden, dass er nicht in einem italienischen Knast verrottete! Mama schickte ihm Licht, ich Verwünschungen.

Meine Mutter stürzte sich voller Elan in ihre Karriere als Aura-Leserin. Jedem, dem sie begegnete, las sie ungefragt die Aura und da ihre Aussagen seltsamerweise in vielen Fällen zutrafen, hatte sie bald allen Bewohnern im Haus ein Reading gegeben. Leider versäumte sie es, einen angemessenen Lohn für ihre Arbeit zu verlangen: Die Leute konnten geben, was sie wollten, und die meisten wollten natürlich nicht viel geben.

Der Psychiater, zu dem Mama zweimal die Woche ging, war mit ihr zufrieden, es stehe dem nichts mehr im Wege, dass Lydia und ich zurückkehren könnten. Lydia freute sich auf ihr Zimmer, aber wäre auch gern bei Sophia geblieben; ich freute mich auf gar nichts.

So zogen wir um.

Mama war meistens euphorisch, vielleicht lag das an den Medikamenten: Sie hatte eine nervige Art entwickelt, herumzuwirbeln. Trinità stellte das Fell und fauchte, wenn sie Mama nur schon hörte. Noch nerviger war es, dass sie in unseren Auren las. Sie sah, wenn Lydia log, wenn ich eine schlechte oder gute Note erhalten hatte, ob wir negativ oder freundlich gestimmt waren. Am nervigsten war, dass sie auch noch recht damit hatte! Und sie machte Dampf: Schon gab sie im Wohnzimmer Aura-Readings – und das schier um jede Tages- und Nachtzeit! Wir Kinder mussten dann ruhig sein und durften nicht durchs Zimmer gehen. Doch der einzige Weg in die Küche führte durchs Wohnzimmer!

Die Wohnung sah übrigens schon nicht mehr so gepflegt aus.

Ich ging Taschen tragen, besuchte Sophia und bereitete mich dort auf die Prüfungen fürs Gymnasium vor, ich schaute bei Opa fern, ich ging mit Lydia auf den Spielplatz, ich leistete Kiki beim Zigarettenrauchen Gesellschaft – Hauptsache, ich war so selten als möglich zu Hause. Mama laberte von dem Schatten auf meiner Aura, bis ich mal sagte, dass ich lieber einen Schatten hätte als keinen blassen Dunst. Darauf wusste sie nichts zu sagen.

Dann waren die Prüfungen, erst schriftlich, dann mündlich – wie immer wusste ich nicht, ob ich gut oder schlecht gewesen war. Eine Woche später hielt mir Mama einen Brief unter die Nase und sagte, da müsse wohl etwas falsch gelaufen sein, in dem Brief stehe, dass ich die Prüfung fürs Gymnasium geschafft habe. Anstatt dass ich mich freuen konnte, musste ich Mama erklären, dass das keine Verwechslung sei, dass ich tatsächlich an die Prüfungen gegangen sei, weil ich das Gymnasium machen wolle.

»Das erlaube ich nicht – die Staatsmühlen dürfen doch nicht meine Tochter zerstören!«

»Ich will aber.«

»Deshalb also die Schatten auf deiner Aura! Du hast mich belogen!«

»Ich habe nicht gelogen, ich habe einfach nichts erzählt! Und gib es doch zu: Du bist neidisch, weil ich es geschafft habe und du damals nicht. Du wolltest ja Ärztin werden!«

Ihr Gesicht lief rot an (die Aura wahrscheinlich auch). »Das hat dir Sophia erzählt, sie schikaniert mich, wo sie nur kann!«

»Also falls *nach deinen Töchtern schauen* schikanieren ist, dann tat sie es. Und damit du es weißt: Ich gehe ins Gymnasium, ob dir das passt oder nicht!«

Mama drehte sich wortlos um und stürmte auf den Balkon, die Türe klirrte gefährlich. Ich folgte ihr. »Begreifst du nicht, dass ich meinen eigenen Weg gehen will? Du hast dich keine Sekunde darum gekümmert, was ich nach der Schule machen würde – schon vor deinem Klinikaufenthalt nicht. Und jetzt, da ich es ins Gymnasium geschafft habe, willst du mir das verbieten. Das ist doch nicht fair!«

Mama saß zusammengekrümmt am Tischchen und gaffte ihre Zigarette an – was sie wohl in deren Aura sah? Bestimmt nichts als Schatten! Dann sagte sie: »Mach doch, was du willst, du machst ja sowieso immer nur, was du willst – Widder sind so: egoistisch und rücksichtslos!«

»Ja, und Krebse sind kalt, trippeln herum und zwicken einen.« Jetzt schmetterte ich die Tür! Ich ging zu Sophia, um ihr die tolle Neuigkeit zu erzählen. Sie freute sich wahnsinnig und lud mich zum Kino ein.

Der Krankenbesuch

Seit meine Mutter zurück war, also seit vier Wochen, lag Alex krank im Bett. Sie hatte auf das Antibiotikum, das sie gegen den Scharlach nahm, allergisch reagiert: Sie bekam am ganzen Körper einen Ausschlag, da musste sie das Medikament absetzen, der Scharlach blieb – kurzum: Es hörte sich nach einer Tortur an.

Ach, wie ich Jumper vermisste! Ich vermisste sie so sehr, dass ich es wagte, ihr einen Brief zu schreiben. Nichts Großartiges: Ich fragte sie, wie es ihr gehe, erzählte ihr von Pleiten und Pannen in der Schule und dass ich die Prüfung bestanden habe und sagte, dass ich sie gerne wiedersehen würde.

Ich warf den Brief eigenhändig in ihren Briefkasten und wartete ab. Und wartete. Und wartete. Mindestens achtzigtausend Stunden. Nichts. Als nach ewigen drei Tagen kein Lebenszeichen von ihr kam, ging ich sie besuchen. Es konnte ja nichts Schlimmeres geschehen, als dass sie mich rauswarf oder mit Scharlach ansteckte.

Das war es mir wert.

Am Mittwochnachmittag machte ich mich mit lästig weichen Knien auf. Gott sei Dank besaß ihre Wohnungstüre keinen Spion, so musste man zwangsläufig die Türe öffnen, um zu sehen, wer draußen stand. Lange geschah nichts, dann hörte ich Geräusche und Alex' Stimme, die fragte, wer da sei. Ich sagte mit tiefer Stimme: »Die Post, wir haben ein Paket für Sie.« Der Schlüssel wurde gedreht, und die Tür öffnete sich einen Spalt breit. Sofort stellte ich meinen Fuß dazwischen.

»Verschwinde!« Ihr Blick wie Armbrustpfeile.

»Alex, bitte!«

»Nimm deinen Fuß aus der Türe!« Ihre Augen dunkelschwarz.

»Du hast keine Chance, ich bin fit und du krank. Achtung, ich schiebe die Türe auf!« Ich schob.

»Das ist Hausfriedensbruch!«, murrte sie.

»Ich bin in friedlicher Absicht da.« Ich schob die Türe weiter auf, trat aber doch nicht ein. »Bitte, lass mich rein!«

Jumper zuckte mit den Schultern und drehte sich abrupt um. Sie trug denselben Pyjama wie auf der Frankreichreise: den karierten von ihrem Vater. Sie sah so klein darin aus, als wäre sie geschrumpft. Wortlos ging sie in ihr Zimmer und schlüpfte unter die Decke.

Ich folgte ihr zögernd. Aufgeregt. Unsicher. Mit Herzklopfen, das die Fensterscheiben zum Erzittern brachte. Vor ihrem Bett blieb ich unschlüssig stehen: »Ich habe dir was mitgebracht«, verlegen legte ich ihr zwei *Kinderüberraschungen* und die *Bravo* auf die Bettdecke. Sie bedankte sich wie ein blödes, artiges Mädchen.

Ich zog einen Stuhl zum Bett und fragte, wie es ihr gehe. Es gehe halt so, sagte sie, wenigstens sei die Allergie abgeklungen, aber sie sei immer noch sehr müde, Antibiotikum schaffe einen total.

»Und wann kommst du wieder in die Schule?«

»Weiß nicht.«

»Soll ich dir Schulmaterial bringen?«

»Nein.«

»Na, du verpasst nicht viel, es geht ja dem Ende entgegen, und die Proben für die Abschlussfeier sind voll im Gange. Was machst du die ganze Zeit? Ist wohl langweilig, oder?«

»Ja.«

»Kriegst du Besuch, der dich etwas ablenkt?«

»Ja.«

»Hast du Schmerzen?«

»Es geht.«

»Soll ich nichts mehr fragen?«

»Ist mir egal.«

»Soll ich gehen?«

»Ist mir egal.«

»Was heißt Scharlach auf Latein? *Egalitis*? Das muss schlimm sein, wenn einem alles egal ist.«

»Mir ist es egal, was du über *egal* zu sagen hast.«

»Kann man das Wort *egal* eigentlich steigern? *Egal*, *egaler*, am *egalsten*? Oder ist es wie bei *schwanger*: Das kann man scheint's nicht steigern – entweder man ist schwanger oder man ist es nicht.«

Alex schaute an die Decke.

»Ich finde, man kann nur ein bisschen schwanger sein: Ich meine, wenn man erst ein fingergroßes, fischähnliches Ding in sich hat, dann ist das noch nicht sehr schwanger, verglichen mit einer Frau, die kurz vor dem Gebären steht und ein fünf Kilo schweres Ding rumschleppt.«

»Neugeborene sind doch nicht fünf Kilo schwer! Vielleicht drei oder vier.«

»Wie auch immer, wenn man ein solches Wesen herumträgt, ist man schwangerer als mit einem fischartigen Ding. Der Fisch wäre noch nicht lebensfähig, das schwere jedoch schon. Und vermutlich wäre es einem egaler, einen Fisch zu verlieren als einen schon lebenstüchtigen Winzling. Eben doch, es kann einem etwas egaler sein. Ist dir im Moment alles egal oder egaler oder gar am egalsten?«

»Egal ist schon Scheiße genug.«

»Kann man eigentlich Scheiße steigern? Es ist *Scheiße*, *Scheißerer*, *am Scheißesten*? Oder eher: Es ist *beschissen*, *beschissener*, *am beschissensten*. Ja, das geht.«

Alex glotzte an die Decke, jetzt kaute sie auf ihrer Unterlippe, die Wangen hatten ein bisschen mehr Farbe als vorher.

»Man könnte die drei Wörter *egal*, *schwanger* und *beschissen* kombinieren. Zum Beispiel: Sie war schwanger, es ging ihr beschissen, aber das war ihr egal. Hmmm, kann es einem egal sein, wenn's einem beschissen geht? Dann: Es war ihr egaler, schwangerer zu sein, obschon es beschissener war. Und die dritte Möglichkeit: Sie war am schwangersten Punkt angekommen und das war das Beschissenste, aber irgendwie war es ihr am egalsten. Wir könn–«

Alex hatte mit Unterlippenkauen aufgehört und prustete los. Wie schön war es, sie lachen zu sehen, sie sah gleich erheblich gesünder aus! Ich stimmte in ihr Lachen ein, vor allem weil ich mich über ihr Lachen freute.

Sie fuhr mit dem Ärmel über ihre Augen und sagte: »Du bist der doofste Doofkopf, der jemals einen Fuß auf diese Erde gesetzt hat!«

Da stieß ich hervor: »Jumper, ich habe dich so vermisst!«

»Obschon du glücklich verliebt bist?« Ich sah, wie unangenehm es ihr war, das zu fragen.

»Du meinst, in Vinzenz? Da ist nichts draus geworden. Ich habe es versucht, aber ich war nicht wirklich in ihn verliebt.«

»Ach, wie dumm!« Es hörte sich an, als hätte sie gesagt: *Ach, wie toll!* Sie setzte sich im Bett auf, warf mir die eine *Kinderüberraschung* zu und begann ihre auszupacken. Eine klitzekleine Filmkamera mit Kurbel kam hervor, die man wirklich betätigen konnte; bei mir ein Flugzeug, das man zusammensetzen musste. Während ich das tat, begutachtete Alex die Bravo. »James Dean auf der Titelseite – ist er wieder auferstanden oder so? Findest du ihn cool?«

»Ich weiß nicht recht, ich habe *Denn sie wissen nicht, was sie tun* gesehen, und da hatte er riesige Probleme mit den Eltern und der Gesellschaft und trug eine coole rote Jacke, die er am Schluss über einen toten Jungen legte. Das fand ich echte Verschwendung. Er war so sauer auf seinen Vater, weil der ein Weichei war, er wollte, dass sich der Vater ändert – als könnten sich Vaterweicheier einfach so ändern.«

Wir blätterten durch die Zeitschrift, die Aufklärungsseite von Doktor Sommer ließen wir aus, das wäre peinlich gewesen, abgesehen davon interessierte es mich nicht, was Jungs mit zu kleinen Pimmels tun sollen oder warum andere zu schnell kommen oder ob man mit neuneinhalb schon die Pille nehmen darf und ob kleine Brüste unsexy sind. Natürlich soll ein Mädchen keine Pille nehmen, wofür gibt es Pariser? Alex hatte weder zu kleine noch zu große (ich meine Brüste, nicht Pariser), das wusste ich vom Duschen – nicht, dass ich absichtlich geschaut hätte, sondern ungewollt, irgendwohin muss man ja schauen. Also ihre Brüste waren gerade richtig, ich habe etwas zu große, finde ich, Mama beneidet mich darum. Sie sagt, ich hätte die Brüste von Oma geerbt, was keine beruhigende Aussicht ist: Als Oma noch kein dürres Vögelchen war, hatte sie Brüste so groß wie Puddingköpfe (für Riesen). Ich wollte keine Puddingköpfe haben, da konnte man ja nicht mehr auf dem Bauch liegen, ohne Höhenangst zu kriegen.

Ich blieb den ganzen Nachmittag bei Alex. Wir plauderten und plauderten und lachten und füllten zusammen das Kreuzworträtsel aus. Vergnügt und beschwingt ging ich nach Hause. Dort weinte Lydia und Mutter fluchte: Lydia hatte wieder Steine gesammelt und Mama hatte es in ihrer Aura gesehen! Sie sah es jedes Mal und dann gab es Zeter und Mordio, Lydia musste die »Steine« herausrücken und versprechen, es nie mehr zu tun. Sie tat es wieder, mit dem gleichen Resultat: Mama sah es, Lydia weinte, machte leere Versprechungen, usw. Ich fragte Lydia, warum sie es immer wieder mache, wo sie doch wisse, dass Mama es merkt.

Lydia: »Wenn ich sofort vergesse, dass ich die Steine gesammelt habe, kann Mama bestimmt nichts in meiner Aura sehen. Das übe ich jetzt.«

Ich schüttelte seufzend den Kopf. »Hör doch endlich auf, anderen Menschen Dinge wegzunehmen!«

»Ich nehme niemandem etwas weg, ich sammle Steine!«

»Du nimmst Sachen, die dir nicht gehören.«

»Ich sammle sie – und sowieso, was gehört schon wem? Wir sind alle nackt auf die Welt gekommen und wenn wir sterben, können wir nichts mitnehmen. Also!«

»Was also?«

»Niemandem gehört irgendwas, das gehört alles dem lieben Gott, und der hat uns alle lieb – außer die blöde Diana vom Kindergarten –, und deshalb dürfen wir sammeln, soviel wir wollen.«

Es war wohl vorherbestimmt: Lydia würde auf die schiefe Bahn geraten und häufiger im Knast sitzen als auf freiem Fuß leben, und ich würde das Trauma in einem berührenden, literarisch reifen Buch verarbeiten; ich würde damit so viel Geld verdienen, dass ich Lydia die modernste und beste Therapie finanzieren könnte, und Lydia würde endlich geheilt. Aber bis dann würde es ein steiniger Weg: Erst musste Lydia ja so richtig auf die schiefe Bahn geraten, mehrmals im Knast gewesen sein, dann müsste ich das Buch schreiben, es müsste berühmt werden – das dauerte.

Mama nahm jeden Tag mit Papa Kontakt auf, natürlich nicht telefonisch, sondern telepathisch. Oder sie legte ein Foto von ihm auf den Tisch und erfragte mit dem Pendel, wie es ihm geht. Es ging ihm meistens prächtig, er war dabei, etwas ganz Großes zu leisten, auf das wir stolz sein würden, und wenn er zurückkehre, würde alles ganz anders.

In dieser Hinsicht – dass alles anders wird – waren sich meine Eltern einig! Sie wären sich besser darin einig, dass man Rechnungen zahlen muss! Ich hatte keine Ahnung, wovon wir lebten. Ich wusste, dass uns beide Opas unterstützten, auch Papas Brüder und Mamas Schwester ein bisschen, aber ich wusste nicht, ob Papa noch Arbeitslosengeld kriegte oder nicht. Mama faselte etwas von Sozialgeld und anderem Geld, und wenn man im Fluss sei, komme das Geld von alleine, da müsse man sich keine Sorgen machen. Außerdem baue sie eine Praxis auf, mit Aura-Reading könne man super verdienen.

»Ja, vielleicht, wenn du ein Honorar verlangen würdest«, sagte ich.

»Ach, Nicola, du musst dem Kosmos vertrauen, deine Sicht ist so fürchterlich materialistisch! Die Menschen geben genau so viel, wie sie geben sollen.«

»Sie geben wohl eher, was sie geben wollen, und niemand will viel zahlen. Du musst ein Honorar verlangen, wie das jeder Zahnarzt und Kaminfeger tut!«

»Nein, man muss Geschäftliches dem Universum in die Hände legen.«

Es war sinnlos, mit ihr über solche Dinge zu diskutieren! Man könnte ebenso gut einem Wurm erklären, wie man auf Zehenspitzen geht.

Toreinfahrten

Endlich war Alex gesund! Wie gut es sich anfühlte, dass sie wieder neben mir saß! Und wie böse Trice schaute! Wie konnte sie immer noch wütend sein? Warum war sie es überhaupt? Ich hätte die Freundschaft mit ihr nie und nimmer beendet! Wie ich von Kiki erfahren hatte, würde Trice eine Lehre als Coiffeuse machen – vermutlich hatte sie diese Stelle über irgendwelche Verwandtschafts- oder Mafiaverbindungen bekommen. Trice in einen Coiffeur-Salon zu stellen war, als würde man eine Gehörlose in ein Musikgeschäft vermitteln! Trice bürstete ihre Haare etwa einmal die Woche und interessierte sich für Mode und Frisuren nicht die Tomate. Ihre zukünftige Vorgesetzte tat mir leid.

Übrigens hatten alle aus der Klasse eine Lehrstelle gefunden oder gingen in eine höhere Schule. Einzig Alex würde (zu meinem Schrecken) einen zehnmonatigen Aufenthalt in Australien verbringen. Die englische Ehefrau ihres Onkels hatte eine Cousine, die in Sidney wohnte. Alex würde bei ihr wohnen, im Haushalt helfen und die Sprache lernen. Ich wollte gar nicht daran denken!

In der Schule hatte Alex während ihrer Krankheit nicht viel verpasst: Der Unterricht franste aus, wir waren mehrheitlich mit dem Abschlusstheater beschäftigt. Es war das erste Mal seit der vierten Klasse, dass es wieder Spaß machte, zur Schule zu gehen. Und je lockerer der Unterricht wurde, desto mehr Partys stiegen: Etwa jede zweite Woche organisierte jemand von unserer oder der Parallelklasse eine Disco im Kirchgemeindehaus mit Limonade, Bier, Chips, Nüsschen, farbigem Licht, einem Plattenspieler und Schallplatten. Die Wände entlang waren Stühle aufgereiht, auf der einen Seite saßen wir Mädchen, auf der anderen Seite die Jungs. Die Stimmung knisterte erwartungsvoll, die Luft durchmischte sich mit Körperdüften, Parfums und Aftershaves, es wurde gekichert (die Mädchen) und linkisch auf die Schultern geklopft (die Jungs), man hielt sich an einer Limo oder an einem Bier fest und aß Chips und Nüsse. Die Person, die auflegte, kannte nicht den Unterschied zwischen Musik, die man gerne zu

Hause hörte, und solcher, die sich zum Tanzen eignete. Egal, wir tanzten zu allem, wobei Tanzen eine maßlose Übertreibung war: Meistens tanzten wir geschlossen, das hieß, wir standen im Raum, und wie schon damals bei Beats Geburtstagsfest ohne Licht. Es waren mehr Mädchen als Jungs da, manche Jungs waren noch nicht so weit entwickelt, dass sie den Weg vom Fußballplatz zu einer Party fanden. Und da Alex und ich wohl als Lesben galten, blieben wir meist unaufgefordert auf den Stühlen. Mir war es egal, denn keiner der Jungs interessierte mich auch nur andeutungsweise. So kam es, dass Alex und ich nebeneinander saßen und gemeinsam herauszufinden versuchten, welche Tanzpaare neben Tanzen auch noch anderes machten.

»Hinten rechts höre ich Schmatzen!«, sagte ich.

»Ja, und etwas weiter vorn verdächtiges Kleiderrascheln.«

»Wo?«

Alex' Hand tastete nach meiner und führte sie in die Richtung, die sie meinte.

»Ach ja, ich höre es!«

Wir kicherten.

»Was ist das?«

»Was?«

Jetzt nahm ich Alex' Hand und führte sie nach links.

»Uh, heftig!«

»Ja! Jetzt sollte man das Licht anzünden!«

Zwei Lieder später beschwerten sich Ursula und Barbara, weil wir zu laut kicherten und plapperten – das zerstöre die Stimmung.

Also waren wir leiser. Wir flüsterten einander unsere Entdeckungen ins Ohr, und dieses Ohr ließ sich manchmal nicht so leicht finden: Einmal sprach ich an Jumpers Nase, einmal berührte ihr Mund mein Auge, einmal verhedderte ich mich in ihrem Haar, mehrmals strichen wir einander Strähnen aus dem Gesicht, damit wir sie nicht in den Mund bekamen. Dann berührten ihre Lippen meine Ohrmuschel, das kitzelte und kräuselte und fuhr durch meinen Körper, von oben bis unten und umgekehrt.

Mir war schwindlig. Vermutlich zu wenig Luft hier drin.

Wieder und wieder nahm die eine die Hand der anderen und deutete in die Richtung, aus der verdächtige Töne kamen. Und schließlich ließen wir die Hände nicht mehr los, das war einfacher. Nein, es war überhaupt nicht einfacher. Ich geriet auf eine Art durcheinander, wie ich noch nie durcheinander geraten war! Die Dunkelheit und Jumpers Nähe machten mich völlig konfus.

In den Pausen zwischen den Liedern stürzten sich alle zum Buffet, es formierten sich neue Pärchen, Alex und ich setzten uns wieder nebeneinander und nahmen uns an der Hand, doch mit der Zeit deuteten wir in keine Richtung mehr, sondern saßen einfach Hand in Hand da, flüsterten uns Lustiges ins Ohr, ins Haar oder an die Nase und kicherten.

Mir war heiß, wenn mir nicht gerade ein Schauer über den Rücken huschte. Alex begann mit ihrem Daumen über meinen zu streicheln, nur ein bisschen, fast als wäre es nicht, aber es war sehr wohl. Ich ließ es geschehen, mehr noch: Mein Daumen antwortete ihrem Daumen. Warum ich nicht in Ohnmacht fiel, weiß ich nicht.

Nach jedem Stück brauchten wir ein paar Sekunden länger, bis wir die Hände losließen. Und in den Pausen begann die Zeit Kapriolen zu schlagen: Sie zog sie in unverschämte Längen! Ich nippte an meiner Limo und betete, dass das Licht wieder ausginge, damit ich mich neben Alex setzen konnte und sich unsere Hände fanden. Ich überlegte nicht, ob das, was hier geschah, richtig oder falsch war, denn es war richtig. Ich ließ mich von der Musik tragen und das einzige, was noch zählte, war Alex neben mir. Mein Unterarm berührte ihren Unterarm, ihr Oberschenkel berührte meinen. Ich nahm wahr, dass sich Alex zu mir neigte, und wandte ihr deshalb das Gesicht zu, flüsterte ein »Was?«. Ihre Nase streifte meine Nase, ich sog ihren Geruch ein, diesen wunderbaren. Ich blieb, wo ich war, und sie blieb, wo sie war, und ich wusste, dass der Abstand zwischen unseren Gesichtern aus etwa zehn Luftmolekülen bestand. Diese Luftmoleküle verflüchtigten sich eines nach dem andern.

Und unsere Lippen berührten sich!

Zum ersten Mal spürte ich ihre Lippen, ihren schönen Mund,

erst nur in einer Andeutung. Ich habe gewusst, dass ihr Mund weich ist, aber nicht, dass er so weich ist: Er versetzte mir einen Stromschlag, gerade so, wie das in den *Romantic Thrillers* beschrieben wird, und nun verstand ich, was damit gemeint war. Jumpers Lippen waren samtweich und schlugen wie ein Blitz ein – wie konnte das zusammengehen?! Es lief *The Park* von *Uriah Heep* – wie einfach es war, wie selbstverständlich, dass unsere Münder aufeinander zu liegen kamen. War ich aufgeregt! Und dann küssten wir uns vorsichtig, nur ein bisschen – einmal, zweimal und wieder; dann öffnete sie leicht den Mund und ich zur gleichen Zeit, und vorsichtig berührten sich unsere Zungen. Ich hatte mit Etienne richtig geküsst, aber das war nichts im Vergleich zu dem hier! Wie seidig und köstlich sich ihre Lippen und die Zunge anfühlten! In meinem Körper war es wie in einem Flipperkasten, wenn eine Kugel alles auslöste und es leuchtete, blinkte, klimperte, hupte und klingelte. Nur dass es auf ganz andere Weise leuchtete, blinkte, klingelte, hupte und klimperte.

Ach, wir küssten; meine Güte, wir küssten; oh, wie wir küssten!

Als das Licht eingeschaltet wurde, standen wir geistesgegenwärtig auf und schenkten uns Limo ein. Am ganzen Körper zitternd, schielte ich zu Jumper. Ihre Lippen sahen wie eine blühende Rose aus, und die Augen waren eine mondlose Nacht. Sie war so schön! Ich hatte sie immer schön gefunden. Nun gut, vielleicht nicht am Anfang, da konnte ich sie nicht ausstehen – aber eigentlich fand ich sie schon damals schön –, eine blöde Schöne, eine schöne, blöde Kuh.

Kiki erzählte etwas Lustiges, das sie beim Tanzen mit Beno aus der Parallelklasse erlebt hatte. Dann schubste sie mich und fragte, ob ich zuhöre, und ich sagte ja, aber wegen der lauten Musik hätte ich ein Summen in den Ohren. Ich schaute kurz zu Jumper, ein kleines Lächeln nistete in ihrem rechten Mundwinkel, dazu war ihre Braue etwas angehoben. Ja, ich hatte ein Summen in den Ohren oder wohl eher im Kopf, im Körper, in den Füßen – überall!

Ich habe nicht gewusst, dass solche Empfindungen möglich sind.

Dann wurde das nächste Stück aufgelegt und das Licht gelöscht. *Nights in white Satin* von den *Moody Blues,* und als er sang: *And I love you, yes I love you, oh how I love you!* machten wir dort weiter, wo wir aufgehört hatten. Ach, wie erbärmlich ist dieses Wort *Küssen* für das, was es wirklich ist! Das Leben breitete seine Schönheit wie einen riesigen blühenden Wiesenteppich aus. Für einmal verstand ich, dass es sich lohnte, auf dieser Erde zu sein, für einmal versanken meine Probleme, alle Schmerzen meiner geschundenen Seele (diesen Ausdruck muss ich unbedingt mal für ein Gedicht verwenden!) in diesem riesigen See des Glücks, der Seligkeit und Freude. Ich zog Alex hoch, riss sie in meine Arme. Wenn die anderen blöd rumstehen und fummeln konnten, dann konnten wir allemal wunderbar umarmt sein und uns auf wunderbarste Art küssen.

Und so war es: In den Pausen standen wir benommen mit den anderen Mädchen, lachten, wenn die anderen lachten, tranken Wasser und warfen uns im Versteckten Blicke zu. Dann folgte das nächste Musikstück und Alex und ich suchten und fanden uns im Dunkeln und mit jedem Kuss und jeder Berührung wurde die Hitze in mir noch heißer, bis ich das Gefühl hatte, gleich zu zerbersten.

Als dann die Zeit so weit fortgeschritten war, dass einige nach Hause gingen und Alex und ich deshalb auch aufbrechen konnten, ohne unser Gesicht zu verlieren, gingen wir. Obschon März war, fühlte sich die Luft erstaunlich mild an. Schweigend gingen wir nebeneinander. Ich warf verstohlene Seitenblicke zu Alex und sie warf solche zurück. So gingen wir, bis die Einfahrt zu einem Einfamilienhaus einladend aussah: Ich zog Alex in den Schatten der Mauer, in meine Arme und küsste sie. Lange. Gründlich.

Ich liebe Schatten, sie schützen vor Blicken, schützen meine empfindliche Haut vor Sonnenbrand, kühlen den Kopf, lassen Welten entstehen, von denen das Licht nichts weiß. Ich warf für Lydia oft mit meinen Händen Schattenfiguren an die Wand. Ich presste Jumper an die Mauer, nur ein bisschen, nicht etwa grob, obschon ich hätte grob sein mögen, weil so viel in mir war, von dem ich nicht wusste, wohin damit. Und als ich ihr Gesicht küsste, spürte ich salzige Nässe auf ihren Wangen.

Ich hielt inne. »Alex, warum weinst du? Habe ich dir wehgetan?!«

Sie fuhr mit dem Mantelärmel über ihre Augen und lächelte schwach. »Ich weine, weil ich – weil ich so lange – weil es doch – weil ich ... glücklich bin. Wie lange schon habe ich mir das herbeigesehnt!«

»Lange?«

Sie nickte und schniefte. »Eigentlich seit damals, als du wegen deinem Schnürsenkel gefallen bist. Du hast so süß ausgesehen, wie du dich selber zu Fall gebracht und mich noch mitgerissen hast!«

»Sogar jetzt behauptest du das?!«

Alex sah mich einfach an, irgendwie zärtlich, aber mit der angehobenen Augenbraue. So sieht kein Mensch aus, der lügt.

»Ich bin also tatsächlich –?«

»Ja, bist du, auch wenn du es nicht wahrhaben wolltest.«

»Es tut mir leid.« Ich blicke zerknirscht auf den Boden. Alex lachte, langte unter mein Kinn und hob das Gesicht hoch.

»Schau mich an, Nicola.«

Ich schaute in ihre Augen, die mich warm und liebevoll betrachteten.

»Alex! Aber ... du kennst mich, da kannst du nicht in mich verliebt sein! Sobald man jemanden kennenlernt, entdeckt man dessen Fehler und Schwächen, das murkst die Verliebtheit ab.«

»Wie soll das denn gehen? Sich ein Leben lang in fremde Menschen verlieben, und kaum lernt man sie kennen, entliebt man sich wieder?«

»So ungefähr.«

»Das sind ja schöne Aussichten!«

»Ja, ich weiß, deshalb will ich mich nie mehr verlieben, sondern eine vernünftige Beziehung eingehen.«

»Warum hast du mit mir geküsst?«

»Ich ... ehm, es hat sich so ergeben.«

»Ach so, es hat sich so ergeben – es hätte sich also auch mit irgendjemand anderem ergeben können?« Alex' Augen wurden eine Spur dunkler, falls das überhaupt möglich ist.

»Ich ...«, ich verstummte und ließ meine Arme hilflos hängen.

»Ja, du was?«

»Ich – will dich einfach küssen. Das fühlt sich so gut und richtig an, und ich rieche dich so gern! Du bist so schön! So witzig! So spannend. Ach, was soll's, Reden ist Silber, Küssen Gold!« – ich zog Alex erneut in meine Arme und küsste sie mit meiner ganzen Seele und sie küsste mich mit ihrer zurück.

Es wurde ein langer Heimweg, denn es gab viele Einfahrten, die zum Küssen einluden. Bei jedem Zwischenhalt küssten wir heftiger, Hände wanderten über Arme, Rücken, Hintern; Finger strichen über Wangen, Ohren, Oberarme und fanden hier und da eine Stelle, die Einlass zu nackter Haut gewährte. Ihre Haut war wie ein Seidenschal, den man auf einen Ofen gelegen hatte. Ich spürte die Wölbung ihrer Brüste, das war tausend Mal schöner als jedes Dromedar! Ich wollte mehr spüren und öffnete meine Jacke, öffnete ihre, drängte mich zu ihr – zwei Schichten weniger zwischen uns, was immer noch nicht optimal war, aber immerhin.

Jumper sagte zwischen den Küssen nur »ahh«, »oh!« und wieder und wieder »Nicola!« und »ach, endlich!«

Ich warf alle Überlegungen weg wie den Tannenbaum nach Weihnachten, denn das mit Jumper war zu schön, zu aufregend, einfach *supercalifragilisticexpialidocious!* (nachdem ich den Film *Mary Poppins* gesehen hatte, übte ich, bis ich das Wort beherrschte).

Nach einer Million wunderbarer Zwischenhalte gelangten wir zu der Stelle, da sich unsere Wege trennten. Jumper vermutete, ihre Mutter mache im Moment der Polizei die Hölle heiß, weil ihre Tochter seit eineinhalb Stunden als vermisst galt. Meine Mutter hingegen gab wohl einem Nachtgespenst ein Aura-Reading oder sah in der Aura des Schicksals, dass ich in guten – wenn auch Jin-Jin – Händen war.

»Wirst du dich morgen noch erinnern können, was heute zwischen uns war?«, fragte Alex unsicher.

»Ich mag die Enkelin meiner Oma sein, aber das heißt nicht, dass ich das gleiche verrottete Hirn habe.«

»Vielleicht sieht die Welt morgen beim Aufwachen ganz anders aus.«

»Ja, bestimmt heller.«

»Du weißt schon, was ich meine!«

»Dass ich bei Tageslicht bedauere, was ich eben gemacht habe und alles abstreite?«

»So ungefähr. Dir ist das zuzutrauen.«

Ich schaute auf meine Schuhspitzen und dachte, dass ich die Schuhe wieder einmal putzen sollte. Dann fragte ich mich, warum ich in heiklen Momenten dazu neigte, über Nebensächlichkeiten nachzudenken. Ob das anderen auch so ging?

»Jumper, passiert dir das auch, dass du über etwas Heikles nachdenken solltest, stattdessen guckst du deine Schuhe an und stellst fest, dass du sie wieder mal putzen solltest?«

Alex verdrehte die Augen: »Ablenkungsmanöver!«

»Ja, das hat was. Der einzige Vorteil davon ist, dass es mich daran erinnert, die Schuhe zu putzen. Aber wo waren wir?«

»Dass du möglicherweise morgen so tust, als hätte das zwischen uns nicht stattgefunden. Nicola, du machst mich noch wahnsinnig!«

»Das ist nicht meine Absicht!«

»Dann sag mir: Was wird morgen sein?!«

»Das wissen die Götter allein – und vielleicht meine Mutter!«

Alex packte mich am Kragen und zog mich nah zu ihrem Gesicht – aber nicht, um mich zu küssen, sondern um mir grimmig in die Augen zu schauen und zu zischen: »Nicola, es reicht mit deinen Ablenkungsmanövern! Sag mir – wirst du dich an heute Nacht erinnern? Wirst du es weder in den Dreck ziehen noch behaupten, es sei ein unbeabsichtigtes, ungewolltes, zufälliges und absolut einmaliges Ereignis gewesen?!«

Ich starrte wieder auf meine Schuhspitzen, es passierte einfach! Aber ich musste antworten, das war ich Jumper schuldig und außerdem hatte ich ein bisschen Angst davor, was sie täte, wenn ich nicht antwortete. Mir kam Papa in den Sinn, der in brenzligen Situationen wie eine Rakete aufstand und türenschmetternd die Wohnung verließ. Ich verstand ihn gerade sehr gut. Aber hier waren keine Türen, hier stand Alex vor mir und musterte mich abwartend.

»Ich, ehm, ich weiß nicht, was morgen sein wird, ich bin keine Hellseherin – trotz meiner Mutter. Sie behauptet übrigens seit Wochen, dass ich verliebt sei, aber ich dachte, dass sie nur Wirres faselt. Vielleicht habe ich mich getäuscht.«

Jumper hob die Augenbrauen: »War das soeben eine Liebeserklärung auf Umwegen?!«

Ich sah wieder nach unten. »Ich – also ich – ich weiß doch auch nicht, ich kenne mich in solchen Dingen nicht aus! Und du bist ein Mädchen. So hatte ich mir das nicht vorgestellt.«

»Wie dann?«

»Ja, wie wohl? Prinz findet Prinzessin, Mädchen kriegt Jungen – so in dieser Art.«

»Ah, so bieder eben?«

»Wohl eher so biologisch.«

»Wohl eher so gesellschaftskonform!«

»Ich und gesellschaftskonform – da lachen die Hühner!«

»Nur weil deine Familie etwas schräg ist, heißt das noch lange nicht, dass du nicht bieder sein kannst.«

»Wenn du eine solch schlechte Meinung von mir hast, kannst du wohl kaum in mich verliebt sein!«

»Du machst es dir verdammt einfach!«

»Ach ja?«

»Ja! Erst gaffst du deine Schuhspitzen an, jetzt laberst du über Familie und Prinzen, wo ich doch nur wissen will: Was ist morgen mit uns beiden?«

»Und ich sagte schon: Ich weiß es nicht!«

»Also anders gefragt: Wirst du mich auch morgen küssen wollen?«

»Eigentlich haben wir ja schon morgen, es ist Mitternacht gewesen.«

»NI-CO-LA!!«

»Ja, okay: Natürlich will ich dich morgen und übermorgen und überübermorgen küssen, weil sich noch nie etwas so gut angefühlt hat – aber ich weiß nicht, ob ich dich noch küssen *kann.*«

»Warum? Wirst du eine Kiefersperre haben, wird die Polizei dich verhaften, wanderst du morgen aus?«

»Nein, ich – ich weiß doch auch nicht! Ich kenne das nicht –

ich weiß nicht ... wer sonst ist denn ...? Was denken die anderen, ich meine, mich kümmert das nicht – und trotzdem ... ich möchte wenigstens in dieser Hinsicht normal sein ... du bist die Beste überhaupt und so schön und dich zu küssen ... wow! Aber trotzdem, ich weiß nicht, ich weiß es einfach nicht ... Ich –«

Alex legte zwei Finger auf meine Lippen, »schsch, lass es gut sein, ich verstehe dich ja – ich will dich nur nicht verlieren, ich möchte so vieles mit dir ...«

Ich küsste ihre Hand, küsste die Innenseite und das Handgelenk und einen Teil des Unterarms, dann zog ich sie wieder in meine Arme und wir machten dort weiter, wo wir aufgehört hatten: beim Schönsten, was ich bisher kennen gelernt hatte.

Wir verabschiedeten uns, was nach dem dreihundertdreißigsten Versuch auch gelang. Ich trottete durch die stillen Straßen und überlegte mir, ob ich nicht tagsüber schlafen und nachts auf sein wollte – da hatte man immer seine Ruhe. Aber das dachte ich nur kurz, weil ich an Jumper und die letzten Stunden mit ihr denken musste. Es lief mir heiß und kalt über den Rücken und der Magen hopste auf und ab, ohne dass mir dabei schlecht wurde.

Bei uns zu Hause war alles ruhig, Mama war entweder total leichtsinnig oder verfügte wirklich über ein Grundvertrauen dank ihrer hellseherischen Fähigkeiten. Ich schaute kurz bei Lydia vorbei: Sie lag quer im Bett und auf ihrer Decke; es brauchte einiges Fingerspitzengefühl, sie in eine passable und zugedeckte Lage zu bringen. Den Anblick eines schlafenden Kindes finde ich einen der schöneren Momente im Leben! Wer würde vermuten, dass dieses unschuldige Mädchen sich alles unter den Nagel riss, das nur andeutungsweise oder gar nichts mit Steinen zu tun hatte?! Ich versuchte ihr mit Gedankenkraft zu übermitteln, dass sie von nun an keinen Bedarf mehr an Steinen hatte. Ich würde zwar gern einen Bestseller über mein hartes Schicksal als Schwester einer Kriminellen schreiben, aber noch lieber wäre es mir, wenn Lydia verbrechensfrei aufwachsen könnte.

Als ich ins Bett sank, schwebte ich in den letzten unglaublichen Stunden mit Alex, und je mehr ich sank, desto mehr schwebte ich vor Glück und Freude und Wonne. Von schlafen konnte nicht die Rede sein. Aber warum auch sollte ich schlafen, wenn ich glückselig war?

Lass meine Aura in Ruhe!

Als ich am Sonntagmorgen endlich aus dem Bett rollte und in die Küche torkelte, saßen dort Mama und Lydia. Lydia kicherte bei meinem Anblick: »Wie siehst denn du aus? Ganz verstrubbelt, und warum lächelst du so doof?«

»Ich lächle nicht doof!«

Mama sagte: »Meine Güte, deine Aura leuchtet lichterloh, das blendet! Dich hat's ja total erwischt! Wer ist denn der Glückliche?«

»Niemand ist der Glückliche«, murrte ich verlegen, »kann ich bitte in Ruhe frühstücken?!«

»Deiner Mutter machst du nichts vor – du hast mit einem Jungen herumgeküsst, deine Ausstrahlung weist eindeutig körperliche Komponenten auf.«

»Da ist kein Junge, das kannst du mir glauben.«

»Du bist doch eindeutig in Aufruhr!«

»Du musst wohl deine ätherische Brille putzen!«

Ich frühstückte und hätte Lydia nicht die ganze Zeit geträllert: »Nica ist verliebt, Nica ist verliebt!«, wäre es ganz angenehm gewesen.

Ob Alex auch auf war? Ob ihr die Mutter die Hölle heiß machte? Ob wir uns heute sehen würden? Nein, warum sollten wir, wir hatten nichts abgemacht. Ich ging ins Bad, duschte ewig lang und schrieb Unsinn auf den beschlagenen Spiegel. Beim Zähneputzen blickte ich auf Mamas Tablettenbox und stellte fest, dass sie drei Mal nacheinander die Tabletten nicht genommen hatte!

Zu meinem Ärger hatte Mama schon wieder ein Aura-Reading und ich wollte doch im Wohnzimmer rumfläzen! So ging ich halt mit Lydia spazieren. War es meine Schuld, dass sich in der Nähe von Jumpers Wohnung ein wunderbarer Spielplatz befindet? Und dass ich Jumpers Wohnung ein bisschen beobachtete? Dass wir weitergingen und seltsamerweise wieder zum gleichen Spielplatz zurückkehrten? Nein es war nicht meine Schuld, es war reiner Zufall, den ich in die richtige Richtung forciert hatte. Leider kam keine Alex aus dem Haus – vielleicht hatte ihre Mutter sie bei Brot und Wasser ins Zimmer gesperrt. Ich würde aber Jumpers Hilferufe hören und geistesgegenwärtig mit Lydia zum Haus schleichen. Lydia würde Schmiere stehen – da sie zum Kriminellen neigt, würde ihr das leicht fallen. Und ich würde die Backsteinmauer hinauf in den ersten Stock klettern, jeden kleinsten Vorsprung und jede minimale Einbuchtung nützend, und bei Alex ans Fenster klopfen. Sie würde ans Fenster gestürzt kommen, mich packen und ganz lange und leidenschaftlich küssen, dann würde ich in ihr Zimmer klettern. Ich – Herrin der Lage – würde daran erinnern, dass wir nicht viel Zeit hätten und fliehen müssten. Ich würde ihr Leintuch in Streifen reißen und daraus ein Seil knüpfen, dann würde ich es an der Türklinke befestigen, das Seil um uns beide schlingen und daran nach unten gleiten. Alex würde mich anhimmeln, weil ich so geschickt war. Zu dritt würden wir bei Sophia um Asyl bitten. Dann würden wir –

»Nicola, komm! Allein auf der Schaukel macht es keinen Spaß!«

Ich stand seufzend auf. Das, was ich mir ausmale, und das, was die Realität einem vor die Nase hält, haben so viel gemeinsam wie ein eingelegter Hering mit einem Pfannenstiel.

Ein Reh schläft pro Tag nur eine Viertelstunde lang tief: Würde man es dann erwischen, könnte man es problemlos fangen und mitnehmen. Die restliche Zeit ist es wach bis halbwach, ständig bereit zu flüchten. In der Nacht auf Montag, auf das Wiedertreffen mit Alex, war ich ein Reh: Ich schlief alles in allem etwa eine Viertelstunde und wäre gern irgendwohin geflüchtet, wo keine Frauen mir das Leben heiß machten. Ich überlegte mir, wie das sein würde, Alex zu sehen, wie wir uns verhalten würden, was wir uns schreiben würden, was wir in den Pausen machen würden, wann wir uns das nächste Mal allein treffen würden und so weiter und so würde.

Als ich am Morgen Lydia weckte, sagte sie: »Ui, du siehst aus wie diese Äffchen, die dunkle Ringe um die Augen haben! Nur bist du nicht halb so süß wie die.« Mama war glücklicherweise nicht auf – wer weiß, welche Dinge sie aus meiner Aura gelesen hätte! Ich hasse es, dass sie ungefragt in meiner Aura liest – das ist so unhöflich wie im Tagebuch von jemand anderem zu schnüffeln. Kinder brauchen eine Privatatmosphäre, damit sie all das machen können, was nicht erlaubt ist. Wenn man nach Hause kommt und die Mutter sieht, ob man geraucht, gestohlen, in der Probe gemogelt oder sich verliebt hat, dann ist das nur lästig. Mama würde sogar früher als ich merken, wenn ich schwanger wäre, wobei das vielleicht nie ein Thema sein wird, wenn das mit Alex ...

Als ich noch mit Trice befreundet war, hatten wir uns mal ausgemalt, was es in der Zukunft alles geben könnte. Ich weiß nicht mehr, wer das war, der die verrückte Idee mit dem tragbaren Telefon hatte: Jeder hätte ein eigenes Telefon, das er überall mit sich tragen könnte – man könnte im Zug, Auto, auf einem Berg, auf der Straße – einfach überall – telefonieren. Jedes Kind hätte so ein Telefon und die Eltern könnten es überallhin anrufen, mehr noch: Sie könnten auf seinem Telefon sehen, wo es sich gerade befand. Das wäre so fürchterlich, wie das Aura-Lesen fürchterlich ist, der totale Überwachungsstaat, in dem niemand mehr seine Privatatmosphäre hätte! Wir hatten damals noch andere verrückte Ideen: Dass die Verkäuferinnen die Ware nicht mehr eintippen, sondern nur vor die Kasse halten müssten, und es würde sich selber eintippen, oder dass man sich ein Kabel in den Kopf stecken könnte und dann würde das Wissen durch das Kabel direkt in den Kopf gehen.

Aber glücklicherweise war Mama noch im Bett und ich kam unbeschadet in die Schule. Als ich mich dem Klassenzimmer näherte, wurden meine Beine weich. Jumper saß schon am Pult und wühlte wie üblich darin herum. Vielleicht hat sie nicht nur arabisches Blut in ihren Adern, sondern auch das von Wühlmäusen! Als sie mich bemerkte, schloss sie den Pultdeckel und sah auf: In ihren Augen ein Strahlen, heller als die Sonne an einem Sonnentag in den sonnigen Schneebergen. Ein Zittern eilte durch meinen Körper, ich sagte ein cooles »Hi«, das sich anhörte, als hätte Biene Maja Katarrh.

»Hast du dich erkältet?«, fragte Alex lächelnd.

»Nein, mir sind Haferflocken im Hals stecken geblieben«, entgegnete ich – diesmal klang ich wie Biene Maja ohne Katarrh, was aber auch nicht erotisch oder verwegen klang.

»Dann ist es ja gut.« Alex warf mir einen Seitenblick zu, der nicht nur meine Knie in flüssiges Wachs verwandelte, sondern auch die Füße, Waden, Oberschenkel, Becken, Rumpf, Hals, Kopf und Arme.

Kaum begann die Stunde – Thema: der blöde *Subjonctif!* –, wanderte ein Zettel auf mein Pult:

– Du kennst mich also noch – das ist ein Anfang! Wie geht es dir?

– *Also, der Subjonctif trübt meine Lebensfreude gewaltig, und dass ich diese Nacht wie ein Reh geschlafen habe, auch. Dich zu sehen aber gleicht das aus.*

Als Alex das las, begann sie so sehr zu strahlen, dass Lehrerin Gilbert auf sie aufmerksam wurde und sie eine Übung machen ließ. Jumper erledigte das mit links. Dann musste ich die nächste Übung lösen und erledigte es mit Schimpf und Schande. Warum auch befassten wir uns mit dieser total überflüssigen Verbform? Jeder würde auch ein »*Je veux que tu fais*« verstehen, aber aus irgendwelchen blöden Gründen musste man »*Je veux que tu fasse*« sagen. Warum? Die Sprache hatte mit Logik etwa so viel zu tun wie eine Gummiente mit der Titanic. Wie schade, dass man nicht in mathematischen Formeln miteinander reden konnte!

Der Morgen verging, die Stunden zogen an uns vorbei, wir schrieben einander so viele Zettel, dass daraus ein dickeres Buch als *Vom Winde verweht* geworden wäre, wenn auch inhaltlich etwas weniger komplex und ausgefeilt. Wir schrieben in Andeutungen, wir schrieben Unsinn, wiederholten den Unsinn und machten weitere Andeutungen – es war wunderbar! Als Alex mich jedoch fragte, ob ich es wagen würde, Hand in Hand mit ihr auf dem Pausenplatz zu stehen, wurde es ungemütlich. Nur weil wir ein bisschen geküsst hatten, bedeutete das noch lange nichts – zuallerletzt, dass ich öffentlich küssen wollte! Ich versuchte meinen Kopf aus der Schlinge zu ziehen, indem ich behauptete, dass ich – wäre ich mit einem Jungen zusammen – auch nicht blöde Hände halten würde. Jumper fragte, wie ich das wissen wolle, wenn ich noch nie einen Freund gehabt habe? Ich sagte, so was wisse man. Ich wusste es natürlich nicht, aber das musste ich Jumper nicht unter die Nase reiben.

Bevor es brenzliger wurde, war glücklicherweise Mittagszeit und wir gingen nach Hause. Seit ich wieder daheim lebte, ging ich – obschon mein Magen knurrte – nicht gerne nach Hause, denn Mamas Kochkünste hatten noch mehr abgegeben. Die Schnellkochdinger, die ich ihr zur Heimkehr kaufte, hatten ich sie wohl auf die unselige Idee gebracht, immer Essen aus Beutel, Dose und Eisfach zuzubereiten. Dabei übersah sie geflissentlich die miserable Aura des Instantessens und nahm in Kauf, dass ihre Töchter an Mangelernährung sterben könnten.

Alex und ich hatten uns vor der Schule beiläufig verabschiedet; das war nicht in ihrem Sinn – ich sah es ihrem enttäuschten Gesicht an – aber es war in meinem Sinn. Nicht dass man meinen würde, wir seien ein Paar, wo ich selber noch gar nicht wusste, ob ich das sein wollte oder konnte! Im Dunkeln zu küssen war eines, vor anderen Menschen Hände halten eine ganz andere Geschichte. Wo das erste ein *Romantic Thriller* war, war das andere eine Heiratsannonce. Ich war zu jung, um mich an einen anderen Menschen zu ketten. Noch durfte man mir die Flügel nicht stutzen und mich in einen Käfig setzen – egal, ob das ein Junge oder ein Mädchen tat. Ich wollte meine Freiheit!

Lustlos schaute ich meinen Teller mit Ravioli aus der Büchse an, als Mama sagte: »Gegen was sträubst du dich, Nicola?«

Wieder ein ungefragtes Aura-Reading! »Ich sträube mich gegen diese Ravioli – kannst du nicht mal wieder etwas Richtiges kochen?!«

Lydia neben mir nickte zustimmend.

Mama: »Lenk nicht ab! Gegen was sträubst du dich – dass du es tust, sehe ich an den Wolken über deinem Herz-Chakra.«

Ich hielt mir die Ohren zu und sang laut *Queen's We will rock you.*

»Ich meine es nur gut mit dir! Dank mir musst du nicht jeden Fehler machen, sondern kannst Abkürzungen nehmen und dich schneller entwickeln.«

Lydia: »Ich hasse Abkürzungen: Entweder geht's steil bergauf oder steil bergab, oder es geht durchs Gestrüpp – besser, man bleibt auf dem normalen Wanderweg. Noch besser geht man nicht wandern. Ich hasse wandern.«

Mama: »Andere wären froh, wenn ihre Mutter so sensibel wäre.«

Ich: »Ach ja? Das bezweifle ich. Wir Kinder stehen mehr auf Taschengeld und gutes Essen als auf Chakras!«

Mama begann unspirituell zu schäumen. Sie warf die Gabel auf den Teller und raste in ihr Zimmer. Ich hasse es, wenn sie sich in ihr Zimmer verzieht – sie war lange genug dort gewesen und dabei halb verrottet. Ich folgte ihr. Sie stand am Fenster und schaute hinaus.

Ich sagte: »Meinst du, dass sich ein Problem auflöst, indem du in dein Zimmer flüchtest? Ja. Okay, du kannst offenbar Aura lesen – aber nicht ungefragt bei mir! Wenn ich dir etwas sagen will, sage ich es dir, und was ich nicht sagen will, behalte ich für mich.«

Sie drehte sich zu mir um und schaute mich vorwurfsvoll an. »Du sagst mir ja nie was.«

»Ja, weil ich deine Allerweltsweisheiten hasse. Nie hörst du zu, sondern bombardierst mich gleich mit Ratschlägen. Das nervt!«

»Ach Nicola, wenn du dich doch nicht so verschließen würdest!«

»Ich verschließe mich nur gegenüber Scheiße.«

Mama, weinerlich: »Welch schweres Karma wir doch miteinander haben!«

»Hör auf! In der Klinik sagtest du, dass es Karma gar nicht gibt! Apropos Klinik: Du hast mehrmals deine Tabletten nicht genommen – es ist nicht gut, sie zu vergessen.«

»Dass ich sie vergesse, bedeutet, dass ich sie immer weniger brauche. Mir geht es gut.«

»Wenn es dir gut geht, dann dank der Medikamente! Du kannst sie nicht einfach absetzen! Weiß dein Psychiater davon?«

»Das geht dich nichts an.«

»Oh doch, ich bin deine Tochter und lebe mit dir!«

Mit einer Mutter, die mir nicht richtig zuhörte – mich überkam das nackte Grausen! Aber was sollte ich tun? Ich ging wortlos aus ihrem Zimmer und gesellte mich zu Lydia, die mit ihren Ravioli ein Haus baute.

Am Nachmittag waren Proben für das Abschlusstheater: Wir übten das Lied: *Another Brick in the Wall* von *Pink Floyd's* neuer Platte *The Wall*. Ein cooles Stück! Unser Regisseur Berchtold hatte es ins Deutsche übersetzt: *Lehrer lasst uns in Ruhe, wir brauchen eure Gedankenkontrolle nicht, wir brauchen keine Erziehung und keinen dunklen Sarkasmus im Klassenzimmer – Lehrer, lasst uns in Ruhe*!

Es tat gut, den Lehrern die Meinung zu singen! Wir hatten einige wenige gute Lehrer, aber die meisten hatten vergessen, wie das als Kind war. Es ist traurig, dass sie sich nicht an ihre Kindheit erinnern können, und noch trauriger ist es, dass sie sich beruflich mit dem befassen, was sie vergessen haben!

Die Proben machten Spaß, nur stand ich heute neben den Schuhen – einerseits wegen des Streits mit Mama und größerenteils wegen Jumper. Ehrlich gesagt, nahm ich an diesem Nachmittag nichts anderes als sie wahr; ich versuchte, sie im Auge zu behalten, genoss das Kribbeln in meinem Bauch und sehnte mich nach ihren Küssen. Gleichzeitig waren da Trice und Vinzenz, die mich ignorierten und zugleich mit bösen Blicken bestraften – beides gleichzeitig ist eigentlich nicht möglich, aber sie schafften es. Wie froh ich war, dass ich ihnen bald nicht mehr begegnen musste!

Nach den Proben standen Alex und ich wie zwei Pubertierende herum und quatschten Käse. Okay, wir standen nicht nur *wie* zwei Pubertierende da, wir *waren* pubertierend! Irgendwann kamen keine Schüler mehr aus dem Gebäude. Wir blickten uns in die Augen, dann sagte ich: »Ich möchte dich küssen!«

»Na los!«

»Ich kann nicht – nicht hier, wo uns alle sehen können.«

»Im Moment seh' ich niemanden.«

»Du weißt, wie ich das meine.«

»Ja – dass du nicht zu mir stehst.«

»Doch, ich stehe hier – neben dir.«

»Du weißt, was ich meine! Sag, was haben wir beide jetzt miteinander?«

»Eine innige Freundschaft.«

»Aha.«

»Eine innige Freundschaft, in der man küsst.«

»Aha!«

»Ja, was denn sonst?!«

»Wie wär's mit: eine Liebesbeziehung?!« Alex blickte mich stechend an.

Ich wand mich wie ein Fisch, obschon ich Widder war. »Warum muss man immer alles definieren? Wir sind beste Freundinnen, verliebt und küssen einander. Das sagt doch schon genug!«

»Ja – dass wir eine Liebesbeziehung haben. Wäre ich ein Junge, würdest du es so nennen.«

»Das ist was anderes.«

»Ach so?«

»Mit einem Jungen ginge ich früher oder später ins Bett.«

»Und mit mir nicht?«

»Also, das kann ich nicht sagen. Ich meine, ich weiß ja gar nicht, wie ... Und wir könnten keine Kinder bekommen ... Und es würde ja dann heißen, dass ich ehm ...«

»... eine Lesbe wärest?«

»Pscht, nicht so laut!«

»Ich hätte dich nicht so feige eingeschätzt.«

»Ich bin nicht feige, ich bin realistisch!«

»Warum hast du Samstagnacht unsere Jacken geöffnet und dich ganz nah zu mir gedrängt?«

»Mir war danach.«

»Und das hatte nichts mit Sex zu tun? Mach dir doch nichts vor – du wolltest viel mehr mit mir machen als nur küssen!«

»Wie soll ich etwas mit dir wollen, das ich nicht beschreiben kann? Ich kenne mich da nicht aus ...!«

»Willst du mir nahe sein?«

»Ja, schon.«

»Ganz nahe?«

»Ja.«

»Möchtest du mich erforschen, mich überall spüren?«

»Ja, das heißt – überall? Ehm, ich weiß nicht, ich – Scheiße, warum ist das Scheißleben so scheißkompliziert?!«

»Weil du es kompliziert machst.«

»Na danke!«

»Du könntest ja einfach gucken, wohin das mit uns führt, ohne vorher schon tausend Theorien entwickelt zu haben.«

»Ich entwickle keine Theorien! Da wäre ich ja wie meine Mutter!«

Alex sagte nichts dazu, was mich ungemein ärgerte. Ich sagte: »Ich muss jetzt gehen – Kontrollgang beim Coop und dann ab nach Hause!«

Jumper trat zu mir, ihr Gesicht kam gefährlich nahe. Ich nahm schwach ihren Körpergeruch wahr. Wie gerne hätte ich sie geküsst! Aber nicht hier! Ich küsste sie kurz auf den Mund, sagte »Tschüss, bis morgen« und flüchtete.

Alex rief hinter mir her: »Na, immerhin ein Anfang!«

Blöde, süße Kuh!

Ach, Lydia! – Ach, Jumper!

Zu Hause weinte Lydia und Mama redete wie verrückt auf sie ein. Als Lydia mich sah, warf sie sich heulend in meine Arme.

Mama, ärgerlich zu Lydia: »Deine Schwester kann dir auch nicht helfen, wenn das so weitergeht, kommst du ins Gefängnis. Hör endlich damit auf!«

Sie hatte also wieder Steine gesammelt! Lydia schaltete einen Schluchzgang hoch. Mama erzählte mir, dass Fräulein Stuber vor einer Stunde angerufen habe. Sie hatten im Kindergarten ein Versteck mit Diebesgut gefunden, darunter befanden sich Goldkettchen! Es sei jetzt unumgänglich: Lydia müsse zu einem Psychologen!

Lydia war nicht ansprechbar: Sie weinte und weinte und schluchzte, dass niemand sie verstehe und dass das nicht stehlen sei, sondern sammeln und so weiter und wie schon so oft gehabt. Ich trug sie in die Küche, setzte sie auf einen Stuhl und bereitete ein Müesli vor. Mama tigerte in der Wohnung herum und Lydias Rotz tropfte auf ihre Hose. Später stocherten wir lustlos im Müesli, keine sagte was.

Ich brachte Lydia ins Bett, weil sie nichts mit Mama zu tun haben wollte: Sie könne Wörter wie *Karma*, *Aura* und *Loslassen* nicht mehr hören.

Ich las ihr eine lange Geschichte vor. Sie beruhigte sich so weit, dass sie einschlafen konnte. Als ich in den Korridor trat, hörte ich Stimmen – Mama las schon wieder Aura! Ich verzog mich verärgert in mein Zimmer und machte das, was ich am besten konnte: dichten.

Deine Augen sind dunkler als Schokoladeeis.
Ich möchte ein Eiskristall sein
und mich durch das Eis fressen – wonniglich!

Dein Mund ist wie eine reife Kirsche.
Ich möchte ein Würmlein sein
und mich durch die Kirsche fressen.

Du riechst wie ein blühender Paradiesbaum.
Ich möchte ein kleiner Vogel sein,
von Ast zu Ast hüpfen und schnuppern.

Du bist wie du.
Ich möchte gern mich sein
und mich neben dich legen.

Das war das erste Gedicht für den Gedichtband *Die Liebesgedichte der Nicola Muth* (das ist mein Künstlername) – das Buch wird viele Preise holen!

Am nächsten Morgen in der Geschichtsstunde schrieb ich Jumper:
– *Wann sehe ich dich wieder?*

Im Blickwinkel sah ich, dass Alex lächelte.

– Du musst nur deinen Kopf nach links drehen, dann siehst du mich!
– *Geht nicht, ich habe Nackenstarre. Also, wann sehe ich dich?*
– Morgen Nachmittag?
– *Erst dann - das geht ja noch tausend Jahre?!*
– Ja, leider - heute nach der Schule habe ich Klavierunterricht.
– *Du hast ja gar kein Klavier!*
– Mama mietet mir seit neuestem eines.
– *Ich möchte dich küssen ...*
– Das kannst du jederzeit und überall tun!
– *Du weißt, dass das nicht stimmt.*
– Doch, rein theoretisch schon.
– *Ja, aber ich bin praktisch veranlagt!*

Den restlichen Tag verbrachte ich damit, alle Jungs, denen ich begegnete, genauer anzuschauen und mit Jumper zu vergleichen und zu überlegen, wer mir besser gefiel. Die Jungs hatten keine Chance. Und ich dachte, wie glücklich ich sein konnte, dass es Alex gab, und wie unglücklich ich war, weil Alex kein Junge war. Zwei Mädchen zusammen – wie sollte das gehen? Heiraten kann man nicht, Kinder haben kann man nicht, es wäre nicht klar, wer den Müll rausstellt und die Nägel einschlägt, man müsste die Beziehung verheimlichen oder nach San Francisco ziehen, dort küssen sie auf der Straße und gehen für ihre Rechte auf dieselbe Straße; nur müsste man die Haare kurz schneiden, aber ich möchte meine Haare nicht kurz schneiden. Warum die kurzen Haare? Um vorzugaukeln, dass man ein Mann ist? Aber wenn beide Frauen kurze Haare haben, wären beide wie Männer und dann wären sie gewissermaßen schwul und das wäre auch keine Alternative.

Nach der Schule wagte ich es nicht, Alex zum Abschied einen Kuss auf die Lippen zu geben – Massen von Schülern strömten an uns vorbei. Alex hob ihre linke Augenbraue. Sollte sie sie doch heben – ich war auch nur die Tochter meines feigen Vaters!

Als ich nach dem Taschentragen nach Hause kam, war die Stimmung dort unter Null: Lydia war daran, ihre Steine unter das Bett zu schieben, und rief dabei: »Ich geh nicht zu Kacksalber! – Ich geh nicht zu Kacksalber! – Ich geh nicht zu Kacksalber!« Mutter wärmte Speck mit Bohnen aus der Büchse auf und sang dazu Mantras, wohl um Lydia zu übertönen. Als ich aufs Klo ging, prüfte ich Mamas Tablettenbox: Innerhalb von einer Woche hatte sie die Tabletten nur zwei Mal genommen! Ich setzte mich auf den Rand der Badewanne und starrte auf die Kacheln – draußen der Kacksalber-Mantra-Chor. Unter solchen Umständen ist es verdammt schwierig, glücklich verliebt zu sein!

Beim köstlichen Nachtessen (ha ha!) sagte Mama, dass sie heute Papa ausgependelt habe und es danach aussehe, dass es ihm sehr, sehr gut gehe und er bald nach Hause käme. Lydia und ich aßen schweigend weiter. Mama fragte wütend, warum wir keine Freude zeigten?

»Ich freue mich dann, wenn Papa da ist – vorausgesetzt, er hat keinen Mist gebaut«, sagte Lydia schließlich. »Gibt es dann wieder besseres Essen?«

Mama ließ das Besteck fallen, zischte ein »So nicht mit mir!« und verschwand in ihr Zimmer.

Es war das zweite Mal seit dem Klinikaufenthalt, dass sie in ihr Zimmer flüchtete. Ich versuchte Lydia meine Panik nicht anmerken zu lassen.

Der Mittwochmorgen wurde der längste Morgen, den die Zeit jemals erlebt hatte! Die Sekunden waren Greise, die am Stock schlurften, die Minuten waren Opas, die an Krücken gingen, die Stunden waren Omas im Rollstuhl. Ich beobachtete, wie die Lehrer sich in Zeitlupe bewegten, wie sich ihre Münder in Zeitlupe öffneten und schlossen. Die Vögel schienen am Himmel eingefroren zu sein, die Schüler auf dem Pausenplatz ebenfalls. In diesem schwerfälligen Albtraum war das einzig Schnelle mein Herz: Es raste, stolperte und sang.

Alex schrieb mir nicht und ich ihr auch nicht, es gab nichts mehr zu sagen, es gab nur noch zu warten. Und zu zweifeln: Wenn mir das Küssen diesmal keinen Spaß machte? Wenn sie mir plötzlich nicht mehr gefiel? Wenn ich mich Knall auf Fall in einen Jungen verliebte? Wenn Jumpers Mutter nicht bei der Arbeit war?

Im Französisch hatten wir nochmals den blöden *Subjonctif*, und da dachte ich über Zeitformen nach und überlegte, wie das wohl wäre, wenn wir die Möglichkeitsform – den *Konditionalis* – nicht hätten? Kein *hätte*, *wäre*, *würde*. Könnte man da über Dinge nachdenken, die nicht sind, die eventuell sein könnten, aber meistens nicht sein werden? Könnte ich mir dann überhaupt Überlegungen über diesen Nachmittag machen? Vermutlich nicht. Ich glaube, ohne *Konditionalis wären* wir viel glücklicher, ha ha!

Wir hatten zwei Uhr abgemacht. Erst ging ich nach Hause, Schlangenfraß essen und mit Lydia und Mama über die Frage zu streiten, wer mit Lydia zum Psychologen ging. Mama sagte, als gesetzliche Vertreterin müsse sie mit Lydia hingehen. Lydia erklärte, dass sie in dem Fall nicht gehe – entweder mit Nicola oder gar nicht. Worauf Mama beleidigt vom Tisch aufstand und ihre Schlafzimmertüre zuschmetterte. Merkte sie nicht, dass es mit ihr langsam wieder bergab ging?!

Ich war froh, das esoterische Zentrum, sprich: Zuhause wieder zu verlassen, aber wenn ich daran dachte, zu wem ich ging, war ich plötzlich nicht mehr froh, sondern aufgeregt! Kaum hatte ich geklingelt, wurde die Türe aufgerissen und Alex stand vor mir – strahlend! Mein Magen machte einen Salto, schlug einen Purzelbaum und eine zweifache Schraube, die Beine sagten: *Mein Name ist Bein, James Bein – shaken not stirred*! Im Hirn ging ein Feuerwerk los. Da machte ich das einzig Vernünftige, das ich tun konnte: Ich trat rasch ein, schloss die Tür hinter mir zu und riss Jumper in meine Arme. Da sie zur gleichen Zeit mich in ihre riss, waren wir sofort in einen Kuss vertieft. Ich küsste sie an den Türrahmen, sie küsste mich an die Korridorwand – ein Bild fiel herunter –, ich küsste sie an einen Schrank, ich zog küssend die Schuhe aus, sie küsste mich an den nächsten Türrahmen, sie öffnete meine Jacke, die zwischen den Küssen zu Boden glitt.

Alex hielt kurz inne und sagte: »Ach übrigens, hallo Nicola. Willst du was zu trinken?«

Ich sagte: »Hallo und nein!« und stürzte mich in den nächsten Kuss. Mit Alex in den Armen und mit ihren Lippen auf den meinen stolperte ich rückwärts Richtung Bett – wir fielen darauf oder wollten es jedenfalls und landeten auf dem Boden. Auf dem Boden lässt sich auch gut küssen. Unbekannte Gefühle und Empfindungen schwappten aus meinem Herzen und flossen durch mich: Ich hätte die Welt umarmen wollen, ich hätte sterben wollen oder vielleicht lieber nur in Ohnmacht fallen; ich hätte schreien wollen vor Glück und schreien vor Leidenschaft; ich hätte singen wollen vor lauter Liebe. Wie entzückend ich alles an Jumper fand! Wie schön sie war! Wie wunderbar sie roch! Und ihre Lippen! Und solch sensible Hände! Am liebsten hätte ich sie gebissen und verspiesen. Ich wollte ihr so nah als möglich sein, wusste aber nicht recht, wie das anstellen. Da musste ich unbedingt etwas wissen – ich hörte zu küssen auf. Das Bett neben uns sah riesig aus.

»Alex, hast du schon mal …? Ich meine so richtig, ähm …? Also, ich hab keine Ahnung, was man als Mädchen mit einem Mädchen … ich meine …« Ich war wieder einmal die krächzende Biene Maja höchstpersönlich!

Jumper strich mir schmunzelnd eine Strähne aus dem Gesicht. »Ich habe ein bisschen, aber nicht ganz.«

Da wurde ich eifersüchtig und hätte vor Wut am liebsten am Bett gerüttelt. »Mit wem?! Mit Laura?! Mit wem hast du's gemacht?«

»Die kennst du nicht, das war in Basel.«

»Was?! So jung hast du angefangen?!« Meine Laune ratterte in den Keller.

»Nicola, ich will jetzt nicht über Belangloses mit dir streiten. Endlich sind wir zusammen, lass uns das genießen.«

Sie hatte ja recht, aber eines Tages würde ich diese Baslerin schon ausfindig machen und sie mir vorknöpfen!

Biene Maja: »Aber ich weiß nicht, was –«

»Einfach das, worauf du Lust hast.«

»Ich kann dich doch nicht beißen und zerquetschen und auffressen!«

»Doch, einfach nicht eins zu eins. Du kannst mich auspacken, an mir knabbern, mich kneten, an mir naschen, mich wie ein Eis behandeln – es gibt viele Möglichkeiten.«

»Ja«, sagte ich zögernd und ließ meinen Blick schweifen. »Alex?«

»Hmm?«

»Unter deinem Bett, mitten in Staubwedeln, liegt ein BH.«

Alex drehte sich überrascht um. »Ach, hier ist er! Ich habe den überall gesucht!«

»Wie kommt er unters Bett?«

»Der Hund hat wohl mit ihm gespielt.«

»Ihr habt keinen Hund.«

»Dann war's ein Windstoß.«

»Es war die Baslerin, gib es zu!«

»Welche?«, Alex grinste anzüglich.

Da begann ich mit ihr zu raufen, sie lachte auf, ich knurrte gefährlich, sie lachte noch mehr und kämpfend gelangten wir aufs Bett. Wie es hier nach Jumper roch! Wunderbar! Ich schnupperte am Bett, schnupperte an ihr, schob Kleider zur Seite, so dass ich an ihrem Bauch schnuppern konnte, an den Oberarmen, am Hals und weiter hinunter, dann hielt ich schüchtern inne, hörte Jumpers tiefen Atem und den meinen. Alex strich mir durchs Haar, ich öffnete vorsichtig einen Knopf ihrer Bluse, und einen zweiten, und einen dritten, ihr Bauch hob und senkte sich, senkte und hob sich, ich öffnete den letzten Knopf. Besaß sie nur den einen BH, oder hatte sie absichtlich keinen angezogen? Ich tippte auf die zweite Variante, aber ich tippte nicht lange, weil meine Aufmerksamkeit woanders hingelenkt wurde: auf den nackten Bauch, auf die süßen Brüste. So viel Haut für meine Lippen! Ich küsste ihren Bauch, ich küsste mich hinauf: tausend unbekannte Empfindungen und Gefühle! Ich murmelte Alex' Namen und wie schön sie sei, und dass ich verliebt sei – ich hörte mich an, als wäre ich direkt einem *Romantic Thriller* entstiegen. Und ich berührte zum ersten Mal ihre Brüste, vorsichtig, zitternd, ungelenk – mir schien es, dass ich noch nie etwas solch Wunderbares berührt hatte. Jumpers dunkle Brustwarzen zogen sich zusammen, und das sah einladend und reizend aus, ich musste sie in den Mund nehmen! Während ich vor Wonne und Glück zerfloss, stand eine zweite Nicola kopfschüttelnd neben dem Bett. Alex sagte genüsslich

»ah!« und »oh!«, dann zog sie mich zu ihrem Mund und wir küssten weiter. Sie pflückte die Kleider von mir und ich hatte Angst, dass ich ihr nicht gefalle – aber das tat ich wohl, jedenfalls seufzte und murmelte sie, wie sehr sie mich liebe – so dass mir schier Angst und Bang wurde, zumindest der kopfschüttelnden Nicola neben dem Bett.

Wir pflückten die Kleider, bis nur noch die Unterhose übrig blieb. Wir hätten mehr Münder und Hände gebraucht, um all die Köstlichkeiten zu erkunden und zu genießen. Es war nur noch eine Frage von wenig Zeit, da auch die Unterhose überflüssig sein würde.

Wir zitterten beide. Beide zitterten wir.

Doch dann geschah das, was immer geschieht: Erwachsene machen einem die Freude kaputt: Die Wohnungstür ging, Jumpers Mutter kam nach Hause! Wir hatten die Zeit vergessen und die Mutter war früher zurück als erwartet! Sie rief nach Alex, Alex rief, dass sie gleich komme! Hektisch sammelten wir unsere Kleider zusammen und hätte nicht in diesem Augenblick das Telefon geklingelt, wären wir wohl aufgeschmissen gewesen! Wie ich später erfuhr, rief die beste Freundin der Mutter an. Wir zogen uns so schnell als möglich an, richteten das Bett her, strichen die Kleider glatt. Alex riss Schulbücher hervor und verteilte sie auf dem Boden, wir beugten uns darüber. So fand uns ihre Mutter vor. Wenn sie gewusst hätte, was eben geschehen war, hätte sie sich hinsetzen und nach dem Riechfläschchen rufen müssen.

Sie bemerkte zum Glück nicht, dass wir über ein Biologiebuch, ein Englischübungsheft und den Schulatlas gebeugt waren!

Brav tranken wir mit der Mutter einen Tee. Sie wollte wissen, warum ein Bild im Korridor auf dem Boden gefallen sei. Alex murmelte etwas von Poltergeistern. Dann wollte ihre Mutter, dass sie etwas auf dem Klavier vorspielte. Ich sah Jumper fassungslos und fasziniert zu: Sie spielte wunderschön, am liebsten hätte ich ihr wieder die Kleider vom Leib gerissen! Aber vermutlich hätte ihre Mutter das nicht geschätzt – mehr noch: Sie hätte die Sittenpolizei angerufen und mich einsperren lassen. Denn so wie immer wäre ja ich an allem schuld!

Dann ging ich nach Hause. Alex war so nett und begleitete mich hinaus. Das heißt, sie geleitete mich in den Keller, wo wir uns nochmals ausführlich küssten. Danach schwebte ich heimwärts.

Kein Klekseronkel

Dann ging es zum Psychologen. Er hieß Herr Stalder und sah auf den ersten Blick passabel aus: Er war etwas älter, roch nach Pfeifenrauch und saß hinter einer imposanten Bücherwand. Nach der Begrüßung fragte Lydia: »Hast du eine Bibliothek? Ich dachte, ich müsse zum Kacksalber.«

Herr Stalder erklärte, dass er weder ein Bibliothekar noch ein Kacksalber sei – was letzteres immer sein mochte –, sondern der Mann, der mehr über ihr Steinesammeln erfahren möchte.

»Warum? Willst du auch Steine sammeln?« Lydia beherrschte die Sie-Form nicht immer.

»Vielleicht, aber erst will ich alles darüber erfahren.«

Mama wollte etwas einwenden, aber ich schubste sie und schüttelte den Kopf.

Lydia bekam vor Freude rote Wangen (endlich interessierte sich jemand für ihr Hobby!) und setzte sich gerade im Stuhl auf. »Also, Steine sammeln geht so: Alles, was einsam herumliegt, gilt als Stein und darf man nehmen. Dinge sind nicht gern allein, darum nehme ich sie bei mir auf: Da können sie beieinander liegen und sich Geschichten erzählen.«

»Ich muss nicht nur richtige Steine sammeln, sondern einfach das, was einsam herumliegt?«

»Ja, denn das, was einsam ist, versteinert.«

»Sie phantasiert!«, platzte Mama dazwischen.

Stalder zu unserer Mutter: »Warten Sie einen Moment, mit Ihnen werde ich mich später unterhalten.«

Zu Lydia gewandt: »Du machst, dass die Einsamen nicht mehr einsam sind?«

Lydia nickte eifrig.

»Wie ist das denn: Kann ein Goldkettchen am Handgelenk einsam sein?«

»Ja, und ob! Zum Beispiel bei uns im Kindergarten, da tragen manche so ein Kettchen, aber sie schauen es nie an – wie einsam doch diese Kettchen sind!«

»Ja, das leuchtet mir ein. Verstehe ich das richtig: Wer nicht beachtet wird, ist einsam und versteinert, und den muss man sammeln und zu den anderen Einsamen tun, dann ist niemand mehr allein?«

Lydia nickte wieder heftig.

Dieser Stalder war genial!

»Das ist sehr fürsorglich von dir, Lydia – du hast ein Herz für Einsame und willst ihnen helfen. Was machst du dann mit den Steinen?«

»Ich verstecke sie irgendwo, wo Nicola, Mama oder die Kindergärtnerin sie nicht finden können, denn sonst kriege ich Schelte. Am Anfang hab ich die Steine einfach in meinem Zimmer gehabt.«

»Hast du mit ihnen gespielt?«

»Nein, auf einen Haufen gelegt.«

Mama platzte wieder dazwischen: »Von wegen: Geld hast du aus den Brieftaschen gen–«

»Wie gesagt, Frau Dummermuth: Wir werden nachher miteinander sprechen, Lydia ist jetzt an der Reihe. – Du hast die Steine auf einen Haufen gelegt und sie dort gelassen?«

»Ja. Manchmal habe ich mit ihnen geredet. Dann schenkten sie mir aus Dankbarkeit etwas, das sie entbehren konnten.«

»Was zum Beispiel?«

»Ich durfte am Lollipop lutschen, das Portemonnaie gab mir vom Geld, mit Kugelschreibern durfte ich schreiben und so.«

»Weißt du, warum deine Mama, Nicola und die Kindergärtnerin dagegen sind, dass du Steine sammelst?«

»Nein, nicht so genau. Sie befehlen es mir und drohen, dass etwas ganz Schlimmes geschieht, wenn ich weiter Steine sammle. Also, außer dass sie mit mir schimpfen, ist noch nie etwas Schlimmes passiert.«

»Sind die Steine bei dir nicht mehr einsam?«

»Nein, denn sie sind gerettet.«

»Woran merkst du das?«

»Sie gehen nicht weg.«

»Wie sollten sie weggehen, ohne Füße?«

»Wenn sie immer noch einsam wären, würde das jemand merken und sie mitnehmen – so wie ich es getan habe.«

»Seit wann sammelst du Steine?«

»Seit Frankreich. Meine Eltern haben da eine Ruine – leider nicht von einer Burg, sondern von einem Ziegenstall. Überall lagen Steine herum, die sahen so verloren aus, auch die Ruine, und wir hatten kein Zuhause außer dem Zelt, und Nicola war oft mit Etienne unterwegs, da habe ich die einsamen Steine gesammelt.«

Mama: »Was erzählst du da?! So war das dann auch –«

»Frau Dummermuth, nehmen Sie doch einen Moment im Wartezimmer Platz. Ich denke, das ist besser so.«

Mama wollte was einwenden, doch dieser Stalder hatte eine Art, dass man nicht widersprechen konnte. Er war freundlich, aber höllisch bestimmt. Sie ging hinaus, nicht ohne mir einen bösen Blick zuzuwerfen. Als könnte ich etwas dafür!

Herr Stalder wandte sich wieder Lydia zu. »In Frankreich hast du also viele einsame Dinge gefunden – warst du selber auch so ein Stein, den man hätte sammeln sollen?«

Lydia schwieg eine Weile, dann guckte sie fragend zu mir. Ich versuchte, sie so neutral als möglich anzuschauen.

»Ohne Nicola wäre ich der einsamste Stein der Welt.«

Meine arme kleine Schwester! Es war für sie alles doch viel schlimmer, als sie sich anmerken ließ!

Herr Stalder nickte. »Welche Steine würdest du in diesem Raum sammeln?«

Lydia guckte um sich, betrachtete alles eingehend, am Schluss blieb ihr Blick auf mir liegen. »Ich würde Nicola nehmen. Der Rest sieht nicht einsam aus.«

Ich saß auf diesem Stuhl und wusste nicht, wie mir geschah. Diese kleinen Menschen: Sie spielen und rennen und lachen und machen dumme Dinge und gleichzeitig merken sie so viel und leiden still. Ich hätte am liebsten geweint.

Stalder beugte sich nach vorn und schaute Lydia freundlich in die Augen. »Lydia, du bist ein tolles Mädchen – so mitfühlend und aufmerksam! Ich wäre stolz, dein Vater zu sein!«

Da begann Lydia zu flennen. Dazwischen stieß sie Worte aus, darunter »Papa«, »uns verlassen«, »wann kommt er wieder?«, »diese blöden Postkarten!« und »er hat uns nicht lieb, sonst wäre er zu Hause«.

Stalder nickte und versorgte Lydia mit Taschentüchern. »Weißt du, Lydia, dein Papa ist nicht verschwunden, weil er dich nicht lieben würde, sondern weil er nach einem Weg sucht, wie er euch ein gutes Leben bieten kann. Er hat die besten Absichten, aber das heißt leider nicht, dass auch alles einfach gut wird.«

Dann sagte er etwas, das ich etwas gewagt fand: »Sammle du weiter deine einsamen Steine. Einige jedoch kannst du anderen Sammlern überlassen: Dinge, die jemandem gehören, wie zum Beispiel Kettchen, Portemonnaie und Lollipops. Natürlich sind die einsam, aber es ist besser, die Besitzer oder ihre Freunde und Angehörige befreien sie von der Einsamkeit. Du bist nämlich nicht die Einzige, die ein solch großes Herz hat. Und ich rate dir: Zeige deine Sammelfunde Nicola, deiner Mama oder Sophia. Dann könnt ihr zusammen schauen, was der Stein braucht, damit er nicht mehr einsam ist.«

Lydia hatte aufmerksam zugehört. Sie nickte, überlegte. »Mit Nicola und Sophia kann ich das machen, Mama versteht das aber nicht.«

»Ich werde mit ihr reden. Und dann sprechen wir zu dritt oder viert« – er schaute kurz zu mir und lächelte –, »wir finden bestimmt einen Weg, mit dem jeder einverstanden ist. Für heute machen wir Schluss. Geht bitte in den Warteraum und schickt eure Mutter zu mir.«

Er öffnete uns die Tür und gab uns die Hand, Lydia schüttelte sie lange. Eine mürrische Mama ging an uns vorbei ins Zimmer. Etwa eine Viertelstunde später kam sie raus, immer noch mit grimmigem Gesicht. Sie sagte: »Diese Aura!« und schüttelte den Kopf.

Auf dem Heimweg sagte ich: »Sie muss großartig aussehen!«

Mama verstand nicht, Lydia grinste, sie wusste genau, was ich meinte.

Die Abschlussfeier

Noch drei Wochen, dann gehörte die Schulzeit der Vergangenheit an! Außer dem Chemielehrer hatten alle begriffen, dass die Zeit des regulären Schulunterrichts vorbei war: Der leierte immer noch vom Periodensystem und Molekülstrukturen. Wir waren mit dem Abschlusstheater beschäftigt, das aus einer Vielzahl toller Sketches bestand. In einem spielten Alex und ich Pfarrerinnen, die eine absurde Predigt hielten. Deutschlehrer Künzi brachte uns ein Buch mit Sätzen aus der Bibel und empfahl uns, die Anfänge der einen Sätze zu nehmen und mit dem Schluss anderer Sätze zu kombinieren. Daraus wurde die schrägste Predigt aller Zeiten! Ach, das Leben auf und neben der Bühne war wunderbar! Die Aufregung, wann Alex und ich eine Möglichkeit fanden, uns zu küssen: hinter dem Vorhang, im WC, im verlassenen Schulzimmer, im leeren Umkleideraum, hinter der armen zurechtgeschnittenen Buche – wo immer es möglich war! Wir küssten wild, und gleichzeitig war ich wie auf Nadeln, dass uns jemand erwischen könnte. Alex sagte, wenn wir offen dazu stehen, hätten wir keinen Stress. Ich wand mich und brachte tausend Gründe vor, warum wir das nicht konnten: Trice (die aus uns Spaghetti machen würde), Vinzenz (der uns auf einen Degen spießen würde), Kiki (die prahlen würde, dass sie es gewusst hatte), alle andern, die blöd gackern und über uns herziehen würden – und nicht zuletzt die Lehrer, die unser unnatürliches Verhalten den Eltern melden und uns zur Umerziehung anmelden würden.

Alex behauptete, dass ich paranoid sei. Ich entgegnete, dass ich mit Parazeugs nichts zu tun habe, dafür sei meine Mutter zuständig – ich sei einfach nur vernünftig. Da sagte Alex traurig: »Nicola, was mach ich nur mit dir?«

»Ich wüsste da einiges!«

Sie seufzte. »Ich hoffe, es wird besser, wenn wir aus der Schule sind!«

Zu allem Übel hatten wir weder bei mir noch bei ihr die Möglichkeit, in Ruhe zusammen zu sein. Bei uns war immer jemand zu Hause und bei Alex lebte im Moment die Freundin ihrer Mutter, die uns damals mit ihrem Anruf vor dem Erwischtwerden verschont hatte. Sie hatte sich mit ihrem Mann verkracht und Alex' Mutter hatte ihr Asyl gewährt. Ich fand das sehr freundschaftlich von der Mutter – aber nicht, wenn Jumper und ich in Ruhe zusammen sein wollten! Es gab so vieles zu entdecken, ich wollte so viel mehr mit Alex ... Mit mir selber hatte ich schon viele Male mit Alex Liebe gemacht – ich wollte erfahren, wie es war, mit ihr zusammen Liebe zu machen!

Aber wie immer war das Schicksal gegen mich. Und wenn ich daran dachte, dass Alex bald nach Australien flog – für zehn unendlich lange Monate! –, dann wurde mir übel.

Der Psychologe Stalder hatte einen Termin nur mit meiner Mutter vereinbart, was sie nicht lustig fand. Da sei ihre Tochter gestört und nun müsse sie dort antraben – welche Frechheit! Sie wisse nicht, was Lydias Sammeln mit ihr zu tun habe, sie sei ja auch dagegen. Warum nicht ich zum Stalder müsse, ich hätte wohl den schlechteren Einfluss auf Lydia. Mama war reizbar und zugleich müde, sie saß dauernd auf dem Balkon und zu oft auf ihrem Bett. Die Tablettenbox blieb schrecklich voll, nur ab und zu nahm sie die Medikamente (ich meine Mama, nicht die Tablettenbox). So sehr ich sie auch bat, sie war nicht bereit, sie wieder jeden Tag zu nehmen. Ich machte sie darauf aufmerksam, dass es ihr wieder weniger gut gehe, da meinte sie, dass ich wie immer eine rettungslose Pessimistin sei. Den Termin mit Stalder verschob sie und verschob ihn wieder. Wäre ich nicht so unglaublich verliebt gewesen, hätte ich in einem Loch gesteckt. In dem würde ich wohl landen, wenn Alex für zehn Monate weg ging.

Papa hatte schon lange nichts mehr von sich hören lassen; vielleicht kam eines Tages der Briefträger mit Papas Sarg. »Sie müssen nur hier unterschreiben«, würde der Briefträger sagen und dann den Sarg uns vor die Füße legen. Die Gitarre liege bei, würde der Briefträger anfügen und dann verschwinden. Und ich würde zu Lydia sagen: »Hier hast du den größten Stein überhaupt, aber den kannst du nicht behalten, den vergraben wir.«

Ich verliere in dieser Familie noch den Verstand.

Wir spielten unser Theater zwei Mal vor vollem Haus: Am

Nachmittag für die Klassen, am Abend für die Eltern. Es war ein voller Erfolg: Das Publikum lachte, jubelte und klatschte, wir drehten auf Höchstform auf – göttlich, in dieser Energie zu baden! Mama amüsierte sich, ich sah es ihr an – wie gesagt, hat sie einen ausgeprägten Sinn für lustige Szenen; Opa filmte und bekam deshalb nichts mit. Tante Henriette war auch da und lächelte säuerlich, die Zwillinge waren so beeindruckt, dass sie für einmal die Verwirrspiele ließen. Die Cinquecento-Großeltern sahen das Theater erst von der Pause an, weil sie mit ihrem Auto wie immer ewig unterwegs waren und zuerst zum falschen Schulhaus fuhren. Sophia und Klaus umarmten mich nach der Vorstellung, sie waren hell begeistert!

Wir, die Stars, befanden uns in einem Taumel, Alex und ich dazu in einem anderen – es hätte mich nicht erstaunt, wenn ich vor lauter Glück geplatzt wäre! Jedes Mal, wenn ich Alex anschaute, dachte ich: Ach, ich bin so verliebt, ach, sie ist die Schönste von allen! Sie sprach nach der Vorstellung erst mit ihrer Mutter und der Freundin, die bei ihnen wohnte, dann ging sie zu ihrem Vater, der mit Eva und Sohn gekommen war und sich sicherheitshalber weit von der Exfrau weggesetzt hatte. Wie mühsam das für Alex sein musste!

Als das Publikum gegangen war, packten wir unser Zeug und zogen zum Kirchgemeindehaus, wo es eine Party gab. Mütter hatten Salate, Brote oder Kuchen gemacht (meine Mutter schickte uns einen Lichtkuchen, was wir nötiger hätten als alle Desserts zusammen!), die krümmten jetzt einen langen Tisch. Wir schlugen uns die Bäuche voll, reichten Bier, Cola und Weinflaschen herum, dann gab es Musik und Tanz. Ich sah Jumper an, dass sie das Gleiche wie ich dachte: Hier haben wir uns das erste Mal geküsst! Erst tanzten wir bei Licht, dann kam wieder die dunkle Phase, die wir erneut zum Küssen und Erkunden nützten. Irgendwann flüsterte Alex: »Komm zu mir – ich möchte, dass du bei mir übernachtest. Wenn du früh genug gehst, merkt es niemand.«

Ich nickte und zog sie an der Hand Richtung Tür. Im Unterschied zu letztem Mal nützten wir auf dem Heimweg keine Toreinfahrten. Wir wollten so schnell als möglich nach Hause, wir wollten uns die Kleider vom Leib reißen, was wir auch taten, kaum dass wir die Türe ihres Zimmers geschlossen und eine Kerze angezündet hatten. Ich war noch nie so schnell nackt – ich meine, *ganz* nackt!

Wir hatten nichts getrunken und waren doch betrunken: So viel Aufregung heute Abend und so große Sehnsucht und das Wissen, dass wir bald für unendlich lange Zeit getrennt sein würden! Wir vergaßen alles und wagten viel. Es war mir plötzlich egal, ob wir zwei Mädchen waren oder nicht, und was andere dazu sagen oder darüber denken würden. Ich wollte mich von Jumper berühren lassen, ich wollte sie berühren, ich wollte ihr so nahe sein, wie es nur ging, ich wollte alles von ihr, auch wenn ich nicht wusste, was dieses *Alles* genau war. Ich hätte sie am liebsten aufgeschlürft wie eine gute Suppe; ich hätte sie am liebsten weggeleckt, wie Katzen die Butter weglecken. Ich hatte das Gefühl, gleich zu platzen, zu verfließen und zu vergehen. Wir küssten und küssten, streichelten jede Stelle des Körpers, wir wurden überall nass, wir glitten wie Fische umeinander und aneinander. Bisweilen waren wir linkisch, bisweilen wussten wir nicht, wie, bisweilen gab es Kollisionen. Dann kicherten wir und machten weiter – weiter bis zu jenem Höhepunkt, der das Verrückteste war, das ich je erlebt habe. Meine Augen wurden nass, ich spürte Jumpers Tränen auf meinen Wangen, wir weinten vor Glück, aber auch vor Verzweiflung, weil der Abschied so nah war. Dann küssten wir uns wieder, und das verrückt-phantastische-wundervoll-umwerfende Spiel begann von vorn, bis wir irgendwann erschöpft und ineinander verschlungen dalagen. Und ich wusste: Ich bin vollkommen glücklich.

Als es dämmerte, wurde es Zeit zu gehen. Alex war eingeschlafen, da dachte ich, dass ich am besten ohne Abschied ginge, das würde ihn einfacher machen. Ich stieg vorsichtig aus dem Bett, aber Jumper packte mich und zog mich in ihre Arme zurück. »Du wolltest wohl nicht einfach grußlos fort?!«

Ich murmelte etwas Unverständliches.

»Natürlich wolltest du! Ich will dir aber noch ein paar Dinge sagen, bevor wir uns so lange nicht mehr sehen. Ich will wissen, woran ich bei dir bin. Ich will wissen, ob du zu unserer Beziehung stehst. Ich will wissen, ob du bereit bist, auf mich zu warten. Ich brauche Klarheit. Es ist schon so schwer genug, dich zu verlassen.«

Ich räusperte ein Biene-Maja-Krächzen weg. »Natürlich warte ich auf dich, was meinst du denn – dass ich ein Flittchen sei oder was?! Du bist die Richtige, mit dir will ich zusammen sein.«

»Aber was ist mit den anderen?«

»Welchen anderen?«

»Bist du bereit, zu unserer Beziehung zu stehen – gegenüber deiner Familie und deinen Freunden?«

»Warum sollte ich nicht?«

»Weil du bisher alles getan hast, um zu vermeiden, dass irgendwer von uns Wind bekommt.«

»Oma habe ich es gesagt.«

»Wow, das nenne ich Mut! Sag mir: Bist du bereit, zu unserer Liebe zu stehen – in jeglicher Hinsicht?« Sie küsste mich. »Keine heimlichen Küsse wie diese, kein Wir-sind-nur-befreundet-Getue? Ich will nämlich kein solches Leben führen.«

Ich stöhnte auf. »Kaum sind wir zusammen, soll ich es in den Achtuhrnachrichten verkünden – du verlangst viel!«

»Wenn ich ein Junge wäre, hättest du kein Problem damit!«

»Ja, aber du bist kein Junge – dass wir zusammen sind, ist nun mal nicht normal.«

»Wie kann es nicht normal sein, sich zu lieben?!«

»Du weißt schon, was ich meine.«

»Ich will nur wissen, ob du mutig genug bist, zu uns zu stehen! Ich fahre übermorgen zum Flughafen – um 8 Uhr 25 auf Gleis 4. Du kannst dir bis dahin überlegen, ob du unsere Beziehung wirklich willst: Wenn ja, dann komm und verabschiede dich von mir, und zwar mit einem öffentlichen Kuss am Bahnhof und vor meinen Eltern, die fahren nämlich mit. Ich weiß noch nicht, ob sie es im gleichen Abteil tun oder in verschiedenen Wagen. Wenn du kommst, gebe ich dir meine Adresse in Australien. Kommst du nicht – werde ich die Zeit in Australien dafür nützen, dich zu überwinden. Ich will dich richtig oder gar nicht. Verstehst du?«

Ich seufzte, streichelte ihren Körper, sog ihren Duft tief in mich, versuchte mir alles von ihr für immer einzuprägen. Alles von ihr sollte sich in mir einbrennen, dass ich die zehn Monate überlebte. Noch einen innigen Kuss nochmals in ihre Augen schauen, nochmals spüren, dass sie die Richtige war, nochmals mein geliebter Jolly Jumper! Ich sagte: »Ich werde in diesen zwei Tagen die Entscheidung treffen. Ich will dir nichts versprechen: Entweder bin ich auf dem Bahnsteig oder ich bin es nicht.«

Noch ein Kuss, noch einer, noch einmal Umarmen, noch einmal – dann ging ich, trottete nach Hause, schlich in mein Zimmer, versuchte zu schlafen, aber konnte lange nicht. Als es mir schließlich gelang, schlüpfte Lydia zu mir ins Bett und wollte wissen, wie die Feier war.

Ich flüsterte ihr ins Ohr: »Es war der Himmel auf Erden!«

8 Uhr 25 auf Gleis 4

Als ich aufstand, war ich hellwach und gleichzeitig im Delirium. Ich spürte noch Alex' Berührungen auf mir, roch sie an meinen Händen, fühlte sie in mir. Da ich Mama verboten hatte, Bemerkungen über meine Aura zu machen, blieb ich von Fragen verschont. Ich sah meiner Mutter an, dass sie meiner Aura ansah, dass etwas Wichtiges passiert war, aber sie biss sich tapfer auf die Zunge.

Gegen Mittag ging ich zu Oma – ich brauchte jemanden, dem ich alles anvertrauen konnte, ohne mit Ratschlägen eingedeckt zu werden oder moralische Vorträge zu erhalten. Ich fand sie wie so oft bei den Ziegen. Sie saß in einem Rollstuhl und sang den Tieren ein Lied vor. Da sie nur noch wenig aß, war sie geschwächt und konnte nicht lange auf den Beinen sein. Als sie mich sah, strahlte sie und machte ein Gesicht, als würde sie mich erkennen. Sie sagte: »Meine liebe ehm …«, sie runzelte die Stirn, »Fräulein, ich kenne Sie von irgendwoher!«

»Ich bin's Nicola, deine Enkelin.«

»Ach, ich wusste nicht, dass ich Enkelkinder habe, wo ich

doch noch nicht mal Kinder habe – interessant! Ich weiß nicht, welchen ich heiraten soll, den mit dem Geld oder die Rakete im Bett.«

»Ich würde den wählen, den du liebst.«

»Ach, Liebe ist auch nicht mehr das, was es einmal war. Etwas Anständiges in der Hosentasche oder zwischen den Beinen zahlt sich besser aus. Männer kann man nicht lieben, ich spare mir die Liebe für meine Kinder und Kindeskinder – also für Sie. Wenn Sie meine Enkeltochter wären, wären Sie bestimmt meine liebste.«

»Oh, ich fühle mich geehrt! Du, ich möchte dir etwas erzählen, was ich sonst niemandem erzählen kann.«

Oma nickte interessiert. Da erzählte ich ihr das mit Alex, und dass ich nun vor der ganzen Welt zu ihr stehen soll und ich nicht wisse, ob ich das könne. Dass ich mich davor fürchte, was die anderen sagen würden, dass es mir schon reiche, schräge Eltern zu haben, aber dass ich Alex unter keinen Umständen verlieren wolle. Oma nickte und nickte. Als ich fertig war, nickte sie weiter.

»Oma, ich habe fertig erzählt.«

»Ach?! Ja, das war eine schöne Geschichte, ich hab nur nicht ganz verstanden, wie das Ende ist. Bekommen sie einander oder nicht? Im Märchen bekommt der Prinz immer seine Prinzessin.«

»Ja, aber bekommt auch die Prinzessin ihre Prinzessin?«

»Wenn die Prinzessin reiten, küssen und mit dem Schwert umgehen kann, sehe ich keine Probleme. Manchmal muss sie einen Schuh aufheben und an ihren Füßen anprobieren. Sie muss einfach das Richtige tun, so wie der Prinz. Was sie dann im Bett miteinander tun, ist mir rätselhaft, aber das wird in den Märchen ja nie beschrieben – schade. Aber ich will mich nicht beklagen wie die Prinzessin auf der Melone. Wer sind Sie eigentlich? Wenn Sie die Ziegen kaufen wollen, muss ich Ihnen sagen, dass ich nicht verkaufe. Der Wolf würde es nie erlauben.«

Meine Oma!

Nach dem Besuch irrte ich durch die Quartiere, bis ich mich vor Sophias Haus wiederfand. Ich klingelte. Sophia war erfreut, mich zu sehen und bat mich herein. Ich sagte, ich sei in der Gegend gewesen und wolle ihr kurz Hallo sagen. Wir gingen in die

Küche, sie bereitete uns einen Tee. Wir sprachen über das Theater, sie fragte mich, wie es für mich sei, bald ins Gymnasium zu gehen.

Ich hätte mit ihr über Alex sprechen wollen, sagen, dass ich nicht weiß, was ich tun soll – aber ich wagte es nicht. War ich derselbe Feigling wie mein Vater?

»Und, wie geht's dir sonst?«, fragte Sophia.

»Müde – wenig geschlafen.«

»Habt wohl lange noch gefeiert.«

»Ja, das kann man so sagen.«

»Hast du etwas auf dem Herzen? Möchtest du darüber sprechen?«

»Ja. Nein. Ich kann nicht, ich bin ein Weichei.«

»Geht es um Alex?«

Sophia war nicht auf den Kopf gefallen!

»Ähm – so in etwa.«

Sophia lächelte. »So in etwa?«

»Ja.«

»Du musst mir nichts sagen. Aber meine Erfahrung ist, dass es gut tut, über das zu sprechen, was einem auf dem Herzen liegt. Das muss nicht mit mir sein, einfach mit jemandem, dem du vertraust.«

»Ich hab's Oma erzählt.«

»So«, sie grinste ein bisschen, »was hat sie gesagt?«

»Dass auch Prinzessinnen reiten, kämpfen, wachküssen und Schuhe aufheben können.«

»Und was hältst du davon – können die das?«

»Vermutlich schon. Aber ich bin keine Prinzessin, ich bin eine feige Nuss.«

»Wenn du keine feige Nuss wärest, was möchtest du sein?«

»Na, die Prinzessin! Aber solche Märchen gibt es nicht.«

»So?«

»Hab noch nie ein solches gelesen.«

»Dann ist es an der Zeit, eines zu schreiben. Du willst doch Schriftstellerin werden, also los!«

»Wenn ich nur wüsste, wie!«

»Am besten mit Kugelschreiber auf Papier.«

Da begannen wir zu lachen – wie gut es tat! Wie gerne hätte ich wieder hier gewohnt und viele solcher Gespräche geführt!

Als ich Sophia verließ, war ich zum Umfallen müde, aber immer noch knallwach. Ich vermisste Jumper, ich wollte nicht nach Hause, ich wollte Klarheit, ich wollte über nichts nachdenken, ich fühlte mich seltsam – jetzt, nach Schulschluss. Kurzum: ein einziges Chaos! Und weil mir nichts Besseres in den Sinn kam, ging ich ins Kino, *Superman* schauen. Ich sah Christopher Reeves zu, wie er durch die Lüfte sauste, wie er seine Identität zu verstecken versuchte, weil sonst alle gemerkt hätten, dass er ein Außerirdischer ist. Ich verstand ihn; man will nicht als Außerirdischer betrachtet werden, sondern dazugehören. Superman tat viel Gutes, aber im Geheimen. Etwas zu verstecken ist also nicht einfach schlecht.

Zu Hause gab es Würstchen und Suppe aus der Tüte. Ich hatte mittlerweile einen solchen Vitamin- und Mineralstoffmangel, dass mir sicher bald die Zähne ausfielen und die Haut abblätterte. Mama verzog sich nach dem Nachtessen ins Schlafzimmer. Vorher befahl sie mir, Lydia ins Bett zu bringen, sie habe heute nicht die Nerven dafür. Und wehe, ich nähme das Wort *Kinderarbeit* in den Mund! Ich warf einen Blick auf die Pillenbox – hämisch guckten mich die Tabletten an, sie schienen sich für immer dort niedergelassen zu haben! Lydia wollte anstelle einer Geschichte die Predigt von gestern noch mal hören und als Schlaflied wünschte sie sich *Another Brick in the Wall*. Aus mir unerfindlichen Gründen schlief sie danach sofort ein. Ich ging in mein Zimmer und las. Nach zwei Minuten war ich auch eingeschlafen.

Am nächsten Tag stand Mama erst gegen elf Uhr auf und trank einen Kaffee, in den sie trüb starrte. Ich redete auf sie ein, dass sie wieder die Tabletten nehmen solle, aber sie verschwand kommentarlos in ihr Zimmer. Ich hätte schreien mögen vor Verzweiflung! Stattdessen ging ich mit Lydia in den Tierpark, danach aßen wir ein Eis und schauten bei Opa vorbei. Dort gab es zu Lydias Freude auch noch Kekse. Am Abend schob Mama zwei Fertigpizzen in den Ofen und ließ Lydias Redeschwall über sich ergehen. Wenigstens konnte sie sich dazu aufraffen, ihre Tochter zu Bett zu bringen.

Den ganzen Tag hatte ich die Gedanken an Alex abgewehrt. Ich hatte nichts anderes gemacht, als sie immer und immer wieder abzuwehren – war das anstrengend gewesen! Aber jetzt, in meinem Zimmer, mit nichts als mir selber, konnte und durfte ich nicht mehr die Gedanken an meine geliebte Alex verdrängen. Diese Nacht musste ich zu einer Entscheidung kommen, denn morgen fuhr sie. Morgen verschwand sie für zehn Monate aus meinem Leben und je nachdem wie ich mich entschied, vielleicht für immer! Konnte ich sie aufgeben, nur weil ich Angst davor hatte, wie die Umgebung auf mich reagieren würde? Konnte es richtig sein, dass zwei Frauen zusammen waren, wo sie keine Kinder kriegen und auch nicht heiraten konnten? Ich wusste nicht, ob ich Kinder haben und heiraten wollte – wohl eher nicht –, aber ich wollte die Wahl haben, das zu können! Und ich wollte nicht bei jedem Menschen, den ich kennenlerne, zuerst abwägen müssen, ob ich ihm sagen kann, dass ich andersrum bin. Ich wollte Alex als meine Freundin vorstellen können, ohne gleich das Gespräch des Abends zu werden. Oder mir Abhandlungen über *Jin* und *Jin* anhören zu müssen. Und zuallerletzt möchte ich, dass mir die Wohnung oder die Stelle gekündigt wird, dass wir von der Polizei angehalten würden, nur weil wir Hand in Hand zusammen durch die Stadt gingen, und zuallerallerletzt möchte ich mich umbringen.

Aber – aber ebenso wenig wollte ich auf Alex verzichten! Ich konnte auf Mama verzichten, auf erstaunte oder abfällige Blicke, auf Unverständnis und Geringachtung (auch wenn es nicht einfach war), aber auf Alex konnte ich unmöglich verzichten! Das war, als müsste ich auf das Licht in meinem Leben verzichten. Ich kann und will nicht im Dunkeln leben.

Ich würde morgen auf Gleis 4 sein und Jumper vor den Augen aller küssen!

Als ich diese Entscheidung gefällt hatte, fühlte ich mich frei und glücklich. Ich stellte den Wecker auf sieben und schlief sofort ein.

Am Morgen erwachte ich, bevor der Wecker läutete. Ich war mit Vorfreude angefüllt: Heute würde ich der Welt meine Liebe zeigen, heute war der wichtigste Tag meines Lebens! Ich duschte doppelt so lang wie sonst, föhnte die Haare doppelt so lang als nötig. Ich aß ein Joghurt und schaute jede zweite Minute auf die Uhr – ich würde früh genug am Bahnhof sein. Wie aufgeregt ich war! Ich putzte die Zähne ausführlich, ich putzte sogar die Schuhe und zupfte an meinen Kleidern rum. Dann war ich bereit, zog die Jacke über und schloss die Wohnungstüre auf, öffnete sie – und wäre beinahe über einen Mann gestolpert, der zusammengerollt vor unserer Tür lag – ein Obdachloser oder Besoffener! Aber ich hatte keine Zeit, mich damit zu befassen, ich musste los. Vorsichtig stieg ich über den Mann. – Mein Herz setzte einen Moment aus: Papa!

Mit Bart, längerem Haar, dreckig, stinkend, eine große Rolle an sich gedrückt. Er stand auf – und bevor ich es hätte vermeiden können – umarmte er mich und quetschte mir mindestens drei Rippen.

Er sagte: »Ah, meine Hyazinthe! Ich konnte die Tür nicht öffnen, weil der Schlüssel von innen steckt, und die Klingel funktioniert immer noch nicht, da habe ich hier geschlafen. Es ist alles gut gekommen, ich habe den Coup gelandet« – er hielt stolz die Röhre in die Luft. »Für uns ist ausgesorgt! Komm, wir wecken Mama und Lydia und feiern!« Lachend nahm er mich am Arm und wollte mich in die Wohnung ziehen.

»Ich kann jetzt nicht, ich muss gehen – etwas Wichtiges erledigen.«

»An einem Sonntagmorgen? Wohl kaum! Was kann wichtiger sein als die Rückkehr deines Vaters?«

»Aber –«

Es ertönte ein Jubelschrei, Lydia raste auf Papa zu und warf sich in seine Arme. »Papa, du bist da! Papa, du stinkst ja fürchterlich! Ach, du bist da!«

Die Schlafzimmertür der Eltern öffnete sich, Mama trat heraus. Auch sie stieß einen Jubelschrei aus und umarmte Papa. »Richie, ich wusste doch, dass du heimkommen würdest, du strahlst ja wie ein Weihnachtsbaum! Und stinken tust du. – Nicola, wohin willst du? Du kannst doch nicht gehen, wenn Papa endlich da ist!«

»Ich muss aber, es ist wichtig!«

»Was kann wichtiger sein, als dass dein Vater zurückkommt?«

»Ich bin ja gleich wieder da, ich muss jetzt!«

Papa war beleidigt. »Aber zuerst schaust du an, was ich mitgebracht habe!«

Ich zitterte vor Angst – ein Blick auf die Uhr zeigte mir, dass die Zeit reichen würde, ich musste nur schnell genug radeln. »Also gut, zeig her, aber schnell!«

Papa stellte die Rolle vorsichtig auf den Boden, nahm oben Klebstreifen und Deckel ab und zog ein gerolltes Etwas heraus, das er im Schneckentempo –!– entrollte. Dann lag es vor uns. Wir schrien – Mama vor Entzücken, ich vor Schreck und Lydia, weil wir schrien: Vor uns lag das Gemälde einer Madonna mit einer entblößten Brust und mit Jesus auf dem Arm! Papa hatte ein Bild geklaut! Er hatte ein Kunstwerk gestohlen ...

»Aus den Uffizien! Ist Millionen wert! Wir haben ausgesorgt!«

Ach, du meine Güte – du meine Güte, ach!! Ich lügte ein »Wie schön!« und sagte: »Bin gleich zurück. Bringe Croissants mit.«

Papa umarmte mich zu meinem Ärger noch einmal, dann endlich konnte ich los! Fliegend raste ich hinunter und packte mein Fahrrad, da traf mich der Schlag: das Hinterrad – keine Luft!!

Ich konnte geradezu hören, wie der blöde Gott auf seiner dusseligen Wolke sadistisch grinste! Also packte ich das nächstbeste Rad, das nicht geschlossen war, und radelte los. Es war Martins Rad, er war neun, das sagt schon alles über die Größe des Vehikels! Ich trampelte und trampelte, keuchte und schwitzte, missachtete alle Verkehrsregeln, die jemals aufgestellt worden waren – wenigstens waren um diese Zeit kaum Autos auf der Straße.

8 Uhr 10, noch fünfzehn Minuten! Es wird reichen.

Der Bahnhof kam in Sicht.

Noch sieben Minuten!

Ich stelle das Rad beim Eingang hin und bete, dass es weder beschlagnahmt noch gestohlen wird, ich rase hinein, Treppen runter, zum Gleis 4. Im Unterschied zu den Straßen sind im Bahnhof viele Leute unterwegs, vor allem ältere in Wanderausrüstung – warum können Rentner nicht zu Hause bleiben, stricken und Kaffeekränzchen abhalten?!

Noch vier Minuten! Ich gerate in Panik.

Wenn mich Alex wenigstens sehen kann und versteht, dass ich mich für uns entschieden habe! Ich hetze die Stufen hoch, zwänge mich an zwei Alten vorbei, die daraufhin über die heutige Jugend zu wettern beginnen. Ja, diese heutige Jugend will die Liebe retten! Noch fünf Stufen, vier, drei, zwei, eine – endlich!

Aber.

Hier ist kein Zug!

Ein Lautsprecher erklärt, dass der Zug nach Flughafen Kloten wegen irgendeiner Komplikation auf Gleis 6 abfährt. Ich schaue hinüber und sehe ihn dort stehen. Sadistischer Gott! Ich rase hinunter, dann hinauf zu Gleis 6. Während ich die Treppe hochrenne, höre ich das Schrecklichste überhaupt: das Zischen der Türen!

Nein, bitte nicht!

Dann höre ich das noch viel Schlimmere: Quietschende Räder – alles, nur das nicht! Ich hetze mit letzter Kraft die Treppe hoch: Der Zug fährt an, rollt im Schritttempo an mir vorbei. Ich beginne neben dem Zug zu rennen und winke wie verrückt: Jumper, bitte sieh mich! Ich renne am Bahnsteigkontrolleur vorbei, der das Stopp-Fahr-Schild an seinen Haken hängt, an zwei Reisenden, die den Bahnsteig verlassen. Als der Zug zu schnell wird, bleibe ich erschöpft stehen, die letzten Wagen ziehen an mir vorbei.

Der Zug fährt, verdammt der Zug fährt!

Die Schlusslichter verschwinden hinter der nächsten Kurve. Ich glotze und glotze. Betäubt glotze ich und stehe da, keuche. Mir wird schwarz vor den Augen, ich schwanke zur nächsten Bank. Meine Ohren fühlen sich taub an.

Und für einmal ist es mir egal, vor fremden Menschen zu weinen.

Ach, Jumper – mein Jumper!

Mein geliebter Jolly Jumper, vergiss nicht: Ich bin deine Luka Luke – zusammen reiten wir in den Sonnenuntergang!

Anmerkung

Mit freundlicher Genehmigung von Teenager Daniela Schenk:

Des Menschen Geheimnis	S. 53
Kein Ort auf dieser Welt	S. 57
Formiert	S. 60
Schatten	S. 62
Lebens Sinn	S. 65
Warnung!!!	S. 101
Gehofft	S. 120
Regen	S. 146